U0720936

问道集

河北师范大学古代文学学术沙龙五年文选

曾智安　王京州　主编

凤凰出版社

图书在版编目（CIP）数据

问道集：河北师范大学古代文学学术沙龙五年文选 / 曾智安，王京州主编. -- 南京：凤凰出版社，2015.6
ISBN 978-7-5506-2166-4

Ⅰ. ①问… Ⅱ. ①曾… ②王… Ⅲ. ①中国文学－古典文学研究－文集 Ⅳ. ①I206.2-53

中国版本图书馆CIP数据核字(2015)第104350号

书　　　名	问道集——河北师范大学古代文学学术沙龙五年文选
主　　　编	曾智安　王京州
责 任 编 辑	林日波
出 版 发 行	凤凰出版传媒股份有限公司
	凤凰出版社(原江苏古籍出版社)
	发行部电话025-83223462
出版社地址	南京市中央路165号，邮编：210009
出版社网址	http://www.fhcbs.com
经　　　销	凤凰出版传媒股份有限公司
照　　　排	南京凯建图文制作有限公司
印　　　刷	江苏凤凰新华印务有限公司
	中国江苏南京经济技术开发区尧新大道399号，邮编：210038
开　　　本	880×1230毫米　1/32
印　　　张	10
字　　　数	269千字
版　　　次	2015年6月第1版　2015年6月第1次印刷
标 准 书 号	ISBN 978-7-5506-2166-4
定　　　价	48.00元
	(本书凡印装错误可向承印厂调换，电话:025-68037410)

目　录

研究生论坛

前　言

曾智安

这本《问道集》，是我们河北师范大学文学院"古代文学学术沙龙"举办五年来的一个小小纪念。

这些年来，在学校、学院领导及学科带头人王长华的大力支持下，我们的古代文学学科获得了长足发展。到 2009 年 7 月的时候，基本上实现了队伍建设的博士化目标。其中，仅来自全国各地的 70 后博士就达到了 13 人，呈现出一派欣欣向荣的景象。当时我正担任古代文学教研室主任，深深地被学科的发展前景所鼓舞，觉得应该充分发挥我们的优势和潜力，努力打造更加美好的未来。于是就想到以青年教师为主体，以学科招收的博士、硕士研究生为依托，做一个规范的、长期的学术沙龙，在增强师生交流、切磋的同时，促进各人的学术进阶，营造活跃的学术氛围，借以推动学科的整体发展。

这个想法很快就得到了各位老师、同学的大力支持。学科前辈、著名曲学专家杨栋教授给予了我们最热忱、最直接的鼓励：他愿意为我们的沙龙做第一场学术交流。万事开头难，这不啻让我们吃下了一颗定心丸。于是从 2009 年 9 月开始，"古代文学学术沙龙"正式启动。开始是 2 周 1 次，后来改为每月 1 次，最终稳定、持续地运转了下来。从多方摸索到逐渐定型，从内部交流到向外拓展，不知不觉间，五年就过去了，我们已经成功举办了 50 余场学术沙龙，初步取得了一定效果，也得到了学院、学校和学界的一些认可。在学院领导的支持下，于是就有了这本小小的《问道集》。

《问道集》的命名，是我们这些年轻同仁集体商议的结果。它是我们对自身沙龙所秉持理念、精神的坚持与确认。从一开始，我们就达成了一个共识：我们的沙龙着眼于求学问道，必须彼此真诚相待，注重学术实效，不能散漫无端，更不能流于形式。这一共识，贯穿着我们学术沙龙的始终，成为我们这些年来最美好的回忆。

从根本上说，"古代文学学术沙龙"的举办与坚持，本身就源于我们这一群年轻同仁真诚问道的学术热情。沙龙从一开始，就是自发的"民间行为"。没有上层部署，每个人自由决定是否参与；没有经费来源，除了每期用于讨论的 50 余份论文是在院里印刷之外，其他一切开销都得自己解决。但我们每个人都乐在其中，甘之如饴。到 2012 年，当我们觉得沙龙必须向外拓展、邀请校外青年学者参与的时候，为了获得必要的经费，我们甚至发出了"古代文学、古典文献学学科的青年教师自愿捐赠，所得经费全部用于沙龙举办"的倡议。我们似乎以此考验着自己对学术的真诚与热情——那时我们都入职不久，每个人都承受着不小的经济压力。幸而我们的拓展计划得到了学院的大力支持，我们的沙龙也因此获得了更好发展。时过境迁，现在回想起当年的我们，心里仍然会涌出很多暖意：天不弃人，惟人自立，正是凭借这股热情，我们才能走到现在，我们也还可以走到更远的将来。

也正是基于真诚的求学问道，我们的沙龙首先确立了要真正问难致诘的探讨原则。中国是一个面子文化特别发达的国度。碍于情面，很多学术交流活动往往流于形式。通常情况下，主客双方互相推举、进退有节，即使发表不同意见也是避重就轻、点到辄止，缺乏真正的质疑和交锋。我们的沙龙则迥异于是。因为是自发的"民间行为"，交流的纯粹性和实际效果就成为了我们的核心追求。担心受到流俗的潜在影响，我们甚至矫枉过正：沙龙以质疑、商榷为主，尽量不说或少说赞扬的话；无论师生，一律平等，学生必须尽力向老师提出质疑，包括自己的导师。这一立意虽好，但能落实才是关键。在这点上，杨栋老师给我们做了最好的示范。他特意要求来讲第一次，并事先给我们说清楚：不说好话，只管提意见和批评。于是在那次沙龙上，尽管杨老师的论文已经非常成熟、严密，但我们这群年轻人仍然轮番上前"轰炸",丝毫也不顾忌所谓的长幼尊卑,给在场的研究生以很大的触动。从那以后,沙龙问难致诘的基调就定下来了。不管是面对本组前辈还是外来友人,无论师生,我们一律都是知无不言、言无不尽,不讲任何客套和虚饰。"刀光剑影"成为了沙龙的常态,以致很少有主讲者能够全身而退。有时候我们开玩笑说,每一次主讲,都是一次悲壮的被"围殴"之旅;但这还好,最令人"伤心"的是,其中下手最狠的,很可能是自己的学生。时间长了,学院里甚至流传着一些关于我们沙龙的段子,给师生们平添了许多欢乐的谈资。给我个人印象最深的是,有一次我主讲的论文涉及秦汉时期的语言问题,因为不太了解,我就做了一些推测,结果引起了热烈争论。将要结束退场的时候,一位女同学突然冲到我的面前,很激动地对我说:曾老师,我绝对不能同意你的观点!她的态度如此激烈,令我一时愕然不知所措。好几年过去了,我已经完全不记得她的名字,但脑海里还不时浮现出她当时的样子。一方面,我因此而自愧、自省、自励;另一方面,我也因此而自我安慰:也许我个人还会不时犯错,但经我们沙龙培养出来的学生,正在变得越来越好。这就很好。

为了保证交流的实际效果,我们还共同确立了将专题报告与深入探讨相结合的活动形式。通常情况下的沙龙都是以话题讨论为主,无论内容还是形式都比较自由、开放。这虽然易于激发参与者的学术灵感,但也很容易因缺乏规划、统摄而不了了之。我们的沙龙要想长期、有效地稳定运转,必须克服这一弊端。经过充分讨论,我们协定,放弃话题的形式,转而以专题论文的宣读和讨论为基本框架,将每次沙龙都分为上下两个半场。上半场由事先指定的主讲人宣读1篇自己的学术论文,下半场则由全体人员围绕着这篇论文进行评议、对话。这样虽然失去了一些话题的自由感,但却能有效地保证沙龙的长存常新,不失为一种最好的折衷。在经过几轮摸索后,这一形式得到了更好的完善。其中最大的改进,是在主讲人宣读论文之前和之后,分别增加了学生综述相关研究状况和指定学生进行评议的环节。换句话说,一次完整的沙龙活动,除了充分的前期准备,还包括了学生综述相关论题的研究状况、主讲人宣读专题论文、指定学生评议、师生自由评议四个环节。沙龙因此有效地避开了仓促上阵、浮皮潦草的可能,最大程度地加深了参与者对专题论文的了解,也最大可能地保证了沙龙交流的深入程度,取得了很好的效果。

在整个活动形式中,最为关键的是主讲人宣读论文的落实。我们协定,每一篇参与沙龙的论文,都应该尚未正式发表。我们的初衷,一方面是保持沙龙持久的、鲜活的生命力,另一方面也是借以激励彼此在繁重的教学、日常工作中不至于忽略学术研究。然而落实到具体的操作层面,却不得不让我们有所顾虑。沙龙虽然是以古代文学、古典文献学的师生作为主体,但实际上是完全开放的,无论校内校外,每个感兴趣的人都可以自由来去,随意领取并带走论文。在这个抄袭、剽窃等学术丑闻不时传出的时代,提前分发、宣讲尚未正式发表的论文无疑具有一定的风险。然而我们考虑再三,决定还是坚持这样的想法:我们做沙龙,原本就是为了真诚地求学问道,不能还未开始就以小人之心揣度他人。于是规矩就这样定下来了,我们每个人都毫无保留地将自己最新创作的论文提交到沙龙上讨论,然后再去考虑修改、发表的事情。特别令人感动的是,当我们邀请一些校外青年学者主讲的时候,虽然彼此并不十分了解,他们也都非常爽快地接受了我们的要求,有的甚至提前数周就寄来了论文,表现出对我们的充分信任。我想,所谓同声相应、同气相求,这也许是学界朋友们对我们沙龙的一种友善回应吧。

沙龙最初的一切无疑都是简单粗糙的,参与的人员也主要是我们学科内部的师生。但在随后几位召集人的不断改进下,沙龙一点点变得完善起来,规模也逐渐扩大。最开始是文艺学的孟庆雷老师,他是研究中国古代文论的,平时与我们多有来往。他不嫌弃我们的鄙陋,主动"上山入伙",给了我们很大支持。随后,一些与我们学科有渊源的外院、外校青年教师也逐渐加入进来。首都师范大学、河北经贸大学、燕山大学、石家庄学院、沧州师范学院、军械工程学院以及本校国际文化交流学院的一些青年教师都多次参与过我们的沙龙。

在江合友教授的努力下,我们还分别邀请到了香港大学、香港浸会大学的两位青年学者担当了主讲人。在这个规模不断扩展的过程中,我们尤为真切地体会到,更为宽广的学术交流对于我们来说是何等重要!于是在 2012 年,我们决定无论如何也要将沙龙正式向外拓展,并制定了明确的执行章程。幸运的是,我们的想法得到了学院的大力支持。现在,我们已经能够为前来主讲的青年学者提供一定的差旅花销,以此向支持我们的同道略表微薄的心意。有了这些,我想我们的沙龙一定会走得更远,做得更好。

不知不觉间,我们的沙龙已经运转五年多了。在这五年多的时间里,我们的经验已经被推广到了文学院的各个学科。一个更为新鲜、活泼的学术氛围正在形成,令我们倍感欣慰。沙龙给了我们美好回忆,也给予了我们很多实在收获。我们几位经常参与的青年教师后来所发表的论文,大都在沙龙上宣读过,都不同程度地吸取了各位老师、同学的批评和意见,尽力进行了修改,其中的受益是难以尽说的。另外,我们的沙龙还鼓励研究生积极参与主讲。绝大多数同学第一次宣讲论文、第一次正式发表论文,都是从沙龙起步的。他们中有一些最终考上了名校的博士研究生,开始了更好的学术旅途。我想,我们的沙龙,对此多少还是有些贡献的。然而最重要的恐怕还不在这里。有时候我想,我们沙龙最珍贵的地方或许应该在于,它真正展示出了一种良好的风气:在这多少有些浮躁的时代,不计世俗得失、不顾虚情伪饰的求学问道不仅是存在的,而且确实能给人带来纯粹的愉悦而不是尴尬。这样一种风气,经由我们的同道和学生辗转相传,一定会给这个时代增添一些美好的东西。

这本《问道集》就是我们沙龙五年多来所宣讲论文的一个选编,其中既有前辈名家的精心锤炼,也有后进新学的初莺试啼,要之都归于主讲人的范围。出于对作者意愿的尊重,有些在沙龙宣读过的论文没有收录,但我们都将题目附录在了后面;对于多次主讲的作者,原则上只收录 1 篇论文,其中《带过曲成因新探》一文虽由时俊静老师主讲,但杨栋老师指导甚多,正式发表时是两人合作署名,故而这里一仍其旧。另外需要说明的是,本书收录的文章大都正式发表过,这次编选时虽有一定的调整和修改,但幅度不大,还祈读者谅解。

《问道集》的出版,是这些年沙龙全体参与者共同努力的结果。除了要向支持我们的学界同仁表达谢意之外,在这里,更要向历届默默无闻地支持沙龙的研究生同学致以深深的感谢!没有你们,沙龙就不可能坚持下来!

沙龙的运转一直得到副校长王长华教授、副校长郑振峰教授、教务处处长阎福玲教授、文学院院长胡景敏教授等领导的关心和支持,文学院为本书的出版提供了经费,在这里谨向他们致以诚挚的谢意!另外需要说明的是,虽然我忝为本书主编之一,但实际上编集的具体工作主要是由王京州副教授完成的,易卫华副教授起草了学科简介部分,我据此进行了一定的修订。对他们付出的辛劳,也一并致以感谢!

原始方术中的前诸子思想

李笑岩

"先秦诸子"是一个惯用名称,包括两层含义,一是指著书者本人,二是指同其有关的著作。其中已包含了自由学术、私人著述的意味。

探讨诸子学派思想,从秦汉之际已经开始。《庄子·天下》篇是目前所见到的最古材料,之后有《荀子·非十二子》、《淮南子·要略》、《论六家要旨》、《七略》及《汉书·艺文志·诸子略》等。

上述材料也涉及对诸子思想源起的讨论,《庄子·天下》及《荀子·解蔽》主张"诸子出于世道衰微",《淮南子·要略》主张"诸子出于应世之急",而刘向、歆父子及班固主张"诸子出于王官";并且,《天下》和《要略》都认为在诸子出现之前,存在一个圆满、周到、无所不包的"道术"——诸子产生前的原始学术,也即本文所谓"前诸子"思想。

诸子出于王官论影响深远,探讨诸子思想的起源,不能绕开西周官学这一领域。从西周"学在官府"到东周"诸子蜂起"的过程中,"官学"到"子学"的演变是历史必然经历的过程。与此同时,社会的演进,时代的变革也对诸子学的产生存在必然的影响。从这个角度而言,上述几种诸子起源主张中都有合情合理的成分。但从古至今,对诸子学术的溯源往往上至西周"官学"便戛然而止了。这种断代式的思维极大地限制了诸子研究的视野。事实上,诸子产生过程当然不是如此简单。李零先生曾指出,思想史研究者总是十分注意中国历史上那个获得巨大突破的"轴心期",也即公元前 800 年至前 200 年间,特别是公元前 500 年间,那个诞生了孔、墨、老、庄的思想空前活跃的年代,现代研究者追溯中国思想总是从那个年代开始。但由于史料的欠缺,研究者往往忽略了一个重要的方面,即在诸子百家的下边和这种思想活跃的前面,真正作为基础和背景的东西到底是什么。[①] 本文对这一问题加以讨论,力求厘清前诸子时代的思想状况,探索原始方术对诸子思想的影响。

一　原始方术活动的考古发现

中国文化起源甚早。中国古代的思想,自三代至秦汉,虽然屡经变化分合,但仍有很多贯穿前后的观念和概念。许多对后代思想影响至深的命题,都可以在早期文化中寻找到踪迹。

方术,是"方技"与"数术"的合称。《史记·秦始皇本纪》中曾提到"文学方术之士",实际上是合指"文学士"与"方术士"两种人。而其中的方术士同时包括擅长候星气等技术的数术家以及擅长医药养生的方技家。其后《后汉书·方术列传》也使用了"方术"这一名词,从所述内容来看,数术之学包括星历、占卜;方技之学包括治病、养生,同《秦始皇本纪》所载相差不大。同时,《汉书·艺文志》分述"数术略"和"方技略",二者之间也有着密切的联系。

方术一词的使用虽然是在秦汉时代,但方术活动本身的渊源却是极为古老的。涉及史前的考古活动往往发掘出包含有显著数术、方技性质的器物,特别是原始巫术活动的遗存。

巫觋传统在殷商时代大放异彩,除了数以十万计的甲骨卜辞,传世文献中也记载了商代占卜活动,这些都足以证明殷商时代巫觋占卜之流行。但是巫觋并非从商代起源,原始的方术活动甚至可能上溯至史前时代。根据张光直先生的介绍,从新石器时代仰韶文化遗址发掘到的器物中,考古学家们发现了很可能是描摹巫术活动的陶器花纹、地画以及包含巫术意味的用蚌摆放的图形。[②] 这些都是原始社会巫术传统的见证。

---

① 李零《中国方术考》,东方出版社 2001 年版,第 3 页。
② 张光直《中国考古学论文集》,生活·读书·新知三联书店 1999 年版,第 137 页。

　　1973 年青海大通县上孙家寨遗址中一座马家窑类型墓葬(384号墓)中出土的陶器里面有一件彩陶盆,内壁上缘有舞蹈形画面三组①,结合舞蹈画面的特征,很多研究者分析认为,这幅图画表现的并非纯粹娱乐性的舞蹈,而是某种礼乐仪式类的重要活动。

　　1982 年甘肃秦安县五营乡大地湾仰韶文化遗址中,发现一座房基。在上层居住面近后壁的中部,有一幅用黑炭画成的地画,画面中包含两个人物和两个动物,人物手握器物,两个动物形象外画有一长方边框。对于这幅地画的具体含义,研究者有不同的解释,有的理解为人类使用动物牺牲来供奉祖灵,有的理解为巫师和女主人手持法器驱赶害人生病的鬼像等,但总体都认为这幅画表现的是原始社会中的某种巫术活动。②

　　1987 年河南濮阳西水坡的仰韶文化遗迹中,发现了用蚌摆放的三组动物形象,包括龙虎、龙虎鹿以及人骑龙、骑虎腾空而起的图案,图案形象壮观。从内容看,似乎是表现巫师与助他上天入地的动物的情形。

　　以上这些考古发现,生动地证实了我国方术活动出现之早。仰韶文化的时间是在公元前 5000 年到公元前 3000 年左右,我们目前所能够了解的最早的方术活动大约开展于这一时期。有学者认为上文提到的出现地画的房基,其原貌是专门用来进行宗教活动的建筑。传世文献《抱朴子》和《道藏》中的《太上登真三蹻灵应经》中,记载了原始道士使用龙、虎、鹿三蹻进行活动。这一记载同濮阳西水坡的蚌画似乎也可以相互印证。③ 当然仰韶文化同《抱朴子》之间尚有数千

　　① 　青海省文物处考古队《青海大通县上孙家寨出土的舞蹈纹彩陶盆》,《文物》1987 年第 3 期。

　　② 　《大地湾遗址仰韶晚期地画的发现》,《文物》1986 年第 3 期。研究者意见可参考:严文明《仰韶文化研究》,文物出版社 1989 年版,第 211 页;李仰松《秦安大地湾遗址仰韶晚期地画研究》,《考古》1986 年第 11 期;宋兆麟《巫与民间信仰》,中国华侨出版公司 1990 年版,第 166—178 页。

　　③ 　张光直《青铜挥麈》,上海文艺出版社 2000 年版,第 200 页。

年间隔,但我们可以从中得到的启示是:数千年之前,先民们便已经通过类似性质的活动开始对自然界以及人类自身进行探索。从这些出土的遗迹情况可以看出,至迟在仰韶文化时期,方术活动已经进入颇具系统和规模的阶段。中国古代的思想和哲学,正是从这个阶段开始萌芽,原始人类开始有意识探索天、地、人的关系,并从方术的实际操作和技术中逐渐积累知识,产生了思路、思想。思想的逐渐成熟又促进了方术操作技术上的进一步复杂和完善。这个时期的基本知识和技术较诸子思想的体系而言,当然还是极为粗糙和质朴的,但是,一些重要的概念和命题诸如宇宙天地等等观念已经有意无意地体现在原始方术中。

二 方术活动中宇宙观等基础知识的确立

中国古代思想中十分重要的"天圆地方"的宇宙观,以及种种对于天象及相关知识的认识,在上古时代的遗址中也时有发现。濮阳西水坡仰韶文化墓葬(45 号墓)中用蚌壳组成的龙虎图形,不但本身具有深刻的含义,还同墓葬中的人骨架一起,构成了富有含义的形状——在人体的下方,有用三角形蚌堆与两根胫骨构成的北斗星,同时墓穴的头部作圆弧形,脚部作平方形等等——众多研究者都认为,这幅图像的背后,隐藏着天圆地方、二十八星宿的宇宙模式。因此很多学者将这幅图形放在天文学的范畴中加以研究。比如有学者认为,"墓形为一盖图:墓南的圆弧形墓壁为春秋分日道中衡;东西两侧的蚌龙和蚌虎,为星空东宫苍龙和西宫白虎之象;墓主脚下的蚌塑三角形为北斗魁"[①]等等。这一切说明早在新石器时代,人们已然具有明确的方位观,而且也具备了相当丰富的宇宙天文星象及相关知识。宇宙时空等自然科学知识在诸子时代被哲理化,天体运行规律成为"天道"或"太极",成为天下万物的秩序。《老子》所谓"道生一,一生二,二生三,三生万物",《马王堆帛书老子乙本卷前古佚书·经法》所

---

① 冯时《河南濮阳西水坡 45 号墓的天文学研究》,《文物》1990 年第 3 期。

谓"天执一,明三,定二,建八正,行七法"等等,其思想的背景正在于对宇宙的客观体认和理性思维。

除了原始墓葬中所发现的方术活动遗迹,一些器物的出土也向人们印证了中国原始方术的发展状况,以及在此过程中人类对自然界认识的加深。玉琮便是其中之一。

玉琮的出土被很多研究者视为我国宇宙观念起源古老的明证。玉琮原本被认为是周代才出现的器物,根据《周礼·春官·大宗伯》和《仪礼·聘礼》的记载,它不但是祭地的礼器,同时也象征着贵族女性的权力。如果是这样,那么玉琮的出现时间本不会太早。但后来考古学者在新石器时代的良渚文化墓葬中发现了玉琮。现代研究者普遍用"天圆地方"的观念解释玉琮外方内圆、中央贯通的形状与结构,其中"方"象征地,"圆"象征天,而琮兼具方圆,正象征着天地之贯通。它与巫觋关系密切,是巫觋行使通天地职能的重要法器。同时,玉琮表面常常装饰的兽类或飞鸟图案,据说也是用以协助巫师开展巫术活动的。从玉琮在巫术中的作用来看,当玉琮被设计成这种富有含义的形状之时,人们便已经开始具备了天圆地方的"盖天说"宇宙观。而且先民还将这些知识不断与祭祖、祭神、驱病等活动结合起来,作为在实践中的运用。

考察方术中占卜技术的发展,也可以给我们以颇多启示。占卜是方术的大宗,也是巫的本职工作之一。古代中国占卜方法甚多——运用星象和云气,运用模仿宇宙结构的"式",使用兽骨、龟甲、筮草以及风角、五音等等。这些方式源起时间并不一致,但从文献记载来看,大部分方法在春秋时代之前就已经出现或初具形态。

考古人员在内蒙古巴林左旗富河沟门的龙山文化遗迹中,发现了用以占卜的鹿肩胛骨,这是考古发现中最早的卜骨,距今大约5300年;安徽含山凌家滩新石器时代遗址中,发现一件玉龟,玉龟由一副背、腹甲组成,有穿孔可以缀连。这件器物在有关占卜的考古发现中,是颇具有代表性的。古代中国对于龟的崇拜,从殷墟的十万片甲骨中可见一斑,"龟"在很早的时候便成为有灵性和神秘意义的象征,而这件玉龟又摆放在墓底的正中央,应该更具深长的意味。另外,这件玉龟中夹有一枚玉片,上刻有四方八位、外方内圆图案。学者对此图有不同理解,李零先生认为这与中国古代占验时日的工具"式"有关,饶宗颐先生认为这是一种原始人表示"方位"和"数理"的工具。无论如何,这件物品表达了史前人类对自己所生存的时间和空间的把握。这使我们认识到史前人类对宇宙的感性认识,以及试图从理性角度对其加以把握的努力。

在各种占卜方法中,星气之占与自然科学知识的关系最为密切。我们在甲骨卜辞中也见到许多关于天文星象的记载。这说明在商代,人们已经开始有意识地观测天象,并逐步积累了大量知识。历法是天文学在生活中的实际应用,这方面最显见可靠的是甲骨刻辞中的日期记载:甲骨卜辞中常载有日期,虽然藉此对殷商历法进行研究尚存在不少困难,但至少说明殷商历法已经颇具规模,能够加以推广使用,这同当时人们对于天象有规模、有系统地观测、分析是分不开的。

以上例证深刻表明,先民的思想意识中已经具备了丰富系统的宇宙时空、方位地理以及人类自身的种种观念。在他们的观念里,天、地神秘而伟大,对天体地形进行观察体验的同时,人们一方面加深了认识,积累了常识,另一方面也加深了崇拜,将"天""地"推向一个不证自明的绝对权威地位,成为"天经"和"地义"。这种崇拜对后世思想史发展尤为重要,在中国古代思想中,对"天地"的终极信仰是一个重要背景,"天不变道亦不变",诸子思想中的许多重要命题都以此为前提。

三 原始方术所包含的思想史含义

《汉志》数术略和方技略所载典籍是探索先秦方术的一条线索。《数术略》分为天文、历谱、五行、蓍龟、杂占、形法六种,《方技略》分医经、经方、房中、神仙四种。数术类书籍,从数量来看仅次于诸子及六艺类典籍。方技类作为专述"生生之具"的技巧书,数量达到八百多卷,也是相当可观的。这两类书籍的共同特点是,皆记载、讲解可具体操作的技术——数术书籍大多与占候禁忌、预测卜筮有关,方技类则是在保健养生之道上加以探索。

从这些方术典籍看,汉代方术已经规模庞大,系统清晰。从中我们可以推测,先秦时期,方术之学的原貌不但是支流众多,著述丰富,而且其应用也遍布了社会的各个层次,在民众中的流行程度很高。有了如此的"源",在汉代留下宏大规模的方术书籍和记载也就不难理解了。因此可以明确地说,《汉志》中所载典籍虽然是汉代所见之书,其分类和整理的原则也是依照汉代标准,但这些技术的创生却并非在汉代,至少大部分知识与技术在先秦时代便有流传。

以数术之学为例。从《汉书·艺文志》对数术之学的分类来看,数术学主要包含三类知识和技术,占卜预测技术(《汉志》称为天文、历谱、蓍龟、杂占)、择日技术(《汉志》称为历谱和五行)以及相术(《汉志》称为形法)。

数术的第一类——占卜预测是数术之大宗。《汉志·数术略》中有过半类别——天文、历谱、蓍龟、杂占都包含占卜与预测未来的性质。大量考古发现已经证明,占卜是人类早在史前便已经开展的活动。纷繁众多、各种各样的占卜类别,如龟卜、筮占、星占、式占等等,渊源都非常古老。上文已提及的新石器时代大汶口文化时期的牛、羊、猪、鹿的肩胛骨,以及安徽含山凌家滩的新石器时代遗址的疑似式盘的玉片,都与史前的占卜活动有关。遇事则占是先民的生活方式,占卜所包含的内容也涉及了原始人精神世界各个主要方面。先民精神世界与客观世界的沟通正藉此展开。《汉志》中记载的天文和历谱书籍中包含很多古代科学知识,如天文学、气候学、历法、星度和算术等等。这些包含了科学因素在内的技术,其原初本意仍然是用来占卜吉凶、预测未来。而藉此途径,天圆地方、上下四方、天穹运转等等知识开始在人们头脑中慢慢积累,这是当时对于客观世界的普遍认识,也是商周官学乃至后世诸子思想发展的知识背景。

司马迁将占卜的产生归功于圣王:"或以为圣王遭事无不定,决疑无不见,其设稽神求问之道者,以为后世衰微,愚不师智,人各自安,化分为百室,道散而无垠,故推之至微,要絜于精神也。"①占卜是圣人为了帮助衰世之人定决疑所作,这虽然是理想化的说法,但占候卜筮的技术是一个发展的过程,这一点是无可置疑的。从神秘思想的产生到归结为一些明白可见的兆象,到操作方法分化为纷繁多端,都经历了世代卜人"推之至微"的过程。

《史记·龟策列传》中记载了六十种龟卜兆象,详述兆象形态以及所占结果。足见龟卜操作与释读的复杂以及应用的广泛。而百姓普遍接受其结果,并将占卜作为预测、避祸的不二法门。《史记·日者列传》尝云:"今夫卜者,必法天地,象四时,顺于仁义,分策定卦,旋式正棋,然后言天地之利害,事之成败。"②卜者需要具备法天地、象四时、顺仁义的知识。同时,百姓作为受众,他们对天地四象乃至一切涉及占卜操作知识的接受,对于日后诸子思想的发展——特别是道家、阴阳家、甚至儒家而言,都极为重要的,是诸子思想生发的土壤和背景。

占卜技术既可定天下兴亡之大事,也为百姓所日用。"自古受命而王,王者之兴何尝不以卜筮决于天命哉!其于周尤甚,及秦可见。代王之人,任于卜者。太卜之起,由汉兴而有"③,"自古圣王将建国受命,兴动事业,何尝不宝卜筮以助善!唐虞以上,不可记已。自三代之兴,各据祯祥。涂山之兆从而夏启世,飞燕之卜顺故殷兴,百谷之筮吉故周王"④,兴邦之大事,历来与占筮相关。而《史记·日者列传》也说:(卜筮者)"以义置数十百钱,病者或以愈,且死或以生,患或以免,事或以成,嫁子娶妇或以养生。"⑤当然用以指导建国受命和占算百姓嫁子娶妇的技术并不全然相同。从《汉志·数术略》所列著述

---

① 《史记》,中华书局 1959 年版,第 3224 页。
② 《史记》,第 3218 页。
③ 《史记》,第 3215 页。
④ 《史记》,第 3223 页。
⑤ 《史记》,第 3219 页。

来看,政府部门固然也应用那些与其原始形态相差不大的占卜种类——蓍龟、杂占、形法等——"王者决定诸疑,参以卜筮,断以蓍龟,不易之道也"①,但更重要的,上层垄断和掌握了那些技术含量较高的种类,包括对星象、云气的观察、记录和预测,对四时气候、阴阳的把握,安排历法,规定禁忌等等,这些技术同国家兴亡、社稷民生更加密切,操作也较为复杂;民间占卜则较多地使用这些科技含量相对较低的杂占——占梦、占嚏耳鸣、请雨止雨、除诖祥、执不祥劾鬼物等等。杂占的操作技术不像观天占星望气那样细致,但它在民间的开展却较为广泛,受到百姓的认可程度也较高。杂占之"杂",确实无所不包。"纪百事之象,候善恶之征。"②从《汉志》看,占梦、占嚏耳鸣、执不祥劾鬼物、除诖祥,到请祷致福、请雨止雨无所不包,其技术既涉及人类生理、心理范畴的现象,也有属于驱鬼除邪、祈福禳灾范围的神秘法术,与人类日常生活较为贴近。虽然其技术含量低,渊源却颇为古老,一些法术甚至在官府中还特设管理人员——周代官府中便设有占梦之官,《汉志》中也郑重提出:"众占非一,而梦为大。"这些杂占有着与原始数术方技更为相似的操作技巧,而且恐怕比后来兴起并占据主流的"天文"、"望气"类占卜都更贴近方术的原始形态。因此从中体现出的思想内涵也更为原汁原味。

数术技术除了帮助人们预测未来以外,另一功能是指导人们如何趋利避害,选择吉时吉日,选择正确方位等等,也即数术中的第二类——择日技术。这种择日与宜忌技术因其具有极大的实用性,同样广为流传。

择日与宜忌同占卜预测有相似之处,也需要运用"观测"和"推算"——观测天体运行的方法,推断吉凶,利用各种历法推算日禁、月忌。这些技术同百姓生活的相关程度较龟卜筮占更为密切。

择日禁忌之术与占卜有很大联系,择日及禁忌的依据——如何

① 《史记》,第 3221 页。
② 《汉书》,中华书局 1962 年版,第 1773 页。

规定何时辰举何事为宜,何时辰举何事为忌——实际本身就是占卜的结果。从各种将禁忌与历日相结合的时令书、日书内容来看,这些文献实际接近占卜结果的大汇集——将各种各样的占卜结果直接汇成工具书以供人随时查询。这比龟卜筮占更加符合实用的要求,流行也更加广泛。

择日术派别众多,《史记·日者列传》载汉武帝曾卜问某日是否可娶媳,请来不同派别的日者,有五行家、堪舆家、建除家、丛辰家、历家、天人家、太一家。各家辩讼不决,最后武帝认为:"避诸死忌,以五行为主。"采纳了五行派的意见。可见五行在汉代是择日术中的重要技术。因此一些学者推测,《汉志》五行类下所载《泰一阴阳》、《黄帝阴阳》、《黄帝诸子论阴阳》、《诸王子论阴阳》、《太元阴阳》、《三典阴阳谈论》、《神农大幽五行》、《四时五行经》、《猛子间昭》、《阴阳五行时令》等书,大约也是以时令历法排列吉凶的日书。古书中有时也称时令书为"阴阳书"。从这些都看出,择日技术与阴阳五行知识是相辅相成的。

一些学者认为,择日和历忌是从式法派生而出,"式"是用以占卜或推算历数的工具。它并非真正的天文仪器或计时工具,但它模拟天象、模拟历数,目的是想创造一种可以自动推演的系统,以代替真正的天象观测与历数推步。战国秦汉之际阴阳五行学说所表现出的符号化和格式化特点,同式法的观念十分相似,适合从任何一点做无穷推演,因此也渗透在占卜、择日、历忌等几乎每一种实用技术中。①

选择时日及规定禁忌,这是与百姓生活密切相关的内容。从出土的秦汉时期日书来看,择日与禁忌的内容从日常动土、穿衣、出行,到农业五谷丰收,再到政府人员拜官赴任,纷繁芜杂,无所不包。月令、日书等物是百姓的生活用品,而这些宜忌规定背后的那些高深莫测的神秘思想,也在人们头脑中留下了深刻的烙印。

除了择日历忌,数术中的第三类——相术之学也是百姓日常生

① 张光直《中国考古学论文集》,第40页。

活中的一部分。从《汉志》所载典籍看，相术分类繁复细致，住宅、坟墓、牲畜、家禽、兵器、刀剑，都有相应的相术，这在《汉志》中被称为"形法"。相术的实质是运用丰富的实践经验加以观察。不难理解，《汉志》收集到如此众多的形法书，详查山川走向和形势、屋舍墓地结构和方位等很难在短时间内加以把握的对象，并将结果系统化并形成学问，这是需要世代人共同努力的。

人们开始着意于对相术经验的积累，时间很早。以《山海经》为例。《山海经》是《汉志》所举数术书中唯一保存下来的形法类书籍，其成书时间没有定论。《四库全书总目》中《山海经》提要也说得比较模糊，云："卷首有刘秀校上奏，称为伯益所作。……司马迁但云《禹本记》、《山海经》所有怪物余不敢言，而未言为何人所作。观书中载夏后启、周文王及秦、汉长沙、象郡、馀暨、下巂诸地名，断不作于三代以上，殆周、秦间人所述，而后来好异者又附益之欤？"[1]《山海经》篇幅巨广，应该不是一人一时之著作，而且其最终成书时间肯定也非夏禹伯益之时。但是，这却无碍《山海经》中保存上古时代的古老思想，足见"形法"技术渊源的古老。《尚书·召诰》中曾讲述周公营建洛邑，有"相宅"、"卜宅"的步骤；《左传·昭公三年》载齐景公与晏子讨论住宅，晏子引用的谚语云："非宅是卜，唯邻是卜。"[2]可见对住宅进行占卜的风俗早在晏子时代之前已经流行。《管子·地员》中也有"相土"技术的详细讲述。这些例证都充分说明相术年代的久远。

相术不仅仅满足人类的日常生活需要，其中包含有大量思想史意义。《汉志·数术略》谈论形法时说，形法是"大举九州之势以立城郭室舍形，人及六畜骨法之度数，器物之形容，以求其声气贵贱吉凶"[3]，这种观察事物的眼光是颇有讲究的，要以某种标准来衡量对

---

① 纪昀等《四库全书总目》，中华书局 1965 年版，第 1205 页。
② 杜预注，孔颖达正义《春秋左传正义》，《十三经注疏》，上海古籍出版社 1997 年版，第 2031 页。
③ 《汉书》，第 1775 页。

象的"声气",这个"标准"正来自于世代经验的积累。上文曾提到先民通过观测掌握各种天文气象的变化,制定历谱来使人的活动同于"天道",可以证明这种天人一体观很早便已经存在了。而相术的技巧和含义也在于此,"天人一体"思想信仰的涵盖已不仅仅是人,还包括"天"下所有的具形具相的事物——人或事物的外相与本质、变化之间有某些神秘的联系,这与天—人、天—物的联系是息息相关的。

四 小 结

概括说来,在诸子学派分化之前以及分化初期,原始方术中已经蕴含了颇多的思想元素。这些思想元素原本只是一些仪式的具体操作技术以及随之而来的客观知识,但随着仪式一代一代传承,知识一点一点普及,形而下的技术操作渐渐被赋予形而上的思想意义:

第一,卜筮的起源同原始人利用动物、植物之灵去沟通天人的原始崇拜习俗有关,早在史前社会,人们便拥有了这样的想法:人是宇宙万物的一部分,通过某种特殊手段,人类可以模拟天地的运行而使自身更好地融入宇宙天地。墓葬中的龙虎图像及星象摹图、外方内圆的玉琮以及各种原始方术的开展都可以说明这一点。达到"天地人同源同构"的认识当然需要漫长的时间,而早在史前社会便已沉淀在人们头脑中的上述想法无疑是个良好的起点。

第二,一些占卜术的操作技术较为复杂,比如星占、候气等等,而作为这些技术的副产品,很多天文、地理、气候方面的知识,便由此推广与普及开来。人们实际正通过这些"迷信"的活动而获得"科学"知识。当然,大规模的天文观测以及历法的安排等等活动还需要政府部门的参与,但民间同样知晓荧惑与火灾,彗孛与灾祥之间的联系。也许是知其然而不知其所以然,但是牢固的想法普遍渗透于民间——宇宙天象与人间灾异之间存在密切联系。

(本文原发表于《河北师范大学学报》2010 年第 3 期)

　　作者简介：李笑岩，女，1980 年生，河北省石家庄市人。河北师范大学文学院副教授，硕士生导师。主要研究方向为先秦两汉文学与文化、先秦诸子思想史。

巫信仰与中国早期君主权力的起源[①]

屈永刚

在人类文明的早期,"天人交感"是一种较为普遍的思维模式。只不过此时的"天人交感"还处于一种蒙昧混沌的认识当中。按照西方人类学的分析,早期人类社会普遍存在巫信仰时代。这个阶段的人类由于对世界认知水平的低下,认为存在某种超自然的力量主宰着世界,基于此人们崇拜能够沟通天人的巫师,而巫师凭借这种"沟通天人"的能力,较早从体力劳动中解放出来,逐渐发展成为专门的阶层,其中的某些强势的智慧者更有可能发展成为国王。[②] 巫文化时期的巫在人们对某种超自然的力量的敬畏下,利用所谓的通神的能力来神化自己,并可能由此而获得地位与权力。随着人类认识和文明的发展,巫信仰的权威逐渐下降。巫信仰存在的前提是人们对超自然力量的神的敬畏,在早期的观念中,这种超自然力量之神对于人类活动的影响并没有理性的成分。殷周之际,周人构建了一种新的世界观,即"天命有德"的观念,开始为天人关系注入理性的成分。

巫与巫文化研究是近代人类学家探索原始文化的主要途径之一。巫文化成长和没落的过程,反映了人类早期对于世界由感性认识到理性认识的过程。巫及巫文化对早期社会生活的影响是方方面

---

① 因上古文献的缺乏,本文的分析同时借助西方人类学的相关理论与案例,文中观点和推论乃个人浅见,疏漏难免,这一点是需要说明的。

② (英)弗雷泽著,徐育新、汪培基、张泽石译《金枝》,中国民间文艺出版社 1987年版,第 70、128—138 页。以下所引《金枝》,均为此版本。

面的,诚如张紫晨在《中国巫术》一书中云:

> 它是人们在蒙昧阶段对物质世界与精神世界的一种认识形式和实用手段,并直接影响到人们衣食住行的各个方面。①

金景芳先生对巫的地位及影响亦有精炼的论述:

> 我们不要简单地说巫都是骗子,实际当时的知识分子就是巫。……巫不仅婆娑降神,而且天文、历法、医药、卜筮等皆出于巫。②

巫不仅是早期的文化人,因其本身是通天通地的专家,这些条件使得巫成为早期权力的享有者。

在人类学的相关著作中我们常看到原始部落或氏族首领兼巫师的例子,这告诉我们沟通神灵是早期权力来源的重要方面。由于对自然世界认知的低下,使得早期人类对自然界充满敬畏,历史学家认为,上古曾有一段巫王合一的时代。李宗侗认为在上古时代君及官吏者皆出于巫。③ 陈梦家论商代巫术时也说:

> 由巫而史,而为王者的行政官吏;王者自己虽为政治领袖,同时仍为群巫之长。④

张光直亦认为,中国文明的起源,其关键为政治权威的兴起与发展。独占天地人神沟通的手段,则为取得政治权力的最重要手段之

---

① 张紫晨《中国巫术》,上海三联书店 1996 年版,第 1 页。
② 金景芳《中国奴隶社会史》,上海人民出版社 1982 年版,第 89 页。
③ 李宗侗《中国古代社会史》,华冈出版社 1954 年版,第 118 页。
④ 陈梦家《商代的话与巫术》,《燕京学报》二十期,第 535 页。

一。并且中国古代为政教不分，巫史进为官吏，王者更为群巫之长。[1]

一　巫的职能

巫的起源甚早，但是最早的巫是谁，其出现的确切时间为何，今已无从考证。有学者根据现代考古对于葬地、灵魂信仰以及图腾崇拜等因素的考察认为巫的出现应该不会晚于旧石器时代晚期。[2] 我国关于巫的资料从新石器时代开始已经丰富起来。传世文献对于巫的最早记载为《国语·楚语下》，从此篇中观射父之语来看，巫之存在的下限应不晚于五帝时期。

早期人类认为世界在很大程度上受到超自然力的支配，世界万物都是互相联系的，也正是因为认识水平的低下，早期人类认为"同类相生"或者说"果必同因"，这样的认识使得巫师认为通过模仿可以实现任何他想做的事，这是"顺势巫术"（模拟巫术）的思想基础。如切洛基印第安人生活的地方有一种野生的甜豌豆，根茎非常坚韧，几乎能够在犁沟中阻止犁头前进。于是切洛基女人们就用这种植物根的煎汁来洗头发以加强其坚韧性。切洛基的球员们也用它来洗浴以增强肌肉。[3]

另一个重要的巫术原理是巫师们认为物体一经接触后，实物即便中断或者相距甚远，但仍然可以互相作用。基于这一认识而发展的另一类巫术即"接触巫术"。如巴布亚人总是小心的把包扎过伤口的带血绷带扔进大海里，因为他们怕一旦这些破布落入他们的敌人

---

① 张光直《商代的巫与巫术》与《从商周青铜器谈文明与国家的起源》，二文皆收入张光直著《中国青铜时代》（第二集），生活·读书·新知三联书店 1990 年版，第 41—65 页，第 113—130 页。

② （苏）托卡列夫著，魏庆征译《世界各民族历史上的宗教》，中国社会科学出版社 1986 年版，第 27—39 页。

③ （英）弗雷泽《金枝》，第 45 页。

之手,就可能被利用来实行巫术。①

　　巫师的特殊能力使得巫师逐步分化为一个专门的阶层,其中有很大一部分成为公共的巫师而为部落服务。巫师被赋予特殊的责任和地位,从体力劳动中解放出来,而被期待去探索大自然的奥秘。公众巫师的众多任务中最重要的一件事情就是控制雨水。如新不列颠的苏尔卡人把石头先烧红再放入雨水中,或把热灰撒入空中,以使雨水停止。因为他们认为雨水不愿被炙热的石头或者灰烧掉,所以会很快停下来。② 这是雨水太多而阻止下雨的例子,而关于巫师祈雨的例子则更多。弗雷泽还总结了巫师控制太阳和刮风的能力。如雅库特人在暑天进行长途跋涉,会取一块他偶然从野兽或鱼的内脏中发现的石头,用一根马尾将其缠绕几圈,把它拴在一根手杖上。然后口念咒语,摇晃魔杖,一阵凉风很快会刮起来。如果想在九天内都有凉风,这块石子必须放在鸟或牲畜的血中浸泡,然后献给太阳。③ 另外巫师还有一个重要职能是治疗疾病,这一点在上面简短的介绍中虽未列出,但却是学界比较普遍的共识。④

　　通过巫之释义,亦有助于我们初步了解巫师的职能。从文字学角度考察巫字出现的最早时间,则需藉助出土的甲骨文与金文材料。已出土的甲骨文中有串字,唐兰、郭沫若、陈梦家等学者都将其隶定为"巫"字,这一认识现今也是学界较为普遍的共识。但是对此字的释义则众说纷纭,据赵容俊的统计,诸家对此释义大致归为九类,但较为重要并有一定影响的观点则是以下两种,一是释为跳舞之意;二

---

　　① （英）弗雷泽《金枝》,第 66 页。

　　② （英）弗雷泽《金枝》,第 97 页。

　　③ （英）弗雷泽《金枝》,第 122 页。

　　④ 弗雷泽所著《金枝》,宋兆麟所著《巫与巫术》(四川人民出版社 1989 年版),张紫晨所著《中国巫术》以及周策纵所著《古巫医与"六诗"考——中国浪漫文学探源》(联经出版事业公司 1986 年版)等书中都有关于巫医的介绍,应当说巫师行使医师的职能是比较普遍的共识。

是巫用以进行法术的工具。[1]《说文解字》巫部:"巫,祝也。女能事无形,以舞降神者也。象人两袖舞形,与工同意。古者巫咸初作巫。"一般认为跳舞是为取悦神,陈梦家认为巫本为舞字,强调巫与舞蹈的密切关系。[2] 张光直则从另一角度作出了新的解释,其结合《说文解字》"工,巧饰也,象人有规矩也,与巫同意",由工、巫互解,而工又即是矩,遂大胆假设巫字可能是说巫师以"工"为象征性的道具,之所以如此是因为矩作为一种工具,既可以用来画方,又可以用来画圆,使用这个工具的人便是知天知地的人,巫便是知天又知地,即通天通地的人,所以用矩的专家正是巫师。[3] 此说较有意思,有一定道理。

因古代巫常成为巫医,巫者应该是与疾病治疗有密切关系,同时甲骨文的亚字形与巫相似,亚可能由巫演变而来,而古人认为亚形颇有神灵,能驱逐邪气入侵,因此常常用于宗庙、明堂等神圣的建筑。亚字也可能为巫者用于医疗时的工具。[4]

根据《周礼·春官》载:

> 司巫:掌群巫之政令。若国大旱,则帅巫而舞雩。国有大灾,则帅巫而造巫恒。祭祀,则共匰主及道布及蒩馆。凡祭事,守瘗。凡丧事,掌巫降之礼。
>
> 男巫:掌望祀、望衍,授号,旁招以茅。冬堂赠,无方无算。春招弭,以除疾病。王吊,则与祝前。
>
> 女巫:掌岁时祓除、衅浴。旱暵则舞雩。若王后吊,则与祝

---

① 赵容俊《殷商甲骨卜辞所见之巫术》,文津出版社 2003 年版,第 91—93 页。

② 陈梦家先生认为:舞、巫既同出一形,古音亦相同,义亦相合,金文舞、无一字,《说文》舞、无、巫三字分隶三部,其于卜辞则一也。见《商代的神话与巫术》一文,《燕京学报》二十期,第 537 页。

③ 张光直《中国青铜时代》(第二集),第 42—43 页。

④ 赵容俊《殷商甲骨卜辞所见之巫术》,第 91—101 页。

前。凡邦之大灾,歌哭而请。①

由此段记载来看,周代的巫主要职能是:旱灾舞雩、丧事降神、时令招神被除。巫在从事这些活动时,舞蹈似乎是必需的。今人无法回到古代感受巫师现场降神,但是现在所遗留的巫术似乎帮助我们还原现场的某些场景,

《楚辞章句》载:

> 昔楚南郢之邑,沅、湘之间,其俗信鬼而好祀,其祀必使巫觋作乐歌舞以娱神。②

这种舞蹈不一定有固定的规则,大多是无序的,可能是颤抖、乱舞等等之类无序的动作,这种舞蹈一方面是为娱神,当然也有一种可能是巫故弄玄虚。③ 早期人类认为具有超自然力的神灵们如同人一样,凭个人的意愿而行事,跟人一样容易因人们的乞求怜悯和表示希望与恐惧而感动,因此可以通过祈求、许诺或威胁而从神灵那得到好的气候和丰盛的谷物。这种讨好祈求神灵的观点与巫"歌舞以娱神"相似,跳舞正是为娱乐神,是与神鬼沟通的一种方式。在简短介绍巫的职能后,在后面的分析中我们会发现巫师的某些职能如祈雨却常常是国王所要承担的职责。

二　君主是否为巫

弗雷泽提出早期祭司与国王往往是结合的,国王既拥有世俗的权力,同时亦以祭司的身份握有神权。并且其根据对世界各地巫师

---

① 《十三经注疏》第 3 册,艺文印书馆 1965 年版,第 399—401 页。以下所引《十三经》如不特别说明,皆同此版本。

② 黄灵庚《楚辞章句疏证》(第二册),中华书局 2007 年版,第 742—743 页。

③ 关于请神的方式可参见宋兆麟《巫与巫术》,第 105—109 页。

的身份、地位发展的演变提出一个推论,即在很多地区,国王是古代巫师或巫医一脉相承的继承人。一旦巫师阶层作为一特殊的阶层分化出来并掌握治国的重任,就会逐渐积累更多的财富与权势,巫师阶层的领袖也开始脱颖而出,发展成为神圣的国王。[①] 上述观点为我们梳理了这样两个阶段:首先是巫阶层的出现,随后巫阶层垄断沟通人神的权力,且身份世代相传逐渐积累财富和权势,巫阶层的领袖开始脱颖而出,成为国王。这是第一阶段,是关于国王地位形成原因的分析。

我们可以看到,巫术只是人类在当时认识基础上进行的简单的联想和模拟。但是这种认识在当时却实在是一种普遍的认识,它导致了公共巫师的形成,并为他们提供了一个具有很大影响的位置,因为他们控制着气候乃至一切。这导致一个慎重能干的巫师很可能利用这个位置而一步步爬上酋长或者国王的位置,事实上似乎也的确如此。比如在东非班图族里的万布圭人,世袭巫师的巨大权力使他们很快上升到小领主或酋长的行列中。中非的伦杜族人也笃信有人拥有唤雨的法力。他们的祈雨师要么已是酋长或终将成为酋长。西尼奥罗人对雨的施与者也极为尊敬,献给他大量的礼物。对雨水有着绝对的无限权力的施与者乃是国王。[②] 如此的例子还有很多,这些都提示了一种可能即国王常常是由公共巫师发展而来。对巫师的畏惧以及通过施行巫术所积累的财富都有助于巫师地位的提升。

第二阶段是,当知识逐渐积累,巫术不再有权威后,人类认识到巫术不能迫使或改变自然按照人类的意志行事,这导致人类更加觉得自身的渺小,而控制自然的神的力量则相形巨大,巫术的权威不再,以祈祷和祭祀为主要内容的宗教开始出现。宗教与巫术的一个区别即在于巫术是希望通过直接控制自然或模拟而达到某种目的,宗教则是间接诉诸于神,通过祈祷等形式希望完成某些愿望。这个

---

① (英)弗雷泽《金枝》,第 16—19、128—139 页。
② (英)弗雷泽《金枝》,第 130—131 页。

时候,巫术因其直接目的很可能无法实现而失去可信性和权威性,而宗教诉诸于神的祈祷,则因其结果不具有直接性,其失误不容易确指,可以通过种种解释去取信于人。此时国王不再通过巫术来维持自己的权威,而是利用人们对于人、神界限的模糊不清来通过作为神的代言人来谋取利益。

我国上古历史的发展是否如弗雷泽总结的这样呢?

首先来看第一个问题:即君主是否为巫?

关于上古君主的记载,现有文献无法证明君主是否源于巫,但是却证明了在一段时间内君主同时也是巫。

后世关于商汤祈雨的记载为我们提供了一丝线索。《墨子》、《荀子》、《吕氏春秋》、《淮南子》等文献中对此事有记载。最早明确记载这个故事的文献是《墨子·兼爱下》:

> 汤曰:"惟予小子履,敢用玄牡,告于上天后曰:'今天大旱,即当朕身履,未知得罪于上下,有善不敢蔽,有罪不敢赦,简在帝心。万方有罪,即当朕身,朕身有罪,无及万方。'"[1]

即此言汤贵为天子,富有天下,然且不惮以身为牺牲,以词说于上帝神。

这里的记载虽有说商汤欲自为牺牲,但是并没有明显涉及巫术。

《昭明文选》卷一五张衡《思玄赋》中,唐朝人李善注引《淮南子》中的叙述:

> 善曰:淮南子曰:汤时大旱七年,卜用人祀天。汤曰:我本卜祭为民,岂乎自当之。乃使人积薪,翦发及爪,自洁,居柴上,将

---

[1] 吴毓江撰,孙启治点校《墨子校注》上册,中华书局1993年版,第179页。

自焚以祭天。火将燃,即降大雨。①

商汤亲自祈雨并且剪发及爪,甚至自焚,这些行为是巫术的做法,本该出自巫。《左传·僖公二十一年》中记载:"夏大旱。公欲焚巫尪。"②《礼记·檀弓下》亦有相类似的记载:

> 岁旱,穆公召县子而问然,曰:"天久不雨,吾欲暴尪若?"曰:"夫久不雨,而暴人之疾子,虐,毋乃不可与!""然则吾欲暴巫而奚若?"曰:"天则不雨,而望之愚妇人,于以求之毋乃已疏乎?"③

这里记载的是暴巫,即曝晒的意思。焚巫、暴巫的记载在文献中并不鲜见,这些史实告诉我们作为沟通天神的巫在遇到灾害气候时,常常被作为牺牲品。商汤自我剪发及爪,甚至自焚,正显示了这个帝王也是巫师。④ 现在可以肯定的是中国古代的君主曾经有一段时间兼行巫的职能,商汤祈雨时已经是王,但是其祈雨的行为又透露出巫的色彩,由此观之,巫王合一是存在的。作为君主在掌握世俗治权的同时,兼行巫的职能,显然是借与神沟通的能力来巩固权力的正当性。

三　君主与巫阶层的关系

巫的确切起源今虽已不可考,但是现存的传世文献却为我们了解巫的发展演变提供了不少资料。其中重要的一篇即是《国语·楚语下》中昭王与观射父的对话:

---

① 萧统编,李善注《李善注昭明文选》,河洛图书出版社 1975 年版,第 310 页。
② 《十三经注疏》第 6 册,第 241 页。
③ 《十三经注疏》第 5 册,第 201 页。
④ 关于商汤灭夏以及祈雨之史实,在传世文献中多有记载。张宝明在《从甲骨文钟鼎文看商汤祈雨的真实》(《浙江社会科学》2004 年第 4 期)一文中对此有所梳理,可资参考。

昭王问于观射父,曰:"周书所谓重、黎寔使天地不通者,何也? 若无然,民将能登天乎?"

对曰:"非此之谓也。古者民神不杂。民之精爽不携贰者,而又能齐肃衷正,其智能上下比义,其圣能光远宣朗,其明能光照之,其聪能听彻之,如是则明神降之,在男曰觋,在女曰巫。是使制神之处位次主,而为之牲器时服,而后使先圣之后之有光烈,而能知山川之号、高祖之主、宗庙之事、昭穆之世、齐敬之勤、礼节之宜、威仪之则、容貌之崇、忠信之质、禋絜之服,而敬恭明神者,以为之祝。使名姓之后,能知四时之生、牺牲之物、玉帛之类、采服之仪、彝器之量、次主之度、屏摄之位、坛场之所、上下之神、氏姓之出,而心率旧典者为之宗。于是乎有天地神民类物之官,是谓五官,各司其序,不相乱也。民是以能有忠信,神是以能有明德,民神异业,敬而不渎,故神降之嘉生,民以物享,祸灾不至,求用不匮。

"及少皞之衰也,九黎乱德,民神杂糅,不可方物。夫人作享,家为巫史,无有要质。民匮于祀,而不知其福。烝享无度,民神同位。民渎齐盟,无有严威。神狎民则,不蠲其为。嘉生不降,无物以享。祸灾荐臻,莫尽其气。颛顼受之,乃命南正重司天以属神,命北正黎司地以属民,使复旧常,无相侵渎,是谓绝地天通。

"其后,三苗复九黎之德,尧复育重、黎之后,不忘旧者,使复典之。以至于夏、商,故重、黎氏世叙天地,而别其分主者也。其在周,程伯休父其后也,当宣王时,失其官守,而为司马氏。宠神其祖,以取威于民,曰:'重寔上天,黎寔下地。'遭世之乱,而莫之能御也。不然,夫天地成而不变,何比之有?"①

观射父已处于春秋战国时期,《楚语》的这段记载是否为上古社

---

① 《国语》,上海古籍出版社 1998 年版,第 559—564 页。

会的原生情景,又在多大程度上受到商周文化的影响,且楚国的情况又是否能够代表当时各地的情况,对此是不能不表示怀疑的。不过即便受到商周文化的影响,但是其所论述的内容仍可以还原部分上古社会的情景,尽管未必是全貌,通过"一斑"也可以为窥"全豹"提供线索。

这段记载事实上是对中国古史演进阶段的一个概括,这段材料提到了作巫觋所应该具备的条件即智、圣、明、聪,拥有超出常人的感知能力,明神可以降附其身,要注意的是这些巫觋也可以神称之,即一般所谓神巫。这段材料将早期的宗教发展分为了三个阶段:第一个阶段是民神不杂,民神异业。此阶段神巫人员是专职的,其他人员并不参与事神的活动。第二阶段则是家为巫史,各家族自有其神巫,但并不一定是具备神巫的特质,至于民神同位,可能指事神时则为巫,不事神时则做一般人的工作。第三个阶段则是绝地天通,神巫人员又恢复专业化。现在我们要探讨的是从家为巫史到巫的专业化,这一过程是否实现了事神权的集中,事神权的集中是集中到巫觋了,还是巫觋背后仍受制于君主?

我们来看看,从家为巫史到巫的专业化是怎么样实现的?

> 颛顼受之,乃命南正重司天以属神,命北正黎司地以属民,使复旧常,无相侵渎,是谓绝地天通。[1]

首先可以肯定的是巫阶层专业化了,但是这种专业化乃是在颛顼的主导下,命南正重,北正黎实现的。颛顼是上古五帝之一,《史记·五帝本纪》载:"黄帝崩,葬桥山。其孙昌意之子高阳立,是为颛顼帝也。"[2]颛顼作为君主已经可以决定谁有事神权,表明此时君主的权力已经控制了事神权的使用。但是因为这段材料是春秋战国时

---

① 《国语》,第 563 页。
② 《史记》,艺文印书馆 1955 年版,第 8 页。

代记述上古的历史,而颛顼本身又带有神话色彩,其本人可能就是神,所以神决定谁有事神权,似乎是本材料中"观射父"的本来之意。

那么颛顼到底是神还是人,还是既为人间君主同时也是神呢?倘若神当君主,那自然是可以统辖天地人三界。从另一个角度来看颛顼很可能是人,但本身也是巫,是一个大巫,统领群巫,因此具有神话色彩。不论颛顼是神还是人,这段材料至少透露出两点重要的信息:

一是,作为君主的颛顼,权力已经可以决定谁有事神权,即此时君主权力可以影响或者说主导神权的使用。

二是,君主本身可能是群巫之首,能够有效管理巫及其活动的开展。

以上两点非常重要,一方面透露出此时的君主可能兼任群巫之首,而在这个时期,因为巫师的角色是沟通人神,因此管理群巫的权力在很大程度上要依赖于神权的支持。因此其权力来源与神权或者说事神权有很大关系。另一方面告知我们世俗君主的权力已经控制宗教上的权力(事神权),宗教权并不能超越君权,这基本奠定了后世教权服从君权,为政权服务的基础。

《国语·楚语下》中昭王与观射父的对话已经指出自颛顼所命南正重,北正黎分别掌管神事与民事,巫的专业化已然开始,此时的君主已经控制了巫阶层及事神权的使用。但我们仍无法判断颛顼这样做是以君主的权威进行,还是以神巫领袖的身份进行,换言之即无从确定是以君权驾驭神权,还是当时君权即兼有神权,甚至君权是由神权而来。

自颛顼设重、黎等专职管理天地、四时之事后,经尧舜,至夏代,重、黎,羲氏、和氏及其子孙世袭此职,成为独占沟通天地鬼神权力的家族集团。《国语》中记载:

　　尧复育重、黎之后,不忘旧者,使复典之。以至于夏、商,故重、黎氏世叙天地,而别其分组者也。①

可见重、黎氏是世袭的巫者。唐尧时"乃羲氏、和氏是也"。《尚书·尧典》亦载:"乃命羲、和钦若昊天、历象、日月、星辰,教授人时。"②羲、和世家至夏帝中康时期,仍见其名。"帝中康时,羲和湎淫,废时乱日。胤往征之,作《胤征》。"③从这些记载来看,巫阶层专业化的进程很早,但是此处记载的情况是巫已经在君主的控制之下,为什么会出现这样的演变?

有一个很明显的事实需要引起我们的注意,即巫术活动成功和失败的可能都是存在的。而巫师或者国王的地位使人们相信他有能力使甘露降临,阳光普照,因而很自然会把干旱和死亡归咎于他得玩忽职守和存心的固执己见,这意味着他们随时可能因为祈雨的失败而面临惩罚。在非洲国王如果祈雨失败常常被流放或者被杀死。西非一些地区,当祭物和供品献给国王后,仍不能获得雨水,他的臣民就把他捆绑起来,以暴力把他带到他的祖墓前,使其可能从祖先之灵求得雨水。西非的班查尔人,则把良好雨水和天气归功于国王,并给他大量粮食和牛。但是如果很长时间干旱而危害庄稼,班查尔人就会辱打国王,直到天气变好。④

巫术的使用存在失败的风险,而失败随时会导致国王被惩罚甚至杀死。为了解决这一问题,国王在不损害自己地位和利益的前提下有两种方法:一是不再直接参与巫术,有其他的神巫代其实行巫术;另外一个方法就是寻找替身,代己受过。国王不再直接参与巫术,而掌控群巫,由其他的神巫实行巫术,国王置身事外,免去了直接受罚的可能,而施行巫术的巫则成为了风险的承担者。《左传》中记

① 《国语》,第564页。
② 《十三经注疏》第1册,第21页。
③ 《史记》,第56页。
④ (英)弗雷泽《金枝》,第132页。

载曝巫及焚巫即是印证。当然以别人的生命代替国王的死,这个人需要能被认可他的死和国王的死一样能够达到目的。因此早先的替身很多时候都是国王的儿子或亲属。弗雷泽就举例了古希腊阿斯塔玛没有为全国作为赎罪的牺牲献祭,而被神下了令,只要阿斯塔玛的每一代最长子嗣进入到市镇大厅就一定要把他献祭。弗雷泽认为这是国王为逃避作为祭品而把责任推给子嗣。①

很明显为了避免巫术失败的风险,君主通过不再直接参与巫术或寻找替身而使自己避免受到惩罚,但在免除这种风险的同时,也带来另一种风险,即失去神权方面的权威。所以我们有理由相信,君主会通过控制其他的神巫来继续掌控神权,从而维护自己的地位与权力。这对于获取及维护世俗的权力非常重要,因为在草昧时期,世间的人在树立权威方面是不能和一个能通神的巫相比的。君主一方面与神巫分离(绝地天通),一方面继续控制神巫(颛顼命南正重司天以属神),这样对君主治权的巩固大概是最有利。

巫在专业化的同时,内部也在分化,作为知识分子的神巫很自然会发展成为其他的行政人员,成为君主的官员。这也是陈梦家所提到的“由巫而史而为王者的行政官吏”。神巫作为行政官员,在史籍中是有记载的。《尚书·君奭》曰:

> 我闻在昔成汤既受命,时则有若伊尹,格于皇天。在太甲,时则有若保衡。在太戊,时则有若伊陟、臣扈,格于上帝;巫咸乂王家。在祖乙,时则有若巫贤。在武丁,时则有若甘盘。②

《史记·殷本纪》也有类似记载。巫贤、巫咸作为巫史,在商代同时也是辅佐商王的重臣。

由上述分析可知绝地天通的演化在不同阶层同时进行,对君主

---

① (英)弗雷泽《金枝》,第 424—426 页。
② 《十三经注疏》第 1 册,第 245 页。

而言则是规避直接参与巫术的风险,保留对巫阶层的控制权,从而垄断神权的使用;于其他神巫而言,除特定的一部分人之外,其他人逐渐由事神转化为事人,即由巫转化为官吏,服务于君主。其中一部分在君主的控制管理下从事事神活动,君主得以通过控制这些官员继续垄断与神交往的权力,以此来巩固权力的正当性。

四　祭祀与君主的权力

不过无论巫术由君主或是专职的神巫进行,由于本质上要求直接的效应,所以其在失败后,可信度很容易受到质疑。巫术的权威不能不下降,随之而起的是宗教的兴起。宗教仍然肯定一种超自然的能力,但是不再直接如巫术般假定能对这种能力有直接影响甚至控制其使用。因此宗教祭祀的有效性亦较易避免直接的质疑。这样一方面仍然可以利用神权的权威,另一方面则避免巫术不灵的危险,对君主治权的巩固当然也最有利。

弗雷泽认为伴随个体巫术的减少,公共巫术开始增多,也即意味着"宗教"渐渐取代了巫术,巫师开始让位于祭司,巫师的巫术活动最终转变为祭司的祈祷献祭职能。弗雷泽所说的祭司,事实上就相当于中国的祝、宗、卜、史,这些称谓就是后来巫阶层发展为官吏之后的行政职位。我们可以看到他们的主要职能就是弗氏所言的祈祷献祭,有一点要明确的是祭祀此时的地位已经变的神圣,祭祀权力已经成为君主权力的象征,因此祝、宗、卜、史的祈祷献祭是在君主的管理下进行,并服务于君主。由祭祀的对象包括祖先而论,家族对于权力的影响已经开始。

关于中国文化的起源和发展历程,陈来曾经指出夏代以前是巫觋时代,商代已是典型的祭祀时代,周代则是礼乐时代。由巫觋文化发展为祭祀文化既是宗教学上进步的表现,也是理性化的表现,祭祀文化不再诉诸巫术力量,而更多通过献祭和祈祷。[①] 陈来总结的三个阶段的划分,年代上是否准确,尚可商榷,但是对于我国文化发展历程以及特点的把握大体是正确的。昔时的巫术活动曾经是树立权威的重要手段方式,其功能与作用现在被祭祀所取代,因此祭祀此时成为沟通人神的方式,当然于中国古代而言也包括对祖先的祭祀。正是因为祭祀的形式和功能是代替巫术的,因此其地位显得特殊,一开始就与权力相挂钩,并且在政治上开始制度化。"国之大事,在祀与戎",正是对此生动的写照。

通过前文的分析,我们不难看出在早期的国家形态中,政教是合一的,神权是君主权力的重要支撑,统治者自然不会放弃与神沟通的权力,因此祭祀的权力从一开始就被这样一个群体所独占,并成为维持其地位的重要象征和手段。祭祀的决定权在君主,由巫师演化而来的祝、宗、卜、史,则是服务于君主的祭祀阶层。

祭祀与政治的挂钩,使得其规格、内容以及对象也因政治等级的差别而不同。《国语·楚语下》记载观射父与楚王的对话,可帮助我们了解祭祀的作用。

> 子期祀平王,祭以牛俎于王,王问于观射父,曰:"祀牲何及?"对曰:"祀加于举。天子举以大牢,祀以会;诸侯举以特牛,祀以太牢;卿举以少牢,祀以特牛;大夫举以特牲,祀以少牢;士食鱼炙,祀以特牲;庶人食菜,祀以鱼。上下有序则民不慢……"
> 王曰:"祀不可以已乎?"对曰:"祀所以昭孝息民、抚国家、定百姓也,不可以已。夫民气纵则底,底则滞,滞久而不振,生乃不殖。其用不从,其生不殖,不可以封。是以古者先王日祭、月享、时类、岁祀。诸侯舍日,卿大夫舍月,士、庶人舍时。天子边祀群神品物,诸侯祀天地、三辰及其土之山川,卿大夫祀其礼,士、庶

---

① 陈来《古代宗教与伦理——儒家思想的起源》,生活·读书·新知三联书店1996年版,第10—11页。

人不过其祖。日月会于龙，土气含收，天明昌作，百嘉备舍，群神
频行……上所以教民虔也，下所以昭事上也。天子禘郊之事，必
自射其牲，王后必自舂其粢；诸侯宗庙之事，必自射牛，刲羊、击
豕，夫人必自舂其盛。况其下之人，其谁敢不战战兢兢，以事百
神！天子亲舂禘郊之盛，王后亲缫其服，自公以下至于庶人，其
谁敢不齐肃恭敬致力于神！民所以摄固者也，若之何其何
之也！"①

　　由对话中对于祭品的礼器、数量的规定可知，祭祀的规格是有着
严格的等级差别，其目的则是为了"上下有序则民不慢"，"上所以教
民虔也，下所以昭事上也"，即维护政治权力的等级秩序和社会的安
定。正是因为祭祀成为权力和地位的象征，因此历代君王都坚持"天
子主祭"，绝不轻易假手于人。
　　《尚书》中记载商王自称"余一人"，享有最高权力、总揽一切政
务。商王亦是祭祀与占卜的最高主持者。② 当然祭祀与卜筮等行为
也有一些并非君主本人所为，而是由相应的官员代表君王进行，这些
现象在商代已经出现。在殷卜辞中，常见"王贞"、"王卜贞"，表明商
王是真正的问卜人。在很多场合下，也由负责占卜的官员代表国王
占卜，这在卜辞中是"某某卜"、"某某贞"，卜官，贞人虽然多，但真正
的主人是作为"余一人"的商王。
　　很明显祭司阶层虽然作为统治阶级的一部分，但其仍服务于君
主。因此君主通过祭司阶层而继续控制神权，也正是如此君主集世
俗政权与神权与一身，君主权力的基础依然是借天命而行事。商人
说其祖先乃是"天命玄鸟"所生，故而其王皆能与天神沟通。甲骨文
中记载如果殷王要有所祷告，需要向先祖为之，而先祖在帝之左右，
可以转请上帝。商王通过祭祀先祖而主宰人间与上帝的交往，假天

　　① 《国语》，第 564—567 页。
　　② 《十三经注疏》第 1 册，第 108—123 页。

意而行事为商王确立了至高无上的权力。① 在商王之下的最高权力
执政官则是掌管祭祀的巫史，卜辞中的史、大史、卿史等皆属此类
官员。

　　商代敬神事鬼，商王的一切活动都要顺从天意而行动，所以凡事
都要向上帝卜问。但大多数时候并非商王亲自卜问，而是由巫史代
替商王卜问，因而巫史是神意的体现，具有很大的权威。其职权亦十
分广泛，后世的职官大多由巫史分化出来。如师保、守藏史、作册等，
王国维云："大小官名及职事之名，多由史出，则史之位尊要可知
矣。"②正是因为巫史掌握着祭祀占卜之类的神事，而巫史对于占卜
的结果判断有着很大的自由度，可能形成独立于王权之外的结果，对
于商王权而言是一种威胁，为维护和强化王权，商王常常采取一些措
施打击巫史。在商代后期巫史的地位已经远不如商初，甚至变得低
下起来。在甲骨卜辞中就有巫被当做贡品的例子，亦有巫被用做人
牲的例子。③

　　正如前所分析，巫术因存在失败的风险而逐渐退出主流社会，献
祭和祈祷成为与神沟通的主要形式，而祭祀的权力为君主所掌控，由
此君主控制了与神交往的权力，并宣扬自己的权力与地位源于神授，
借神的权威为自己的统治穿上神圣的外衣。从君王到普通百姓都虔
诚的相信着君主的地位和权力是由神所授予的，此时的神意并没有
理性的色彩。殷商社会就是神权政治占绝对统治地位的时代。殷人
敬畏上帝，但是此时的上帝并没有理性的色彩。伴随商周政权的更
替，小邦周取代了大邑商，极大冲击了商人和周人原有的世界观。在
这场巨变中，周人逐渐用"天命有德"这种新的世界观来取代殷商之
上帝信仰。这一方面为天命转移到周进行论证，另一方面则是开始

　　①　胡厚宣《殷卜辞中得上帝与王帝》(上)，《历史研究》1959 年第 2 期。
　　②　王国维《观堂集林》第一册，中华书局 1959 年版，第 269 页。
　　③　参见王宇信、徐义华著《商代国家与社会》，中国社会科学出版社 2011 年版，第
480 页。

将理性注入到天命信仰中,诠释了一种新的天命观。

五 小 结

本文简单从巫文化的角度讨论了早期君主如何利用"天人交感"这一沟通人神的途径来维护自身统治的正当性,通过分析我们可以得出以下结论:

(一)在巫信仰时代,巫师作为沟通人神的角色而存在,很有可能成为早期权力的享有者。我国古代曾经存在君主兼行巫职能的时代,即巫王合一。君主兼行巫的职能,是为了利用神权来树立统治的权威。

(二)因为巫术的使用存在失败的风险,为了规避巫术失败可能带来的风险,君主逐渐不再直接参与巫术活动,而是通过控制巫阶层,来间接控制事神权。巫阶层也逐渐分化,成为君主的官员,其中一部分在君主的管理控制下进行事神活动,君主得以间接垄断事神权的使用,从而为自己的统治服务。

(三)随着人类社会的发展,巫术逐渐退出社会主流,宗教开始不断完备,祈祷献祭日益成为人神沟通的主要方式。而祭祀权的使用也被君主所垄断,祭祀权的专有,成为君主统治正当性的证明。假神意而行政,不仅有助于说明政治行为的合理性,更有效树立了政权的权威性与神圣性。由此而对后世政治文化产生的影响则是及其深远的,君权神授成为历代君主极力渲染的永恒话题。

作者简介:屈永刚,男,1985 年生,湖北荆门人。香港浸会大学哲学博士,现为西南政法大学全球新闻与传播学院讲师。主要研究方向为儒家思想。

酒与《诗经》的游之精神

陈斯怀

　　酒与文学的关系十分密切,鲁迅在《魏晋风度及文章与药及酒之关系》中较早注意到这个问题,受其启发,王瑶撰有《文人与酒》一文对此做了进一步的讨论。两者虽然聚焦于魏晋时期,但引发了其他时段相应研究的展开,使得酒与文学的关系问题被凸显出来。作为中国最早经典之一的《诗经》中即存在大量关于酒的内容,自然引起学界较多的关注。这方面的研究基本是将酒与《诗经》的关系纳入到周代的礼乐制度中进行考察,而同样以礼乐为框架,又表现为两种不同的倾向。

　　其一,主要认为《诗经》涉酒篇章是对乡饮酒、燕、射等礼乐活动的反映,酒与其他食物、乐、舞一起达成某种政治与伦理秩序功能,饮酒是礼乐的构成部分且受制于礼乐。[1] 其二,采取上述思路的同时,对酒媒的独特性给以较多的关注,这方面尤以扬之水的研究为典型且见精彩。她在《诗经名物新证(修订版)》中频繁论及酒的问题,书的开篇《诗:文学的,历史的》,以及关于《豳风·七月》、《小雅·楚茨》、《小雅·宾之初筵》的讨论,还有附论《诗之酒》,于此最显集中。该书认为:"诗的时代,几乎一切庄严的、有限止的仪式之后,都接续着轻松的、无限止的歌与酒。"又说:"'献酬交错,礼仪卒度'(《楚

---

　　① 详参李山《诗经的文化精神》,东方出版社 1997 年版。陈戌国《诗经刍议》,岳麓书社 1997 年版。马海敏《〈诗经〉燕飨诗考论》,首都师范大学 2007 年博士学位论文。隋晓理《周代宴饮诗研究》,青岛大学 2010 年硕士学位论文。需要指出的是,陈戌国在收录于《诗经刍议》的《说〈诗经〉之酒与饮酒礼》一文中虽然指出了《诗经》的部分涉酒篇章不具有礼仪性质,但他的关注点仍在与礼仪相关的部分。

茨》),温良恭俭中,依然是奢华;'乐酒今夕,君子维宴'(《頍弁》),有节制的宴饮中依然漫溢着节制不住的狂欢。"①这里揭出的轻松、无限止、奢华、狂欢等因素很能体现她对《诗经》写酒所呈现的精神的理解。另外,汪祚民、薛富兴、陈鹏程等对《诗经》中酒的特性也有较好的讨论,他们不同程度地揭示了酒在《诗经》中呈现出的娱情、享乐的功能,以及酒给礼乐秩序带来的某种轻松的品质。②

以上研究充分注意到《诗经》饮酒诗与周代礼乐的密切关系,这是理解《诗经》的一个重要环节,有其深刻与合理处,后者对酒的特性的关注尤能彰显酒给《诗经》带来的别样意趣。尽管如此,依然有两个问题需要继续讨论:一是将《诗经》之酒置于礼乐的框架中进行讨论,是否由于重视酒在礼乐中的参与,以及礼乐对饮酒的制约这样的思路,造成对酒的特殊性强调不够,甚至忽略它存在与规范性的"礼乐"相游离的一面?二是在已经注意到《诗经》中酒的某些特性之后,是否还能进而找到一种更加通贯、更为深层的精神对之进行概括?

一

酒与礼的关系确实极为密切,《左传·庄公二十二年》即有"酒以成礼,不继以淫,义也"③这样的话,而《汉书·食货志》追述《诗经》以来的情形也有"百礼之会,非酒不行"④的说法。它们都指出酒在礼中起到重要的作用,但礼终究被摆在第一位,所以《左传》特别提及"不继以淫",而微妙之处恰好在此,它同时提示,酒存在易于引发某种偏离礼,偏离正常秩序的因素。

---

① 扬之水《诗经名物新证(修订版)》,天津教育出版社 2007 年版,第 30—31 页。

② 详参汪祚民《从〈仪礼〉"无算乐"看〈诗经〉作品的娱情功能》,《陕西师范大学继续教育学报》2003 年第 3 期。薛富兴《〈诗经〉中的酒》,《求索》2006 年第 12 期。陈鹏程《从〈诗经〉酒诗看酒在周人社会生活中的功能》,《内蒙古农业大学学报(社科版)》2008 年第 2 期。

③ 杨伯峻《春秋左传注(修订本)》,中华书局 1990 年版,第 221 页。

④ 《汉书》,中华书局 1962 年版,第 1182 页。

　　反观《诗经》赖以产生的时代及其稍后,一直存在关于酒的危险性的反思言论,尤以《尚书·酒诰》最为典型。该篇载述的是西周初周公对康叔的告诫,司马迁论及《酒诰》等篇主旨时有一段概括:"周公旦惧康叔齿少……告以纣所以亡者以淫于酒,酒之失,妇人是用,故纣之乱自此始。"①以商纣的"淫于酒"而导致亡国为诫,确实是《酒诰》一篇的精神所在。该篇指出:"天降威,我民用大乱丧德,亦罔非酒惟行;越小大邦用丧,亦罔非酒惟辜。"②认为不管是民众的乱行失德,还是各个大小邦国的丧亡,都是由"酒"引发的。对此,《酒诰》援以为证的即是商纣。该篇一则说:"惟荒腆于酒,不惟自息乃逸,厥心疾很,不克畏死。辜在商邑,越殷国灭,无罹。"再则说:"诞惟民怨,庶群自酒,腥闻在上。故天降丧于殷,罔爱于殷,惟逸。"③尖锐地批评商纣纵酒自逸,群臣也同样沉溺于酒,弄得民怨沸天,众心离散,导致天降灾祸而亡国。与此相应,周之所以能够取代商,很重要的一点即在不溺于酒,所谓:"小子尚克用文王教,不腆于酒,故我至于今,克受殷之命。"④这种以酒为诫,不纵酒逸乐的情况,《酒诰》认为在商代也曾存在过。它追述殷商先王的德业说:"惟御事,厥棐有恭,不敢自暇自逸,矧曰其敢崇饮?"⑤这意味着,由殷商先王的得天下到商纣的失天下,政权变异的一大缘由即在是否能够抵制酒的诱惑。借用《微子》篇中微子的话即是:"我祖底遂陈于上,我用沈酗于酒,用乱败厥德于下。"⑥如此,周朝初立所面临的一个问题就是如何避免重蹈商朝的覆辙,秉承文王"不腆于酒"的美德与训示。《酒诰》对此有几处正面的训语:"文王诰教小子、有正、有事,无彝酒。""汝典听朕毖,勿辩乃司民湎于酒。""矧汝刚制于酒。厥或诰曰:'群饮。'汝勿佚,尽执

① 《史记》,中华书局 1982 年版,第 1590 页。
② 孙星衍《尚书今古文注疏》,中华书局 1986 年版,第 375 页。
③ 孙星衍《尚书今古文注疏》,第 380—381 页。
④ 孙星衍《尚书今古文注疏》,第 378 页。
⑤ 孙星衍《尚书今古文注疏》,第 379 页。
⑥ 孙星衍《尚书今古文注疏》,第 255 页。

拘以归于周,予其杀。"①"彝"即是"常",无彝酒即不要经常饮酒,上引前两句说的都是同一意思,就是告诫康叔及其僚属不要沉湎于酒。最后一句是让康叔强行断绝卫国的溺酒行为,如果出现聚众饮酒的情况,必须全部抓起来交由周王室加以流放的处置。

以商纣因酒败德亡国为诫是周人以史为鉴的重要方式,直到周康王时,还有《大盂鼎铭》写道:"我闻殷坠命,惟殷边侯甸,与殷正百辟,率肆于酒,故丧纯祀。"②大概是受西周初以来以商纣溺酒丧国为诫这一思路的影响,夏朝也逐渐被纳入审视或建构的范围。《墨子·非乐》载:"启乃淫溢康乐,野于饮食,将将锽锽,管磬以方。湛浊于酒,渝食于野,万舞翼翼,章闻于天,天用弗式。"③启作为夏朝的第一任君主,被认为存在纵酒的劣行。这与其父禹的做法迥异。《孟子·离娄下》记有孟子之言:"禹恶旨酒,而好善言。"④《战国策·魏二》说得更具体:"昔者帝女令仪狄作酒而美,进之禹。禹饮而甘之,遂疏仪狄,绝旨酒,曰:'后世必有以酒亡其国者。'"⑤两则文字一方面赞美禹对酒的诱惑的抵制,一方面点出酒能够导致亡国的严重后果。禹的美德和预言,与夏朝的命运形成微妙的关系。夏朝的第二任君主太康曾因逸乐而失国,原因之一很可能即是"甘酒"——被酒的甘美所惑。夏朝的亡国之君桀更是被描写成耽湎于酒、奢靡荒淫的昏君,情形与商纣颇为相似。

除了以亡国、失国之君为靶子对酒的危险性进行反思,关于饮酒,先秦时期还有不少反思与告诫的言论。《周易·未济》"上九"爻

---

①　孙星衍《尚书今古文注疏》,第 376、383、382—383 页。

②　郭沫若《郭沫若全集·考古编》第八卷《两周金文辞大系图录考释(二)》,科学出版社 2002 年版,第 85 页。

③　孙诒让《墨子间诂》,中华书局 2001 年版,第 262—263 页。引文依孙诒让说校改。

④　焦循《孟子正义》,中华书局 1987 年版,第 569 页。

⑤　范祥雍《战国策笺证》,上海古籍出版社 2006 年版,第 1353 页。

辞曰："有孚于饮酒,无咎;濡其首,有孚失是。"①一方面指出安闲饮酒,可以不致咎害,另一方面又提醒如果逸乐无度,将有沾湿头部的危险,有失正道。《象传》解释说:"'饮酒濡首',亦不知节也。"②这是对无节制的饮酒提出警告。《论语·子罕》篇则记有孔子以"不为酒困"作为自身追求的一项内容。③ 另外,《国语·越语下》记载勾践亡国后的自我反省曰:"吾年既少,未有恒常,出则禽荒,入则酒荒。"④《孟子·梁惠王下》引述晏子向齐景公谈及"乐酒无厌谓之亡"。⑤ 以上诸例都是充分注意到酒的诱惑力,意识到溺酒、纵酒的危险性,因此进行自省或对别人提出劝诫。

　　问题是,尽管认识到酒可能带来的对人的理性、对现实秩序的冲击,周人终究没有真正把酒摒斥于生活之外。哪怕是在对酒采取严厉防范的《酒诰》中,周公一方面告诫康叔要强行断绝卫地的饮酒风气,另一方面却说:"惟殷之迪诸臣惟工,乃湎于酒,勿庸杀之,姑惟教之,有斯明享。"⑥正视殷商遗民纵酒的习惯,提出暂且先进行教育,不要急于逮捕流放。而且,该篇还专门谈到两种情况可以饮酒,一是诸国朝会时,在祭祀之后举行宴会,一是养老(敬老)。前者云:"越庶国,饮惟祀,德将无醉。"后者说:"厥父母庆,自洗腆,致用酒。""尔大克羞耇,惟君,尔乃饮食醉饱。"⑦祭祀之后宴饮,毕竟还有"无醉"的要求,养老饮酒,却不妨酌饮至醉。这种认可饮酒的情况,《周易》的《需卦》和《坎卦》也有涉及,它们将饮酒与吉利联系在一起。之后,先秦的其他典籍大量记载了时人饮酒的生活,酒不可遏制地成为时人生活不可或缺的一部分。

---

　　①②　黄寿祺、张善文《周易译注》,上海古籍出版社 2007 年版,第 372 页。

　　③　《论语·子罕》:"子曰:'出则事公卿,入则事父兄,丧事不敢不勉,不为酒困,何有于我哉?'"刘宝楠《论语正义》,中华书局 1990 年版,第 348 页。

　　④　徐元诰《国语集解》,中华书局 2002 年版,第 580 页。

　　⑤　焦循《孟子正义》,第 126 页。

　　⑥　孙星衍《尚书今古文注疏》,第 383 页。

　　⑦　孙星衍《尚书今古文注疏》,第 376—377 页。

可见,西周以来围绕酒出现了一幅有趣的景观:既以谨慎的态度、理性的精神对酒可能将人引向纵逸、迷醉的这一危险性进行约束或抵制,同时又没有禁绝酒的饮用,而是大量将酒引入生活之中。前者强调的是酒的害处,显然,酒有突破礼乐规范或正常秩序的一面,后者看中的是酒的益处,破与立奇异地交织在一起,造成一种微妙的张力。《诗经》正是在这种既时时以纵酒为诫,不断拒斥酒的诱惑,实际却又离不开酒,无法将酒摒绝于生活之外的环境中产生。

二

扬之水在《诗之酒》中统计《诗经》涉及酒的篇数说:"诗言及酒者(包括语含酒义者)凡五十五篇。"①也就是说,《诗经》与酒有关的篇目超过全书总篇数的六分之一。如此频繁出现的酒在《诗经》中面目各异,呈现为丰富的样貌,但是,深入探究的话,却可以发现形形色色的酒给《诗经》注入一种一以贯之的精神。本文把它称为"游之精神",意指个人对某种束缚和现实困扰的暂忘,以及内在的激情对理性精神的渗透或突破;也指个体游离于群体日常遵循的秩序,或与通常的规范维系着松散的关系。

与周初以来关于纵酒的危险性的反思相一致,《诗经》有两处写到因酒败德乱政的内容。其一是《大雅·荡》,诗曰:"文王曰咨,咨女殷商!天不湎尔以酒,不义从式。既愆尔止,靡明靡晦。式号式呼,俾昼作夜。"其二是《大雅·抑》,诗云:"其在于今,兴迷乱于政。颠覆厥德,荒湛于酒。女虽湛乐从,弗念厥绍。罔敷求先王,克共明刑。"②前者追述周文王对商纣沉溺于酒的谴责,后者则对现实中执政者耽乐于酒直接进行批评,表现的都是对酒的危害性的警惕。它们努力要做的就是约束和抵制酒对人性的魅惑,改变并避免失序的情况。纵酒游逸在这里是受到防范的,诗歌所要坚持的是一种理性

<hr>

① 扬之水《诗经名物新证(修订版)》,第414页脚注。
② 程俊英、蒋见元《诗经注析》,中华书局1991年版,第852、857页。

的精神,然而,如此刻意的强调却又凸显了纵酒所引起的游离、突破秩序的形象。

　　与周代饮酒之风仍流行不息相呼应,《诗经》于酒可谓津津乐道,其涉酒篇章已包括了酒最基本的两种功用:解忧与行乐。以酒解忧的诗篇在《诗经》中只是个别现象,这与当时私人饮酒的现象还较少见有关。关于私人饮酒与以酒解忧的文学主题的关系问题,将另外撰文讨论。此处先看《诗经》对这一问题的表达。《周南·卷耳》这样描写以酒解忧的情形:

> 陟彼崔嵬,我马虺隤。我姑酌彼金罍,维以不永怀。
> 陟彼高冈,我马玄黄。我姑酌彼兕觥,维以不永伤。①

　　这首诗的主旨有多种说法,可以归为两类,一为《诗序》、郑《笺》引领的求贤审官说,一为朱熹、方玉润等的念远怀人说。不管解释存在多少分歧,有一点应该没有疑问,这首诗的情绪是感伤的,上引诗句以酒入诗,是想通过饮酒排遣心中的念想与忧伤。依据对诗旨的不同理解,饮酒所要排解的或是女子的相思哀伤,或为女子拟想中所思对象的愁闷,又或是求贤者的忧烦,等等,以酒解忧的主语(施动者)虽不一样,但酒要消解的是一种沾滞的、偏于沉重的意绪,这却是一脉相通。于是,饮酒在这里给诗歌带来一种舒释压力,试图游离和暂忘某种拘束的努力。《邶风·柏舟》干脆直接将以酒解忧与游结合在一起,该诗首章云:"泛彼柏舟,亦泛其流。耿耿不寐,如有隐忧。微我无酒,以敖以游。"②一方面倾诉个人难以排遣的忧伤,另一方面也揭出酒的解忧功能——它可以使人遨游。只是,该诗为了强调忧心的深重,偏偏一反常态,写到酒的解忧功能的失败。正如王先谦

---

①　程俊英、蒋见元《诗经注析》,第 10—11 页。
②　程俊英、蒋见元《诗经注析》,第 62 页。

《诗三家义集疏》所释："非我无酒遨游以解忧，特此忧非饮酒遨游所能解。"[①]如此刻意地以酒的失效来突显忧伤，恰好鲜明地提示了通常情况下酒确实具有引人遨游的功能。

相比之下，饮酒行乐才是《诗经》写酒的主要内容。同样是通过饮酒获得和表达欢乐，《诗经》的描写显得相当丰富。

诗而涉酒，大而化之可归入饮酒诗或宴饮诗名下，《诗经》的不少篇章正是以酒为引，将笔触落到宴饮本身，直接描写欢宴的场面或氛围。经常被论及的《小雅·鹿鸣》即是如此，该诗主要描写宴乐嘉宾的情形，诗共三章，后两章分别以"我有旨酒，嘉宾式燕以敖"和"我有旨酒，以燕乐嘉宾之心"结尾[②]，都是指明美酒乃用以助兴寻乐，其中的"敖"字更是直接点出饮酒的遨游之趣。写宴饮之乐而笔触集中于酒的，尤以《小雅》的《南有嘉鱼》和《鱼丽》两诗为纯粹。两首诗除去起兴的内容，完全是通过以酒行乐来涵摄整个的宴会，一则直接彰显酒给嘉宾带来的悦怿，一则借由赞叹酒的美味与充裕来映现聚会的欢快。酒在诗中营造的是一种异于日常那样刻板的、单调的生活，诗歌所表现的正是由它刺激下摆脱日常节奏的嬉游状态。被《毛序》认为是"燕朋友故旧也"[③]的《小雅·伐木》也多宴饮内容，它的最后一章为：

> 伐木于阪，酾酒有衍。笾豆有践，兄弟无远。民之失德，干糇以愆。有酒湑我，无酒酤我。坎坎鼓我，蹲蹲舞我。迨我暇矣，饮此湑矣。[④]

诗中写的是招宴兄弟的场景，酒是最为显眼的媒介。它特别强

---

① 王先谦《诗三家义集疏》，中华书局 1987 年版，第 128—129 页。
② 程俊英、蒋见元《诗经注析》，第 439、440 页。
③ 毛亨传，郑玄笺，孔颖达疏《毛诗正义》，北京大学出版社 2000 年版，第 673 页。
④ 程俊英、蒋见元《诗经注析》，第 456 页。

调酒水的充足——"有衍",后面还对此进行渲染,表明不管如何,自己都会将酒准备好以供饮用。郑《笺》甚至释最后两句说:"及我今之闲暇,共饮此湑酒。欲其无不醉之意。"①虽然诗歌的表面文字没有明确写到"醉"的问题,但是,通过诗歌对酒的凸显,以及由此呈现的热情,还是可以感受到它是以酒为介来推动一种欢乐融洽的氛围的开展。

以宴饮为主题的诗篇往往伴随着祝福,其中,最常见的一种是祷祝寿考。以酒祝颂眉寿与孝亲、尊老有关,如果考虑到《尚书·酒诰》在严格限制纵酒的同时,允许养亲和尊老可以"饮食醉饱",不难发现,宴饮中以酒祝寿的场面一般都十分热烈。《大雅·行苇》即写道:

> 肆筵设席,授几有缉御。或献或酢,洗爵奠斝。醓醢以荐,或燔或炙。嘉殽脾臄,或歌或咢。(第二章)
> 曾孙维主,酒醴维醹。酌以大斗,以祈黄耇。黄耇台背,以引以翼。"寿考维祺,以介景福。"(第四章)②

《毛序》云:"《行苇》,忠厚也。周家忠厚,仁及草木,故能内睦九族,外尊事黄耇,养老乞言,以成其福禄焉。"③这首诗展现的正是一幅其乐融融的宴游场景,其中非常关键的内容即是"尊老"。郑《笺》就第二章开头两句有解释说:"兄弟之老者,既为设重席授几,又有相续代而侍者。"④第四章直接写到以酒祈祝长寿,宴会结束时还有人引导、扶持那些年老的人——所谓"黄耇台背,以引以翼"。贯串这一过程的即是"酒",酒在这里几乎引领了整首诗的气氛,它挑起与宴者的激情,促使他们进入一种欣悦的放松的状态。只要看一下围绕酒,

---

① 孔颖达《毛诗正义》,第 680 页。
② 程俊英、蒋见元《诗经注析》,第 809、811 页。
③ 孔颖达《毛诗正义》,第 1267 页。
④ 孔颖达《毛诗正义》,第 1269 页。

诗中如何表现,这一点不难看出。诗歌一则曰"或献或酢",主人献酒,宾客回敬;二则曰"洗爵奠斝",洗净、放稳酒杯,准备再次酬酢;三则曰"酒醴维醹",夸言酒味的醇厚;四则曰"酌以大斗",以大科取酒引注入樽。通过酒这一媒介,宾主彼此笼罩在欢洽的氛围中,摆脱常态的束缚,精神变得松弛,游离于日常的秩序。

《诗经》写酒虽可纳入饮酒诗的范围,但饮酒不总是出现在以宴飨为主要题材的诗篇中,以祭祀题材为主的作品也不乏以酒入诗之作。酒的存在总是为祭祀诗带来一种欣豫、游乐的气氛。《大雅·凫鹥》即是典型的一例,该诗首章云:"凫鹥在泾,公尸来燕来宁。尔酒既清,尔殽既馨。公尸燕饮,福禄来成。"接续两章又强调"尔酒既多"、"尔酒既湑",到最后一章达到高潮:"凫鹥在亹,公尸来止熏熏。旨酒欣欣,燔炙芬芬。公尸燕饮,无有后艰。"①诗歌透过对酒的清醇、充裕的赞美,喜悦的心情溢于言表,尤其是最后用"熏熏"描写沉醉的状态,用"欣欣"描写精神上的舒展,都相当鲜明、生动。整首诗在酒意的渲染中分明流溢出一种游乐的趣味。《大雅·既醉》对此也有很明晰的描写,而且涉及祷祝寿考的内容,该诗前三章云:

> 既醉以酒,既饱以德。君子万年,介尔景福。
> 既醉以酒,尔殽既将。君子万年,介尔昭明。
> 昭明有融,高朗令终。令终有俶,公尸嘉告。②

作为祭祀祝词,酒一方面与"万年"的祝语密切呼应,另一方面则是沟通人神的重要媒介,所以如此,与酒所具有的"迷狂"功能有关。扮作"尸"的人既代表神灵接受祭飨,同时也通过享用祭奉的酒使自己的精神摆脱常规,由酒的迷幻作用进入与神灵相通的境域。不管实际上"尸"是否真的完全陷入沉醉,诗歌中常会写到"醉"的情形,既

---

① 程俊英、蒋见元《诗经注析》,第 817—818 页。
② 程俊英、蒋见元《诗经注析》,第 813 页。

显示神灵对祭品的满足，以及饮酒获得的欢畅，又体现"尸"借助酒达
到的异于寻常的状态。

以婚姻题材为主的作品也有以酒入诗之作。《小雅·车辖》是一
首描写迎亲、初婚的诗歌，其中有两章云：

> 依彼平林，有集维鷮。辰彼硕女，令德来教。式燕且誉，好
> 尔无射。
> 虽无旨酒，式饮庶几。虽无嘉殽，式食庶几。虽无德与女，
> 式歌且舞。①

诗歌主要表达对新娘的赞美和新婚的喜悦心情。新郎谦称没有
好酒菜可供飨宴，却又劝新娘要尽量吃喝一些，可见酒还是有的，不
仅有，而且能够达到"式燕且誉"——通过宴饮进入喜悦、欢乐的状
态。无疑，酒在这里是表达且引导欢喜之情的媒介。《郑风·女曰鸡
鸣》则写了婚后的生活情景，其一章云："'弋言加之，与子宜之。宜言
饮酒，与子偕老。'琴瑟在御，莫不静好。"②该诗的叙述主体多有变
化，此句是以女子口吻述及男子出行打猎，女子则负责中馈，呈现出
家庭的融洽和美。饮酒相乐成为展现这种美好生活的重要内容，酒
在诗中承载的是情感的条畅和精神的暇适。

如上所述，《诗经》写酒涵盖了饮酒解忧与行乐两种基本功能。
忧与乐，这是人的一反一正的基本情感，它们与酒联系在一起，一则
偏向于暗淡、低沉，一则偏向于明朗、欢畅，基调确乎不同。但是，两
者并非总是泾渭分明，酒在其中起到的其实是二而一的作用。消解
忧愁的目的是通过暂忘而趋向欢乐，在寻得"乐"的这一追求上，两者
是相通的。诗歌以酒为媒，都是希望以此表达一种对松弛、悦怿之情
的追求与肯定，指向的是人内心从容的"游"的状态。尤其是直接以

---

① 程俊英、蒋见元《诗经注析》，第 691 页。
② 程俊英、蒋见元《诗经注析》，第 237 页。

宴饮为主题的诗歌,或者以祭祀、婚姻为主题而涉酒的内容,其饮酒行乐的方式固然多样,但酒在其中都被用以导引、渲染某种疏离日常秩序,放松来自他者或自我约束的状态,一以贯之的正是游之精神。

三

根据程度的差异,《诗经》以酒入诗所体现的游之精神大致可分为两种形态:一种程度较轻,是有所节制的游乐;一种程度较重,表现为沉醉与尽兴,甚至是无节制的纵恣沉迷,具有狂欢的征象。

第一种形态的诗篇数量较多,在《诗经》中所占比重更大。其中,为数不多的以酒解忧的篇章在情感基调上是抑郁、沾滞的,但它们也传达了希望通过饮酒来缓解或游离其所处困境的心情,大多数的诗歌则是从不同的角度直接抒写以酒助兴,经由酒的诱导而进入游乐的境地。通常,解忧者没有走向颓废放纵,追求快乐者也没有进入沉酣迷醉。这正是大部分探讨酒与《诗经》关系的论著将落脚点放在强调酒对礼乐秩序的达成与遵循,或者礼乐对饮酒的制约的重要原因。① 其优点是抓住礼乐文化这一强大的背景,缺点是忽略了一个问题,即便是有所节制或者遵循礼乐的规范,酒所导入的精神、意绪毕竟呈现为游的旨趣,酒的魅惑力在内在的精神取向上终究是游离于理性和常规拘限的,它随时都可能使游乐从节制转向无节制的恣肆与迷醉。

《诗经》的一些篇章对酒所导引的游乐的节制性有明确表述。《周颂·丝衣》即是一例,诗云:

　　丝衣其紑,载弁俅俅。自堂徂基,自羊徂牛,鼐鼎及鼒。兕

---

① 扬之水的《诗经名物新证》是难得的例外。该书在考证《诗经》中的酒和酒器时,认为礼乐有其契合人的性情的一面,因此,作者论及礼乐秩序下的饮酒行为时,常以温情的笔墨点明酒给周人生活带来的轻松与快乐,以及为《诗经》带来明亮的色调。

觥其觩，旨酒思柔。不吴不敖，胡考之休。①

　　写的是对酒的赞美及随之而来的限制，酒杯的精致与美酒的柔嘉带来的是快乐的享受，它很容易走向完全的松弛，因此立刻引来"不吴不敖"的警戒，提醒不要饮酒无度而出现喧哗、傲慢的无节制的纵乐局面。这种节制的态度有时还通过对比式的肯定与否定来表达，小雅的《小宛》和《宾之初筵》是典型的例子。《小宛》第二章说：

　　　　人之齐圣，饮酒温克。彼昏不知，壹醉日富。各敬尔仪，天命不又。②

　　这里对比了饮酒的两种情况，一种是虽饮酒而能保持"温克"——蕴藉自持，一种是一味沉醉于酒而日甚一日。③ 前者节制而后者放纵，节制者被许为"齐圣"——聪明睿智，放纵者被斥为"昏"——愚昧，采取的是截然对立的评价。显然，诗歌的本意是肯定相对温和节制的方式，但是，客观上却又提供了另一番相反的无节制的以酒行乐的情形。

　　正反的对比在《宾之初筵》中得到淋漓尽致的发挥，以传神写照而论，这篇作品堪称《诗经》酒诗之最。该诗开头写到饮酒的初始情形是"酒既和旨，饮酒孔偕"④，后来却出现了戏剧性的变化。诗的最后三章为：

　　　　宾之初筵，温温其恭。其未醉止，威仪反反。曰既醉止，威

---

　　① 程俊英、蒋见元《诗经注析》，第 988 页。

　　② 程俊英、蒋见元《诗经注析》，第 595 页。

　　③ 郑《笺》："中正通知之人，饮酒虽醉，犹能温蕴自持以胜。"孔颖达《毛诗正义》，第 870 页。《诗集传》："言齐圣之人虽醉，犹温恭自持以胜，所谓不为酒困也。彼昏然而不知者，则一于醉而日甚矣。"朱熹《诗集传》，上海古籍出版社 1980 年版，第 138 页。

　　④ 程俊英、蒋见元《诗经注析》，第 696 页。

仪幡幡。舍其坐迁，屡舞仙仙。其未醉止，威仪抑抑。曰既醉止，威仪怭怭。是曰既醉，不知其秩。

　　宾既醉止，载号载呶。乱我笾豆，屡舞僛僛。是曰既醉，不知其邮。侧弁之俄，屡舞傞傞。既醉而出，并受其福。醉而不出，是谓伐德。饮酒孔嘉，维其令仪。

　　凡此饮酒，或醉或否。既立之监，或佐之史。彼醉不臧，不醉反耻。式勿从谓，无俾大怠。匪言勿言，匪由勿语。由醉之言，俾出童羖。三爵不识，矧敢多又！①

　　宴饮过程中，有的饮者由起初神态的温恭、衣冠的端正、行为的庄重，到逐渐悦乐放松，终于整个的言行举止都失去分寸，狂呼乱叫，衣冠不整，步态踉跄。《庄子·人间世》有句话可以拿来作为这首诗的注脚，其文为："以礼饮酒者，始乎治，常卒乎乱，泰至则多奇乐。"②极为精确地切中酒与礼的尴尬关系。各种礼仪中的饮酒本来是试图将酒纳入其秩序中，以酒成礼，以礼制酒，但是，稍微不慎，酒却可能随时突破礼的约束，走向最终的"乱"——游离出礼的规范，追寻且带来异常的恣肆。当然，这首诗要强调的乃在"饮酒孔嘉，维其令仪"，如朱熹所释："饮酒之所以甚美者，以其有令仪耳。"③肯定的还是那种遵循礼的规范而来的"庄重"，饮酒取乐无妨，但是，必须限制在秩序的范围之内，否则便是一种"大怠"、"伐德"的行为，会引起反省、批评。这首诗非常典型地体现了以酒为媒连接起来的节制的游乐与放纵的狂欢之间的密切关系，以及由此形成的不可避免的紧张感。虽然诗歌试图以理性精神为旨归，但是，它的描写本身却带来一种几乎是相反的效果，诗中展现的醉酒的失态，以及由此形成的喜剧效果，传达的反倒是酒的无限魅惑。节制与放纵之间出现巨大的张力。

---

① 程俊英、蒋见元《诗经注析》，第 699—701 页。
② 王叔岷《庄子校诠》，中华书局 2007 年版，第 141 页。
③ 朱熹《诗集传》，第 164 页。

正因为"节制"随时可能由于酒的魅惑而渐次瓦解,所以,《诗经》中又可以看到第二种形态的诗篇,虽然数量不多,却更能显示"游"的纯粹性。《小雅·频弁》即是绝好的例子,该诗以劝勉饮酒为言,最后一章云:

> 有频者弁,实维在首。尔酒既旨,尔殽既阜。岂伊异人? 兄弟甥舅。如彼雨雪,先集维霰。死丧无日,无几相见。乐酒今夕,君子维宴。①

这是亲族之间的宴饮,诗中以生命的不可把握与脆弱易逝为由,劝慰彼此及时以酒行乐,不要辜负此时此夜。朱熹有解释说:"卒言死丧无日,不能久相见矣,但当乐饮以尽今夕之欢。"②"今夕"、"维宴"两词的使用很能传达其心情之迫切,不管是过去或者未来,这时都不在考虑之列,诗歌极欲彰显的是当下如何。在这抛开一切,唯以当下为念的时刻,诗歌将焦点放在以酒为乐上面。借助酒,平时的自我约束完全可以放下,同时,原先的忧虑也在当前的享乐中得以暂忘。这种及时行乐的诗章,还可以在《唐风·山有枢》中看到。该诗本身即以宣扬及时行乐为主旨,只是它不单独以酒相劝勉,而是同时涉及车马、音乐、饮食。诗的最后一章说:

> 山有漆,隰有栗。子有酒食,何不日鼓瑟? 且以喜乐,且以永日。宛其死矣,他人入室。③

同样是以生命的无法常驻为缘由,指出人一旦死亡,目前拥有的一切都将归他人所有,自己不可能继续占有或享用。既然如此,何不

---

①　程俊英、蒋见元《诗经注析》,第 688 页。

②　朱熹《诗集传》,第 162 页。

③　程俊英、蒋见元《诗经注析》,第 311 页。

抓住现在的时光，及时饮酒、鼓瑟，既由此追求喜乐，同时使短暂的日子变得更为悠长。对此，朱熹解释说："人多忧则觉日短，饮食作乐，可以永长此日也。"①这种心理体验和通常的感受好像存在出入，一般情况下，我们会觉得忧愁的时间过得缓慢，快乐的时间过得迅疾，但是这首诗以及朱熹的理解中，事情却完全相反。如此分歧恐怕是由于立言角度不同，《诗经》及朱熹的解释大概是就生活质量（生命密度）的角度而言，欢乐使得生活的趣味更为丰实，无形中相当于将时间拉长。

以饮酒作为及时行乐的一种途径，描写摆落约束的嬉游固然是无节制的放纵，而《诗经》写酒喜用"醉"字，有时也很能传达尽情尽兴的状态。《小雅·湛露》首两章说：

> 湛湛露斯，匪阳不晞。厌厌夜饮，不醉无归。
> 湛湛露斯，在彼丰草。厌厌夜饮，在宗载考。②

夜饮而不醉不归，不管是像有的解释那样把这看成是祝酒词，还是直接把它看作实态描写，它都表现出一种明显异于常态的沉迷况味。尽管由于诗歌后两章对美好的德行、仪态进行赞美，使得酒的魅惑受到一定的节制而没有出现诸如《宾之初筵》那样的醉态，但是，这种以"醉"为度的追求本身即已具有尽展情性的性质，和通常意义上的"节制"毕竟不同。如果说，此诗醉酒的状态还是过于模糊的话，那么，《鲁颂·有駜》的描写无疑更为具体。该诗主要写饮宴之乐，首两章云：

> 有駜有駜，駜彼乘黄。夙夜在公，在公明明。振振鹭，鹭于
> 下。鼓咽咽，醉言舞。于胥乐兮。
> 有駜有駜，駜彼乘牡。夙夜在公，在公饮酒。振振鹭，鹭于

---

① 朱熹《诗集传》，第69页。
② 程俊英、蒋见元《诗经注析》，第490—491页。

飞。鼓咽咽,醉言归。于胥乐兮。①

 诗章极力渲染的正是饮宴而来的醉意,以及由此感到的酣畅。为了显扬欢乐的具体程度,诗歌特别写到饮宴过程歌舞场面的热烈,饮酒的沉酣即在如此氛围下充分展现出来。显然,酒意的醺醺然中,诗歌描写的已不止是那种温和、节制的游乐,而是强烈地带上了恣放的意味。

 综上所述,《诗经》产生于既以纵酒为诚却又用酒不止的时代环境中,与之相应,它一方面以理性的态度对纵酒的行为进行抵制与反省,另一方面却频繁地描写饮酒之趣,对借酒游乐表现出赞美的态度。无论《诗经》在饮酒问题上采取的是批评或是肯定的态度,酒在其中呈现的终究是一种解缚的作用,它诱导饮者进入"游"的境域,同时将诗歌引向一幅幅"游"的景观。酒为《诗经》注入了一以贯之的游之精神,只是程度有所不同,一为节制,一为放纵。放纵固然偏离日常的规范和约束,甚至突破理性的秩序,有所节制也并不意味着酒意带来的松弛感和游离感的消失。以酒为媒,《诗经》显示出一种严肃与游戏并存的紧张感,以及清醒与迷醉相交织的格调。此后,酒与文人和文学的结缘日渐广泛、深入,其奥秘恐怕就在于它给人和文学带来了难以压抑的"游"的诱惑,而这一点在《诗经》中已有精彩的体现。

 (本文原发表于《文史哲》2013 年第 4 期,此处略有改动)

 作者简介:陈斯怀,男,1978 年生,广东汕头人。河北师范大学文学院副教授,硕士生导师。主要研究领域为先秦两汉文学、中古宗教与文学。出版专著《道家与汉代士人思想、心态及文学》,发表论文十余篇。

---

 ① 程俊英、蒋见元《诗经注析》,第 1002—1003 页。

论《史记》"以兵驭文"的文章风采

王俊杰

司马迁是一位天马横空的历史家,他用如椽铁笔为世人展现了三千年波澜壮阔的历史画卷。司马迁对兵学的耳濡目染,使他撰《史记》如同老将用兵,用兵法驾驭文章,《史记》因此呈现出不同凡响的兵家气派。

一 "以兵喻文"与"以兵驭文"

以兵喻文,就是用类比的方式,在文学批评中引入兵学理论,用兵法论文法,最终达到文武二道、殊途同归的文学批评境界。以兵驭文,是指司马迁深受兵家熏染而形成一种潜意识,其为文如同老将用兵,用兵学法则驾驭文章的写作,使《史记》相关篇目从骨子里透出浓郁的兵学色彩。

以兵喻文作为一种文学批评方式古已有之。唐人林滋《文战赋》曰:"士之角文,当如战敌。"①他把写作看作打仗,把考场比作战场。"文章一道,通于兵法",文法与兵法,虽然分属文武两道,但它们作为人类的精神现象是由共同的思维模式决定的,二者本有其相通之处。兵法对于文学批评的渗透始于南朝,刘勰《文心雕龙·定势篇》明显受到《孙子兵法》的影响。此后,唐人杜枚《答庄充书》、宋人姜夔《白石道人诗说》、明人谢榛《四溟诗话》、清人王夫之《姜斋诗话》、吴乔《围炉诗话》、章学诚《文史通义·说林》以及毛宗岗对《三国演义》的批评等文论著作都有对以兵法喻文法的精辟论述。今人对以兵喻文

---

① 董诰等《全唐文》第4册,上海古籍出版社1990年版,第3533页。

现象也有讨论。以兵喻文主要体现在术语和观念两个层面。兵法术
语可转化为文学批评术语，以兵法论文法，不但形象生动，还可以提
高文学批评的理论品位，所论似乎不再是雕虫小技，而是运筹决胜之
大计。从更深层来看，兵法的思想观念可以转化为文学批评的思想
观念，如"势"、"法"以及"奇正"等兵学概念，就为文学批评提供了很
有生命力的范畴。① 以兵喻文拓展了文学批评的发展空间，对推动
文学批评的发展不无启示：以旁通求发展，以类比求创新，以譬喻求
生动。②

　　古代以兵法论《史记》也不乏其人，并且常常与《汉书》做比较以
窥各自风貌。如茅坤曰："予尝譬之治兵者，太史公则韩、白之兵也，
批亢捣虚，无留行，无列垒，鼓钲所响，川沸谷平；乃若班掾则赵充国
之困先陵，诸葛武侯之出岐山也，严什伍，饱糇粮，谨间谍，审向导，先
为不可胜以待敌之可胜，故其动如山，其静如阴，攻围击刺百不失一，
两家之文，并千古绝调也。"③王畿亦云："子长之文博而肆，孟坚之文
率而整。方之武事，子长如老将用兵，纵横荡恣，若不可羁而自中于
律。孟坚则游奇布置，不爽尺寸，而布勒雍容，密而不烦，制而不迫，
有儒将之风焉。要之，子长得其大，孟坚得其精，皆古文绝艺也。"④
天都外臣曰："夫《史记》上国武库，甲仗森然，安可枚举。"⑤读一部
《史记》，我们仿佛能看到滚滚的征尘，殷红的鲜血，似乎也隐隐能够
听到战马的嘶鸣声，惊天的战鼓声。

　　古人之所以用兵法评《史记》，除了一般意义上的以兵喻文外，还
着实是因为司马迁与兵法有非常深的渊源关系。其一，司马迁家族
有源远流长的兵学传统。在《太史公自序》中司马迁追述了他引以为
豪的两大家学传统：或为文史世典周史，或为武将建功立名。在其家

① 吴承学《古代兵法与文学批评》，《文学遗产》1998 年第 6 期。
② 黄鸣奋《论以兵喻文》，《文学遗产》2006 年第 3 期。
③ 杨燕起、陈可青、赖长扬《史记集评》，华文出版社 2005 年版，第 222 页。
④ 杨燕起、陈可青、赖长扬《史记集评》，第 172 页。
⑤ 韩兆琦《史记笺证》第 9 册，江西人民出版社 2004 年版，第 6499 页。

谱上,武职的光辉远比史职更为夺目。远祖程伯休甫是周宣王时的名将。八世祖司马错是战国中期秦之名将,他三征巴蜀,一入楚境,他最为有名的事迹是与张仪在秦惠王廷前辩伐蜀,从中可看出他不凡的战略眼光。六世祖司马靳,是白起的助手,在长平之战中为秦军副将。司马卬作为司马迁的旁系前辈,跟随武信君武臣经营河北,后被项羽封为殷王,最后归汉。这种"传兵论剑"的家学对司马迁产生了潜移默化的影响。其二,司马迁积累了丰富的战争感性经验。汉武帝对外频频用兵,国家长期处于战争状态,司马迁对战争有着相当深刻的感性体验。司马迁曾到黄帝战蚩尤的涿鹿实地考察,到过被秦军水淹过的大梁故城,蒙恬率秦军抗击匈奴的塞北前线也留下过他的足迹。司马迁亲临古战场,使他对古代战争有了浓重的历史现场感。从元狩五年(前118)司马迁28岁仕为郎中,至征和四年(前89)汉武帝最后一次封禅泰山,司马迁共扈从武帝出巡二十六次。汉武帝的巡幸通常带有浓厚的军事色彩,有的甚至就是大规模的军事演练。司马迁扈驾武帝,观瞻盛大阅兵,增加了他对军队和战争的感性认识。其三,司马迁博览兵书拥有深厚的兵学知识。西汉政府曾对兵书做过大规模的搜集整理工作,《汉书·艺文志》设兵书略,分兵家为四:权谋、形势、阴阳、技巧。对《汉书·艺文志》所录兵书,作为太史令的司马迁应该有所过目。据他夫子自道,我们可以确切地指出他所参阅的兵书有:《司马兵法》、《孙子十三篇》、《吴起兵法》、《孙膑兵法》、《魏公子兵法》等。司马迁见过或读过的兵书应该远不止这几种,他的博览兵书,为他积累了深厚的兵学理论知识。

　　司马迁对三千年的战争史了然于胸,兵学对司马迁的影响深入骨髓,甚至已成为潜意识。张文安把兵学对司马迁的影响归纳为四个方面:创设兵书体例,总结兵法思想;以兵法为史料,为兵家立传;以兵法理论为指导描写战争;依据兵法原则评论战争得失和将领才能。[①] 张氏总结的这四方面,不无识见,但还只是停留在表象,司马

---

①　张文安《史记与兵书、兵法》,《史学史研究》2003 年第 3 期。

迁与兵法更为深层的关系还是精神层面的"以兵驭文"。这种长期的耳濡目染所形成的兵家潜意识在他撰写《史记》时,不自觉地就会发生作用。

二　子长文豪,如老将用兵

《史记评林》引凌约言曰:"子长之文豪,如老将用兵,纵横不可羁,而自中于律。"司马迁的文章,如三秦老将,豪迈雄浑。他以兵法驾驭文章,出神入化,令人拍案惊奇。

(一) 意为主将,法为号令,字句为部曲兵卒

杜牧以兵法喻文法,在《答庄充书》中提出:"凡为文以意为主,以气为辅,以辞采章句为兵卫。未有主强盛而辅不飘逸者,兵卫不华赫而庄整者。"吴乔在《围炉诗话》中也说:"意为主将,法为号令,字句为部曲兵卒。"显然吴乔在杜牧的基础上对作文之道说得更为具体。所谓意,就是文章之主题,它如军中之将帅;所谓法,就是篇章结撰之法,它如军中之号令;所谓字句是指对遣字造句的经营,它如军中之兵卒。用吴乔的理论分析《史记》,更能看出太史公"以兵驭文"之神妙。

先说意为主将。孙子曰:"故知兵之将,民之'司命',国家安危之主也。"[1]将帅作为战争的指挥员,关乎民众生死与国家安危,是军队的核心与灵魂。意是文章的神气与精魂,意在文章中的地位与作用,犹如三军之将帅。杨万里说:"作文如治兵,择械不如择卒,择卒不如择将。尔械锻矣,授之赢卒则如无械;尔卒精矣,授之妄校尉则如无卒。千人之军,其裨将二,其大将一;万人之军,其大将一,其裨将十。善用兵者,以一令十,以十令万,是故万人一人也。"(《诚斋集》卷六六《答徐赓书》)司马迁就是擅长"以一令万"的文章圣手,《史记》中的每一篇几乎都贯彻着他的某种"主意",前人早就识破此中机关。陈仁锡曰:"子长作一传,必有一主宰,如《李广传》以'不遇时'三字为主,

---

① 　曹操等《十一家注孙子》,上海古籍出版社 1978 年版,第 371 页。

《卫青传》以'天幸'二字为主。"①高步瀛指出:"史公之文,每篇各有主旨,如《吴太伯世家》以'让'、'争'二字为主,《鲁周公世家》以'相臣执政'为主,《陈丞相世家》以'阴谋'为主,《魏其武安传》以'权势相倾'为主,《大宛传》以'通使兴兵'为主。"②评点家所说的"主宰"、"主旨",说到底都是意,即作品的主题。司马迁作传,不是简单的实录,而是把每篇作品当作一个独立的艺术生命,从纷杂的史料中提炼出一个主题,并以此作为统帅全篇的魂魄,从而达到"以一驭万"豁然贯通的效果。

再说法为号令。这里的法主要是指篇章结撰之法。《史记》的章"法"如同军中号令,调动千军万马,或进或退,忽东忽西,神鬼难料。明代朱夏说:"古之用兵,其合散进退、出奇制胜,固神速变化而不可测也。至其部伍行阵之法,则绳绳乎其弗可以乱。为文而不法,是犹用师而不以律也。"③司马迁为文既是有法可循,又是无法可因,真正达到了名将用兵法而无法的至高境界。汤谐说:"《史记》之文,一篇自有一法,或一篇兼具数法。"④《史记》人人自具面目,篇篇自具笔仗,其章法如水之符器,随遇成形。司马迁每写一种人,每用一种章法,每成一片境界。吴见思评《刺客列传》曰:"刺客是天壤间第一种激烈人,刺客传是《史记》中第一种激烈文字。故至今浅读之而须眉四照,深读之则刻骨十分,史公遇一种题,便成一种文字,所以独雄千古。"⑤项羽、刘邦同为龙腾虎跳的一代雄主,而两本纪文笔不同,文风各异,有井范平曰:"《项羽纪》奔腾澎湃,《高祖纪》汪洋广阔,笔仗不同,各肖其人,可谓文章有神矣。"⑥袁盎与晁错在七国之乱时是冤

---

① 韩兆琦《史记笺证》第 8 册,第 5453 页。
② 韩兆琦《史记笺证》第 9 册,第 6502 页。
③ 贺复徵《文章辨体汇选》卷二三三《答程伯大论文书》,《文渊阁四库全书》本。
④ 杨燕起、陈可青、赖长杨《史记集评》,第 177 页。
⑤ 吴见思、李景星编,陆永品点校《史记论文　史记评议》,上海古籍出版社 2008 年版,第 52 页。
⑥ 韩兆琦《史记笺证》第 2 册,第 752 页。

家对头，且性格相似，虽是两人却用相同笔法，"此传（《袁盎晁错列传》）兀立两扇，因时事相合，遂牵冤家作一传写细看来，刻削阴鸷，盎、错原是一种人，史公亦用一样笔法"①。更为神妙的是《曹相国世家》的章法，曹参出将入相前后为两种人，文章便有两种笔样。李景星云："曹相国参，前后似两截人，而太史公作世家，亦前后分两截叙。前写战功，活画出一个名将；后写治国，活画出一个名相。似此人品，方可称出入将相本领；似此笔法，乃能传真正将相事业，岂非天辟异境！至前半写战功处，屡用'取之''破之''击之''攻之'等字叠顿回应作章法，峭利森严，咄咄逼人。秦以前无此体，汉以后亦无此笔，真是千古绝调！赞语亦分将相两截写，抑扬转折，风神独远。"②司马迁写人叙事，都能够根据具体内容创造出与其相适应的形式，从而达到"文如其所写之人"的境界。"文如其所写之人"的效果是司马迁"因人运文"自觉追求的结果。所谓因人运文，是说先有历史人物如此，司马迁根据每个人物的生命神韵，采用不同的章法，计算出一篇与人物生命特征相契符的文章来，他这样做自然非常辛苦。《史记》各篇传记章法万紫千红，表现出司马迁惊人的创造力。

　　最后说字句为部曲兵卒。再宏伟的建筑也是由一砖一瓦搭建而成，同样，五十二万余言的《史记》也是由一个个方块字支撑起来的。这些字句如同军中之兵卒，虽然地位"低下"，但却是不可或缺，否则那些将师就成了光杆司令。司马迁不仅重视"意"和"法"，而且对"字句"也并不轻视。前人对司马迁用字之奇妙多有发明，本文仅从他妙用虚字及对文眼的设置两方面稍加探讨。首先，司马迁妙用虚字，用虚字来传神。较早注意这一问题的是南宋的洪迈，他说："观《史》《汉》所记事，或曰'云'，或曰'焉'，或曰'盖'，其意舒缓含深意……"（《容斋随笔》卷七）清人姚苎田在《史记菁华录》中说《酷吏列传》所用"矣"字，"有太息之声"。林纾《春觉斋论文》中有一篇"也字用法"，对

---

① 吴见思、李景星编，陆永品点校《史记论文　史记评议》，第60—61页。
② 李景星《四史评议》，岳麓书社1986年版，第53—54页。

"也"字作了个案式的深入分析。李长之对《史记》中虚字的用法作了较为全面的论述,他所论虚字有 11 个:矣、也、而、故、则、乃、亦、竟、卒、欲、言。[①] 其中"矣"字最能够代表司马迁的讽刺和抒情,是司马迁运用得最灵巧的一种武器。"矣"字用作讽刺的武器,在《封禅书》中表现得最为明显与集中,据笔者统计,《封禅书》共用了 22 个"矣"字。《封禅书》是司马迁讽刺汉武帝的一篇力作,频用虚字使文章营造出一种飘忽不定、似有若无的氛围,这既与求仙封禅的内容相合,又充满了讥讽意味。古代汉语中虚词非常丰富,在表情达意时往往起到实词难以达到的艺术效果。司马迁就是善用虚词的高手,虚词恰到好处的运用使他的文章一唱三叹,摇曳多姿,悠远疏荡。虚词不仅使《史记》增添无限声色,更起到一种言外之言、意外之意的修辞作用,这种作用又是其他笔法难以代替,甚至是难以企及的。以虚字传神,不仅是《史记》的一大艺术特色,还是司马迁一种曲折达意的"春秋笔法"。技乎?技矣!神乎?神矣!其次,司马迁以一二字句为"文眼"。王治皞曰:"太史公文虽变幻,却将一二字句作眼,领清题窾,客意旁入而不离其宗。"(王治皞《史记榷参·读史总论》)王氏所言之"一二字句",表面看似貌不惊人,但却能贯通全篇,甚至成为一篇之"骨"。凌稚隆评《孙子吴起列传》曰:"通篇以'兵法'二字作骨,首次武以兵法见吴王,卒斩二姬为名将;后次膑与庞涓俱学兵法,而膑以兵法为齐威王师,及死庞涓,显当时,传后世,皆兵法也;篇终结兵法二字,与首句相应。"[②]凌稚隆又评《商君列传》云:"太史公首言鞅好刑名之学,则鞅所以说君而君悦者刑名也,故通篇以法字作骨,曰'鞅欲变法',曰'卒定变法之令',曰'于是太子犯法',曰'将法太子',而终之曰'为法之敝一至于此',血脉何等贯穿。"[③]这些"一二字

---

① 李长之《司马迁之人格与风格》,生活·读书·新知三联书店 1984 年版,第289—293 页。

② 韩兆琦《史记笺证》第 7 册,第 3822 页。

③ 韩兆琦《史记笺证》第 7 册,第 3854 页。

句",虽然平凡如兵卒,但却能攻城而掠地,其作用甚至使某些将帅也望尘莫及。这些字句其实就是文眼,它们能起到画龙点睛的作用。

（二）"常山之蛇"般的结构布局

有良将有锐卒,还不足以克敌制胜,将帅只有把零星分散的力量凝聚成一个彼此呼应的整体,才能形成强大的战斗力,才有可能胜人而不被敌胜。孙子《九地篇》讲得好:"故善用兵者,譬如'率然';'率然'者,常山之蛇也。击其首则尾至,击其尾则首至,击其中则首尾俱至。"①"常山之蛇"的阵势就是实现军队各部分彼此照应、形成合力的重要手段。

古人常用"常山之蛇"来论文章的结构布局。无论是几十万字的大书,还是数百字的文章,甚或几十字的诗词,它们都是血肉相联的有机整体,作者在谋划结构布局时,决不能做顾头不顾腔的事,而应该首、中、尾统筹兼顾,使文气血脉相连,气息相通,浑然天成。《史记》结构气象宏伟,贯穿古今,涵盖天人,不论是五体宏观结构,还是单篇微观结构,乃至篇与篇之间的照应,都充分体现了司马迁驾驭"常山蛇阵"的高超本领。

先说五体宏观结构上的照应。《史记》由本纪、表、书、世家、列传五种体例构成,这种体例是司马迁参酌各种典籍体例之短长,熔铸百家推陈出新的伟大创造。五种体例中,本纪是总纲,如同北斗;十表与八书为两翼,表为经,书为纬,经纬相织;世家是本纪的"辅拂股肱之臣",恰似"二十八宿环北辰,三十辐共一毂,运行无穷"②。列传就像拱卫北斗的银河,群星灿烂,浩瀚无涯。五种体制各司其职又互相补缺,形成了一个形似"常山之蛇"的自足结构。五种体例前呼后拥,相扶相携,互相补台,共同支撑起司马迁的"常山蛇阵"。

① 曹操等《十一家注孙子》,第 449 页。
② 《史记》第 10 册,中华书局 1982 年版,第 3319 页。

　　次讲单篇结构的照应。《史记》由 130 个彼此联系又相对独立的篇章组成,每篇又都是有头有腹有尾的独立的艺术生命。《史记》虽然各篇结构模式不同,但每篇皆如"常山之蛇",浑然一体,前后相应。如《廉颇蔺相如列传》所叙人物有廉颇、蔺相如、赵奢、赵括、李牧诸人,如果叙写不好,很容易流于松垮散漫,而被各个击破,但司马迁却能在文字中摆起常山蛇阵。廉颇作为赵国的顶梁柱,最早被任用而最后死,所以该列传以廉颇为经,以其他四人为纬,该列传诸传主之文字,脉络相通,遥相呼应。再如《李将军列传》用"射法"贯穿全篇,以李广家族世代善射为呼应。牛运震评之曰:"一篇精神在射法一事,以广所长在射也。开端'广家世世受射',便是一传之纲领。以后叙射匈奴射雕者,射白马将,射追骑,射猎南山中,射石,射虎,射阔侠以饮,射猛兽,射裨将,皆叙广善射事实。……末附李陵善射、教射,正与篇首'世世受射'句收应,此以广射法为线索贯串者也。"[①]司马迁摆设常山蛇阵还有一种惯用的手法:"搭天桥法"。钱钟书曰:"明清批尾家所谓'搭天桥'法,马迁习为之……《孙子、吴起列传》之'孙武死后百余年有孙膑'及《屈、贾列传》之'自屈原沉汨罗后百有余年,汉有贾生'……皆事隔百十载,而捉置一处者也。"[②]《管晏列传》叙完管仲事迹后,用"后百余年而有晏子焉"过渡,《滑稽列传》、《刺客列传》等也是由上接下,蝉联蛇蜕,很能体现"搭天桥法"之奇妙。"搭天桥法"是《史记》中合传与类传经常用的手法,它不仅是一种"过渡"技巧,还为后世文章家提供了首尾呼应的一种行之有效的手段。

　　最后说篇与篇之间的照应。这种情况在《项羽本纪》与《高祖本纪》两篇关系上有充分体现,吴见思曰:"先写项羽一纪,接手又写高祖一纪,一节事分两处写,安得不同? 乃羽纪中字字是写项羽,高纪中字字是写高祖,两篇对看,始见其妙。"[③]这两篇本纪,你中有我,我

---

①　韩兆琦《史记笺证》第 8 册,第 5455 页。

②　钱钟书《管锥编》第 1 册,中华书局 1986 年版,第 308 页。

③　吴见思、李景星编,陆永品点校《史记论文　史记评议》,第 15 页。

中有你，水乳交融，难分难解。司马迁在写《项羽本纪》时脑中会想着《高祖本纪》，在写《高祖本纪》时又会以《项羽本纪》为参照，它们虽为独立的两篇，却是同声相求、同命相息。《史记》编排次序有义例可循，其中蕴含着司马迁的良苦用心，也体现着篇与篇之间的照应关系。反映汉武帝对外用兵的篇目主要集中在列传第四十八至第五十七等十个篇目，其顺序依次为：《韩长孺列传》、《李将军列传》、《匈奴列传》、《卫将军骠骑列传》、《平津侯主父列传》、《南越列传》、《东越列传》、《朝鲜列传》、《西南夷列传》、《司马相如列传》，这十篇传记文脉贯通，一气呵成，宛若一字长蛇的大阵。韩长孺列首篇，除了因为该篇详述了揭开汉朝反击匈奴战争大幕的"马邑之伏"，还因为韩安国总体上也实为反战人物，他和司马迁对匈奴战争的态度基本一致，以一个反战人物开场，这就为后来的战争叙事定了基调。紧接着是李广列传，其传在匈奴传之前，飞将军镇守北边，匈奴不敢南下而牧马，史公将其传列于匈奴传之前，以见北边非将军不可寄管钥。《卫将军骠骑列传》紧承《匈奴列传》以见卫青、霍去病之军功，司马迁对卫、霍二人虽然心存成见，对汉匈战争所付出的沉重代价感到心痛，但还是如实地记述了二人卓绝千古的战功，汉匈战争收官于二将便是史迁如此编次的主要用意。《平津侯主父列传》列于汉匈战争篇目与少数民族列传篇目之间，是司马迁借他人之言以表明对汉匈战争及征伐四夷的态度，主父偃向汉武帝上《谏伐匈奴书》，公孙弘、主父偃都反对伐匈奴、打朝鲜及通西南夷，徐乐、严安的上疏也有这方面的言论。接下来是四个少数民族列传，它们与汉之名臣传等列，反映了司马迁视各民族均为中国版图内的天子臣民的大一统观念。至于《司马相如列传》编在《西南夷列传》后，金锡龄对其中的史公微义有精到分析："《司马相如传》，人第以为取其文词足以卓绝一时，而不知《史记》此传，编次于《西南夷传》之后，别有微意。盖以汉武承文景之统不能法其恭俭，好大喜功，穷兵黩武，敝中国以事四夷，遂为天下大害。至开西南夷一役，启汉武之雄心者，自唐蒙发其端，而司马相如助成之。……太史公推原祸本，不能不归咎于相如，故《平准书》云：'唐蒙、司马相如开路西南夷,凿山通道千余里,以广巴蜀,巴蜀之民罢焉。'据此则史公不满于相如亦可概见,故以相如一传特置于《西南夷传》后。"①通过以上分析,我们可知这十篇有关汉武帝对外用兵的篇目,环环相扣,先后次序大有深意,是相对独立的"叙事单元",构成了一个自具首尾的"常山蛇阵"。

另外需要特别指出的是"互见法"是司马迁常山蛇阵的压阵之宝,互见法在相关篇目间穿针引线,行动自如,它把看似分散的各篇联缀为血脉相通的整体,使各篇"同呼吸,共命运,心连心"。

(三) 伏笔如伏兵

卓越的军事家往往都长于设置伏兵,这些伏兵大多远离主战场,依据有利地形隐蔽蛰伏,敌人或是自投罗网,或是被诱深入,最后被一举歼灭。请看《韩信卢绾列传》写白登之伏:

> 匈奴使左右贤王将万余骑与王黄等屯广武以南,至晋阳,与汉兵战,汉大破之,追至于离石,复破之。匈奴复聚兵楼烦西北,汉令车骑击破匈奴。匈奴常败走,汉乘胜追北,闻冒顿居代谷,高皇帝居晋阳,使人视冒顿,还报曰"可击"。上遂至平城。上出白登,匈奴骑围上。②

匈奴单于冒顿采用的是欲擒故纵,诱敌深入的计谋,在白登预设伏兵,再诱刘邦入瓮。冒顿预设的伏兵,最终起到了出奇制胜的作用。③ 吴见思曰:"'大破之''复破之''常败走',一路实写汉之

---

① 韩兆琦《史记笺证》第9册,第5833页。
② 《史记》第8册,第2633—2634页。
③ 汉武帝也曾张开天罗地网,设下三十万之众的大埋伏,但他却没有冒顿那样的好运。血气方刚雄心勃勃的汉武帝幻想凭此伏兵一举歼灭匈奴,却被强悍骁勇、老谋善断的单于识破机关。司马迁写了这次惊世骇俗的战略大埋伏,即马邑之伏。详见《韩长孺列传》。

得胜，孰知为平城之诱哉？欲擒故纵之法，兵法如是，文法亦如是。"①

　　司马迁就是长用伏笔的文章大家。"《史记》叙事，常闲闲'着子'，预作铺垫。好比围棋高手，常于人不经意处投一二'闲子'，人或莫识其意，及至局随势转，到了一定关头，只须略施点窜，此子顿时显出其妙用。"②这些"闲子"起初看似无关大碍，殊不知乃是太史公预设下的"伏兵"，人或莫识其妙，但往往能起到一剑封喉的奇兵效果。如《赵世家》就以写梦而著称，李景星指出了梦在该篇中的奇妙作用，他说："尤其妙者，在以四梦为点缀，使前后骨节通灵：赵盾之梦，为赵氏中衰、赵武复兴伏案也；赵简子之梦，为灭中行氏、灭智伯等事伏案也；赵武灵王之梦，为废嫡立幼，以致祸乱伏案也；赵孝成王之梦，为贪地受降，丧师长平伏案也。以天造地设之事为埋针伏线之笔，而演出神出鬼没之文，那不令人拍案叫绝！"③李景星所云"伏案"即伏笔也，以梦为伏本已称奇，不忌犯重，连续以四梦为伏，更是奇上加奇。司马迁在《淮阴侯列传》中写井陉之战也采用了"设下伏笔、造成悬念，关合照应"的套路，除了韩信外其他当事人都被蒙在鼓里，韩信只是命轻骑拔赵帜立汉旗，并传令破赵会食，正是有了这样的伏笔，等背水一战大获全胜后韩信再向众将解释其中原委，才使众将及读者恍然大悟。司马迁对伏兵之法心领神会，用伏笔如用伏兵，预作铺垫，设置悬念，最后真相大白，方显出伏笔之神妙。

　　总体来说，"以兵驭文"的文章创作特色，在整部《史记》中都有不同程度的表现，尤其是在相关战争人物的篇目中表现得尤其突出。司马迁用兵学思维构思文章，并进而去撰写兵家的传记，内容与手段珠联璧合，相得益彰。因为这种特色，《史记》也如三秦老将，显得气

---

　　①　韩兆琦《史记笺证》第8册，第4884页。
　　②　可永雪《〈史记〉文学成就论说》，内蒙古大学出版社2001年版，第221页。
　　③　李景星《四史评议》，第46页。

势沉雄,虎虎生风。

（本文原发表于《长江学术》2009 年第 3 期,略有改动）

作者简介:王俊杰,男,1973 年生,河南省鄢陵县人。河北师范大学国际文化交流学院讲师,文学博士。主要从事先秦两汉文学、对外汉语教学研究。发表论文 10 余篇。

汉鼓吹曲《战城南》新释

——以考古发现材料为证

曾智安

一

汉乐府名篇《战城南》最早收录于《宋书·乐志》,是《汉鼓吹铙歌十八曲》之一。相对于其中的《将进酒》、《石留》等难解之篇,《战城南》的曲辞较为通利:

> 战城南,死郭北,野死不葬乌可食。为我谓乌,且为客豪,野死谅不葬,腐肉安能去子逃? 水深激激,蒲苇冥冥。枭骑战斗死,驽马裴回鸣。梁筑室,何以南? 梁何北? 禾黍而获君何食? 愿为忠臣安可得? 思子良臣,良臣诚可思,朝行出攻,莫不夜归。①

但其中也颇多费解之处。尤其是"梁筑室,何以南? 梁何北"数句与前后曲辞似乎关联松散,难以贯通,历代更是歧说纷纭。② 自南宋陈仁子编《文选补遗》中载录此辞,就已将"梁何北"改作"何以北"。《风雅翼》、《广文选》、《诗纪》等并同。③ 此种校改并无依据,但于文

---

① 《宋书》,中华书局 1974 年版,第 641 页。另可参见苏晋仁、萧炼子校注《宋书乐志校注》,齐鲁书社 1982 年版,第 327 页;邱琼荪《历代乐志律志校释》,人民音乐出版社 1999 年版,第 270 页。

② 历来不乏强解且比附本事者,如朱乾、庄述祖、王先谦等人,但难以令人信服。可集中看看周坊《汉铙歌〈战城南曲〉试析》,《云南师范大学学报》1982 年第 2 期。

③ 见逯钦立《先秦汉魏晋南北朝诗》,中华书局 1983 年版,第 157 页。

义稍长,故后世或据此以为该句是指于桥上筑造宫室,阻断南北交通,以致歌者怨恨。解者并多方比附。① 逯钦立以为"梁筑室"之"梁"字乃衍文,"何"为"河"之假借,原文当作"筑室河南梁河北",指汉武帝定河南梁何北之事。② 余冠英以为两"梁"字皆为表声字,此数句是指服工役之人感慨为何也要像士兵一样南北征调。③ 但这些说法大多是转易文辞,不能提供有力证据,并不令人惬服。直到本世纪初,户仓英美在考察前人诸多观点后,仍然认为他们并没有解决其中的困惑:

> 在悲悼战亡兵士的歌中,为什么会插入深受土木工事之苦的百姓呢? 为什么为了表示社会秩序混乱的状态却要提到桥上建房屋?④

户仓英美结合日本学者的相关成果,将《战城南》解读为祭祀者与亡灵对唱的英灵镇抚之歌。但她同样未能就其中的困惑做出有根据、有说服力的回答。故而《战城南》的主题、形态历经千年而仍未得到明朗,诚为学界一大憾事。

笔者近来翻阅汉代诸种考古发现材料,略有小得。今不揣鄙陋,试为推说,以期就教方家,或对相关问题有所推进。

---

① 可集中参看李安纲《〈战城南〉中的"梁筑室"与"良臣"辨》,《运城师专学报》1984年第3期;刘哲《汉乐府〈战城南〉"梁筑室"句新解》,《莆田学院学报》2008年第1期。

② 见逯钦立编《先秦汉魏晋南北朝诗》,第157页。按学界多认为此曲与汉武帝时的边塞之事有关。如陈直《汉铙歌十八曲新解》,《人文杂志》1959年第4期;周坊《汉铙歌〈战城南曲〉试析》,《云南师范大学学报》1982年第2期。

③ 余冠英选《乐府诗选》,人民文学出版社1954年第2版,第4页。

④ 见(日)户仓英美《汉铙歌〈战城南〉考——并论汉铙歌与后代鼓吹曲的关系》,《乐府学》第2辑,学苑出版社2007年版。

二

　　"梁筑室,何以南?梁何北"数句之所以困惑历代学者,诚如户仓英美所说,是因为其表现筑造宫室或工事的内容与整首曲辞的悲悼主题有所背离。如能在此数句的解读上有所突破,则不啻把握住了整个问题的关键。故本文之探讨,就从此处入手。

　　首先需要指出的是,"梁筑室,何以南?梁何北"数句所表达的内容不仅不与整首曲辞的悲悼主题背离,而且可能适为之助。它们反映的很可能是汉代关于人死后渡过冥河前往阴间的生死观念。关于"梁",许慎《说文解字》云:"梁,水桥也。"①结合曲辞中"水深激激,蒲苇冥冥"句,可知这部分内容确实与水上过桥有关。而这种与死亡主题相关的水上过桥情境,是汉代生死观念中常见的表达内容。其中以 1973 年山东省苍山县出土的东汉元嘉墓中的画像石刻题记最有说服力。该题记共 328 字,主要描述死者到阴间及其生活的诸种情景。关于死者进入阴间的过程,题记描述道:

　　　　上卫[渭]桥,尉车马,前者功曹后主簿,亭长骑佐胡使弩。下有深水多鱼[渔]者,从儿刺舟渡诸母。②

　　由此可知,死者进入阴间需要通过一座桥梁,而且桥下有"深

---

　　①　许慎撰,段玉裁注《说文解字注》,上海古籍出版社 1981 年版,第 458 页。

　　②　关于此段文字的释读,历来分歧不大。"下有深水"句,方鹏均、张勋燎释读为"下有流水"。但最早的考古发掘报告以及后来的李发林、巫鸿等人都释读为"下有深水",学者多从之。此处引用文字从巫鸿。又按,此墓的年代最初被断为刘宋元嘉元年,但后来大多数学者都认为应该是东汉元嘉元年的产物。相关内容请参见山东省博物馆、苍山县文化馆《山东苍山元嘉元年画像石墓》,《考古》1975 年第 2 期;方鹏均、张勋燎《山东苍山元嘉元年画象石题记的时代和有关问题的讨论》,《考古》1980 年第 3 期;李发林《山东苍山元嘉元年画像石墓题记试释》,《中原文物》1985 年第 1 期;(美)巫鸿著,李清泉、郑岩等译《中国古代艺术与建筑中的"纪念碑性"》,上海人民出版社 2009 年版,第 309—313 页。

水"。这与《战城南》曲辞所述情境十分吻合。需要注意的是,苍山汉墓题记所描述的内容,很可能是当时墓葬画像中的"格套"。[①] 巫鸿指出:"苍山墓题记的作者甚至不一定知道死者是谁,他所写的这篇文字可以适用于任何人的墓葬,因为任何一位死者都可以被称为'家亲'或'贵亲'。"[②]这意味着汉代墓葬画像中经常表现类似情境,以致形成了通行的表达模板。事实上,汉代墓葬画像的过桥图中确实出现了大量"渭桥"或"渭水桥"榜题,而且多与"渭桥"在现实中的地理位置无关。如上文所述的苍山汉墓即位于山东。又内蒙古和林格尔汉墓壁画中也出现了"渭水桥"榜题。[③]"渭(水)桥"本在长安城中,却频繁出现在各地的墓葬壁画之中,说明当时人较为普遍地将其视作阴阳两界的过渡枢纽。[④] 信立祥也指出,汉画像石中的河与桥,是作为人间现实世界和地下鬼魂世界的分界线和幽明两界之间的通路而出现的。[⑤] 由此可见,汉代已经形成了人死后渡过冥河前往地下世界的观念,而过桥正是死者渡过冥河前往地下世界的主要方式。[⑥]

---

① 汉画的"格套"是指汉代工匠创作时依据的固定图式。参见邢义田《汉代画像中的"射爵射侯图"》,见其《画为心声:画像石、画像砖与壁画》,中华书局 2011 年版,第140—141 页。

② (美)巫鸿著,李清泉、郑岩等译《中国古代艺术与建筑中的"纪念碑性"》,第318 页。李发林很早也推测这些文字非墓主特别要求,而是刻工自发而为。但他未明确指出其"格套"性质。见李发林《山东苍山元嘉元年画像石墓题记试释》,《中原文物》1985 年第 1 期。

③ 内蒙古自治区博物馆文物工作队《和林格尔汉墓壁画》,文物出版社 1978 年版,第 142 页。

④ 巫鸿曾多次论述"渭水桥"的这种象征意义,大体较为一致。可集中参看其《从哪里来? 到哪里去? ——汉代丧葬艺术中的"枢车"与"魂车"》,见(美)巫鸿著,郑岩、王睿编《礼仪中的美术:巫鸿中国古代美术史文编》,生活·读书·新知三联书店 2005 年版,第 261 页。另可参见陈亮《汉代墓葬门区符箓与阴阳别气观念研究》,《中国汉画研究》第三卷,广西师范大学出版社 2010 年版,第 134 页。

⑤ 信立祥《汉代画像石综合研究》,文物出版社 2000 年版,第 332 页。

⑥ 参见(韩)具圣姬《略论汉代人的死后"地下世界"形象》,《延边大学学报》2005 年第 1 期。

《战城南》以生死主题为背景,其关于水上过桥的表述,很可能与汉代的这一信仰有关。

其次需要指出的是,"梁筑室,何以南? 梁何北"中所透露出来的"南"、"北"方位也与汉代人的生死观念有关,尤其是当时通行的生死有别、阴阳异路观念。汉代人普遍相信人死后会化为鬼,并主要对生人世界产生负面作用。① 故而汉代人对于死者的最大期望,就是他们能够安于地下,不返回阳世来干扰人间生活。即使对待死去的至亲至爱也是如此。《后汉书·方术列传·蓟子训传》载蓟子训:

> 有神异之道。尝抱邻家婴儿,故失手堕地而死,其父母惊号怨痛,不可忍闻,而子训唯谢以过误,终无它说,遂埋藏之。后月余,子训乃抱儿归焉。父母大恐,曰:"死生异路,虽思我儿,乞不用复见也。"②

这正是极好的例子。故而死生异路、阴阳别气乃是汉代墓葬文书的核心主题。③ 而在这些文书中,就有以南、北两个方位分别象征阳世、阴间,强调生人往南、死人往北的表述。其中以《熹平元年陈叔敬解除瓶乙券》最为明确:

> 熹平元年十二月四日甲申,为陈初[一作"叔"]敬等、立冢基之(根)。为生人除殃,为死人解适。告西冢公伯、地下两千石、

---

① 彭卫、杨振红《中国风俗通史·秦汉卷》,上海文艺出版社 2002 年版,第 583—587 页。

② 《后汉书》,中华书局 1965 年版,第 2745 页。

③ 相关内容可参看陈亮《汉代墓葬门区符箓与阴阳别气观念研究》,朱青生主编《中国汉画研究》第三卷,第 152 页;刘乐贤《"生死异路,各有城郭"——读骆驼城出土的一件冥婚文书》,《历史研究》2011 年第 6 期;郗文倩《发往地下的文书——汉代墓葬文体功能解说》,见《中国古代文体功能研究——以汉代文体为中心》,上海三联书店2010 年版,第 298—344 页。

仓林君、武夷王。生人上就阳，死人下归阴。生人上就高台、死人（深）自藏。生人南、死人北。生死各自异路。急急如律令。善者陈氏吉昌，恶者五（精）自受其殃。急。①

　　这篇解除文的核心主题是"为生人除殃，为死人解适"，故而反复强调"生死各自异路"。其中需要格外注意的是，生、死两个世界被转化为南、北两个方位，认为生人应该往南，死人应该往北。② 死人世界即由北方之神管理。如 1970 年、1979 年陕西宝鸡出土的东汉镇墓瓶上分别有"黄神北斗，谨为［王］族之家后□……"、"黄神北斗，主为葬者阿丘镇解诸咎殃"及"黄神北斗，主为葬者睢方镇解诸殃咎"之语。都是以"黄神北斗"作为"葬者"的主管之神。这应该与当时的宗教信仰有关。③ 这种信仰一直影响到后世。如敦煌佛爷庙湾出土西凉墓葬 M1：33 陶罐上就有"青乌子告北辰，诏令死者自受其殃罚"之语。④ 可见在汉代，南、北两个方位可以作为生、死两个世界的象征，而且影响深远。结合《战城南》的生死主题背景，其中"何以南？梁何北"的方位描述，很可能与此种观念有关。

　　再次需要指出的是，曲辞中关于水上过桥、南北过渡的表达具有非常鲜明的现实背景，而且也与生死主题相关。如上所述，汉代墓葬画像中关于从水上过桥进入阴间世界的表达，主要以渭水及渭桥作

---

　　① 《中国历代墓券略考》，126：瓶　5.墓券。这里依据陈亮《汉代墓葬门区符箓与阴阳别气观念研究》"附表一：汉代解除文"，见朱青生主编《中国汉画研究》第三卷，第152 页。

　　② 吴荣曾认为，这里的"死人北"是指人死后归天上北斗管理。这与本文的理解并不冲突。从上文"生人上……"与"死人下……"的表述结构来看，这里的南、北带有更加明显的方位色彩。吴荣曾的观点见其《镇墓文中所见到的东汉道巫关系》，《文物》1981 年第 3 期。

　　③ 相关内容请参见王光永《宝鸡市汉墓发现光和与永元年间朱书陶器》、宝鸡市博物馆《宝鸡市铲车厂汉墓——兼谈 M1 出土的行楷体朱书陶瓶》、吴荣曾《镇墓文中所见到的东汉道巫关系》，三文均载于《文物》1981 年第 3 期。

　　④ 可集中参看余欣《唐宋敦煌墓葬神煞研究》，《敦煌学辑刊》2003 年第 1 期。

为象征。值得格外注意的是,这一象征与南、北方位对于生、死世界的象征意义具有密切联系,而且根源于现实背景。关于这一点,巫鸿在对古长安城作考察时已经发现:

> 作为国君之所居的这种新型国都含有两个并列的中心:皇帝的宫殿和帝王陵墓[地图 3.1]。这种二元结构在高祖时期的长安已经出现:宫殿[以及大市、武库和太仓]坐落在渭河以南,与生相关;陵墓建在渭河以北,与死相关。①

陈亮也指出:"长安城皇家送葬的行列都是出北门,过渭河,送往渭河北边的皇家墓地。"②显然,死者离开阳间前往地府的过程,在现实中就直观地转化为由渭河之南向渭河之北的方向过渡,渭桥则是实现这一转化的标志性建筑。"这也就是为什么汉墓中不止一次发现'渭桥'或'渭水桥'图像的原因。"③换言之,生人世界与死人世界以渭河以南、渭河以北两个方位的形式得到直观呈现。汉代墓葬主题中关于死者进入阴间过程的想象,无论是水上过桥还是南北过渡,很可能都根源于渭水及渭桥所展示出来的现实背景。这也可能是《熹平元年陈叔敬解除瓶乙券》中"生人南,死人北"的现实依据。因此,综合而言,《战城南》曲辞中从水上过桥以及南北过渡的表述,很可能与此有关。

最后需要指出的是,"禾黍而获君何食"一句也与汉代的生死观念有关。按此句既述"禾黍而获",又问"君何食",其义难解,故后世

---

① (美)巫鸿著,李清泉、郑岩等译《中国古代艺术与建筑中的"纪念碑性"》,第202页。

② 陈亮《汉代墓葬门区符箓与阴阳别气观念研究》,《中国汉画研究》第三卷,第134页。

③ (美)巫鸿著,施杰译《黄泉下的美术——宏观中国古代墓葬》,生活·读书·新知三联书店 2010 年版,第201页。

一般校改为"禾黍不获君何食"。① 此种校改并无依据,而且错误。此句所述内容也是源于汉代对于阴间世界的想象。汉代人普遍认为,死人在阴间的生活与阳世类似,仍然有饮食方面的需求。这些饮食主要是由生人向死者供奉。《论衡·薄葬篇》载:"闵死独葬,魂孤无副,丘墓闭藏,谷物乏匮,故作偶人以侍尸柩,多藏食物以歆精魂。"②正是此义。故而生人在祭祀、奉养亡灵时,向亡灵及其随从提供"太(大)仓"以供饮食也是汉代墓葬画像及石刻题记中的重要主题,并且往往特别予以说明。上文所引苍山汉墓石刻题记就特地交待:"其当饮食,就夫[太]仓,饮江海。"③陈直在考释望都汉墓题字时就指出东汉壁画石刻中有五处"皆食太仓"的题字。④ 此外,1968年山东曲阜出土《曲阜徐家村画像石题记》载:"[延]熹元年十月三日始作此藏堂……此藏中车马延□,龙蛇虎牛皆食大仓。"⑤1980年山东嘉祥出土《安国祠堂题记》载:"阳遂富贵,此中人马,皆食大仓,饮其江海。"⑥由此可见,汉代人普遍相信生人应该为死者安排、供奉饮食,否则亡灵难免饥饿之苦。⑦《战城南》中,因为"客"是"野死谅不葬",即使"禾黍而获"也不会有人供奉,故而有"君何食"一问。这其实是一种更为沉痛的悲伤。

综合上述,《战城南》曲辞中,从"水深激激"至于"禾黍而获君何食",其所述内容均与汉代的生死观念有关。而曲辞的其他部分也是非常明确地叙述死亡主题。这足以说明《战城南》整首曲辞皆着力于

---

① 见逯钦立《先秦汉魏晋南北朝诗》,第157页。

② 黄晖《论衡校释(附刘盼遂集解)》,中华书局1990年版,第961页。

③ 巫鸿《丧葬纪念碑中的声音》,(美)巫鸿著,李清泉、郑岩等译《中国古代艺术与建筑中的"纪念碑性"》,第312—313页。

④ 陈直《望都汉墓壁画题字通释》,《考古》1962年第3期。

⑤ (日)永田英正编《汉代石刻集成(图版·释文篇)》,日本株式会社同朋舍1994年版,第134页。

⑥ (日)永田英正编《汉代石刻集成(图版·释文篇)》,第128页。

⑦ 巫鸿《超越"大限"——苍山石刻与墓葬叙事画像》,见(美)巫鸿著,郑岩、王睿编、郑岩等译《礼仪中的美术:巫鸿中国古代美术史文编》,第212页。

表现死亡主题，前人的种种比附并不可靠。

三

但"梁筑室，何以南？梁何北"数句的意旨仍然令人困惑。本来是叙述死者从桥上渡河进入阴间世界的过程，为何要提及在桥上筑室？建桥本是为了贯通阻碍，为何又要在其上筑造阻断南北通行的"室"？对这些问题的回答，要从现实生活中的类似现象说起。

首先应该指出的是，前人多认为在桥上筑室不合情理，故而"梁筑室"应该主要是取象征意义。但这种看法并不准确。在桥上筑造房屋或宫室并不悖于生活情理。户仓英美指出，宋代《清明上河图》、元代《马可波罗游记》中均有在桥上建屋的描述，在意大利威尼斯、佛罗伦萨以及中国湖南省的凤凰古城中，现在还有桥上的商店吸引着很多顾客。[①] 其实这种于桥上筑室的建筑早在西汉时期就已出现，只是很少被人关注。2001 年，考古人员在四川成都金沙村金沙遗址中发现了西汉的木制廊桥遗址，"整体廊桥建筑由桥两端河床上的桥台、基础的桥柱、水上的桥面、承桥面的桥梁及桥上的廊房构成"[②]。2009 年 3 月成都盐市口又发掘出一座与之结构完全相同的汉代木制廊桥。[③] 朱永春、刘杰并讨论了各种文献记载中的桥上架屋情

---

① 徐仁甫曾引《华阳国志·巴志》中巴人歌"筑室载直梁，国人以贞真"认为幻术中才有筑室于梁的表演，故而此诗乃是假设之词。见其《古诗别解》，上海古籍出版社1984 年版，第 131 页。但徐仁甫解读有误。巴人歌中，"筑室载直梁"是指筑室当用直梁，非于梁上筑室。户仓英美准确地指出了这一点，并提供了几条文献与现实中于梁上筑室的例证。见（日）户仓英美《汉铙歌〈战城南〉考——并论汉铙歌与后代鼓吹曲的关系》，《乐府学》第 2 辑，第 4 页。

② 卢引科、曹桂梅、唐飞《成都市青羊区金沙村汉代廊桥遗址发掘简报》，《成都考古发现（2008）》，科学出版社 2010 年版，第 251 页。

③ 徐力、孙立新《汉代廊桥遗迹为证，盐市口已繁华两千年》，《成都晚报》2009 年3 月 4 日版。另可参见蒋烨《中国廊桥建筑与文化研究》，中南大学 2010 年博士学位论文。

况。① 另外,《后汉书·岑彭列传》载:

> (建武)九年,公孙述遣其将任满、田戎、程汎,将数万人乘枋
> 箄下江关,击破冯骏及田鸿、李玄等。遂拔夷道、夷陵,据荆门、
> 虎牙。横江水起浮桥、斗楼;立攒柱绝水道,结营山上,以拒
> 汉兵。②

这里的斗楼与浮桥一起横于江水之中,很可能是依托于浮桥而建。由此可见,《战城南》中的"梁筑室"带有非常强烈的写实成分。

真正需要关注的问题是,汉代人为何要"梁筑室"。这就涉及"梁筑室"的功能问题。在桥上筑室,除了可以遮蔽风雨、保护桥梁,提供赶集、祭祀场所及组景观赏之外③,还有一个重要目的,即设防戍守或设卡征税。桥梁的作用是沟通隔绝之地,其地理形势往往较为重要。故自西周以来,中国就有"关梁"之设,用以控制商旅出入。如《礼记·月令》载孟冬之月应该:"坏城郭,戒门闾,修键闭,慎管籥,固封疆,备边竟,完要塞,谨关梁,塞徯径。"④宋玉《九辩》中云:"岂不郁陶而思君兮,君之门以九重。猛犬狺狺而迎吠兮,关梁闭而不通。"⑤凡此皆为明证。汉代以来仍然实行类似的关禁制度。如《淮南子·天文训》云:"壬子受制,则闭门闾,大搜客,断刑罚,杀当罪,息关梁,禁外徙。"⑥这种"关梁"往往设置于桥上或桥头。《水经·渭水注》引

---

① 朱永春、刘杰《汉代阁道与廊桥考述》,《建筑学报》2011 年 S2 期。

② 《后汉书》,第 660 页。

③ 相关论述请参看朱永春、刘杰《汉代阁道与廊桥考述》,《建筑学报》2011 年 S2 期,蒋烨《中国廊桥建筑与文化研究》,中南大学 2010 年博士学位论文。

④ 孙希旦撰,沈啸寰、王星贤点校《礼记集解》,中华书局 1989 年版,第 488 页。

⑤ 萧统编,李善注《文选》,中华书局 1977 年版,第 471 页。

⑥ 何宁《淮南子集释》,中华书局 1998 年版,第 227—228 页。另外,关于汉代的关禁情况,可参见彭年《汉代的关、关市和关禁制度》,《四川师范大学学报》1987 年第 4 期。

《三辅黄图》说渭桥:"桥之南有堤激,立石柱,柱南京兆主之,柱北冯翊主之,有令丞各领徒千五百人。"①则渭桥的"关梁"应设置在桥南头。按照情理,这种"关梁"应该依托于一定的建筑。但汉代缺少直接记载。所幸后世有近似现象可以参考。据《马可波罗行纪》,元代的成都府中有一座大桥:

> 桥上有房屋不少,商贾工匠列肆执艺于其中。但此类房屋皆以木构,朝构夕拆。桥上尚有大王征税之所,每日税收不下精金千量。②

这里明确指出桥上有"征税之所"。根据科姆诺夫(Komroff)编订的英文本,这个"征税之所"是桥上最大的房子(one of the buildings, larger than the rest)。③ 这正是在桥上建造房屋以设卡征税的明证。汉代的"关梁"当与之类似。换言之,汉代桥上所建房屋或宫室很可能也是用来控制过往商旅的管理机构。

在这个背景下就可以继续探讨汉代人关于死者进入阴间世界的想象。桥是人世和阴间的过渡,也就是阴阳两界的关卡,当然也有同样的管理机构存在。上文所引苍山汉墓画像石刻题记描述死者到"卫桥"之后,进一步的行程是:

> 便坐上,小车辇,驱驰相随到都亭,游徼候见谢自便。后有羊车象其椎,上即圣鸟乘浮云。④

---

① 按,此段文字的断句历来注家多因不得要领而误,辛德勇有非常精到的辨析。此处据其订补成果。见辛德勇《〈三辅黄图校释〉后续》,《书品》2006 年第 1 期。

② 冯承钧译《马可波罗行纪》,上海书店出版社 1999 年版,第 272 页。

③ Manuel Komroff, *The Travels of Marco polo*, New York: The Limited Editions Club, 1934,p.250

④ 见(美)巫鸿著,李清泉、郑岩等译《中国古代艺术与建筑中的"纪念碑性"》,第 312 页。

　　据此可知,在过桥之后,死者的车马首先到达了一个"都亭"。关于这个"都亭"的性质,学者们的看法各有小异,其中以陈亮的论述更为合理。他认为"都亭"是地下世界的公共报到处,"是灵魂过桥之后的第一站"。① 换言之,"都亭"也是进入阴间世界的"关梁",死者将由此正式入境阴间。而作为"灵魂过桥后的第一站","都亭"就设置于桥头。1984 年四川彭州义和乡收集到东汉时期的一块汉画像砖上即有类似图像。见图 1。

图 1

　　该砖采取高浮雕形式,画面上有一座弧形木桥,桥拱部分左雕青龙,右雕白虎。桥上一辆骖车向右行驶。"右端桥头侧,有一亭观式的建筑物,四阿式顶,亭内一人,回首后顾。"②此亭观式建筑即紧邻桥头。1996 年,在山东临沂五里堡村也发现一座汉画像石墓。其中 2 号石的下层图也是表现车骑过桥:"木结构桥梁上有两辆辇车,前下后上,车前有一导骑,骑侧为一门亭式建筑,桥下行一船,船前后各有一人在捕鱼。画面空白处饰飞鸟。"③其"门亭式建筑"也是紧邻桥

---

　　① 参见陈亮《汉代墓葬门区符篆与阴阳别气观念研究》"附录二　车马行列的目的地",见朱青生主编《中国汉画研究》第三卷,第 139 页。

　　② "图 1"见《中国画像砖全集·四川汉画像砖》"骖车过桥画像砖",第 6 页,四川美术出版社 2006 年版;说明文字见"图版说明",第 3 页。

　　③ "图 2"及说明文字均见宋岩泉、邱波《山东临沂五里堡古墓出土汉代画像石》,朱青生主编《中国汉画研究》第三卷,第 18 页。

头。见图 2。

图 2

这两处画像的表现内容与苍山汉墓画像石刻题记所述情境非常接近,其紧邻桥头的门亭(亭观)式建筑也与苍山汉墓画像石刻题记中所述"都亭"的位置一致,应该就是其所谓的"都亭"。虽然这些"都亭"的位置与"梁筑室"的表述略有差异,但它们的整体设计并没有本质差别。换言之,《战城南》中的"梁筑室"表述的很可能是已然事实,指连接阴阳两界的桥上(头)筑有"都亭"。与现实中渭桥"关梁"位置略有差异的是,这个"都亭"设置在桥的北侧,更靠近阴间世界。

作为阴阳两界的关卡,"都亭"除了接纳死者的到来之外,更重要的任务应该是限制死者向人间的返回。巫鸿认为,象征死者进入阴间世界的旅行实际上包括两个阶段。第一个阶段是现实中的丧礼出殡,第二个阶段是想象中的魂灵出行。[①] 陈亮也认为魂灵在阴间世界可以乘车马出行,而且范围很广。但他特别考虑了"有什么限制可以保证车马行列不钻出地面、返回人间"的问题。[②] 这一考虑极为必要。因为如上文所述,魂灵重返人间是汉代人的最大忌讳。这从反面说明魂灵们返回人间的愿望是何等强烈,生人必须努力加以阻止。阻止的最好办法当然就是祈求阴间官吏加强对魂灵的管理,限制他们的行为。这也是汉代绝大多数墓葬文书的核心述求。故而魂灵在

---

　　① 巫鸿多次论及这一话题。可集中参考(美)巫鸿著,施杰译《黄泉下的美术:宏观中国古代墓葬》,第 199—224 页。

　　② 陈亮《汉代墓葬门区符箓与阴阳别气观念研究》,朱青生主编《中国汉画研究》第三卷,第 138 页。

阴间的活动范围直接受到阴间官吏的控制,尤其是他们试图离开阴间的行为。陈亮指出:"所有在地下的出行行列最后都结束于一个迎谒者……汉代壁画中墓中的车马出行图,即使是从墓中向门区进发的车马行列,也被迎谒者截断在墓门前。"①"都亭"的管理者也就是这些"迎谒者"之一,而且他们所控制的死者出行方向显然更为重要。换言之,"都亭"作为管理阴阳两界沟通的关卡,才是禁止亡灵重返人间的关键。这与现实中"关梁"的功能极其相似。

至此可以大致理解"梁筑室,何以南"的含义。桥是连接阴阳两界的枢纽,但是桥头筑有禁止亡灵返回人间的"都亭",对于死者来说,当然就会有"梁筑室,何以南"的哀叹。至于"梁何北"的所指,也可以在这个框架内得到很好解释。亡灵从人间(南方)进入阴间(北方)有一段过渡性的旅程。这段旅程并不算短。汉画像石中,死者前往阴间大多要采取车马出行的方式就很可以说明问题。邢义田指出:"汉人想象中到死后世界去的确有一段旅程。"②而据上文所引画像石及相关题记,桥是这段旅程的终结,也是这段旅程的最北边界,距离南方(人间)已经非常遥远。对于渴望重返南方(人间)而又受阻于桥头"都亭"的亡灵来说,当然会有"梁何北"的悲绝之恸。

四

随着"梁筑室,何以南? 梁何北"这个关键难点的打通,《战城南》的主要内容大致可以在汉代生死观念的整体背景中得到有根据、合情理的解释,这点应该没有太大问题。据此可以对该辞的整体情况再略作补说,以进一步助成新论。

以汉代生死观念为参照,《战城南》整首曲辞很可能是由四部分

① 陈亮《汉代墓葬门区符箓与阴阳别气观念研究》,朱青生主编《中国汉画研究》第三卷,第138页。
② 邢义田《汉代画像胡汉战争图的构成、类型与意义》,见其《画为心声:画像石、画像砖与壁画》,第388页。

组成,并由三个角色分工表演。除"客"和"乌"两个表演者之外,很可能还有一人担当整个故事的讲述者,在整个乐曲表演中起到穿针引线作用。第一部分是介绍整个故事的背景,即"客"的悲惨遭际。这应该是由讲述者予以说明:

> 战城南,死郭北,野死不葬乌可食。

这是整首乐曲的引子。讲述者直接揭示了"客"所面临的紧张形势,迫使"客"做出回应。第二部分即"客"对讲述者的回应:

> 为我谓乌,且为客豪,野死谅不葬,腐肉安能去子逃?

"为我谓乌"云云,即替我对乌鸦说。"且为客豪"以下三句,乃"客"的代拟之辞,也即其希望讲述者对"乌"说的话。"豪"即"譹",本义是叫哭①,这里是指以哭诉的方式致哀,类似于后世的哭丧。此段大意,是"客"希望讲述者在"乌"面前代为说项:在啄食之前,请"乌"且为"客"致哀,这并不会损害"乌"的利益。第三部分即乌鸦"且为客豪"的具体内容:

> 水深激激,蒲苇冥冥。枭骑战斗死,驽马裴回鸣。梁筑室,何以南? 梁何北? 禾黍而获君何食? 愿为忠臣安可得?

这部分是"乌"设身处境,为"客"致哀。"乌"首先叙述"水深激激,蒲苇冥冥",暗指"客"已经渡过冥河,即死亡已经成为事实。"枭骑战斗死,驽马裴回鸣"是"乌"替"客"发抒的第一重悲哀:驽马尚徘徊,枭骑却战死。这是悲其死而不该;"梁筑室,何以南? 梁何北"是

① 见闻一多《乐府诗笺》,《闻一多全集》,第 5 册,湖北人民出版社 1993 年版,第722 页。

"乌"替"客"发抒的第二重悲哀:"客"是"野死",未曾与亲友告别,且死时并无亲友相送。① 而今死者已过冥河,受阻于桥头的阴阳关卡,不仅无法重返人世,甚至不能稍微靠近阳间。这是悲其死而有憾;"禾黍而获君何食"则是"乌"替"客"发抒的第三重悲哀:因为是"野死","客"的亡灵在阴间无法得到供奉,即便"禾黍而获",也免不了死后挨饿的命运。这是悲其死而不安。最后,"乌"以感慨作结,谓"愿为忠臣"而结局如此悲惨,安可得而为之! 这三重致哀的内容切身、贴心,层层递进,曲尽"客"野死遭际的种种隐痛,实不可以等闲文字视之。

第四部分是整首乐曲的结尾。由于称谓上出现了由"忠臣"向"良臣"的变化,这部分曲辞应该不是由"乌"继续表演,而是故事讲述者对整个事件的评述:

> 思子良臣,良臣诚可思,朝行出攻,莫不夜归。

这显然也是对"乌"所发感慨的肯定性回应:"客"确实是"良臣",但作为"良臣"却朝出夕死,这实在是值得深思的问题。

如果这个推测成立,则这四部分曲辞形成了一个非常通顺、紧凑、完整的表演结构。整首乐曲由讲述者、"客"、"乌"三个角色共同表演完成,集中表现忠(良)臣"野死谅不葬"的悲惨结局。讲述者主控整个乐曲的表演节奏:他发起故事,作为"乌"与"客"的中介推动情节发展,并最终对故事做出评述。"客"和"乌"则是乐曲的主要表演者,并构成保全与啄食尸体的矛盾双方。但这种矛盾却轻易得到化解:"客"居然放弃对自己尸体的保全,只是向"乌"提出微薄的致哀请求;而"乌"不仅接受这一请求,而且真挚地表达了对"客"的深刻同

---

① 汉代人似乎较为在意死后有亲友相送。上文所引苍山汉墓画像石刻题记的相关描述可为一证。杨建东对汉代画像石也有类似的解读。见其《山东微山县出土西汉、新莽时期画像石椁墓补论》,朱青生主编《中国汉画研究》第三卷,第 24 页。

情。乐曲以这种奇谲得近乎荒诞的方式形成并化解情节上的冲突，展现出高超的艺术想象能力。

在这一表演结构中，由讲述者、"客"、"乌"三个角色分工完成表演是《战城南》乐曲形态的鲜明特征。这种分角色表演的音乐形态在《楚辞》和汉乐府中多有出现，学界多能达成共识，此不待论。即或在《战城南》所属的汉鼓吹曲中，这种形态也非孤例。汉鼓吹曲由专门的鼓吹乐队表演。汉鼓吹乐队通常具有七或十三人的规模。① 这七或十三人除了分工演奏乐器之外，还可以依据乐曲的需求进行角色分工。姚小鸥指出，《远如期》就是一篇以匈奴单于和汉天子口气对唱的乐府歌诗。他还特别强调，对这种对唱体文体性质的正确判断，是理解《远如期》的关键。② 这实际上是肯定角色分工的表演方式在《汉鼓吹铙歌十八曲》中的重要地位。此外，据笔者的考察，同是汉鼓吹曲的《朱鹭》也采用了角色分工的表演形式。③ 可见《战城南》的这一表演结构与汉鼓吹曲通常的音乐形态并不矛盾。

此外，《战城南》这一表演结构所形成的主题适可解决汉鼓吹曲政治功用中的一个疑难困惑。汉鼓吹曲的用途非常广泛，其中的一个重要功能就是由君主赏赐给功臣作为丧葬仪仗。④ 但在《汉鼓吹铙歌十八曲》中，在将《战城南》解读为军乐的前提下，再也没有其他乐曲能够承担这一功能。⑤ 到底是哪些鼓吹曲用作了功臣的丧葬仪

---

① 皇帝专用的鼓吹乐队由十三人构成，公卿诸官的则由七人构成。见《晋书》，中华书局 1974 年版，第 757—760 页。

② 姚小鸥《〈汉鼓吹铙歌十八曲〉的文本类型与解读方法》，《复旦学报》2005 年第 1 期。

③ 曾智安《汉鼓吹铙歌〈朱鹭〉篇新解——以汉代画像、器物造型为证》，《河北师范大学学报》2013 年第 5 期。

④ 赵敏俐对此进行了精准概括。参见其《〈汉鼓吹铙歌〉十八曲研究》，《周汉诗歌综论》，学苑出版社 2002 年版，第 368—370 页。

⑤ 关于《汉鼓吹铙歌十八曲》具体乐曲的功用，可参见陈直《汉铙歌十八曲新解》，《人文杂志》1959 年第 4 期；王运熙《汉代鼓吹曲考》，《乐府诗述论》（增补本），上海古籍出版社 2006 年版，第 236 页。

仗,一直是学界未能直面的难题。而根据本文的探讨,《战城南》对忠(良)臣"野死谅不葬"种种惨境的深刻表现,正可以视作朝廷对战死者及其家属的抚慰:国家完全了解并感激功臣们的无私奉献,并致以深切的哀悼。这正是君主将鼓吹曲赏赐给功臣作为丧葬仪仗的重要目的。

综合上述,无论是汉鼓吹曲通常的乐曲形态还是其承担的政治功能,都有力地支持本文对《战城南》的解读。据此,《战城南》很可能主要是用于赏赐给功臣作为丧葬仪式,采取角色分工表演的乐曲形态,通过设身处境地表现忠(良)臣"野死谅不葬"的悲惨遭际,以表达对战死者家属的抚慰之意。综合各种因素,这一推测即或不中当亦不远。

五

对《战城南》的这一解读将引发我们对《汉鼓吹铙歌十八曲》的性质进行更为深入的思考。自蔡邕在《礼乐志》中将汉乐分为四品且说明"短箫铙歌"为军乐以来,历代学者多将《汉鼓吹铙歌十八曲》视作军乐。但《汉鼓吹铙歌十八曲》的大部分曲辞都与战争无涉,故自元代马端临以来就有不少学者对之表示怀疑,但一直缺乏直接的证据。[1]《战城南》是《汉鼓吹铙歌十八曲》中唯一涉及战争的乐曲。学界普遍认为其中"水深激激,蒲苇冥冥。枭骑战斗死,驽马裴回鸣"部分是描述战场之景,足以表现战士的孤忠、悲壮、愤激,达到激励士气的作用,故而将《战城南》视作军乐。[2] 在这个意义上,《战城南》乃是对"汉鼓吹铙歌为军乐说"的最有力支持。

但本文的探讨显示出,《战城南》一曲中,"战城南,死郭北"以及

---

① 参见张长彬、王福利《"汉铙歌"研究综述》,《中国诗歌研究动态》第6辑,2009年第1期。

② 相关内容可参见萧涤非《汉魏六朝乐府文学史》,人民文学出版社1984年版,第57页;杨生枝《乐府诗史》,青海人民出版社1985年版,第56页;王运熙、王国安《乐府诗集导读》,巴蜀书社1999年版,第154—156页。

"朝行出攻,莫不夜归"等关于战事的叙述其实只是大致背景,而非表现对象。"水深激激,蒲苇冥冥。枭骑战斗死,驽马裴回鸣。梁筑室,何以南?梁何北"更是借"乌"之口描述的亡灵在阴间的诸种情境,而非战场之景,根本谈不上表现战士的悲壮与激愤。最重要的是,《战城南》整首曲辞的表现重点是对野死者在阴间各种悲惨境遇的哀怜,这不仅不能起到激励士气的作用,而且与军乐"建威扬德,风劝士"[①]的需求适得其反。换言之,《战城南》的军乐性质因此而变得极为可疑。这不啻于对"汉鼓吹铙歌为军乐说"的釜底抽薪。

我们当然不能据此就彻底否定"汉鼓吹铙歌为军乐"之说。这里面涉及很多复杂问题,有待学界的共同深入。但不管如何,本文的探讨显示出,汉乐府中的很多篇章并不像其表面那样简单,而是具有深刻的社会背景。无论是流传下来的乐府诗文本还是文本所包含的相关信息,都只不过是反映当时社会情态的吉光片羽,残缺而隐秘。对汉乐府的研究,如果能结合考古发现材料,可能会取得意料不到的效果,从而更好地还原汉乐府的原初状态。

(本文原发表于《文艺研究》2014 年第 10 期,略有改动)

作者简介:曾智安,男,1976 年生,湖北省公安县人。河北师范大学文学院教授,硕士生导师。主要从事乐府学、唐代文学研究。在《文学评论》、《文学遗产》等刊物发表论文 20 余篇,出版有《清商曲辞研究》、《乐府诗音乐形态研究——以曲调考察为中心》等论著。

---

① 《后汉书》,第 3132 页。

帝王优劣论的背景与意义

——以汉魏之际的帝王论为中心

王京州

随着敦煌伯 2636 号文书《帝王略论》的引起关注和热议，虞世南历史比较的评价方式及其对"贞观之治"的推动作用等均得到了揭示①，然其所受汉魏之际帝王论的深刻影响则尚未有人注意。此期较为完整的论文尚存七篇，分别出自孔融、诸葛亮、曹丕、曹植、丁仪、钟会等名家之手，共涉及夏少康、周武王、周成王、汉高祖、汉昭帝、光武帝等六位帝王。它们无一例外采用的是两两比较的方式，有的题目径称为"优劣论"。令人遗憾的是，这些论文在文献著录上尚有触目皆是的错误，更遑论深入的解读和研究。本文以此七篇论文为中心，探讨帝王优劣论在汉魏之际兴起的时代背景，揭示论文背后的政治寓意，及其在思想史和文学史上的双重意义。

一 帝王优劣论与曹魏时代的君臣共论之风

甘露元年（公元 256 年）二月底，高贵乡公在太极东堂举行宴会，宴罢，又与群臣讲论礼仪，并开启了一个君臣都极感兴味的话题。据钟会《太极东堂夏少康汉高祖论》：

> 帝慕夏少康，因问颜等曰："有夏既衰，后相殆灭，少康收集

---

① 关于虞世南《帝王略论》的评价方式与历史价值，可参见瞿林东《说〈帝王略论〉的历史比较方法》，《史学月刊》1987 年第 3 期；李锦绣《读敦煌 P2636〈帝王略论〉文书札记》，见严耀中编《论史传经》，上海古籍出版社 2004 年版，第 138—148 页。

夏众，复禹之绩，高祖拔起陇亩，驱帅豪俊，芟夷秦、项，包举宇内。斯二主可谓殊才异略，命世大贤者也。考其功德，谁宜为先？"①

出人意料的是，群臣与高贵乡公的观点大相歧异。群臣皆以汉高祖为优，而高贵乡公则对夏少康大加称赏。参与议论的群臣包括侍中荀颛、尚书崔赞、袁亮、钟毓，中书令虞松。第二天，五人的意见又开始相左，荀颛和袁亮站到了高贵乡公的阵营，而崔赞、钟毓、虞松依然坚持原来的看法，并对夏少康与汉高祖之间的优劣进行了更为深入地分析。令三人无法认同于高贵乡公的，实际上仍出于前日面对诏问时产生的直觉："少康功德虽美，犹为中兴之君，与世祖同流可也。至如高祖，臣等以为优。"中兴之主岂能与创业之君相提并论？这是崔赞等人认为无须置辩的简单逻辑。但高贵乡公独辟新说的背后，未尝没有其现世的关怀在内。通过对古代帝王的比较，尤其是对夏少康的大力褒扬，高贵乡公本人寄望成为一代中兴之主的理想昭然若揭：

> 少康、殷宗中兴之美，夏启、周成守文之盛，论德较实，方诸汉祖，吾见其优，未闻其劣。……复禹之绩，不失旧物，祖述圣业，旧章不愆，自非大雅之才，孰能与于此？

最后，崔赞等人放弃了争辩，"悦服"于高贵乡公的论断，大约也闻到了史论背后浓浓的现实味道。

---

① 高贵乡公与群臣之间关于夏少康、汉高祖的议论，《艺文类聚》卷十二、《太平御览》卷八二所载俱非全文，且均题为高贵乡公《少康汉高祖论》。《三国志·三少帝纪》注、《太平御览》卷四四五引《魏氏春秋》所载较为完整，其中《三国志》注引末句称"于是侍郎钟会退论次焉"，故严可均辑入《全三国文》，系于钟会名下，题为《太极东堂夏少康汉高祖论》。此处引自《三国志》卷四《三少帝纪》裴松之注引《魏氏春秋》，中华书局1962年标点本，第134—135页。

　　饶有兴致讨论古帝王优劣的高贵乡公,在即位之初也是辅政大臣讨论的对象。《三国志》注引《魏氏春秋》称:"公神明爽俊,德音宣朗。罢朝,景王私曰:'上何如主也?'钟会对曰:'才同陈思,武类太祖。'"[1]钟会的一时兴到之言,虽然并不必要深究,但从高贵乡公即位后孜孜不倦地讲论经典及以卵击石地反抗司马氏专权来看,钟会的评价并无偏谬。鼓动钟会评价高贵乡公的与其说是司马师,不如说是魏晋间热衷于品藻人物的时代风气。此种风气可以追溯至汉末,其产生又根植于东汉时期人才选拔的方式,"月旦评"集中代表了人物品评带来的舆论作用及其对选举产生的巨大影响。与"月旦评"不同的是,帝王优劣论面对的是处于权利核心的帝王,因其采用优劣比较的方式,"今上"无疑是十分敏感的话题,因此帝王优劣论评论的对象大多从当下游离,避开"今上",转而品评古代帝王。然而即使看似与现实无关的古帝王评论,仍折射出作者所处身时代的种种面相,与现实政治息息相关。

　　以帝王之尊评价古帝王,很难说没有一种自况在内。高贵乡公身处魏晋鼎革的特殊时期,虽然大势已去,仍夕惕若厉,其明知不可而为之地反抗司马氏专权与渴望成为中兴之君的理想构成了巨大的反讽。以此看来,《太极东堂夏少康汉高祖论》不仅是对古代帝王的优劣评论,提供后世读者以稽古的材料而已,而是渗透着高贵乡公热血的有机生命,是研究高贵乡公和曹魏政治的重要文献,更因为该文通过对话和行为记载了发生在朝廷之上的论辩过程,全面而生动,尤其值得珍视。刘勰称"高贵英雅,顾盼合章,动言成论"(《文心雕龙·时序》),洵非虚言。

　　在高贵乡公之前,身为五官中郎将、魏太子的曹丕已开创了与朝臣共论帝王优劣的先例。尽管还未登大宝,但此时曹丕与朝臣共论帝王,其性质与君臣共论并无二致。《三国志·文帝纪》注引"《献帝传》载禅代众事"看似堂皇而曲折,其实不过是曹丕授意之下的一场

---

　　① 《三国志》卷四《三少帝纪》,第 132 页。

闹剧而已,早在曹操逝世之前,曹丕久已觊觎帝位,从曹操"若天命在吾,吾为周文王矣"①的表白中,不难看出曹氏父子对代汉立魏的心照不宣。曹丕对古帝王的评价,今可考知者有汉文帝、汉武帝、汉昭帝等,均不无推崇之意。尤其对汉文帝,曹丕曾多次予以揄扬,其死后正好也被谥为"文",这种看似巧合的历史现象背后富含深意。曹丕《太宗论》比较的对象是汉文帝与贾谊,虽然并非帝王之间的优劣比较,不能径称为帝王优劣论,但似也可看成是帝王优劣论的一种特殊形式,一种变体。其以孝文帝为优的观点正是立足于对当时"文学诸儒"的反驳,"时文学诸儒,或以为孝文虽贤,其于聪明,通达国体,不如贾谊",而文学侍臣们关于汉文帝的议论,其产生背景虽无史料可稽,但参照高贵乡公于太极东堂对群臣的咨问来推断,或许也正是曹丕讲论于"肃城门外"时主动提出的一个话题。② 裴松之注引《魏书》又称:

他日又从容言曰:"顾我亦有所不取于汉文帝者三:杀薄昭;幸邓通;慎夫人衣不曳地,集上书囊为帐帷。以为汉文俭而无法,舅后之家,但当养育以恩而不当假借以权,既触罪法,又得不害矣。"

与所著《太宗论》文义不同,此为指摘汉文帝为政之失,细绎文义,可推知此时曹丕已登基,是在以一位执政者的姿态取鉴于古。魏氏"三世立贱",显示出对东汉政权旁落于外戚之家的主动规避③,而在曹丕看来,外戚擅权从汉文帝时代就已萌生了。又称"三年之中,

---

①　《三国志》卷一《武帝纪》,第53页。

②　《三国志》卷二《文帝纪》注引王沈《魏书》:"故论撰所著《典论》、诗赋,盖百余篇,集诸儒于肃城门外,讲论大义,侃侃无倦。常嘉汉文帝之为君,宽仁玄默,务欲以德化民,有贤圣之风。"《三国志》,第88页。

③　参见周勋初《魏氏"三世立贱"的分析》,《魏晋南北朝文学论丛》,江苏古籍出版社1999年版,第1—15页。

以孙权不服,复颁《太宗论》于天下,明示不愿征伐也"[1],更显示曹丕是以汉文帝自比,在向吴、蜀宣示一种大国之君的心态。可见曹丕《太宗论》非一时一地所论的孤立作品,而是始终关注、一再讨论的热门话题。

此外,曹丕《典论》佚文还有一则论汉武帝,因其为孤立地评价帝王一人,未有与他人的优劣比较,故置不论。另有一篇《周成汉昭论》,其论议的政治背景较《太宗论》更为复杂,还牵涉到曹植、丁仪等人的相关作品,本文将单设一节加以讨论,此不赘。

二 帝王优劣论与汉魏之际的私人讲论之风

私人讲论之风在战国时期早已形成,西汉时转入低潮,至东汉末又渐次兴起。在东汉以降的私人论议中,有关古帝王的评价成为重要题材,王充《论衡》可谓代表。在《宣汉》篇中,王充认为:守成之主,周不如汉,汉文帝、武帝明显优于周成王、康王;创业之君,周、汉相埒,汉高祖、光武帝与周文王、武王可以相提并论。至于《恢国》篇,王充则系统比较了周武王与汉高祖的开国大业:实力上,周武王面对的仅是纣之"一敌",汉高祖面对的却是秦、项二家,商纣"至恶",而项羽"恶微";道义上,周武王"以臣伐君",汉高祖"不为秦臣",在取得胜利后,周武王以钺斩纣,"悬其首于大白之旌",汉高祖不戮二世、子婴之尸;从因承上来说,周武王的成功建立在周文王创业的基础上,而汉高祖"无尺土所因,一位所乘",从草莽成就帝业。[2] 可以说无论是成功之难,还是德行之茂,王充都力主汉高祖优于周武王,这就破除了当时人对儒家圣人的迷信,树立了有汉一代的盛德,具有振聋发聩之效。

在王充之后,孔融有《周武王汉高祖论》,其对于周、汉两代开国君主的比较,一如王充之论:

---

① 以上有关曹丕引文俱见《三国志》卷二《文帝纪》,第88—89页。

② 王充《论衡》,上海人民出版社1974年版,第298—300页。

武王从后稷以来，至其身，相承积五十世，俱有鱼鸟之瑞。至高祖一身修德，瑞有四：吕公望形而荐女；吕后见云知其处；白蛇分，神武哭；西入关，五星聚。又武王伐纣，斩而刺之，高祖入秦，赦子婴而遣之，是宽裕又不如高祖也。①

以上出自《艺文类聚》所载，固非全文，仅以所存残篇来看，孔融从符瑞、德行两方面对周武王、汉高祖进行了比较，后胜于前的观点不言自明。具体来说，在处理前朝君主的方式上，周武王显得暴虐，而汉高祖宅心仁厚，此点已见于《论衡·恢国》篇所论；而关于符瑞降临的问题，王充在《语增》篇也有论及："案武王之符瑞不过高祖。武王有白鱼、赤乌之佑，高祖有断大蛇、老妪哭于道之瑞。武王有八百诸侯之助，高祖有天下义兵之佐。武王之相，望羊而已；高祖之相，龙颜隆准，项紫，美须髯，身有七十二黑子。高祖又逃吕后于泽中，吕后辄见上有云气之验，武王不闻有此。"②虽未强调武王"相承积五十世"，高祖"一身修德"，但对汉高祖各种符瑞的胪列，却绝不亚于孔融所论。

《后汉书·王充传》注引《抱朴子》称："时人嫌蔡邕得异书，或搜求其帐中隐处，果得《论衡》，抱数卷持去。邕丁宁之曰：'唯我与尔共之，勿广也。'"③当《论衡》经蔡邕在中原秘密传播时，孔融也是潜在的读者和受益者之一，其选择以周武王与汉高祖的比较为题，很可能便受到了《论衡》的沾溉与影响。帝王优劣论受到的关注和热议，以及《论衡》一书在王充殁后的不胫而走，在孔融此论中可约略窥见。此外，孔融《周武王汉高祖论》可能还受到了班彪《王命论》的影响，史称班彪"既疾嚣言，又伤时方艰，乃著《王命论》，以为汉德承尧，有灵

---

① 《艺文类聚》卷十二《帝王部》二，上海古籍出版社 1999 年版，第 228 页。
② 《论衡》卷七《语增》，第 116 页。
③ 《后汉书》卷四十九《王充传》，中华书局 1965 年标点本，第 1629 页。

命之符,王者兴祚,非诈力所致,欲以感之"①。其论有云:

> 盖在高祖,其兴也有五:一曰帝尧之苗裔,二曰体貌多奇异,三曰神武有征应,四曰宽明而仁恕,五曰知人善任使。②

与《王命论》相比,孔融之论虽为残篇,但已点出了汉高祖兴起的两大因素,班彪《王命论》旨在规劝隗嚣归顺汉室,疑孔融《周武王汉高祖论》也可能意在规诫曹操、袁绍、袁术等人,天命归汉,武力难以摇撼,惜资料残缺,无由确验。

与孔融相似的是,曹植也喜好纵论古今人物,史载他曾延请邯郸淳入座,在讲论之前做了一系列准备,洗澡傅粉,科头拍袒,跳舞击剑,大声朗诵俳优小说,完毕之后才进入了讲论的正题:

> 于是乃更著衣帻,整仪容,与淳评说混元造化之端,品物区别之意;然后论羲皇以来圣贤名臣烈士优劣之差,次颂古今文章赋诔及当官政事宜所先后,又论用武行兵倚伏之势。③

其论说内容可以说是无所不包,暂且抛开曹植对哲学、政治、军事以及文学的关注,单就第二项内容而言,正可见曹植对评骘古今人物的喜好,而且引文明确提到了其评论方法是"优劣"。现存曹植帝王优劣论凡两篇,其一为与其兄曹丕同题共论之《周成汉昭论》,下文将详细展开,此不赘。另一篇为《汉二祖优劣论》,其中曹植以问对的形式比较了汉高祖、光武帝,认为光武帝胜于汉高祖。曹植主要从三方面立论:一是时势,肯定汉高祖在历史上卓著功业的同时,却认为汉光武帝所面临的时势更为艰难和复杂;二是德行,汉高祖"寡善人

---

① 《后汉书》卷四十《班彪传》,第 1324 页。
② 《汉书》卷一百《叙传》,中华书局 1962 年标点本,第 4211 页。
③ 《三国志》注引鱼豢《魏略》,第 603 页。

之美称,鲜君子之风采",而光武帝则"聪达而多识,仁智而明恕";三是人才,既肯定了汉高祖麾下人才济济的盛况及其用人能力,又突出和强调了光武帝的个人才能和主导作用。①

　　关于汉高祖与光武帝之间的优劣比较,并非始于曹植。据现有资料考察,仲长统已开启了这一优劣比较的话题。其《昌言》未能完整保存至今,但有佚文称"昔高祖诛秦、项,而陟天子之位;光武讨篡臣,而复已亡之汉,皆受命之圣主也"②,显示了仲长统对两汉受命之君的关注。又据《金楼子·立言下》:

　　　　仲长公理言"世祖文史为胜",晋简文言"光武雄豪之类,最为规检之风"。世诚以为子建言其始,孔明扬其波,公理导其源,简文宏其说。则通人之谈,世祖为极优矣。③

　　可知仲长统不仅将汉二祖相提并论,也曾予以优劣比较,认为光武帝优于汉高祖,可惜其论述文字未能保存下来。曹植《汉二祖优劣论》在撰成后不久,又传至蜀汉丞相诸葛亮的手中,诸葛亮针对"曹子建论光武,将则难比于韩、周,谋臣则不敌良、平"的观点,提出不同看法,认为"此言诚欲美大光武之德,而有诬一代之俊异"④,从正面肯定了汉光武帝麾下人才之盛,并从深层论述了高祖、光武与其人才集团之间的关系。

三　曹丕、曹植《周成汉昭论》蕴旨臆说

　　帝王优劣论在汉魏之际的兴起,固然与人物品藻的时代风气紧密相关,然而仅以根源于选官制度的乡间清议为由,无法从根本上解

　　①　《艺文类聚》卷十二《帝王部》二,第237—238页。
　　②　严可均《全上古三代秦汉三国六朝文》,中华书局1965年影印本,第955页。
　　③　许逸民《金楼子校笺》,中华书局2011年版,第950页。
　　④　李伯勋《诸葛亮集笺论》,陕西人民出版社1997年版,第307页。

释时人对古帝王优劣论的热衷,为什么是古代帝王?为什么是优劣比较的方式?笔者在上文尝试从君臣共论与私人讲论之风的复兴两方面进行梳理和阐释,两种风气下产生的代表作品分别为《太极东堂夏少康汉高祖论》、《太宗论》与《周武王汉高祖论》、《汉二祖优劣论》。此外,还有一组作品名为《周成汉昭论》,其产生背景和撰述方式反映了君臣共论之风与私人讲论之风的交织和融合:关于周成王、汉昭帝比较的话题既上承班固和王充,又使用了优劣评价的新方式,以曹丕为圆心,至少包括曹植、丁仪在内的邺下文士各抒己见,又与《太宗论》的产生应具有相似的背景,很可能也是"肃城门外"曹丕集诸儒讲论、近似于君臣共论的产物。

王充《论衡·宣汉》称:"文帝、武帝、宣帝、孝明、今上,过周之成、康、宣王。"①旨在通过对周、汉两朝守成之主的优劣对比,以宣扬汉朝的盛德,然而其比较为泛泛而举,并未聚焦在某帝王身上。此前班固《汉书·昭帝纪赞》则称:"昔周成以孺子继统,而有管、蔡四国流言之变。孝昭幼年即位,亦有燕、盖、上官逆乱之谋。成王不疑周公,孝昭委任霍光,各因其时以成名。"②虽已具体到周成王与汉昭帝之间的比较,然而采取的却是"等美"式的评价,并未使用优劣法。至于汉魏之际,在一个特殊而微妙的政治情境中,催生出一批题材相同、观点各异的帝王优劣论。

汉末建安期间,曹操挟天子以令诸侯,在军阀混战中异军突起,逐步消灭了各地割据势力,统一了北方。随之而来的则是曹操地位和权势的上升,据《后汉书·献帝纪》,建安元年曹操"自领司隶校尉,录尚书事",九年"自领冀州牧",十三年"自为丞相",十八年"自立为魏公,加九锡",二十一年"自进号魏王"③,在曹操威权日益滋长的过程中,朝野谤议纷起,如周瑜称"虽托名汉相,其实汉贼","欲废汉自

---

① 《论衡》卷十九《宣汉》,第 298 页。
② 《汉书》卷七《昭帝纪》,第 233 页。
③ 《后汉书》卷九《献帝纪》,第 380、383、385、387、388 页。

立久矣"①,曹操自言"或者人见孤强盛,又性不信天命之事,恐私心相评,言有不逊之志"②,而处于涡流中心的汉献帝也忧患萦积,四处掣肘,史载建安期间曾先后发生多起叛谋,无不以诛杀曹操为职志,其中董承之乱据说接受了汉献帝的衣带密诏。为了"分损谤议",在《让县自明本志令》中,曹操曾自比周公,"所以勤勤恳恳叙心腹者,见周公有《金縢》之书以自明,恐人不信之故"。曹操《让县自明本志令》作于建安十五年(公元 210 年),曹丕、曹植等人的《周成汉昭论》当作于是年之后不久。

先看曹植《周成汉昭论》,其见存于《太平御览》卷四四七,虽非全文,但一篇精华,应略具于此。题目虽为比较周成王与汉昭帝,却始终围绕周公来立论,全文 169 字,成王出现 4 次,昭帝出现 3 次,周公却出现了 6 次。开篇即以周公领起成王之事:

> 周公以天下初定,武王既终,而成王尚幼,未能定南面之事,是以推己忠诚,称制假号,二弟流言,邵公疑之,发《金縢》之匮,然后用寤。③

同叙述成王之事以周公为主线一样,下文转而记叙昭帝之事,也是与霍光联系在一起进行论述的。通观全篇,曹植撰写此论的目的,即在于分析对待首辅权臣的态度和方式。"假制称号"的周公遭到成王的质疑,而权倾朝野的霍光却获得昭帝的信任,在此曹植不肯承认昭帝优于成王,所以不得不为成王之疑周公进行辩护,依据有二:一是说"昭帝所以不疑于霍光,亦缘武帝有遗诏于光。使光若践天子之位,行周公之事,吾恐叛者非徒二帝,疑者非徒邵公也";二是说"且贤

① 《三国志》卷五十四《周瑜传》,第 1262 页。
② 曹操《让县自明本志令》,原名"十二月己亥令",载《武帝纪》注引《魏武故事》,《三国志》,第 32—34 页。
③ 《太平御览》卷四四七《人事部》八八,中华书局 1960 年影印本,第 2057 页。

者固不能知圣,自其宜耳。昭帝固可不疑霍光,成王自可疑周公也"。其后一条论据显得较为牵强。末称:"若以昭帝胜成王,霍光当逾周公邪?"显示曹植此论是有辩驳对象的,而对方所持应即"昭帝胜成王"之论。

再看曹丕《周成汉昭论》,其见存于《艺文类聚》卷十二①,首尾完整,结构清晰,论点鲜明。开篇先指出著论的背景:"或方周成王于汉昭帝,金高成而下昭。"接着笔锋陡转,以"余以为"总领下文,两段文字分别论述周成与汉昭,而对比之意,不言自明。周成王生长在一个被诗书、礼仪环绕的优裕自如的环境中,"所谓沉渍玄流,而沐浴清风者矣";汉昭帝则生长在一个被争斗、机心缠束的相对暗昧的环境中,"所谓生于深宫之中,长于妇人之手"。然而成王直到打开《金縢》之匮,发现了周公请求代武王而死的册书,才幡然醒悟,而昭帝对霍光自始至终地信赖,不受燕王状告的影响,实属难能可贵。成王是"不亮周公之盛德,而信《金縢》之教言,岂不暗哉",昭帝是"岂将有启《金縢》,信国史而后悟哉",最后的结论也是水到渠成:

> 使夫昭、成均年而立,易世而死,贸臣而治,换乐而歌,则汉不独少,周不独多也。

在此曹丕所论的关键也在于"疑信"之间,他充分强调昭帝对霍光的信任,让见疑周公的成王相形见绌。

当位极人臣的曹操在建安初年被各种流言围攻时,他以及身边

---

① 除《艺文类聚》引录外,《太平御览》卷四四七所载《典论》也有论周成汉昭的一段文字。两处文句多有相似处,观点却大相径庭。《类聚》所引 262 字,《御览》所引 183 字。论点均显现于文末,前者称"汉不独少,周不独多",持"昭帝胜成王"之论;后者称"(昭帝)欲高隆周,岂不谬哉",持"成王胜昭帝"之论。两相比较,前论更显深刻、全面,可能是在后论基础上修改的结果。严可均认为"《御览》删改,持论顿殊",也不无可能。分别见《艺文类聚》卷十二《帝王部》二,第 233 页;《太平御览》卷四四七《人事部》八八,第 2056 页。

的人以周公、霍光相比拟,强调周公对周室、霍光对汉室之忠,从而衬托曹操的忠于汉室,以此来消解各种不利于曹魏的议论,曹丕兄弟的《周成汉昭论》应即是在这一背景下产生的。无论是曹植以"周公之忠"为中心展开议论,还是曹丕以"汉昭之信"为基点进行评说,其目的显然都是声援曹操,申说"有非常之事,立非常之功"的合理性。

　　还有一个问题需要解释,即曹丕、曹植《周成汉昭论》撰写于同样的政治背景之下,为何立论却针锋相对? 这可能需要从曹丕与曹植二人的关系上来解释,以曹植之自负,必不甘于在撰论时蹈袭前人,尤其是乃兄曹丕,因此在不影响核心政治观表达的情况下,有意与曹丕作对,是极有可能的。《周成汉昭论》之外,笔者还发现一处例证。《三国志·魏书·邴原传》注引《原别传》载曹丕为太子时,在宴会之余当着众宾客提出君父孰先的问题,从曹丕对邴原观点的默认来看,曹丕应持父(孝)先于君(忠)的观点①,而曹植则撰有《仁孝论》,主张仁先于孝,很可能便是以曹丕等人为论敌提出的。

　　此外,丁仪也有《周成汉昭论》,与曹丕、曹植的《周成汉昭论》应是同时论难的产物,他的观点与曹丕相同,认为汉昭帝优于周成王。② 此论篇幅虽不长,然而立论周密平实,显示出后出转精的特点。

四　馀　论

　　如上所述,孔融《周武王汉高祖论》、曹丕《周成汉昭论》、曹植《周成汉昭论》、《汉二祖优劣论》、诸葛亮《汉二祖论》、丁仪《周成汉昭论》、钟会《太极东堂夏少康汉高祖论》共七篇论文构成了一组独特的论文系列;其旨在评价历代帝王的行为和得失,所以是人物论;其选

---

　　① 参见唐长孺《魏晋南朝的君父先后论》,《魏晋南北朝史论拾遗》,中华书局1983年版,第233—247页。

　　② 丁仪《周成汉昭论》载于《艺文类聚》卷十二。其为曹植党羽,此论却附和曹丕,而与曹植持论不同,盖著论时曹丕、曹植尚未起争魏太子之事。

择评骘的帝王一般不是"今上",也大多不属于本朝,所以又是史论;其采用前后比较、相互优劣的方式,与一般的帝王论又有所不同。

从《春秋》"微言大义"、《小雅》"怨诽不乱",到魏晋士人对"言外之意"的追求,含而不露、隐而未发的言说方式,一直是中国文学、史学的重要传统。而迫于现实各种利害关系,在面对与政治有碍的敏感题材时,文人或史家通常会加倍小心,欲言又止,萦回曲折,他们的真实目的对当时的政敌隐藏,却对后世的研究者开放。关于史论与政论的关系,陈寅恪先生曾指出:"史论之作者,或有意,或无意,其发为言论之时,即已印入作者及其时代之环境背景,实无异于今日新闻纸之社论时评",所以"苏子瞻之史论,北宋之政论也。胡致堂之史论,南宋之政论也。王船山之史论,明末之政论也"①。援此以言,孔融、曹丕、曹植、诸葛亮、钟会等人的帝王优劣论,又何尝不是汉魏之际的一篇篇政论呢?孔融对汉政权肇兴之际各种符瑞的称说,隐含了向威胁汉室各路军阀的警戒;曹丕对汉文帝的既称道又批评,蕴藏着他不同时期的王者心态;曹植兄弟对周成王与汉昭帝之间的优劣争辩,从不同侧面形成对曹操功高盖主之地位的有力辩护;诸葛亮关于汉光武帝集团人才向曹植提出的驳难,寓含有他对蜀汉人才之盛的自况在内②;高贵乡公对夏少康的盛赞,昭示着他即位之初寄望成为一代中兴之主的理想。这些人物论既是史论,又是政论,不仅是史学史研究的基本材料,同时也是解读汉魏之际政治情势的重要文献,对于研究曹丕、曹植、高贵乡公等人不同时期的政治心态,也具有极

---

① 陈寅恪《冯友兰中国哲学史上册审查报告》,《金明馆丛稿二编》,生活·读书·新知三联书店 2001 年版,第 280—281 页。

② 关于曹植、诸葛亮的创作心态,马艳辉指出:"曹植作《汉二祖优劣论》是在建安期间,在政治上尚未受到魏文帝曹丕的迫害,在邺下文坛也很活跃,其贬低汉光武帝时的人才,可能暗含有抬高曹氏集团人才之意。诸葛亮作为以'汉家'正统自居的刘备集团中的核心人物,却可能借称赞汉光武帝时的人才,来肯定刘备集团的人才。"其说可参。见《刘邦、刘秀之比较——从诸葛亮驳难曹植谈起》,《郑州大学学报》(哲学社会科学版)2008 年第 2 期。

其重要的意义。

　　然而这些史料并未引起应有的重视，大部分篇目仍逸出研究者的视野之外，甚至在文献著录和解读上也有触目皆是的错误。如赵幼文《曹植集校注》于《周成汉昭论》一文解题云："曹丕、丁仪都写同一题目，必作于建安中。建安中期，有人提出'方周成于汉昭，金高成而下昭'的论点。曹植他们不同意这一认识，展开讨论。丁仪依据史实，得出汉昭为优的结论。……可以想见，当时讨论是各抒己见，坚持论据，促进对事物理解的深入，有一定的意义。"①显示校注者未曾细读曹植此文，没有意识到曹植的立论与曹丕、丁仪相反，而是将三篇《周成汉昭论》等同起来，一概而论。又如魏宏灿《曹丕集校注》于《论周成汉昭》篇下云："此篇《太平御览》卷四百四十七录之，《全三国文》附《论周成汉昭》之上，以为是《典论》，并于此文后录有《周成汉昭论》。此篇与前文大同小异，今附录之，供参阅。"②曹丕论周成汉昭的文字现存两处，读后不难发现，其观点大相径庭，严可均已指出《太平御览》所引"持论顿殊"③。校注者不仅未予分析导致差异的原因，反而误以为两篇文字"大同小异"，殊为失之。又如许逸民《金楼子校笺》在"曹植曰"一段文字（即曹植《汉二祖优劣论》）后，于"诸葛亮曰"之下仅将"曹子建论光武，上将则难比于韩、周，谋臣则不敌良、平"一句置于引号之内，而下文"时人谈者，亦以为然。吾以此言诚欲美大光武之德，而有诬一代之俊异，何哉"则置于引号之外，本为诸葛亮的话，如此断句则无所归属；至于诸葛亮论的正文"追观光武二十八将"以下则另行分段，于是文意割裂，面目全非：可见校注者根本未曾意识到其为一篇完整的帝王优劣论。④ 这不能不让人感到遗憾。

　　汉魏之际的集部文献虽散佚严重，却幸而有七篇完整的帝王优

---

①　赵幼文《曹植集校注》，人民文学出版社 1984 年版，第 114 页。

②　魏宏灿《曹丕集校注》，安徽大学出版社 2009 年版，第 324 页。

③　严可均《全上古三代秦汉三国六朝文》，第 1099 页。

④　许逸民《金楼子校笺》，第 949—950 页。

劣论保存至今,其中个别篇目已引起学者注意,然而作为一个整体尚无人论及。倘学界于此已有广泛讨论,则著录和解读的错误自可避免。这些帝王优劣论不仅富含史学价值,而且还具备文学研究价值。它们大多出于一流文学家之手,或立论周密,或蕴藉丰富,或铺张扬厉,或文采富艳,在整个古代论说文的发展史上亦属罕见,理应在中国文学史上占有一席之地。随着研究的深入,其史学与文学价值也必将得到进一步呈现。

(本文原发表于《四川大学学报》〔哲社版〕2014年第1期)

作者简介:王京州,男,1977年生,河北省沙河市人。河北师范大学文学院副教授,硕士生导师。主要从事古文献学、文体学研究。出版《魏晋南北朝论说文研究》、《陶弘景集校注》等著作。

圣人观念的转变与六朝艺术品评的审美理想

孟庆雷

在传统文化语境中,圣人是一个重要的观念,它与意义的终极之源密切相关,因而自先秦时各派思想家普遍重视这一话语的理论价值。圣人一般被视为现实社会法则的立法者,也是世界本然状态的体悟者,起到沟通人事与天道的作用;同时其本身又被视为超越于常人的先达而具有先验的合理性,成为现实人生的终极理想目标。

但是,圣人观念并不是一成不变的,它有一个不断丰富的历史过程。在某一特定的历史背景中,圣人观念的某些方面可能会被突出强调,而转化到另一情境中则可能会出现新的关注中心。本文即在探讨魏晋六朝时期的圣人观念变化的同时,进一步考察它与当时艺术品评中的审美理想之间的具体关系,在厘清圣人观念变化的同时寻绎它渗透到艺术品评中成为一种指导性原则的规律,以期能为哲学思想与具体艺术理论之间的关系开启一个新的观察视角。

一 先秦至两汉关于圣人的认识

先秦至两汉对于圣人的认识主要集中在两个方面,即圣人与道的关系和圣人与人伦秩序的关系。尽管此时思想家们在诸多问题上观点各异,但在关于圣人问题却罕见的相对趋同,即他们普遍认为圣人是道的体悟或把握者,并且为现实生活制定法则。

圣人之所以为"圣",最重要的原因在于他是"道"的体悟者,"道"作为现实生活的最终价值之源为圣人的存在及行为提供了先验的合理性,圣人凭借其对"道"的把握与体悟确立自己"圣"的本性。圣人首先是得道者,这是自先秦以来主流思想界的共识。因而有学者认为"要研究圣人,首先要研究'道',因为道是圣人之所以成立的本根和先决条件"①。例如老子认为圣人"不出户,知天下,不窥牖,见天道";"是以圣人不行而知,不见而名,不为而成"(《道德经·四十七章》)。在儒家方面,尽管孔子没有直接讨论圣人与"道"的关系,但他亦承认有"生而知之者",而之后的孟子与荀子则明确提出圣人与道一体,"圣人之于天道也,命也"(《孟子·尽心下》)。"圣人也者,道之管也"(《荀子·儒效》)。在儒家看来圣人是"道"的掌控者,能先于常人把握世界的本质与运化的真理。此外,墨子认为,"圣人之德,章明博大,埴固以修久也。故圣人之德,盖总乎天地者也"(《墨子·尚贤中》)。韩非也认为"今道虽不可得闻见,圣人执其见功以处见其形"(《韩非子·解老》)。都在强调圣人对"道"的掌握与运用能力,正是凭借对"道"这一终极真理的理解,圣人得以被建立起自己的先验合理性。

其次,先秦各思想家皆认为圣人为现实人生提供生存的范式,他们创建现实社会生活的基本规则,由于圣人能把握世界之至"道",因而他所创立的现实规则也具有先验的合理性,是普通人所应该也必须遵循的行为准则。

再次,先秦各思想家皆认为圣人为现实人生提供生存的范式,他们创建现实社会生活的基本规则,由于圣人能把握世界之至"道",因而他所创立的现实规则也具有先验的合理性,是普通人所应该也必须遵循的行为准则。

> 是以圣人抱一为天下式,不自见,故明;不自是,故彰;不自伐,故有功;不自矜,故长。夫唯不争,故天下莫能与之争。(《道德经·二十二章》)
>
> 子贡曰:"如有博施于民而能济众,何如? 可谓仁乎?"子曰:

---

① 刘旭光《天人中介——试析"圣人"的哲学意义》,《陕西师范大学学报》1999 年第 3 期。

"何事于仁！必也圣乎！尧舜其犹病诸！"(《论语·雍也》)

规矩,方员之至也;圣人,人伦之至也。(《孟子·离娄上》)

天下者,至重也,非至强莫之能任;至大也,非至辨莫之能分;至众也,非至明莫之能和。此三至者,非圣人莫之能尽。故非圣人莫之能王。圣人备道全美者也,是县天下之权称也。(《荀子·正论》)

备物致用,立成器以为天下利,莫大乎圣人。(《易传·系辞上》)

当兼相爱交相利,此圣王之法,天下之治道也,不可不务为也。(《墨子·兼爱中》)

事在四方,要在中央;圣人执要,四方来效。(《韩非子·扬权》)

圣人之所以为圣,并不仅在于他对"道"的体悟把握;更在于他能为现实的社会组织提供规范和标尺,他是现实人伦规范的制定者,同时也是理想政治体制的建立者。从个体的角度来说,圣人是人生理想的极致,是个体所能达到的最高状态;从群体来说,圣人是群体生活的掌握者,是群体中的典范。为社会生活立法是圣人得以存在的现实意义,也是诸思想家不断强调圣人重要性的最根本原因。

作为世界本体的"道"为圣人的言说提供合理性依据,而政治道德实践又为圣人的存在提供了现实必要性。因而,在先秦各派思想家眼里,在圣人能体悟宇宙至"道",并能为世人创立具体的社会组织方式及生存准则上是一致的。这一思想随着两汉大一统社会的形成进一步严密化,并成为世人普遍信仰的观念。

圣人作为信仰的对象为世人解决现实的一切疑难困惑,如董仲舒即认为"正朝夕者视北辰,正嫌疑者视圣人"(《春秋繁露·深察名号》)。现实中所有的问题,无论是物理知识还是道德伦理疑难,最后的裁决者都是圣人,圣人的标准即是世人的标准,圣人的是非即是世人的是非,于是圣人转而成为世间一切疑问的终极裁判。

这一点扬雄说的更明确:"或曰:'人各是其所是,而非其所非,将谁使正之?'曰:'万物纷错则悬诸天,众言淆乱则折诸圣。'或曰:'恶睹乎圣而折诸?'曰:'在则人,亡则书,其统一也。'"(《法言·吾子》)圣人,包括圣人所留下的作品成为世人决断现实世界中所遇问题的依据,圣人是一切社会生活行为准则的制定者,是最高真理的掌控者,人们只能从仰视的角度来敬畏圣人,并以圣人制定的规则来处理世间一切事务。

圣人在两汉进一步被神化,由一个思想讨论的命题转而逐渐向信仰命题过渡,它已经不再仅仅是思想构建中预设的合理性标准,而是作为信仰的对象被直接用以解决世间一切难题。这样,圣人观念本身的哲学意味在减弱,而宗教信仰的意味不断增强,而作为宗教意义上的圣人则只是敬仰的对象,其本身已经不再是一个可讨论的话题,这也意味着在这一问题上的理论创新已经停滞。

二 魏晋圣人观念的转变

进入魏晋,基于现实政治操作及重建人生价值体系的需要,圣人观念再次成为当时思想家讨论的重要问题,并一跃而成为魏晋玄学之中心观念。[①] 圣人观念之所以成为这时讨论的中心一方面由于现实政治的需要,东汉末年以来的动荡政治局面使世人迫切希望出现结束动乱致太平的英主;另一方面儒家大一统思想的解体亦需要当时的理论家重新树立价值坐标,为现实的人生追寻坚实的终极意义之源。

因而无论是从现实的需要还是理论建构的需要来说,圣人观念都是彼时思想者绕不开的话题。当然,这种重建不是简单的复古与回归,它是在已有话语资源基础上的重新整合与创新。通过重新整合建立起圣人典范,这种观念随着思想文化的渗透进而对当时的艺术批评产生了重要影响。

---

① 汤用彤《魏晋玄学论稿》,上海古籍出版社 2001 年版,第 179 页。

　　由于两汉大一统思想体系的崩溃,原先被视之为信仰的圣人观念亦需要重新进行诠释。圣人不再是一种本然的信仰,而是被重新推向发问的前台。对于两汉思想家来说圣人是世界本体之"道"的把握者,并且为现实建立规范这是理所当然的,无须也不能追问。然而对于重建价值之维的魏晋士人来说,这恰恰是应该追问的。圣人何以能把握"道"并且为现实建立规范? 圣人能为普通人所不能,其在本质上是否有异于普通人的地方? 如果有,那么理想中的圣人其基本外现状态是什么样子的呢?

　　就东汉末年来说,思想上的危机甚至早于统一政治秩序的彻底崩溃,早在魏晋之前,王充已经开始重新对圣人观念进行检讨。王充在《论衡》中专辟《问孔》一章,对《论语》中不能自圆其说之处提出质疑,并且认为"夫古人之才,今人之才也,今谓之英杰,古以为圣、神"①。圣人并不是超越于普通人之上的先知先觉者,只是古今对于能力超群者的称谓不同而已,这与此前将圣人视为世间万事裁决者的董仲舒、扬雄等人形成鲜明对照。王充的问难使圣人观念从信仰的角度重新回到思想的角度,圣人已不再是不可质疑的对象,作为信仰的圣人观念开始解体。

　　然而,思想先驱王充只是对当时流行观念进行质疑,并未进一步建立起新的圣人观念。而魏晋思想家所面临的问题不仅是怀疑先前的价值体系,而且还必须对先前的价值体系做新的改造、诠释,并最终建立起新的价值体系以安顿世人。对于圣人观念来说亦同样如此,魏晋思想家并不是完全摈弃这一观念,而是在抛弃两汉思想家对于圣人盲目崇拜的基础上,重新设定圣人的存在状态和意义价值,这在很大程度上取决于对何以为圣这一问题的回答,首先对此进行论述的是刘邵,他认为:

　　凡人之质量,中和最贵矣。中和之质,必平淡无味,故能调成五材,变化应节。是故观人察质,必先察其平淡,而后求其聪明。聪明

――――――――――――

　　①　王充《论衡》,中华书局 1990 年版,第 395—396 页。

者,阴阳之精,阴阳清和,则中睿外明。圣人淳耀,能兼二美。知微知章,自非圣人莫能两遂。①

　　刘邵对圣人的描述从两个方面回答了这一问题,同时也显示出魏晋学术思想的新特征。首先,圣人之所以为圣,而普通人不能成为圣人的关键原因是圣人的质量与普通人不一样。普通人都只是以五材中的某一种为主,而圣人则能"调成五材,变化应节"。这从根本上区分了圣人与普通人的差异,同时也根绝了普通人成为圣人的可能。由于先天质量上的差异,普通人最多只能成为兼材,而不可能成为圣人。由此,拉开了魏晋士人推崇天才,强调天性的序幕。

　　其次,圣人的基本呈现状态是中和平淡,阴阳清和。就思想来源而言,中和是儒家的基本观念,故孔子感慨"中庸之为德也,其至矣乎! 民鲜久矣!"(《论语·雍也》)而《中庸》更明确地说"中也者,天下之大本;和也者,天下之达道"。然而,刘邵此处之中和并不仅是儒家思想观念,他将道家之"大音希声,大象无形"(《道德经·四十一章》)的思想融汇进来,从而形成新的中和观念。"夫中庸之德,其质无名,咸而不碱,淡而不醴,质而不缦,文而不缋;能威能怀,能辨能讷;变化无方,以达为节。"这样即将道家无名无为思想与儒家有名有为思想结合起来,为形而下的具体实践追寻到形而上的理论说明,"圣德中庸,平淡无名,不偏不倚,无适无莫,故能与万物相应,明照一切,不与一材同用好,故众材不失任(无名)。平淡而总达众材,故不以事自任(无为)"②。由此,以平淡无名驾驭纷乱繁复之万有,并使之各归其位,和谐共处,这是刘邵圣人观念的基本特征。

　　王弼则进一步把这一观念从政治领域向哲学领域推进,他认为:

　　　　何晏以为圣人无喜怒哀乐,其论甚精,钟会等述之。弼与不同,以为圣人茂于人者神明也,同于人者五情也。神明茂,故能

---

① 刘劭《人物志》,中州古籍出版社 2007 年版,第 33 页。
② 汤用彤《魏晋玄学论稿》,第 20 页。

体冲和以通无；五情同，故不能无哀乐以应物。然则，圣人之情，
应物而无累于物者也。今以其无累，便谓不复应物，失之多矣。
（引自楼宇烈《王弼集校释·附录》）

圣人之所以有别于常人，是因为其神明茂于常人，这是圣人超常
的地方，也是常人不能达到圣人境界的根本原因。但圣人并不完全
超异于常人，他同时亦具有常人的一般特征——即也有常人的五情，
这是圣人不仅仅作为信仰对象而脱离世人的前提。圣人以其神明故
能淡然处世，冲和自然悟彻世界之本然；而同于人之五情则使圣人亦
具有常人之喜怒哀乐，与世悲喜。然而，圣人之情由于受其神明之引
领，故能不受具体事物的限制，应物而发，但不为物所羁縻，从而超越
由具体事物本身引发的悲喜而始终处于冲和恬淡的状态。以冲和无
为之质，总喜怒思忧恐之情，以中和备质之性总揽金木水火土之材，
故能调和万有，达到平淡无为的境界。

此后魏晋玄学的另一代表郭象亦对圣人观念展开论述。作为魏
晋玄学后期的代表郭象更加强调圣人天性超绝的特质，"虽去己一
分，颜、孔之际，终莫之得也"（《庄子·德充符注》）。"凡人体质禀气
偏颇，其'性'都有特点和局限，彼此之间千差万别，存在着分界——
'分'，故称之为'性分'，或简称为'分'；'天性所受，各有本分'。"①圣
人正是因为在天性上与常人不同，因而能够成为超出常人的存在，颜
回之所以不是圣人，正是因为在天性上差了一分，虽然仅是一分，但
正是这一分划清了圣人与贤人的界限。贤人无论如何努力也无法超
凡入圣，后天的学习无法弥补先天的差异。

在此基础上郭象进一步把圣人神秘化，认为"神人即圣人也。圣
言其外，神言其内"（《庄子·外物注》）。这样，随着魏晋玄学探讨的
深入，玄学家重建价值体系的欲望逐渐高涨，圣人再次由哲学领域向
信仰领域延伸。然而，总的来看，郭象的圣人观仍然是哲学领域的话

---

① 　王晓毅《郭象圣人论与心性哲学》，《哲学研究》2003 年第 2 期。

题,他对圣人之所以为圣是由于自然天性之差异的看法仍与此前的哲学一脉相承。

对于圣人的具体呈现状态郭象亦有所描述:"夫圣人之心,极两仪之至会,穷万物之妙数。故能体化合变,无往不可,磅礴万物,无物不然。"(《庄子·逍遥游注》)圣人能包含万有,变化无穷,对现实世界平衡调制,使之和谐相成,体尽自然之妙。这一点亦是此前王弼等人圣德中庸观点在思想上的延续。

此外,随着两汉信仰意义上的圣人观念的解体,圣人重新成为一个可以讨论的话题,而这也间接促使这一观念由哲学向各个社会层面渗透。"世人以人所尤长,众所不及者,便谓之圣。故善围棋之无比者,则谓之棋圣,故严子卿、马绥明于今有棋圣之名焉。善史书之绝时者,则谓之书圣,故皇象、胡昭于今有书圣之名焉。善图画之过人者,则谓之画圣,故卫协、张墨于今有画圣之名焉。善刻削之尤巧者,则谓之木圣,故张衡、马钧于今有木圣之名焉。"(《抱朴子内篇·辨问》)就思想的漫延而言,圣人已经不仅仅是主流哲学探讨的话题,它已经深入民间,成为各行各业杰出者的代名词。这虽然只是王充观点的延伸,于哲学探讨并不一定有多少重大意义,但是却为哲学思想向具体艺术领域的渗透起到重要的推动作用。

总之,圣人之所以为圣乃是缘于基本材质上不同于常人,成为圣人的可能性是先天注定的,后天学习无法达到圣人的境界。中和为圣人之德,能节制诸对立方面,使之处于和谐统一之中,相生相长而不相害,这是魏晋时代关于圣人观念的基本看法。事实上这些观点在先秦两汉思想界亦多有萌芽,但彼时的关注中心在于圣人的功用,强调其体道立法的一面,只有到魏晋时这些问题才一跃成为哲学讨论的中心议题并产生了广泛深远的影响。

三 圣人观念的转变对六朝艺术品评中审美理想的影响

思想观念的变化并不仅仅体现在哲学著作中,它作为文化中的核心内容总是不断向外扩散、渗透,在潜移默化中对社会生活的各个层面发生影响。"思想本身也自有其某种程度上的独立自主性,在客观条件的适当配合之下,思想也可以成为推动历史发展的力量。"①圣人观念的这种转变同样也深入到当时的艺术领域,推动着艺术观念不断发展。

这一变化对当时艺术理想的影响首先表现为理想的艺术乃是源于艺术家天性,非常人学习可即。圣性天成,不待学而后足;对于常人来说,虽须通过后天学习以克尽其先天之性,但无疑先天之性仍然是制约人之成就的最重要因素。这一观点推衍而论即是郭象所说"物各有性,性各有极"(《庄子·逍遥游注》)。一切皆须以其本性而自立,圣人本性具足,故能不须学而成,常人本性未完故须学以克尽其性。也即汤用彤所说的,学有阶级,圣在学外。② 艺术家因其天资而自成,纵使需要工夫磨练,亦须先天自具。所以曹丕强调,"虽在父兄,不能以移子弟"(《典论·论文》);钟嵘讥讽"虽谢天才,且表学问"(《诗品序》)。而在各批评家眼中,理想的艺术家(如葛洪所谓各门艺术之圣)更是不能靠学习而达到,对此庾肩吾说的很明确:"若探妙测深,尽形得势,烟花落纸,将动风采。带字欲飞,疑神化之所为,非世人之所学,惟张有道、钟元常、王右军其人也。"(庾肩吾《书品》)在他看来,进入书圣境界的张芝、钟繇、王羲之三人即非世人所能学,他们因已探妙测微,尽形得势,已曲尽书道之妙,故非世人学习所能达到。

而谢赫《古画品录》则认为陆探微的作品"穷理尽性,事绝言象。包前孕后,古今独立。非复激扬所能称赞,但价重之极乎,上上品之外,无他寄言,故屈标第一等"。陆探微作品非复言语所能描述,古今无俦,自非学习临摹所能达到,而所谓穷理尽性则亦明显有圣人尽性体微之意,常人则无法如圣人周至,故不能达到其所处境界。

钟嵘在评价曹植时亦表现出相应的思想:"陈思之于文章也,譬人伦之有周孔、鳞羽之有龙凤、音乐之有琴笙,女工之有黼黻。俾尔

---

① 余英时《儒家伦理与商人精神》,广西师范大学出版社 2004 年版,第 217 页。

② 汤用彤《魏晋玄学论稿》,第 33 页。

怀铅吮墨者,抱篇章而景慕,映余晖以自烛。"(《诗品》)作为钟嵘心目中的理想作家,曹植在他看来是一个别人无法达到的境界,只能对之"抱篇章而景慕,映余晖以自烛",在其光辉之下发展。

由是,受圣人不可学至观念的影响,各艺术领域的典范代表是依其天性而成,不是常人通过学习而能够达到的。常人只有在他们创立的规范之下依各自的天性发挥自己的特长,形成自己的艺术风格,而能作为典范代表的作家则体现了这一类艺术的本性,成为后人所追慕、学习却永远无法达到的对象。

其次,尽管圣人体道是先秦既有的观点,但由于玄学强调圣人"应物而无累于物"的思想,圣人"含道应物"(宗炳《画山水序》),圣人之"道"应体现于万物之中。所以就艺术来说,理想的艺术作品必须体现"道"之特征,甚至各具体艺术本身亦是道之体现,所以彼时艺术批评多开篇即强调道之重要性,如《文心雕龙》以《原道》开始,《书品》谓书法"变通不极,日用无穷,与圣同功,参神并运"。艺术本身即是道之载体,所谓"道沿圣以垂文,圣因文以明道"(《文心雕龙·原道》)。

对于理想的艺术家来说,其作品自然亦须蕴含"道",如前所论张芝、钟繇、王羲之"探妙测深,尽形得势";陆探微"穷理尽性,事绝言象"。而姚最论萧绎之画亦曰:"天挺命世,幼禀生知,学穷性表,心师造化,非复景行所希涉。"(《续画品》)理想作品须得充分展现造化之妙,以人工之行为达到"道"之化境。宗炳的画山水序中亦同样体现出这一特征:"圣人以神法道而贤者通,山水以形媚道而仁者乐","山水作为'道'的表现,同时也即是'神'的表现。因此,山水画虽然是'以形写形,以色貌色',但目的并不在形色本身,而在得山水之'灵'。"[1]对于山水画家来说,不唯画出山水之外观,尤须画出山水之灵趣,画出山水中所蕴含的宇宙人生之道。

第三,玄学圣人观念对艺术审美理想的影响更重要的体现在其

---

① 李泽厚《中国美学史》(下册),安徽文艺出版社 1999 年版,第 493 页。

标准的确立上。魏晋玄学认为理想中的圣人应该中和备至，兼蓄众美；那么理想中的艺术家及其艺术作品应该是什么样子的呢？在当时批评家看来，理想中的艺术家及其作品同样须中和备质，不偏不倚，灵活平衡各种具体的法则，使之臻至化境。

如钟嵘即认为理想的作品应该"宏斯三义，酌而用之，干之以风力，润之以丹彩，使味之者无极，闻之者动心，是诗之至也"（《诗品序》）。而他认为达到这一标准的曹植即"骨气奇高，词彩华茂。情兼雅怨，体被文质"（《诗品》）。理想的作品是赋、比、兴三义共融，风力与丹彩具备，而被他视为标准的曹植亦是骨气与词彩兼存，雅与怨、文与质同胜。在他的诗作中各种对立因素相互制约平衡，从而最终达到中和之境。

刘勰则直接认为六经即是一切文学艺术的标准与典范，因为六经具有中和的六种基本特征："一则情深而不诡，二则风清而不杂，三则事信而不诞，四则义贞而不回，五则体约而不芜，六则文丽而不淫。"（《文心雕龙·宗经》）文学作品的极境就是情、风、事、义、体、文诸方面的克制与平衡，而通达到这一标准的只有圣人的作品，一切现实的艺术作品都须要向这理想的境界靠拢。

而谢赫的《古画品录》中标举"气韵生动"等六法并认为世人很难具备该六法，"虽画有六法，罕能尽该，而自古及今，各善一节"，一般作家无法达到中和备至的境界，自然难以兼具六法，只能善其一节，此与《人物志》中偏美之材义同。而"陆探微、卫协备该之矣"，则超出众人而入画圣矣。

理想的作家诸法兼具，中和备至，故举体浑然，肥瘦得宜。而偏美之作则各得一体，所以王僧虔论书法谓"崔、杜之后，共推张芝，仲将谓之草圣，伯玉得其筋，巨山得其骨"（《论书》）。张芝筋、骨俱劲，能得中和之姿，故谓之草圣；而卫瓘、卫恒不能兼美，仅得其一，殆不及圣也。

四 结 语

总而述之,魏晋玄学家在继承先秦两汉以来圣人体悟至"道",为世人创立规范的基础上,把问题的中心转向圣人的本性及存在状态。他们进一步明确圣性天成,不可学至;应物而无累于物;中和备至等观点,从而创立了新的圣人观念。这一观念的转变对六朝艺术审美理想产生了重要的影响,六朝评论家普遍认为理想的艺术源于艺术家自足的天性,其中蕴含着世界本然之至道,中和备至是其最高的标准。由是,圣人由一纯然哲学理想走向具体的艺术理论,成为支配当时艺术创作的重要理念。

在这一理念的影响下,六朝艺术在充分展现其炫丽多姿的外表同时,又体现出深刻的宇宙人生哲理,达到直觉与玄思共存,审美与思辨统一,给人以永恒的魅力!

(本文原发表于《艺术学界》2013 年第 1 期)

作者简介:孟庆雷,男,1979 年生,山东日照人。河北师范大学文学院副教授,硕士生导师。主要从事中西美学研究。

初唐赋体结构因子的量化考察

姜子龙

就我国赋史发展宏观进程而言,初唐赋发展所经历的百年时段正值赋体"古今之变"的最后阶段,是赋体由骈转律过程中最为重要的一个环节,可谓"唐赋体"构建工程的起点①。而赋体文学区别于其他文体的艺术特质,很大程度表现在体制结构这一层面上。本文拟通过设置赋体结构因子为作为考察指标,对初唐赋的结构特征做一综合性的量化统计,并依此统计数据对初唐赋体制结构的相关问题展开讨论。

一 初唐赋体结构因子的量化统计

关于赋体结构,刘勰在《文心雕龙》中就已论述得较为全面,如其《诠赋》篇中所言:"述客主以首引,极声貌以穷文……既履端于倡序,亦归余于总乱。"②实际上刘勰是在总结楚汉之赋的创作情况基础上,将赋体结构划分"倡序"、正文和"总乱"三部分。承此观点,日本学者铃木虎雄在《赋史大要》中明确提出"赋之首中尾"这一结构形式——"赋之结构,凡自成三部。于始有序,次位于中间者,有赋之本

---

① 在我国古代赋学理论中,较早使用"唐赋体"这一术语的是元代赋论家:祝尧在其赋论专著《古赋辨体》中提出"唐体"一说,列于"楚辞体"、"两汉体"、"三国六朝体"之后(《古赋辨体》卷七,《文渊阁四库全书》本,第 1 页);陈绎曾的《文筌》也在"楚赋体"、"汉赋体"后附论"唐赋体"(《文筌》,北京图书馆藏清李士棻家抄本,第 36 页)。此后,"唐(赋)体"便作为一个涵盖唐代赋体特征的概念,在辞赋批评领域得到了广泛地使用,如明代吴讷、清代李调元、浦铣等著名论家都在其赋学论著中沿用了这一概念。

② 刘勰撰,范文澜注《文心雕龙注》,人民文学出版社 1958 年版,第 134—135 页。

部,于终有乱,系重歌讯。"①郭建勋则将之归结为"典范性的总体结构"——"序+本部+收束"②。序、乱的文体涵义无须赘言,赋体正文本部的体制因素主要表现在设论、对问体式的应用和铺排手法注重时空性这两层涵义之上,因此我们可以将这一经典范式作为赋体结构的始祖性基因,以此为基准点来量化统计初唐赋体结构的相关信息,通过比照来考察古、今二体之变,进而衡量初唐赋疏离古体的程度。

现按上文所述及的"典范性"赋体结构,设置三个考察因子:一是篇首序言,二是篇末乱辞,三是正文中的设论或对问体式③。依此对初唐赋做出量化统计④,如下表所示:

赋家	赋作	序	乱	问	备 注
太宗	《临层台赋》	×	×	×	
	《感旧赋》	√	×	×	
	《小山赋》	×	×	×	
	《小池赋》	√	×	×	
	《威凤赋》	×	×	×	
李百药	《赞道赋》	×	×	×	
	《鹦鹉赋》	×	×	×	
	《笙赋》	×	√	√	马融与郢客,"歌曰"、"重歌曰"

---

① 铃木虎雄撰,殷石臞译《赋史大要》,正中书局1967年版,第493页。

② 郭建勋《辞赋文体研究》,中华书局2007年版,第40页。

③ 关于正文铺排手法的时空性,将在下文附在设论、对问体制论述之后讨论。

④ 本统计表所录初唐赋家按时间排序,依马积高先生《赋史》之例分前后两期,前期赋家从太宗至王绩(从高祖武德朝至高宗乾封朝),其余为后期赋家(高宗总章朝至睿宗景云朝);所录赋作引自《文苑英华》、《全唐文》;作品分类按宫廷赋和宫外之赋划分,宫廷赋即依初唐文馆制度从事文学活动的宫廷文人创作,宫外之赋为宫廷文学活动以外的赋体创作,其中宫外之赋以"※"标注。

赋家	赋　作	序	乱	问	备　注
谢偃	《述圣赋》	√	×	×	
	《惟皇诚德赋》	√	×	×	
	《观舞赋》	×	×	×	
	《听歌赋》	×	×	√	"君王喟然而叹曰"
	《明河赋》	×	×	×	
	《影赋》	×	×	×	
	《尘赋》	√	×	×	
	《高松赋》	×	×	×	
许敬宗	《小池赋应诏》	×	×	×	
	《欹器赋应诏》	×	×	×	
	《掖庭山赋应诏》	×	√	×	"乱曰"
	《麦秋赋应诏》	×	×	×	
	《竹赋》	×	×	×	
虞世南	《白鹿赋》	×	×	×	
	《狮子赋》	×	×	×	
	《琵琶赋》	×	×	×	
	《秋赋》	×	×	×	
徐惠妃	《奉和圣制小山赋》	×	×	×	
颜师古	《幽兰赋》	×	×	×	
薛收	《琵琶赋》	×	×	×	
杨师道	《听歌管赋》	×	×	×	

赋家	赋 作	序	乱	问	备 注
王绩	《燕赋》※	×	√	×	"乱曰"
	《元正赋》※	×	√	×	"歌曰"
	《游北山赋》※	√	×	×	
杨炯	《卧读书架赋》	×	√	×	"因谓之曰"
	《庭菊赋》	√	×	×	
	《老人星赋》	×	×	×	
	《盂兰盆赋》	×	×	√	列卿学士"再拜稽首而言曰"
	《浮沤赋》※	×	×	×	
	《幽兰赋》※	×	√	×	"重曰"、"歌曰"、"赵元淑叹曰"
	《青苔赋》※	×	×	×	
	《浑天赋》	√	×	√	客、术者、太史公
王勃	《九成宫东台山池赋》	√	×	×	
	《七夕赋》	×	×	√	"仲宣跪而称曰"
	《春思赋》※	√	×	×	
	《游庙山赋》※	√	√	×	"乱曰"
	《驯鸢赋》※	×	×	×	
	《采莲赋》※	√	√	×	"歌曰"
	《江曲孤凫赋》※	√	×	×	
	《涧底寒松赋》※	√	×	×	
	《青苔赋》※	√	×	×	
	《慈竹赋》※	√	×	×	

赋家	赋作	序	乱	问	备注
卢照邻	《双槿树赋》	√	√	×	"东方生闻而叹曰"
	《驯鸢赋》※	×	×	×	
	《穷鱼赋》※	×	×	√	"大鹏过而哀之曰"
	《病梨树赋》※	√	×	×	
	《秋霖赋》※	×	×	×	
骆宾王	《荡子从军赋》※	×	×	×	
	《萤火赋》※	√	×	×	
刘允济	《明堂赋》	×	×	×	
	《万象明堂赋》	×	×	×	
	《天赋》	×	×	×	
	《地赋》	×	×	×	
宋之问	《太平公主山池赋》	×	×	×	
	《秋莲赋》	√	×	×	
沈佺期	《蝴蝶赋》	×	×	×	
	《峡山寺赋》※	√	×	×	
李峤	《楚望赋》※	√	×	×	
韦承庆	《灵台赋》	×	×	×	
	《枯井赋》※	×	√	×	"乱曰"
阎朝隐	《晴虹赋》	×	×	×	
刘知几	《思慎赋》	√	√	×	"重曰"
徐彦伯	《南郊赋》	×	×	×	
	《登长城赋》	×	×	√	班孟坚"喟然而叹曰"
宋璟	《梅花赋》	√	√	×	"从父见而励之曰"

续表

赋家	赋 作	序	乱	问	备 注
东方虬	《尺蠖赋》	×	×	×	
	《蚯蚓赋》	×	×	×	
陈子昂	《麈尾赋》	√	√	√	"客有感之而叹曰"、"故曰"
郑惟忠	《古石赋》	×	×	√	东方朔、汉武帝
	《泥赋》	√	×	×	
马吉甫	《蝉赋》	×	×	×	
	《蜗牛赋》	×	×	×	
崔融	《瓦松赋》	√	√	×	"乱曰"
富嘉谟	《丽色赋》			√	"歌曰"
魏归仁	《宴居赋》	√			
甘子布	《光赋》	×	×	×	
张楚金	《楼下观绳伎赋》	×	×	×	

由上表可知，所统计的初唐以"赋"名篇的 85 篇作品中，完全不具备"典范性"结构要素的共有 43 篇，占 1/2 的比重；完全具备的仅有 1 篇，为陈子昂《麈尾赋》。篇首有序的作品约占 1/3，有 28 篇；篇末有乱的作品约占 1/7，有 14 篇；设置主客或存其一的作品约占 1/9，有 10 篇。以下三方面为基于统计数据所展开的讨论内容。

二　初唐赋的序

与"典型"结构范式的另外两种基因相比，篇首部分的序言在初唐赋的创作实践中得到了相对稳定的遗传。刘勰所论"序以建言，首引情本"①，即序中应交待赋作的创作动机或与创作背景有关的信

---

① 刘勰撰，范文澜注《文心雕龙注》，第 135 页。

息。在光大鼎盛的汉赋时代,这一赋体的开篇范式得以确立。事实上,序并非赋体开创,刘知几就认为屈骚中的"上陈氏族,下列祖考;先述厥祖,次显名字"①的自叙就是序的肇基,而清人姚鼐则认为孔子《易》传的系辞为序之本源②。不管起源如何,序在汉以前有着极大的文体通用性,因而在汉代被植入赋体,多应用于大赋创作。魏晋时期是赋序的昌盛期,存序的赋作数量几乎是汉代的 5 倍,达 210 篇之多。③ 这一阶段的赋序同汉代相似,还采用散体来完成,如曹植《离缴雁赋序》:"余游于玄武陂,有雁离缴,不能复飞。顾命舟人,追而得之,故怜而赋焉。"同时,赋序应用范围呈扩大趋势,不再局限于大赋,一些体物短制也开始使用,如曹丕《柳赋序》:"昔建安五年,上与袁绍战于官渡,是时余始植斯柳,自彼迄今,十有五载矣。左右仆御已多亡,感物伤怀,乃作斯赋曰。"此时赋体以启动对古体进行疏离的进程,但就结构上的赋序而言,却呈现出回光返照的现象,实际上与魏晋赋家的创作个性有关——魏晋赋家多重抒情,而且由强调劝诫教化转向重视抒发日常生活中的一己之情。而魏晋以后的六朝时期,随着赋体纤化进程的加剧,结构上与古体的差距便逐渐增大,有序的赋作逐渐减少,据笔者粗略统计,宋齐梁陈四代存序作品仅有30 余篇,这一比例已远远小于前期。更为重要的是,受文坛整体上的骈俪文风影响,赋序创作也普遍使用俪语,庾信《哀江南赋序》便是一篇辞藻华美的骈文。

　　从赋序而观,初唐赋沿承了六朝以来的弱化趋势,但保持着相对的稳定。初唐前期宫廷赋作中,仅有 5 篇存序,除《小池赋》外,其余作品均为长篇。太宗《小池赋序》仅言:"许敬宗家有小池,作赋赐之。"区区十一字,当是历来赋序中少见的短制。而谢偃《述圣赋序》

　　①　浦起龙《史通通释》,上海古籍出版社 1978 年版,第 256 页。
　　②　清代学者姚鼐在《古文辞类纂》中言:"序跋类者,昔前圣作易,孔子为作系辞、说卦、文言、序卦、杂卦之传,以推论本源。"中国书店 1986 年版,第 126 页。
　　③　此数据引自王琳《魏晋"赋序"简论》,见《山东师大学报》(社科版),1999 年第 3期,第 15 页。

为太宗御制,这是一篇较长的序言,其中略述往年经历,同东汉蔡邕《述行赋序》类似,带有明显的自传性质,只不过其后正文被谢偃作以歌颂之音,而无蔡赋抒情之意。

初唐后期存序的宫廷赋数量较前期有所增长,已达 10 篇。其中刘知几《思慎赋序》是唐赋中最长的一篇序言,其中大力阐发儒家义理,提出"祸福无门,惟人自召"的观点,与正文关于如何周身委命的"玄言"联系紧密,显然与武后大肆刑戮臣子的时局密切相关。其他作品序言多与宫廷文化活动相关,如崔融《瓦松赋序》、宋之问《秋莲赋序》、杨炯《庭菊赋序》均从某一侧面介绍了当时文馆学士活动的相关信息。除《思慎赋》外,其余诸作均为短篇。赋序在篇制上的这种转移是初唐赋的一大特色,因为在此之前短篇小赋使用赋序的情况很少,此期宫廷赋家的这种创造对唐代初期试赋有所影响,如先天二年(713)进士科所试《出师赋》,赵自励和赵子卿二人作品都使用了序言,可见宫廷赋创作范式对科举试赋的影响。

与初唐宫廷赋相比,宫廷之外赋的创作更为积极地使用赋序,有序的作品共有 12 篇,在整体创作中所占比例是相当大的。这些作家与魏晋赋家的创作心态较为接近——重视抒发一己之情,因此序中阐明的创作动机与宫廷赋家相比,已大不相同,作者的个体情感往往在序中鲜明地表露出来,如王绩《游北山赋序》中的"类田园之去来",骆宾王《萤火赋序》中的"凄然客之为心",李峤《楚望序》中的"思深之怨"和"望远之伤"。宫外赋家中,王勃使用赋序的频率最高,十一篇赋中有九篇存序,占初唐赋序总数的 1/3。这使他成为唐代第二位善使赋序的作家——第一位为晚唐时的李德裕,三十一篇赋中全部有序。这种创作个性体现出作者对赋体"典型结构范式"的认同,虽然这种认同多生发于不同历史时期的个体式创作,但从赋体演进的整体进程来看,这些个体实践实际上连成一条主线——重视抒发自身感悟的赋家往往喜欢使用赋序。

初唐宫外之赋的序言还存在另外一种倾向,即有些序言完全不再阐发义理或借引前言。事实上,这种情况在庾信的赋中就出现过,但初唐宫外赋家加以发展,使赋序与正文之间的联系不再紧密,有的序言若剥离出去,则完全是一篇别有情致的独立作品,这集中体现在赋序中景物描写容量的扩充上,如下所示:

峡山寺者,名隶端州,连山夹江,颇有奇石。飞泉迥落,悉从梅竹下过。渡口至山顶,石道数层,斋房浴堂,渺在云汉。(沈佺期《峡山寺赋序》)

玄武山西有庙山,东有道君庙,盖幽人之别府也。长萝巨树,梢翳云日。王子御风而游,泠然而善。盖怀霄汉之举,而忘城阙之恋矣。思欲攀洪崖于烟道,邀羡门于天路,仙师不存,壮志徒尔。俄而泉石移景,秋阴方积。松柏群吟,背声四起。背乡关者,无复向时之荣焉。呜乎!有其志,无其时,则知林泉有穷路之嗟,烟霞多后时之叹,不其悲乎?(王勃《游庙山赋序》)

二序颇类山水游记,特别是沈佺期的赋序,完全用流动的散体语言写出,对山水景物有着精致细腻的描写,笔法已几近散文。这类序言对日后文赋创作有一定的启发作用。

总体来看,初唐赋的篇首已不再遵循传统的结构范式,但在个体创作中有相对稳定的继承。赋序中普遍呈现骈俪风尚,甚至也注重声韵规范,但个别赋序使用散体创作。赋序整体使用上还是以宫廷赋创作为基本规范,呈现出弱化趋势,随着律体赋的渐兴,赋序在今体赋的结构体制中正渐渐消失。

三　初唐赋的乱辞

刘勰曾言:"归余于总乱……乱以理篇,写送文势。"①即赋的收束部分为全篇之总结,将赋家余意道出,对主旨起到强化和升华的作用。赋的结尾多以系歌、辞、颂或乱的形式来完成,铃木虎雄称"大抵

① 刘勰撰,范文澜注《文心雕龙注》,第135页。

袭叙情的骚体者有乱"①。

而至初唐,这种典范也遭到较大的突破。唐以前多有借引前代古人或虚拟人物来完成乱辞的作品,而初唐赋中则出现现实人物入乱的情况,如宋璟《梅花赋》末用"从父见而勖之曰"来引发收束,其序言称"随从父之东川",这种现象在赋史上较为少见。

另外,赋末乱辞以抒情为本的范式得到稳定沿承,初唐赋的收束基本上遵循了这一模式,但也有所突破。如刘知几《思慎赋》末所言:

> 重曰:夫含灵禀质,异品殊伦。生何如而弗贵?命何如而弗珍?雁含枚以避缴,狐听冰而涉津。葵倾心以卫足,栎不材而谢斤。彼草树之无识,惟禽兽之不仁。犹称能以远害,尚假智以全真。矧百行之君子,乃三才之令人。何自轻于养性?何自忽于周身?傥狂歌之可采,伊舆诵之可询。敢刊铭以勒座,遂援翰而书绅。

这段收束是围绕作品"慎行远祸"的主旨所进行的总论,完全采用议论的方式,可见初唐后期宫廷赋"好为玄言"的倾向对赋体结构的影响。祝尧在其《古赋辨体》中曾言:"首尾之文以议论为便,而专于理者,则流为唐末及宋之文体。"②由刘允济赋序观之,可知在初唐后期赋的收束中就已有这种议论倾向。

初唐赋末结构最大的特征在于语体形式的改变。如上文提及赋的收束乃多袭骚情而发,因此在歌、辞、乱多采用骚体"兮"字句式或四言颂体,魏晋赋末乱辞多承袭此制,而六朝时随骈俪语体应用的普及,赋末多用四六骈体作乱,同时随五七言诗的发展,乱辞也出现使用诗体的情况。不管怎样,唐以前赋末收束或用骚体,或用颂体,或用诗体,语体形式较为单一。而在初唐赋中,赋末收束语体发生较大

① 铃木虎雄撰,殷石臞译《赋史大要》,第 45 页。
② 祝尧《古赋辨体》,《文渊阁四库全书》本,第 9 页。

变化,如王勃《采莲赋》结尾:

> 歌曰:芳华兮修名,奇秀兮异植,红光兮碧色。禀天地之淑丽,承雨露之沾饰。莲有藕兮藕有枝,才有用兮用有时。含香婀娜华实移,为君何当藻凤池。

此段歌辞中采用了"兮"字骚体句、骈体六言句和七言诗体句,这种情况在唐以前赋中难以觅见,而在初唐则出现较多,除此赋外,王勃《游庙山赋》、许敬宗《掖庭山赋》、杨炯《卧读书架赋》、卢照邻《同崔少监作双槿树赋》的乱辞也杂用多种语体,几近初唐存有乱辞作品数量的一半,这不能不说是唐赋收束结构的一大创制,这也是赋体在古今转合阶段的特殊状态。

四　初唐赋的本部

赋之本部在典范性结构中常采用主客问答方式或以时空顺序展开抒写。主客问答形式的源头最早可追溯至殷商时期的卜筮活动,后经屈骚创作得以发展和弘扬,屈原《渔父》中将两种迥异的人生价值观加以比照,就以渔父和屈原两人问答的形式展开,这便成为赋体主客问答形式的雏形。汉大赋的兴盛奠定了这一结构范式在赋体创作中的应用,枚乘的《七发》、司马相如的《子虚赋》、《上林赋》就成为常被后世模仿的经典之作。就《七发》而言,设置七个部分进行主客之间的论说,逐渐成为一种定型的体式,在魏晋时期得到较为稳定的传承,据统计数据显示,魏晋时期的"七体"作品达 16 篇之多,几乎与两汉创作持平(两汉为 18 篇)。[①] 对问体创作在魏晋时期出现繁荣态势自然有着深刻的社会原因,程章灿先生将其归因于当时思想界

---

① 　此处统计数据引自侯立兵《汉魏六朝赋多维研究》,人民出版社 2007 年版,第237—240 页。

的剧烈变动①。魏晋以下，主客问答机制对赋的创作仍有较大影响，不仅在鸿篇巨制中得到应用，甚至短篇小制的骈赋也使用这一结构范式，如庾信《竹杖赋》全篇仅五百余字，但还是设置了桓温与楚丘先生的对话来抒发自身国破家亡的苦痛之情。但总体而言，篇制容量的缩小和题材的纤化是赋体发展的主导趋势，适于铺叙的主客问答体式与这一发展趋势并不相符。另外，在文学批评领域，未以赋名篇的对问体创作被理论家从赋体中剥离出去，如萧统《文选》中在与"赋"体并列的情况下，设置"对问"和"设论"二体来收录"七"和"释"类的作品，而刘勰《文心雕龙》则将这类作品直接归入"杂文"类。在这两方面的作用下，虽然有的赋作仍使用这一结构范式，但就赋的整体创作情况而言，这类作品的比重却是在逐渐下降，而初唐正是这一趋势的衔接期，对问体赋作的数量也就不会太多了。

　　从上表统计可知，在初唐赋的百年创作进程中，采用主客问答结构作品（以赋名篇）的数量仅有十篇。在这十篇之中，严格意义上"述客主以首引"②的作品仅有三篇——李百药《笙赋》设置了马南郡与郢客，杨炯《浑天赋》设置了宣夜学者、周髀术者与太史公，郑惟忠《古石赋》设置了东方朔与汉武帝。而其余诸篇则没有完全设置主客二体，确切地说，客体被有意识地取消，这样一来，传统的对问体结构便被完全改变。传统对问体结构暗含着深刻的象征意蕴，它在作品内部就已运行着一种对话机制——虚构环境中主客的对话，作者通过内部对话结构的建立来运行作品外部的对话机制——现实环境中的作者与读者（一般为君王或上级），内部对话机制的完成将使外部机制带有一种隐喻性，与之匹配的文体功能则体现为讽喻或哀怨，如经典京殿大赋"归于节俭"主旨的阐发正是通过这种双重对话结构得以实现。一旦内部的对话机制被破坏，那么作品的隐喻性便会大打折扣，同时，文体功能也相应发生改变——讽喻或是哀怨也就不再适用

---

①　详见程章灿《魏晋南北朝赋史》，江苏古籍出版社 2001 年版，第 74—79 页。
②　刘勰撰，范文澜注《文心雕龙注》，第 134 页。

于这种被破坏的结构,自然转向赋体的其他功能——赞颂或自诫,这就是改造后的对问体结构多在初唐宫廷赋中出现的重要原因。如王勃《七夕赋》中只设置了"王仲宣"一人,通过他"跪而进曰"的叙述展开对宫廷节日活动的描写;徐彦伯《登长城赋》也仅设"班孟坚"一人,通过他的"喟然而叹"来表达自己对兴亡成败的感想。在这两篇作品中,对问体中的"问"已经消失,双重对话变为单一对话,也就是说客人设疑的过程被取消,直接将作品的接受者作为"客",作品完成的是作家面向读者的"对"。因此,二赋中借用的"王仲宣"、"班孟坚",实际上就是赋家自身,前者进行的是现实中臣子与君王的对话,意在赞颂——对宫廷秩序的褒扬;后者完成的是现实中赋家自身的对话,意在自诫——对为官之道的体认。由此观之,主客对问结构经初唐宫廷赋家的改造,已不在以解决文士的内心矛盾为重心,而是侧重于表现宫廷生活中共性。

另外,在人物身份的设置上,初唐赋不再局限于使用虚拟人物或借用古代人物,而是积极地使用现实人物入赋。如杨炯在《盂兰盆赋》中就设置了一段由上公列卿和大夫学士"再拜稽首而言"引发的言谈,这些公卿学士正是在盂兰盆会中出现的现实之人,作者显然是借这些人之口来完成对帝王的颂扬。与之类似,谢偃《听歌赋》中设置"君王"这一角色时并没有透露出任何虚拟信息,赋中君王观歌后所发叹言的内容实际正是贞观朝礼教思想的总结,可见赋中君王角色实为太宗本人,这样一来,作品赞颂时政的主旨便能更加明确地凸显出来。其实,这种情况与初唐宫廷赋乱辞出现的议论倾向在性质上是相同的——是初唐赋与社会政治紧密联系的表现,因为与以往相比,初唐时期的赋家对时政的关注度要高得多,这种创作习惯正是在对六朝浮靡赋风的改造过程中形成的。

在赋体本部传统结构的另一层涵义——时空结构的应用上,汉以后的创作没有对这一范式做出本质性的改变,特别是篇幅宏大的作品,基本上严格遵循时空结构来铺采摛文,毕竟这种结构方式是赋体作品形成"体国经野"艺术风貌的一条基本路径。如晋人左思《三都赋》中对蜀都地理形势及风物的叙述，采用"于前则……于后则……于东则……于西则……"这种以空间方位顺次转换为核心的结构，事实上是对司马相如《子虚赋》中"其山则……其土则……其石则……"结构范式的直接继承。采用时间顺序结构方式的则有潘岳的《西征赋》，它的结构也是对汉时纪行赋（班彪《北征赋》、班昭《东征赋》）的一种模仿。初唐赋中篇幅较大的作品也都采用这种时空结构，如杨炯《浑天赋》中对天象的铺排叙写就是以空间方位结构来展开的——"东宫则……北宫则……西宫则……南宫则……"，李百药《赞道赋》对历代兴废之事的排述则是以时间顺序展开——"在宗周之积德……伊汉世之长世……宣嗣好儒……中兴上嗣……五官在魏……惠处东朝……"。更有作品将两种结构方式结合在一起，形成一种场景变化和时世推移相互融合的复式结构。徐彦伯的《登长城赋》就是此类作品，赋中作者有意识地围绕长城这一中心，将秦汉两世二百余年间与长城相关的史事和风物铺排描写，宏大的结构中层次转换变化较多，但并不杂乱，韩信、李陵、昭君、文姬、马融、卫青等人物事迹与长城景物有机地结合在一起，丰富的内容与壮阔的环境经纬交织，使文势跌宕起伏，变化多端。这种"极具伸缩性和涵括量的新结构形式"①，显然受益于此前庾信《哀江南赋》的创作实践。

　　上述结构范式在魏晋以来的小赋中也有应用，特别是空间结构形式，在六朝以来的骈赋中仍有稳定的沿继，初唐赋中也不乏这样的例子。如虞世南《狮子赋》对康国进贡的猛兽描写时就采用了这种结构——"其所居也，岩磴深阻，盘纡绝峻……其为状也，则筋骨纠缠，殊姿异制……"。不过受题材纤化和篇幅容量的限制，这种结构所展开的描写逐渐趋于长隔句式，而所用的指示性词语（如"其所居也"一类）渐渐被短小精悍的发端语所取代，如太宗《小山赋》描写共分为四部分，后三部分完全采用发端语来导引——"而乃……而其……于是……"。这些精约的发端语渐渐成为短篇赋作组织结构时所常用

———————————

　　①　程章灿《魏晋南北朝赋史》，第181页。

的标识性词语。这些词语经初唐宫廷赋实践的检验后,随着赋的制度化创作的展开,成为律赋架设自身结构的关键用语,而且在赋学批评领域,这类"发语"也开始占据着一席之地①。

总之,初唐赋在首、尾和正文三部分均已渐渐疏离典范性的古体结构,其中对主客问答结构和赋末乱辞的改造较大,出现了一些新的变化。而对于初唐赋发展进程而言,前期创作相对稳定,产生的变化主要集中在后期创作上,而且宫廷赋是这些变革生发的主要土壤,这些变化事实上也为律赋的结构定制好了模型。

（本文原发表于《燕赵学术》2011 年春之卷）

作者简介：姜子龙,男,1981 年生,辽宁省海城市人。河北师范大学文学院讲师,硕士生导师。主要从事辞赋学、唐代文学研究。

---

① 唐代《赋谱》就将这类发端语称为"发语",列在诸种句式后论之,并指出其"原始"、"提引"、"起寓"三种作用。详见张伯伟《全唐五代诗格汇考》附《赋谱》,江苏古籍出版社 2002 年版,第 562 页。

"乡先生"与宋代《诗经》学

易卫华

宋代是继汉代之后《诗经》学发展的第二个高峰，这一时期的《诗经》研究成果丰硕，名家辈出，著述成林。宋代《诗经》学也一直是学界研究的热点之一。然而，回顾已有的研究成果不难发现，以往研究的重点主要集中在欧阳修、苏辙、吕祖谦、朱熹等若干大家及其《诗》学著作上，而对宋代《诗》学发生的更为广阔的背景则缺乏应有的注意和必要的讨论。我们认为，宋代《诗经》学的复兴和繁荣除受到这一时期统治阶级抑武右文政策以及前代《诗经》学的启示等因素影响外，还与私学教育中的《诗经》学习和研究活动有着重要的必然联系。自汉代以来形成的《诗》学思想的准绳通过各种地方私学教育，广泛渗透到平民阶层之中，从而构成了宋代《诗经》学发生、发展的新的文化生态，因而就思想的渗透力和对民众的影响而言，私学中的《诗经》教学比起国子监太学等官学要大得多，从文化延续的角度论，也当如此。本文即以私学教育中"乡先生"这一群体的《诗经》教学和研究为例，来深入解读私学对于推动宋代《诗经》学发展的独特作用。如有不当，敬请方家批评指正。

一

在讨论乡先生与宋代《诗经》学的关系之前，首先要明确"乡先生"这一名称的内涵以及这一群体在宋代学术发展过程中的作用。"乡先生"之名最早见于《仪礼》，《仪礼·士冠礼》云："遂以挚见于乡大夫、乡先生。"东汉郑玄注:"乡先生,乡中老人为卿大夫致仕者。"①
又《乡射礼》云:"以告于乡先生君子可也。"唐代贾公彦疏:"先生,谓
老人教学者。"②据此可知,"乡先生"在先秦两汉主要是对辞官居乡
或在乡任教老人的一种尊称。该称谓在五代以前的演变尚待稽考,
但至少到宋代"乡先生"的数量已经变得非常庞大,涵义也有了新的
变化。③ 北宋学者杨天惠在《乐善郭先生(绛)诔》中云:"孟子论士,
以为入而独善其身,则仁义忠信,乐善不倦;出而私淑诸人,则孝弟忠
信,诲人不倦。如此人者,盖古之所谓天之君子,而今之所谓'乡先
生'者也。"④这里对"乡先生"的评价主要立足于对其道德品格的推
崇,并未强调"辞官居乡"和"老人"二义,可见"乡先生"这一称谓在宋
代已经不仅指辞官居乡或在乡任教的老人,凡在民间乡里以教授儒
家经典,传播儒家伦理道德为己任,且德高望重者均被称之为"乡先
生"。⑤

　　乡先生的出现满足了当时平民阶层接受教育,进而参加科举以
光宗耀祖的客观需要。为了更加广泛地延揽人才,宋代科举彻底打
破了门第限制,无论士、农、工、商,只要被认为稍具文墨的优秀弟子
都被允许应举入仕⑥,这无疑为中小地主和自耕农阶层出身的知识
分子提供了一条进入国家政权,参与国家治理的终南捷径,因而学习
儒家经典便成为一时之风尚。《宋史·许骧传》云:

───────────

　　① 郑玄注,贾公彦疏《仪礼注疏》,《十三经注疏(附校勘记)》,中华书局 1980 年
版,第 953 页。
　　② 郑玄注,贾公彦疏《仪礼注疏》,《十三经注疏(附校勘记)》,第 1009 页。
　　③ 遍检汉至五代的别集得涉及"乡先生"的条目共计 6 条,而在两宋别集中共得
254 条,从此数字亦可看出乡先生这一群体在宋代数量之多,影响之大。
　　④ 傅增湘《宋代蜀文辑存》,龙门书局 1971 年版。
　　⑤ 宋代文献中的乡先生主要包括民间私学教师和乡贤,本文所用资料,或为明指
私学教师,或为两者意思都有,凡意义不明确者,一律不用,以免误解。
　　⑥ 何忠礼《科举制度与宋代文化》对宋代与唐代科举的不同多有论述,可参看。
见何忠礼《科举与宋代社会》,商务印书馆 2006 年版,第 67—95 页。

> 郡人戚同文以经术聚徒,(许)唐携骧诣之,且曰:"唐顷者不辞父母,死有余恨,今拜先生,即吾父矣。又自念不学,思教子以兴宗绪,此子虽幼,愿先生成之。"骧十三,能属文,善词赋。唐不识字,而罄家产为骧交当时秀彦。①

宋代科举制度的改革以及儒家经学地位的提升,使得平民的生活方式和价值观念随之发生了很大的变化,像许唐这样倾尽家产供儿子完成学业并结交当时秀彦之士的家庭不在少数,许多"世业农"、"世业医"的家庭也开始转而让子弟跟随乡先生学习儒家经典。尽管其中包含着非常功利的目的,但这种社会风气的形成却客观上推动了儒家思想在社会上的广泛流传,在这一过程中乡先生就扮演着非常重要的角色,前文提到的戚同文就是一个典型的例子。戚同文,北宋初年人,《宋史·隐逸传》云:

> (戚同文)宋之楚丘人,世为儒。……筑室聚徒,请益之人不远千里而至。登第者五六十人,宗度、许骧、陈象舆、高象先、郭成范、王励、滕涉皆践台阁。……颇有知人鉴,所与游皆一时名士。②

尽管其中并未明确交代戚同文的身份是"乡先生",但从文中"筑室聚徒,请益之人不远千里而至"来看,说他是乡先生群体中的一员当不会错。其弟子,除文中提到的宗度、许骧等人外,大名鼎鼎的范仲淹亦尝依其学。宋代各地存在着大量像戚同文一样"世为儒"的乡先生,儒学世家的背景使得他们在乡间具有很高的声望和影响力,而儒学不绝如缕的流传也得益于这种家学的代代相传。乡先生这一群体构成了宋代社会儒学复兴和发展一股不可或缺的重要力量。

---

① 《宋史》,中华书局 1985 年版,第 9435 页。

② 《宋史》,第 13418 页。

宋代的乡先生继承了儒家好学的传统,维系着儒家典籍的传承,以传播儒家伦理道德为己任,同时在学风变革之际也在一定程度上发挥了推波助澜的作用。北宋吕南公《讲师李君(象)墓表》云:

> 灌园公曰:自唐衰亡,天下文酇学谬,积百许年,极陋且羞,而士未知变也。中间有工俪语,即见推为辞伯,有知记诵经疏,即被请为儒师,承习仿佛,如此又数十年。而后,奇特之士相望出焉,其变遂臻乎大,若建昌之曾子固、李泰伯,则肇荒一郡者也。其余号乡先生,力通辞语,以是非予夺传注为事,以不堕于路听耳剽之浮,则蓝田李君亦其人也。君六七岁时,闻占毕之风而悦之,不俟父兄敦饬,而晓夕黾勉,盖家愈贫而志愈笃。既壮则以讲劝取赍衣食,其阖户方且承颜,竭力躬行孝悌,衣无定主,甒无我粟,而没齿安之,乡人叹咨,以为不可亚。[①]

这段文字对宋初学术的发展状况以及乡先生的作用作了很好的概括。李象,字材叔,据《墓表》"熙宁九年(1076 年)十二月乙未君卒,寿六十三",可推知其生于真宗大中祥符六年(1014 年)。李象所处时代正是北宋政治改革和思想变革的高潮阶段,范仲淹的"庆历新政"和王安石的"熙宁变法"以及由此带来的思想世界的巨大变化,成为当时社会取得的最重要成果。这两场由士大夫阶层推动的政治改革尽管均以失败而告终,但由此掀起的变革潮流却一发不可收拾,尤其是思想界的疑古惑经之风由是而兴盛。这种改变首先体现在那些站在时代最前列的学者身上,如文中所说的曾巩和李觏,他们和吕南公都是建昌人,因而吕氏举此乡贤中的"奇特之士"作为唐及宋初之后思想变革的代表,这些人物对时代学风的变革有引领之功。同时,中国古代思想发展的实际也告诉我们,精英阶层思想观念的转变要转化为社会大众的群体意识需要很长时间的调整和积累,尤其需要

---

① 吕南公《灌园集》,《文渊阁四库全书》本。

一些中间阶层的过渡和传递，而这个中间阶层的构成，在宋代主要是以乡先生为代表的私学教育者。由上引明显可见，吕南公对乡先生李象的评价丝毫不亚于曾巩、李觏等人，究其原因，也正是在于这一群体能够广泛影响社会下层的思想和价值观念，在学术风气变革之际，他们同样发挥了相当大的作用。宋初沿袭五代学风，经学学习只重记诵，墨守注疏，无甚发明，马端临《文献通考·选举考》载："景德二年（1005年），亲试举人，得进士李迪等二百四十余人。……迪与贾边皆有声场屋，及礼部奏名，而两人皆不与。考官取其文观之，迪赋落韵；边论当仁不让于师，以师为众，与注疏异。特奏，令就御试。参知政事王旦议：落韵者，失于不详审耳；舍注疏而立异，不可辄许，恐士子从今放荡无所准的。遂取迪而黜边。"①贾边因舍弃注疏自立新意而被黜，于此可见宋初学风的保守。在这种社会环境当中，像李象这样的乡先生们已经开始注意改变以往经学教育单纯记诵经疏的弊病，而"以是非予夺传注为事"，不盲从古人注疏，在教学中倡导独立思考的风气。经过千千万万个"李象"的努力也终于汇成了宋代学术疑古惑经思潮的形成。

综上所述，乡先生在宋代学术发展过程中扮演着相当重要的角色，他们在推动宋代《诗经》学发展的过程中也发挥了很大的作用。尽管乡先生们的《诗经》学著述多数已经湮没不存，无法详考，但我们依然可以通过宋代文献资料中残存的那些"碎片"来还原他们《诗经》教学和研究的一些情况。

二

宋代统治者非常重视经学教育，并将其作为选拔人才的主要依据。《宋史·真宗本纪》载咸平四年（1001年）真宗诏云："州县学校及聚徒讲诵之所，并赐九经。"②将儒家经书赐予各地的学校以及聚

① 马端临《文献通考》，中华书局1986年版，第286页。
② 《宋史》，第115页。

徒讲诵的私学场所。并且,有宋一代的科举考试,经学始终是必考的
科目,其中《诗经》的地位尤显重要,《宋史·选举志》载:

> (太祖)初,礼部贡举,设进士、《九经》、《五经》、《开元礼》、
> 《三史》、《三礼》、《三传》、学究、明经、明法等科。……凡学究,
> 《毛诗》对墨义五十条,《论语》十条,《尔雅》、《孝经》共十条,《周
> 易》、《尚书》各二十五条。①

单就学究科的考试而言,对《诗经》的考察要远多于其他经典。
又宋太宗《〈毛诗〉与〈周易〉〈尚书〉各为一科并复置明法科
诏》云:

> 夫经术者,王化之本也。故悬科取士,要在得宜,明经入用,
> 期于专业。向者以《毛诗》、《周易》、《尚书》三经各为一科,顾其
> 本大小不相伦等,况复选序之一致,岂容艺学之不侔? 今后以
> 《周易》、《尚书》各为一科,而附以《论语》、《尔雅》、《孝经》三小
> 经,《毛诗》卷帙差大,可令专习。②

诏书中对《毛诗》自为一科的理由是"卷帙差大,可令专习",这是
其获得重视的一个原因,我们认为还有一个重要原因就是《毛诗》具
有"经夫妇,成孝敬,厚人伦,美教化,移风俗"③的政治教化作用,这
种作用恰恰满足了统治阶层"明经入用"的社会治理的现实需要,因
而这才有将《毛诗》单独拿出来进行考察的科考实践。其后,王安石
熙宁变法中作为变法依据以及科举取士答卷标准的《诗经新义》更是
突出了《诗经》在整个经学体系中的地位。上述种种均可见出《诗经》

---

①　《宋史》,第 3604 页。

②　曾枣庄、刘琳等主编《全宋文》,巴蜀书社 1991 年版。

③　毛亨传,郑玄笺,孔颖达疏《毛诗正义》,《十三经注疏(附校勘记)》,第 270 页。

在国家政治话语建构中的重要性,而统治者的这种价值取向又直接影响了处于社会下层的乡先生们的《诗经》教学和研究。杨万里《罗氏一经堂集序》为我们保留了乡先生《诗经》教学的一条重要史料,我们由此可窥见彼时乡先生传授《诗经》之一斑:

> 本朝三舍养士之胜至宣政间极矣。是时,庐陵有乡先生曰罗天文,以《诗》学最高,学者争从之。在庠序从之倾庠序,在乡里从之倾乡里,盖来者必受,受者必训,训者必成也。于束脩之间虽不却亦不责,往往贫者从多于富者之从之也。尝荐名至京师,闻教而归,自是不复试有司。建炎戊申其仲子上行始登第,绍兴丙戌其长孙全略又登第,后几年其孙维藩、维翰同年又登第,后几年其孙全材又登第,后几年全德又登科,后几年其曾孙瀛又登第,至于荐名者上达,先生之长子也。曰维申、曰孚,皆先生之孙也。曰澥,亦先生之曾孙也。维申以特奏名得官,上达之子,瀛之父也。自先生至瀛荐名登第皆以《诗》学,猗欤盛哉!予观乡里士大夫之家,盖有儒其躬而农其子者矣,盖有儒其躬儒其子而农其孙者矣,如先生儒其躬又儒其子,又儒其孙,又儒其曾孙,不亦鲜乎哉!天下之事不积不精,不传不永,如先生之家以《诗》学世相传焉,所谓积而精,传而永者欤。里之士见其业儒之盛,明经之专,争求其以经义对有司之文,而谒余序之,因名以《罗氏一经集》。予之于天文,亲也,犹李汉之于昌黎,云序其可辞?[①]

《罗氏一经集》已佚,据文意,“一经”当指《诗经》而言。罗天文是一位非常喜爱《诗经》且有相当研究的乡先生,这种喜爱不仅表现在对其子孙持续不断的《诗经》教育上,甚至还体现在为子孙的命名中,

---

① 杨万里著,辛更儒笺校《杨万里集笺校》,中华书局 2007 年版,第 3277 页。

其孙维藩、维翰、维申的名字皆源于《诗经》①，罗氏真正可以称得上是一个《诗》学世家。罗天文的教学对象除自己的子孙外，以"贫者"居多，这些"贫者"从学的主要目的当然是为能够在罗天文的指导下熟练地掌握《诗经》，以便在日后的科举考试中能有所斩获，"争求其以经义对有司之文"正是从学者一种普遍心理的真实写照。罗天文长于此道，《罗氏一经集》中也必然包括历代《诗经》的重要注解以及科举考试中以《诗经》为题之策论文章的写法等内容。同时，罗氏子孙通过《诗经》的学习顺利登第无疑会增强从学者的信心，因而才有了"学者争从之"的盛况出现，而在这一区域内自然也就形成了《诗经》学习和研究的热潮。罗天文至其曾孙的《诗经》学习、教学和研究很好地证明了宋代社会"乡先生"在《诗经》传播过程中所发挥的重要作用。又金代元好问在《大中大夫刘公（汝翼）墓碑》亦云：

> （刘汝翼）师事乡先生单雄飞、张元造。初治《书》，改授《易》，卒业于《诗》，山东诸儒间声名籍甚。……百年以来，御题魁选，以赵内翰承元赋《周德莫若文王》超出伦等，有司目为"金字品"。及公经义第一，《诗传》三题，绝去科举蹊径，以古文取之，亦当在优等，故继有"金字"之褒。……其铭曰：风雅三百正而葩，何以蔽之思无邪。诂训琐细春官科，苴政弗达奚取多。公昔治《诗》始萌芽，真积力久无复加。石磨玉琢绝类瑕，内美信厚外柔嘉。……会与毛郑俱名家，墓碑有铭岂浮夸，刘宗淄川其未涯。②

　　刘汝翼受学于乡先生，且后以治《诗》得中经义第一，元好问认为他可以与毛苌、郑玄比肩，并特意交待此事并非浮夸，由此可见刘汝

---

①　"维藩"、"维翰"出自《大雅·板》"价人维藩，大师维垣，大邦维屏，大宗维翰"；"维申"出自《大雅·崧高》"维申及甫，维周之翰"。

②　阎凤梧主编《全辽金文》，山西古籍出版社 2002 年版，第 2980 页。

翼治《诗》当具相当的水平，而这其中肯定又有着单雄飞、张元造两位乡先生的启蒙引导之功。尽管这只是发生在金代的一个例子，但由此不难想见，在同时代经学教育和研究水平更高更发达的南宋统治区域，乡先生的《诗经》教学和研究水准理应更高。

三

乡先生的教学对象主要是需要启蒙的童子和准备应试的举子，因而在教学内容的选择上必然也要考虑对象的特点。乡先生对童子的教育我们考虑另文讨论，这里重点就其针对应试举子的需要而在《诗经》教学中体现出的一些特点略作申述。

宋代科举学究考试中对《诗经》的考察主要是"墨义"，着重考察考生对《毛诗序》、《毛传》等经典注疏的熟悉程度，并无多少创新理解要求。制科等考试所出题目也多依据《序》、《传》、郑《笺》和孔《疏》，如嘉祐六年（1061年）制科考试所出题目——《〈既醉〉备五福论》，此题源自《大雅·既醉》中"介尔景福"句郑玄笺"成王女有万年之寿，天又助女以大德，谓五福也"[1]。此类题目作者尽管可以有所发挥，但其阐释的范围也大体跳不出《序》、《传》等所划定的概念范围。因而举子们要想在科举考试中折桂，则一定要熟悉《序》、《传》等经典注疏。基于此，乡先生的《诗经》教学也主要以前代经典解释的传授为主，这是宋代乡先生传《诗》的一大特点[2]。元代虞集在《送赵茂元序》中谈到南宋时期故乡的教育时说：

---

①　毛亨传，郑玄笺，孔颖达疏《毛诗正义》，《十三经注疏（附校勘记）》，第536页。

②　唐代科举重诗赋，尽管经学也是考试的内容之一，但并不为这一时期士人所重，正如明人胡震亨《唐音癸签》卷二七《谈丛三》所云："唐试士初重策，兼重经，后乃觭重诗赋。中叶后，人主至亲为批阅，翘足吟咏所撰，叹息移时。或复微行，咨访名誉，袖纳行卷，予阶缘。士益竞趋名场，殚工韵律。诗之日盛，尤其一大关键。"（上海古籍出版社1981年版，第281页。）因而《毛诗》虽然也是考试的不二标准，但并不被普通士子重视，唐代更缺乏专门以传授儒家经典为业的民间私学教育群体。就此而言，尽管乡先生传授的仍是前代的《诗》学经典，但对于《诗》学的"大众化"而言，他们的贡献是巨大的。

百十年前,吾蜀乡先生之教学者,自《论语》、《孟子》、《易》、《诗》、《书》、《春秋》、《礼》,皆依古注疏句读,授之正经,日三百字为率;若传注史书文章之属,必尽其日力乃止,率晨兴至夜分,不得休,以为常。……及稍长,而后专得从于周、程之学焉。故其学者虽不皆至博洽,而亦无甚空疏。及其用力于穷理正心之学,则古圣贤之书、帝王之制度固已先着于胸中。及得其要,则触类无所不通矣。①

这段文字尽管说的是蜀地乡先生的教学特点,但这种特点在宋代应当是具有普遍性的,因而亦可看作是对宋代乡先生教学特点的整体概括。乡先生的教学侧重于基础的培养,教授的内容也基本上是经文和历代的经典注疏。具体到《诗经》,教授则主要针对《毛诗序》、《毛传》、郑笺和孔疏,其中尤以《毛诗序》最被看重。《朱子语类》卷八十载:

问:"《诗传》多不解《诗序》,何也?"曰:"某自二十岁时读《诗》,便觉《小序》无意义,及去了《小序》,只玩味《诗》词,却又觉得道理贯彻。当初亦尝质问诸乡先生,皆云《序》不可废,而某之疑终不能释。"②

可见,在朱熹早年接受的乡先生教育中,《毛诗序》仍是理解《诗》义最主要的依据。另外,南宋后期周密《癸辛杂识》中"渴字无对"条亦有相关内容的记载:

(卫山斋)云:"向见乡先生言'《关雎》,后妃之德',注家皆指

---

① 虞集《道园学古录》,《四部丛刊初编》本。
② 黎靖德编,王星贤点校《朱子语类》,中华书局1986年版,第2078页。

后为太姒,非也。盖后即君耳,妃乃夫人;以夫人为后,乃自秦始耳。"①

　　南宋末年牟巘有《次韵寄卫山斋》,元代黄庚有《挽卫山斋》,则卫山斋为宋末元初人。"《关雎》,后妃之德"出自《毛诗序》,则直至宋末元初乡先生言《诗》仍主要依据《诗序》。现在一般认为,南宋除吕祖谦、戴溪、严粲等坚持尊《序》的立场外,其余基本持废《序》立场,郑樵、程大昌、王质等对《毛诗序》进行了猛烈的批驳,至朱熹《诗集传》出现更是代表了废《序》派的最高成就。然而,结合上述两则资料我们不难发现,南宋社会中《诗序》一直是以乡先生为代表的普通知识阶层理解《诗经》最为重要的依据,而朱熹《诗集传》等废《序》派著述还没有真正形成对民间思想普遍性的渗透和影响。南宋《诗经》学的建立和完善基本上也是依据《毛诗序》来完成的。朱熹《诗集传》取代《诗序》的位置被定为一尊那是元代以后的事情了。

　　尽管绝大多数乡先生的《诗经》教学仅仅是一种单纯的知识传授,于经义无甚发明,但这一群体中也不乏精通《诗》学者,他们在推动宋代《诗经》学的革新方面也发挥了一定作用。如上文中提到的李彖,吕南公就对其经学成就评价颇高:

　　　　(李彖)于经无所不悦,而尤用意于《诗》、《易》。尝著《诗讲义》二十卷,《易统论》三十卷,《孟子讲义》十四卷。书成,不远千里以献当代闻人。②

《诗讲义》已佚,但据李彖"乡先生"的社会身份和作品的题目可判断,这部著作是李彖用于《诗经》教学的教材。并且,吕南公称赞李彖的

---

① 周密著,吴企明点校《癸辛杂识》,中华书局 1988 年版,第 201 页。
② 吕南公《灌园集》,《文渊阁四库全书》本。

著作"耻乎无得而称者"①,其撰述的立场乃是要发明经义,务使有得,《诗讲义》也应当是按着这样一种原则来撰写的,其中也一定包含着某些不同于前代的见解。又如冯损之,吕陶《长乐冯先生墓志铭》云:

> (损之)读五经,尤专《诗》、《书》,探深抉奥,志其本统。……每正席横经,演明大旨,凡训传之殊骋及其肤说,则判别是否归于至当。学者多信向之,往往化而博强。②

冯损之生于太宗雍熙二年(985 年),卒于神宗熙宁八年(1075 年),与范仲淹、欧阳修等人大体同时,据《墓志铭》中言其事迹,此公也是一位乡先生。冯氏讲读五经已经完全不同于宋初的记诵经疏,而是言说经文的主旨,旨在挖掘其中的微言大义,从而直追孔子开创的道统,这与欧阳修《诗本义》在研究的价值取向上是一致的。再如茅知至,《福建通志·儒林传》载:

> 茅知至,仙游人,操尚介洁,不求闻达。讲明六经之道,以淑后进。邑自五季以来,文士多尚词赋,知至始以经学倡。③

茅知至有《周诗义》二十卷,已佚,又《经义考》引《姓谱》曰:"茅知至,仙游人,隐于县之西山,以六经教授乡里。"④则其亦具有乡先生的身份。茅知至主要活动于仁宗时代,此期正是宋代学术疑古风气形成的关键时期,而他的"讲明六经之道"正是这一时期学术研究重要的价值取向之一。依此立场,他撰作《周诗义》当也是要倡导复归《诗

---

① 吕南公《灌园集》,《文渊阁四库全书》本。
② 吕陶《净德集》,《文渊阁四库全书》本。
③ 郝玉麟等监修《福建通志》,《文渊阁四库全书》本。
④ 朱彝尊《经义考》,中华书局 1998 年版,第 827 页。

经》的"风雅"传统,并以此来改变"文士多尚词赋"的地方学风。另外,宋代以"讲义"、"口义"为名的《诗经》学著作非常多,其中也一定不乏乡先生作品。这些作品不仅充实和丰富了宋代《诗经》学的内涵,同时其中承载的变革信息也随着乡先生的教授快捷而有效地传递给了普通民众,从而为宋代《诗经》学的进一步发展作了必要的普及性准备。

总之,宋代乡先生的《诗经》教学具有广泛的社会影响力,他们通过教育活动将《诗经》传递给更为下层的社会普通民众,是宋代平民《诗》学观念形成的主要推动者。同时,这一群体也是宋代《诗》学话语重构的积极参与者,正是有了他们的参与,也才使得宋代《诗经》学风格的转变不仅局限在少量重要学者身上,而是在一个更为广阔的范围内推动了宋代《诗》学风格的形成和发展。

(本文原发表于《河北师范大学学报》2010 年第 6 期)

作者简介:易卫华,男,1977 年生,河北省邯郸市人。河北师范大学文学院副教授,硕士生导师。主要从事先秦两汉文学、《诗经》学研究。在《河北学刊》、《河北师范大学学报》等刊物发表论文 10 余篇,出版专著《毛诗与中国文化精神》(第二作者)。

宋代诗词中的"长安"及其文化意蕴

刘万川

长安是历代诗词中的常见吟咏对象和抒情意象。秦汉隋唐等朝的政权所在即为长安,故作品中较多写实。宋代之后,历来让人引以为傲的长安,再未成为国家首都。北宋定都汴京,南宋都城则为临安,长安只是边陲之地,所以,宋人诗词对长安写实者较少。但是,长安意象在宋代诗词中依然出现频率极高,并且在地理名词的基础上衍生出了更为丰富的意义。如果暂时不从指代、用典等修辞角度考虑其使用的形式特征,究其内在意义上的阐释,实质上代表了宋人对长安的主观印象,这种印象基本来自历史故事和前代的文学作品。

一　宋代诗词中对长安城的直接书写

长安自古繁华。秦始皇曾"徙天下豪富于咸阳十二万户"[①],西汉时,"京师之钱累巨万,贯朽而不可校。太仓之粟陈陈相因,充溢露积于外,至腐败不可食"[②]。东汉班固《西都赋》描绘长安则是地理险要、市井富庶、物产丰饶、宫室壮丽。隋唐仍以长安为都,骆宾王的《帝京篇》曾以"山河千里国,城阙九重门。不睹皇居壮,安知天子尊"[③]引领,惊叹于帝国的强盛和繁华。

---

① 《史记》卷六《秦始皇本纪》,中华书局 1959 年标点本,第 239 页。
② 《史记》卷三十《平准书》,第 1420 页。
③ 本文所引唐前诗歌均出自逯钦立编《先秦两汉魏晋南北朝诗》,中华书局 1983 年版;唐人诗歌均出自曹寅、彭定求等编《全唐诗》,中华书局 1960 年版;宋人诗歌均出自北京大学古文献研究所编《全宋诗》,北京大学出版社 1991—1998 年版;宋人词作均出自《全宋词》,中华书局 1999 年版。因数量众多,限于篇幅,不再一一注明出处。

　　中唐之后，长安由天府之国蜕化为需要补给接济之地。白居易曾言："秦居上腴，利号近蜀，然都畿所理，征赋不充，故岁漕山东谷四百万斛，用给京师。"①晚唐朱朴说："广明巨盗，陷覆宫阙，局署帑藏，里闱井肆，所存十二，比幸石门、华阴，十二之中又亡八九，高祖、太宗之制荡然矣。……故都已盛而衰，难以兴已。"②

　　长安在宋金时期被称为京兆郡或京兆府，在与西夏的攻守战中，是支援各路军事的基地，已从原来的国家都城退化为普通城市。长安虽有"京兆"之名，却无复原有辉煌，只能供文人追忆和感慨。王禹偁《杏花》（其六）写道："长安废弃迁都后，曲沼荒凉一梦中。见说旧园为茂草，寂寥无复万枝红。"面对着"弃废比藩方"（王禹偁《送杨屯田通判永兴》）的千古帝王之城，使人嘘唏不已。范祖禹也有《长安》一诗：

　　　　东风吹尘客心起，京华去蜀三千里。我来踏雪走函关，下视秦川坦如坻。晓登太华三峰寒，凭高始觉天地宽。却惜京华不可见，烟花二月过长安。长安通衢十二陌，出入九州横八极。行人来往但西东，莫问兴亡与今昔。昔人富贵高台倾，今人歌舞曲池平。终南虚绕帝王宅，壮气空蟠佳丽城。黄河之水东流海，汉家已去唐家改。茂陵秋草春更多，豪杰今无一人在。细观此事何足愁，不如饮酒登高楼。秦王何苦求九鼎，魏武空劳营八州。当年富贵一时事，身后寂寞余高丘。春风开花不易得，一醉何必封公侯。

　　俯仰古今之际，让人看到了宋初长安的落寞。当然，宋人也会以

---

　　①　白居易《议罢漕运可否》，董诰等编《全唐文》卷六七〇，中华书局1983年版，第3024页。
　　②　欧阳修等《新唐书》卷一八三《朱朴传》，中华书局1975年标点本，第5382—5385页。

长安之盛形容汴京或临安之繁华。如张先《鹊桥仙》(星桥火树):"星桥火树,长安一夜,开遍红莲万蕊。"用苏味道《正月十五夜》咏长安元宵夜花灯盛况形容汴京繁华。还有毛滂《武陵春》(银浦流云)中"银浦流云初度月,空碧挂团团。照夜珠胎贝阙寒,光彩满长安",用晚唐韩偓《中秋寓直》中"月射珠光贝阙寒"句。但这种情况并不多。

宋人心目中最繁华的城市是都城汴京,他们对此深深赞许甚至膜拜。汴京,在唐代即为"东方半壁山河之交通枢纽,舟车辐辏"①,五代时更是"华夷臻凑,水陆会通,时向隆平,日增繁盛"②。宋代诗词对汴京的称许比比皆是,有代表性的如曹组的《声声慢》写汴京:"重檐飞峻,丽彩横空,繁华壮观都城。云母屏开八面,人在青冥。凭栏瑞烟深处,望皇居、遥识蓬瀛。回环阁道,五花相斗,压尽旗亭。歌酒长春不夜,金翠照罗绮,笑语盈盈。陆海人山辐辏,万国欢声。登临四时总好,况花朝、月白风清。丰年乐,岁熙熙、且醉太平。"

自汉代以来,长安的政治内涵就是国都,这也是宋代诗词中长安一词使用和释义的基点,其他意义均在此基础上泛化和衍生。

二 宋代诗词中长安的指代和象征意义

(一) 都城指代

在宋代,长安首先让人想到的是政治中心,是国家都城的象征。宋代统治者在开国之初就曾有迁都之议。《涑水记闻》引石介《三朝圣政录》云:"太祖幸西京,将徙都,群臣不欲留。时有节度使李怀忠乘间谏曰:'东京有汴渠之漕,坐致江淮之粟四五千万以赡百万之军,陛下居此,将安取之?且府库、重兵皆在东京,陛下谁与此处乎。'上乃还。"③可见,汴京在北宋被定为都城主要是出于经济与漕运的考

---

① 严耕望《唐代交通图考》第六卷《河南淮南区》,上海古籍出版社 2003 年版,第1817 页。

② 周世宗《京城别筑罗城诏》,董诰等编《全唐文》卷一二五,第 551 页。

③ 司马光《涑水记闻》,中华书局 1989 年版,第 7 页。

虑。长安曾"涉三代,历汉唐之全盛"①,宋人对它一直有着一份特殊的政治感受。

以长安指代都城,诗词中早有先例,南朝谢朓的名句"灞涘望长安,河阳视京县"(《晚登三山还望京邑》),实际所望即是当时都城建康(今南京)。在宋代,长安的都城意义空前被强调。如毛滂的《浣溪沙》(访吴中朋友)中"锦里无端无素书,长安秋晚忆家无,故人来此尚踟蹰"句,"长安秋晚"用张翰思乡的典故;辛弃疾的《水龙吟》(用瓢泉韵)"长安纸贵,流传一字,千金争舍",用左思洛阳纸贵的典故。但张翰时在洛阳,见秋风起而思吴中莼菜羹、鲈鱼脍,左思也是在洛阳以《三都赋》名扬天下,词人均是以长安替代洛阳,实指意义皆从都城而来。又如苏轼名作《沁园春》(孤馆灯青)"当时共客长安,似二陆初来俱少年",回忆嘉祐年间兄弟二人同到汴京赴举,用二陆典故,陆机、陆云所到之处也是西晋都城洛阳。可见,长安的政治意义已经大于地理特征。

宋人以长安指代汴京和临安有南北宋之别。在北宋,长安代指汴京。诗作如王禹偁的《送奉常李丞赴阙》:"江城方话旧,捧诏去长安。宦路相逢少,乡情叙别难。"其中"去长安"照应诗题中的"赴阙"。张耒的《和阳念三自武昌至京师》:"三年别我客荆州,一日长安从我游",友人自武昌至京师,长安游历即是二人汴京相见。词作如毛滂《临江仙》(都城元夕)中有"闻道长安灯夜好,雕轮宝马如云"句,从背景和题目可知作者此时正流落汴京。苏轼的《西江月》(送别)中"昨夜扁舟京口,今朝马首长安",写自己自京口朝京城进发,以长安指代目的地汴京。还有周邦彦名作《苏幕遮》(燎沉香)"故乡遥,何日去。家住吴门,久作长安旅",也是指代词人所流寓的地点汴京。

在南北宋之交,长安仍多指汴京。李清照《蝶恋花》(上巳召亲族)作于南宋高宗建炎三年,其中"空梦长安,认取长安道"即是此意。李弥逊的《水调歌头》(再用前韵)"不上长安道,霜鬓几惊秋",因后句

---

① 赵彦若《长安志序》,见宋敏求《长安志》,成文出版社 1970 年版,第 8 页。

有"忆金门联辔,晓殿催班同到,高拱翠云裘",写当年并驾入朝,则长安也指旧都汴京。还有向子諲的《虞美人》(宣和辛丑):"去年雪满长安树,望断扬州路。今年看雪在扬州,人在蓬莱深处,若为愁。"所谓在扬州,指作者为江淮发运司主管文字,长安仍指汴京。

南宋时,长安改指临安,如吴文英的《杏花天》(鬓棱初翦玉纤弱):"夜寒重、长安紫陌。东风入户先情薄,吹老灯花半萼。"夜寒句是当下之景,作者当时人在临安。王庭珪的《桃源忆故人》(辰州泛舟送郭景文、周子康赴行在):"人如双鹄云间举,明夜扁舟何处。只向武陵南渡,便是长安路。"题中"赴行在",即赴临安。但此类指代都城的情况,已较北宋时使用比例大幅下降。

(二)功业象征

长安既然是政治中心,当然也是获得帝王垂青而成就功业、获取名利的所在。自汉而唐,长安常用来与个人功业相联系。例如唐代骆宾王有"戎衣何日定,歌舞入长安"(《在军登城楼》)之句,高适也有"二十解书剑,西游长安城。举头望君门,屈指取公卿"(《别韦参军》)的豪情。张九龄曾在《上封事书》中写道:"京华之地,衣冠所聚,子弟之间,身名所出,从容附会,不劳而成。"[1]所以刘驾说"要路在长安,归山却为客"(《送李垣先辈归嵩少旧居》),在刘驾心中,长安就是功业和名利的象征。

宋人不去西北的长安建功立业,却继承文学传统表达追求功名的意味。如宋庠:"亲见乌衣竹马年,如何便学草楼仙。长安名利非真趣,好趁春膏种玉田。"(《周道士本簪裳世家,龆年便慕真教。今为庐江黄冠,与余有中表之好,千里见访,恻其孤立,因告别也,为小诗以劳其志》)黄庭坚也称许牧童"多少长安名利客,机关用尽不如君"(《牧童》)。所谓"熙熙攘攘皆为利来",长安的功名之意,在宋代偈语中体现尤其突出。如:

① 张九龄《上封事书》,董诰等编《全唐文》卷二八八,第2925页。

　　　　法尔非修本十成,平常酬答最分明。端然指出长安道,无奈
游人不肯行。(释子淳《颂古一〇一首》其七三)
　　　　赵老家风不热瞒,问他大道答长安。有谁平步归家去,多是
区区自作难。(释师一《颂古八首》其一)

　　与上文类似的还有多首偈语,皆来自唐代从谂禅师。从谂禅师
人称"赵州古佛"。"僧问赵州:如何是道? 州云:墙外底。僧云:不问
这个道。州云:问那个道? 僧云:大道。州云:大道透长安。"(释崇岳
《颂古》二十五首其四自注语)僧在问道,禅师的回答却是以俗世的长
安机锋棒喝相点拨,长安相对于参禅,泛指繁华红尘、世俗名利。与
从谂禅师同时的吕温《冬日病中即事》一诗也有此意,诗云:"墙下长
安道,嚣尘咫尺间。久牵身外役,暂得病中闲。背喜朝阳满,心怜暮
鸟还。吾庐在何处,南有白云山。"

三　宋代诗词中长安的常见情态组合

　　在都城和功业两类含义的基础上,长安的意象进一步被引申和
泛化,从而出现了"望长安"和"长安道"两种常见的情态组合。这种
组合源于汉魏,兴于大唐,在两宋诗词中则被大量运用。

(一)"望长安"及相关意义

　　"望长安"的组合形式在诗词中使用始自于汉,当时有三种意味:
征夫思妇、游侠建功和臣子望阙。后世诗词常取望阙之意,尤以汉末
王粲"南登霸陵岸,回首望长安"(《七哀诗》)影响巨大。诗歌写自长
安途经霸陵时的见闻感受,诗中的"长安"已经融入了更多文人情绪:
既有对长安的眷恋,也寄寓对贤明政治的向往。至后世,沈约《登高
望春诗》中"登高眺京洛,街苍何纷纷。回首望长安,城阙郁盘桓",只
是将洛阳和长安对举,已经不再注重是否为某地。再到谢朓的"灞涘
望长安,河阳视京县"(《晚登三山还望京邑》),化用王粲诗句,长安的
意义重心已然由地理位置演变成抽象的朝廷所在,是去国忧思之意
的传达。

望阙而以长安为归属,其意义强化主要在唐,表现为远离与失意。盖因自古以京官为贵,远离都城也就意味着失去了帝王的眷顾与垂青。如清同治《赣县志》记载唐代李勉之事:"郁孤台,在文笔山,一名贺兰山,其山隆阜,郁然孤峙,故名。唐李勉为州刺史,登台北望,慨然曰:郁孤台'余虽有不及子牟,心在魏阙一也,郁孤岂令名乎?'乃易匾为望阙。"①唐人诗作常在遥望中强调诗人与长安的距离,如"一曲南音此地闻,长安北望三千里"(刘禹锡《采菱行》);"回望长安五千里,刺桐花下莫淹留"(李郢《送人之岭南》)。

宋代诗词中也有大量的"望长安"之语,但不如唐人那般突出距离的遥远,从所望方位上看也不是单纯的指代当时首都。"长安"被进一步剥去了地理名词的外衣,政治意义得以抽象、强化,代表皇权和朝廷。唐诗的"望长安"对长安位置描写往往写实,如张谓的《同孙构免官后登蓟楼》:"溟落悲无成,行登蓟丘上。长安三千里,日夕西南望。"还有齐己的《题终南山隐者室》:"终南山北面,直下是长安。"而宋人诗作中,除苏辙《和子瞻三游南山九首》(大秦寺)等少数诗歌为写实外,其他则少有如此,如:"长安去不远,何言西北迷"(梅尧臣《和寿州宋待制九题》),"日暮浮云偏西北,客心凄断向长安"(宋祁《有怀谢炳宗先辈》),"可怜西北望,白日远长安"(刘攽《九日》),这里的长安均和实际的长安城有方向的偏离。辛弃疾名作《菩萨蛮》(题江西造口壁)中"西北望长安,可怜无数山"之句,若长安指代汴京或临安,也同样方向不符。故而,宋代诗词的"望长安",更倾向于情绪表达。

自《世说新语》之后,唐人多用晋明帝"日近长安远"的典故②,该

---

① 同治《赣县志》(一),《中国方志丛书》(华中地方),成文出版社 1975 年版,第 210 页。

② 据《世说新语》记载:"晋明帝数岁,坐元帝膝上。有人从长安来,元帝问洛下消息,潸然流涕。明帝问何以致泣,具以东渡意告之。因问明帝:'汝意谓长安何如日远?'答曰:'日远。不闻人从日边来,居然可知。'元帝异之。明日,集群臣宴会,告以此意。更重问之,乃答曰:'日近。'元帝失色,曰:'尔何故异昨日之言邪?'答曰:'举目见日,不见长安。'"见徐震堮《世说新语校笺》,中华书局 1984 年版,第 323 页。

典故原意虽有争议,但后世诗人却多取其距离遥远之意。如刘禹锡《谪居悼往二首》(其二)写在被贬之时:"郁郁何郁郁,长安远如日。终日念乡关,燕来鸿复还",就是对长安和君主的思恋。宋人写"望长安"常强调与朝廷、帝王的距离遥远,与"日近长安远"的引申义两相契合,故而常融合使用。有三种情形:一是写长安与日同样遥远,如四锡的《圣节有怀》:"南山晴霭御炉烟,回望长安白日边。率众谢恩呼万岁,思归侍宴已三年。"宋祁的《将还都寄献臣》:"茂陵移病在穷年,尚省长安在日边。"二是写见日不见长安,长安比日遥远,如赵鼎的《行香子》(草色芊绵)"举头见日,不见长安。谩凝眸、老泪凄然",细味词意,当为作者被贬之作,颇有"天意高难问"之忧;刘克庄的《沁园春》(答九华叶贤良)"怅燕然未勒,南归草草,长安不见,北望迢迢。老去胸中,有些磊块,歌罢犹须着酒浇",南归、北望,都带有对失地沦陷的强烈情感。三是在以日喻君的基础上进一步深化,用陆贾《新语·辨惑》之喻,即"故邪臣之蔽贤,犹浮云之障日月也"①。用此意而声名最著者为唐李白的"总为浮云能蔽日,长安不见使人愁"(《登金陵凤凰台》)。宋代则有宋祁《有感》"举头却望长安日,已在浮云沉潆闲",李壁《留题东屯诗四首》其四"早日皋夔许致身,最怜一饭不忘君。飘零岂意穷山里,目断长安隔戍云",等等。

(二)"长安道"及其相关意义

长安既是功名所在,为功业奔走的意义便随之而来,有代表性的即是"长安"与道路的组合——"长安道"。

"长安道"是一种意象组合,与乐府旧题"长安道"虽然不同却有部分相联。以"长安道"为题的乐府诗歌创作自梁元帝始,南朝有 11 首作品,多为咏题,实际是后人对汉代长安的遥想之词和历史印象,共有两类描写重心。一是写道路上的各色人物,如"东门疏广饯,北阙董贤家"(顾野王《长安道》),"张敞车单马,韩嫣乘副轩"(陈暄《长安道》),"韩康卖良药,董偃鬻明珠"(徐陵《长安道》),其中男色董贤、

---

① 王利器《新语校注》,中华书局 1986 年版,第 84 页。

明吏张敞、高士韩康、宠臣董偃,都是西汉赫赫有名的人物,让人看到长安作为政治、经济和文化中心,汇集各色人物的特征。另一个是对路人行走和红尘的描绘,如"雕鞍承赭汗,槐路起红尘"(梁元帝《长安道》),"树阴连袖色,尘影杂衣风"(王褒《长安道》),"轰轰紫陌上,蔼蔼红尘飞"(江总《长安道》)。

唐代人结合本朝现实,继承后者意旨,将长安道演化为功利奔走之意。如崔涂《灞上》直写"长安名利路,役役古由今"。又如张元宗《望终南山》"红尘白日长安路,马足车轮不暂闲。唯有茂陵多病客,每来高处望南山",将长安道路与静寂山林对立,显示其红尘俗世的意义。

宋代诗词中对此用法有颇多承继。诗作如史浩的《古风四首》(颐真)"门外长安道,纷纷名利人",韩淲的《简赵十诸友》(其二)"门外长安道,毂击人肩摩。今时不云少,旧年不云多"。词作中如曹勋《青玉案》的首句"尘埃踏遍长安道。念云水、归来好",又如欧阳修《渔家傲》(暖日迟迟花袅袅)"车马九门来扰扰,行人莫羡长安道",辛弃疾《最高楼》(醉中有索四时歌者,为赋)"长安道,投老倦游归"和《鹧鸪天》(博山寺作)"不向长安路上行,却教山寺厌逢迎",都是写自己对于仕途的厌倦。还有无名氏的《柳梢青》"长安道上行客,念依旧、名深利切。改变容颜,销磨古今,垅头残月",也都是着眼于在长安对功名、仕途的追求。

与长安道上的奔走相联系,还有奔走者的羁旅之愁,所以,更多的时候长安道只是作为宦游、送别的背景出现,以增添装饰与美化效果。如柳永《引驾行》(红尘紫陌)"红尘紫陌,斜阳暮草长安道,是离人、断魂处,迢迢匹马西征",贺铸《六幺令》(宛溪柳)"尘送行鞭袅袅,醉指长安道。波平天渺,兰舟欲上,回首离愁满芳草",陈德武《望海潮》(寄别浔郡鲁教谕子振、李训道宗深)"楚水吴山,向来多少送和迎。长安古道长亭。叹马蹄不驻,车辙难停",等等。

由功业而来的,还有两个源自汉代的典故,与"长安道"意义相近,在宋人诗词中也出现频繁。一是"西笑长安"。据桓谭《新论·启痡》：“关东鄙语云：‘人闻长安乐，则出门向西而笑；知肉味美，则对屠门而大嚼。’”[①]长安是建立功业之所在，“西笑长安”是仰慕帝都和渴望功名富贵的代名词。唐诗中如骆宾王《同崔驸马晓初登楼思京》“白云乡思远，黄图归路难。唯余西向笑，暂似当长安”，白居易《自江州司马授忠州刺史，仰荷圣泽，聊书鄙诚》“乡觉前程近，心随外事宽。生还应有分，西笑问长安”，唐人面对长安，长安的功名意味是真实的。宋人当然不可能去长安求取功名，它只能是一种象征。如杨亿《叶生归缙云》“出门西望长安笑，抱璞来求善价沽”，陈洎《离郭店马上回寄乡知》“回望离亭映楚山，慨然西笑入长安”。词作中贺铸用此典故较多，如《蕙清风》（何许最悲秋）“临水复登山，莞然西笑。车马几番尘，自古长安道”，《西笑吟》（桃叶园林风日好）“每话长安，引领犹西笑”。二是“索米长安”。据《汉书》记载，东方朔曾向武帝进言：“朱儒长三尺余，奉一囊粟，钱二百四十。臣朔长九尺余，亦奉一囊粟，钱二百四十。朱儒饱欲死，臣朔饥欲死。臣言可用，幸异其礼；不可用，罢之，无令但索长安米。”[②]后东方朔被武帝重用，索米长安即演变为在帝王周围求取功名之意。唐代张固《幽闲鼓吹》记载白居易之事实是由此而发，“白尚书应举，初至京，以诗谒著作顾况，顾睹姓名，熟视白公曰：‘米价方贵，居亦弗易。’”[③]这一典故在唐人诗作中很少出现，宋人诗作中却较多，如杨亿的《送吴航》“井臼荒凉旅鬓班，经年索米住长安”，意味在汴京求取功名，意义偏于索米，而非京城。又如宋祁《官廪月钱不足经费》“俸微才给斗升储，炀灶烟沈乏爨苏。下泽出游无款段，长安饱死羡侏儒”，言说自己的落魄。戴复古的五古《都中书怀呈滕仁伯秘监》写一生的追求与失意：“儒衣历多难，陋巷困箪瓢。无地可躬耕，无才仕王朝。一饥驱我来，骑驴吟灞桥。通

① 桓谭撰，朱谦之校辑《新辑本桓谭新论》，中华书局 2009 年版，第 27 页。
② 《汉书》卷六十五《东方朔传》，中华书局 1962 年版，第 2843 页。
③ 张固《幽闲鼓吹》，《学海类编》第六十七册，上海涵芬楼 1920 年据道光六安晁氏木活字排印本影印本。

名丞相府,数月不见招。欲登五侯门,非皓齿细腰。索米长安街,满口读诗骚。时人试静听,霜枝哜寒螀。倘可悦人耳,安望如箫韶。"

（三）其他与长安相关的典故

这一类事、语都与长安相关,但主要意义节点不在长安,而是在长安发生的事件。

落叶长安。唐代贾岛有《忆江上吴处士》一诗,其中"秋风吹渭水,落叶满长安"写秋风拂水、落叶满城,寄托自己对朋友的思念。唐末吕岩《促拍满路花》词中曾直接引用。宋词中用此诗,往往撷取秋景苍凉萧条特征,衬托离别思念。比如周邦彦的《齐天乐》（绿芜凋尽台城路）:"荆江留滞最久,故人相望处,离思何限。渭水西风,长安乱叶,空忆诗情宛转。"周密的《声声慢》（送王圣与次韵）:"尊前漫题金缕,奈芳情、已逐东流。还送远,甚长安乱叶,都是闲愁。"张炎《桂枝香》（晴江迥阔）:"落叶长安,古意对人休说。相思只在相留处,有孤芳、可怜空折。"宋诗中也多用离别之意,杨亿《弟偍归宁》"一夕西风木叶飞,长安久客念庭闱",苏轼《次韵刘景文赠傅羲秀才》"忽见秋风吹洛水,遥知霜叶满长安",等等。

寄梅长安。陆凯有《赠范晔》一诗:"折花逢驿使,寄与陇头人。江南无所有,聊寄一枝春。"宋词中有舒亶的《虞美人》（寄公度）"浮生只合尊前老,雪满长安道。故人早晚上高台,赠我江南春色、一枝梅",以赠梅抒发对友人思念。又如毛滂《玉楼春》（定空寺赏梅）"月华冷处欲迎人,七里香风生满路。一枝谁寄长安去",咏物中用陆凯寄梅长安事。还有曹勋的《阮郎归》中"谁将春信到长安,江南腊向残",咏春而用报春长安之事。

长安父老。《晋书·桓温传》:"温遂统步骑四万发江陵,水军自襄阳入均口。……温进至霸上,健以五千人深沟自固,居人皆安堵复业,持牛酒迎温于路者十八九,耆老感泣曰:'不图今日复见官军!'"[1]与此北伐之意相关,辛弃疾在《水龙吟》（为韩南涧尚书寿

---

① 《晋书》卷九十八《桓温传》,中华书局 1974 年版,第 2571—2572 页。

甲辰岁）中云："长安父老，新亭风景，可怜依旧。夷甫诸人，神州沈陆，几曾回首。"此词长安用桓温典故，新亭用"新亭对泣"典故，与稼轩一直主张的北伐志向相同。还有同样主张的陈亮，《贺新郎·寄辛幼安和见怀韵》有"父老长安今余几，后死无仇可雪"句，也是此意。

四　长安意象在后世文学中的延续

　　元明清三朝，诗词戏曲中的长安意象基本延续了宋人的理解。在诗词创作中，由于国家统一，长安不再是前线，所以以长安为吟咏对象和实际创作背景的诗词为数不少，此处暂且不论。通观其他以长安为抒情载体的作品，基本固守长安在宋代已有的含义，未有大的变化。如"举头便觉长安近，时倚阑干望日华"[1]，"何处见长安，夜夜倚天望"[2]，"城中冠盖尽追送，尘埃不见长安陌"[3]，"三春索米长安陌，马足溶泥滞行迹"[4]，"长安日下犹言远，穷海孤臣那得看"[5]。

　　元明清三代戏曲繁盛，且以戏曲集《六十种曲》[6]为例，对长安的意义稍作考察。戏曲多讲述历史故事，汉唐故事的剧作常以长安为背景展开，此时长安属叙事性地理要素。剧作家常以唐人诗句点嵌其中，为唱词或宾白增加人文特色。例如《种玉记》中【一江风】"欲登朝，远上长安道，未遇空怀宝"，既是西汉故事的写实，也说去京城求取功名。

　　如果只考虑意象承担的抒情性功能，这一时期长安的意义既有

　　① 顾嗣立《元诗选》初集·丙集，中华书局1987年版，第584页。
　　② 顾嗣立《元诗选》二集·丙集，第260页。
　　③ 钱谦益编《列朝诗集》丙集第十一，《四库禁毁书丛刊》集部96，北京出版社1997年版，第72页。
　　④ 沈德潜选编《清诗别裁集》卷四，河北人民出版社1997年版，第67页。
　　⑤ 沈德潜选编《清诗别裁集》卷十六，第317页。
　　⑥ 本文所引戏曲均出自毛晋编《六十种曲》，中华书局1958年版。以下不再一一注明。

继承,也有变异和扩大。

　　戏曲中,长安意义多数情况与宋代诗词中相同。如《红梨记》中【满庭芳】"帝里繁华,长安人物,妆成宣政风流",长安指代都城。《精忠记》中的【晓行序】:"长安,可惜不是太平宫殿,顿教人痛忆,泪珠偷弹。"岳飞事迹在宋代,长安指代朝廷。《荆钗记》中的【四朝元】"长安红杏深,家山白云隐",长安与归隐相对,是为功业象征。《青衫记》中【朝元歌】"日远长安,浮云蔽影,自叹孤踪萍梗",是臣子望阙。

　　适应戏曲的俗文学属性,长安意象也出现了一些新的内涵和意义。如戏曲中举子赴京是常见情节,"望长安"便用来形容两地相思。《香囊记》中【黄莺儿】以之写母亲回忆孩子:"望长安,天高日远,人在五云端。"《玉簪记》中【东坡引】"一双青眼,望着长安天样远",则是写陈娇莲思念潘必正。再如传奇中有较多士子科举得意描写,孟郊的《登科后》便被多次化用。例如《鸾镜记》中【番山虎】"他挂名金榜,得意长安",《焚香记》中【女冠子】"满路花生,踏遍长安官道",《飞丸记》中【归朝欢】"那时绿袍挂身偏鲜艳,长安一日花看遍,不负了十载藜灯带月燃",等等。

　　综上所述,于宋人而言,作为都城的长安虽属于过去,但这个城市已经成为一种象征,一个符号,前代人物所处的长安和先贤文学作品所构筑的长安城,是一座永存的长安,这表现在长安意象的文化内涵在宋人诗词中的泛化和固化,乃至为后世的长安意象所画就的基本的释义藩篱。

　　宋人诗词为何如此钟情于长安?或有人认为宋代积贫积弱,长安是汉唐盛世之都,故文人念及历史辉煌而以长安为慰藉。但通读宋人史论,文中并未表现出对两朝兴盛的特别赞颂,欧阳修《伏阙上钦宗皇帝书》、秦观《安都》、周南《四塞论》等论及长安之文,均强调其军事地理之优势,却非着眼于其所代表的某朝某代之辉煌。长安意象在诗词中符号化形成,实质依然源自宋人"以才学为诗"之癖,他们在诗词中大量展现史书或化用前人诗词,为己用,抒己怀。

（本文原发表于《烟台大学学报》2014 年第 5 期,略有改动）

作者简介:刘万川,男,1977 年生,河北省滦南县人。河北师范大学文学院副教授,硕士生导师。主要从事唐代文史和地域文学研究。在《烟台大学学报》、《河北师范大学学报》等刊物上发表论文 20 余篇。

《张协状元》编剧时代新证

杨 栋

一 问题的提出及其意义

《张协状元》为《永乐大典》保存下来的三个南戏剧本之一,曲白最为完整,目前国内学界公认此为宋代戏文的惟一存世样本。《张》剧确实早于现存的所有南戏剧本,如《小孙屠》、《错立身》以及"荆刘拜杀"四大南戏等,但究竟早到什么时候,是否宋人编剧,其实是一个悬而未决的问题。

关于《张》剧的编剧时代,已有北宋、南宋初(宣和南渡之际)、南宋中后期和元代中期等四说,但都缺乏充分的直接证据,属于猜测意见。持北宋说者认为"剧中提及了那么多北宋的历史人物、名物制度及引用了北宋人作品中的成句,显然,作者是北宋人"①。南宋初与中后期说的思路与北宋说大体相同。钱南扬先生力主《张协状元》"是戏文初期的作品"②,这个"初期"特指"宣和之后,南渡之际",以与"戏文的发生,远在宣和之前"相区别。这类说法显然不妥,因为作品中的时代标志,只可说明它不早于此时,而不能证明它产生于此时。它完全可能产生于其后,甚至可能后到几十或几百年。主南宋中后期说者近年曾有人提出一个实证,即《张》剧第23出"村南村北梧桐角,山后山前白菜花"两句念白出自南宋中叶人曹豳的一首诗。③ 但由于是一条孤证,可以做多种解释,如主北宋说者就认为,

---

① 俞为民《宋元南戏考论续编》,中华书局2004年版,第128页。

② 钱南扬《永乐大典戏文三种校注·前言》,中华书局1979年版,第1页。

③ 程千帆、吴新雷《两宋文学史》,上海古籍出版社1998年版,第675页。

剧白与曹诗"不存在引用与被引用的关系",可能分别摹写浙东风俗景物,也可能同出前人成句。故南宋中后期说也未能取得有力证明。

　　最早论及《张》剧编写年代并主张元代说的,是日本著名中国戏曲史家青木正儿。他虽然坦率承认《张》剧"著作年代之文献及佐证无一可得",但还是凭直觉推测"此戏文之作,恐已为元代以下之事"①。上世纪五十年代末,周贻白先生接受青木意见,考证解释了障碍元代说的一个疑问,即编写《张》剧的"九山书会"并非南宋独有,"当为元代组织"②。"九山书会"容易使人联想到南戏故乡温州。近年又有韩国学者梁会锡先生发表《〈张协状元〉写定于元代中期以后》一文,全面搜集旁证材料,力辩《张》剧非宋人之作。比较有启发性的是,他发现《张》剧与元曲存在诸多共有现象:一是其中所用【粉蝶儿】、【迎仙客】、【醉太平】等36个牌子与北曲同名;二是18支曲子韵脚字同于北曲的"入派三声";三是剧中引用的五十多条俗语谚语皆为宋元时代通用语,并非宋代独用。"共有"本来就不能证明《张》剧晚于元曲,再加上他工作粗疏,把南北曲"共祖"的大量旧曲调混入"共有",如上举三牌原为唐宋词入曲,故遭到国内南戏学者的逐条反驳。③

　　这个问题非常重要,直接牵涉到中国戏曲史上的两桩疑案,一是中国古代戏剧究竟何时成熟;二是南北曲互相交叉,究竟孰为源孰为流。第一个疑案由王国维先生在《宋元戏曲史》中提出。他虽然未能看到后来发现的南戏《张协状元》,但通过全面清理考察宋金"古剧"文献材料,已大胆推断宋代戏文"或反古于元杂剧","虽谓真正之戏剧,起于宋代,无不可也。然宋金演剧之结构,虽略如上,而其本则无一存。故当日已有代言体之戏曲否,已不可知。而论真正之戏剧,不

　　①　青木正儿著,王古鲁译《中国近世戏曲史》上册,作家出版社1958年版,第92页。
　　②　周贻白《中国戏剧史长编》,上海书店出版社2004年版,第145页。
　　③　胡雪冈《对〈张协状元写定于元代中期以后〉一文的商榷》,《艺术百家》2003年第2期。

能不从元杂剧始也"①。王氏所说"真正之戏剧"或"真戏曲",即后来
戏曲史论家所说的"成熟戏剧"。王氏确认元杂剧为中国戏剧发展史
上标志成熟的里程碑,是秉持着只有实物方为信史的近代科学学术
理念。这个理念之所以先进,是因为不但能够证实,而且可以证伪,
预留了无论何时发现宋代实物证据,结论将随之改变的余地。现在
既有宋代南戏成熟的标本《张协状元》出世,中国戏曲史自然要重新
改写。

　　第二个疑案现在由我们提出。南北曲曲牌存在大量交叉现象,
其中除去二者"共祖"的唐宋词牌、诸宫调牌等古曲,我们发现在《张》
剧中至少有二十多个南北曲同名的原生曲牌。② 明代学者多据此认
为北曲早于南曲,南曲为北曲之变。现代学者均对明人之说不屑一
顾,一般笼统地认为南北原生曲牌分别出自南北地方俗曲,各有其渊
源。这就遮蔽了南北大量同名本生曲起源的难题。《张协状元》如被
认定为早于元曲的南宋作品,其中所用【山坡羊】、【叨叨令】、【红绣
鞋】等,历来被认为北曲原生的众多曲调,就只能认作出自南曲。这
样,南曲为北曲的源头,就将是一个不得不直接面对的事实。

　　下面我们采用内证法,通过提取《张》剧所用一些曲牌的时间信
息,对上述编剧年代各说进行检核校正,并利用近年出土文物上的元
曲本生曲样本,对剧本所用的元曲作出确认,从而对《张》剧的编写年
代进行一次实证性的科学探讨。

---

　　① 　王国维《宋元戏曲史》,中国戏剧出版社 1957 年版,第 68、69、117 页。
　　② 　原生曲牌指不见于前代唐宋词、诸宫调等古曲,而只见于南北曲的牌子,即南
北曲的本生曲调。我们根据周德清《中原音韵·乐府三百三十五章》及陶宗仪《辍耕
录》所记杂剧曲牌等文献统计,《张》剧中有 20 调与元曲"共有":【叨叨令】、【五供养】、
【新水令】、【红衫儿】、【四换头】、【沉醉东风】、【步步娇】、【红绣鞋】、【红衲袄】、【山坡
羊】、【川拨棹】、【红芍药】、【绵搭絮】、【斗黑麻】(即元曲的【斗蛤蟆】)、【麻郎】(元曲作
【麻郎儿】)、【秋江送别】(元曲作【秋江送】)、【江儿水】(元曲作【清江引】)、【太子游四
门】(元曲作【游四门】)、【林里鸡】(元曲作【林里鸡近】)、【带过曲】("带过曲"是一种
曲体而非一个曲牌,因在《张》剧中仅用一次,故按一调统计)。

二 《张》剧中的南宋曲牌

（一）第16出用【大影戏】一调，应是采自影戏。影戏一般称皮影戏，起源于北宋，最初用白纸雕刻为人，后改用羊皮而彩绘。吴自牧《梦粱录·百戏伎艺》："更有弄影戏者，元（原）汴京初以素纸雕簇（镞），自后人巧工精，以羊皮雕形，用以彩色妆饰，不致损坏。杭城有贾四郎、王升、王闰卿等，熟于摆布，立讲无差。其话本与讲史书者颇同，大抵真假参半，公忠者雕以正貌，奸邪者刻以丑形，盖亦寓褒贬于其间耳。"①"大影戏"则为南宋产物，是由真人代替并模拟影人的表演。周密《武林旧事·元夕》："或戏于小楼，以人为大影戏。"②这必须在皮影戏高度发达，其人气与票房价值超越真人演剧之后方有可能。

《武林旧事》应晚于吴自牧书。据周密自序感慨兴亡及"余亦老矣"等提示语看，成书应在宋亡之后。该书卷六载"诸色伎艺人"，于"影戏"一项所列艺人有王升与王润卿，与吴自牧书所记相同。周、吴二书记载同时影戏状况而周书多出的"大影戏"，或是吴书作时尚未产生，或是当时已有而影响不大，而为后出周书所补叙。无论哪种情况，"大影戏"之兴应在南宋晚期。《张》剧既采用此调，表明编剧时间应在南宋之末，而不大可能早过南宋中期。

（二）第8出有【复襄阳】2支，不见于后来南戏存本。根据曲名，应当出自南宋军队收复襄阳战役的一支凯歌，除此似难有其他解释。查南宋历史上襄阳战事，宋金长期对峙，襄阳一直未沦入金人之手，仅有一次短期小变。南宋绍兴三年（1133）十月，因缺粮，宋镇抚使李横襄阳，伪齐之将李成乘隙而入据之。第二年五月，岳飞由湖北渡江

---

① 孟元老《东京梦华录》（外四种），文化艺术出版社1998年版，第305页。
② 孟元老《东京梦华录》（外四种），第344页。

挺进中原,李成闻风而逃,岳飞不战而收复。① 从此襄阳重镇一直为南宋军队控制,直到宋末理宗端平三年(1236)三月,蒙古军南下,南宋守城部队的南北两军,因为内讧而发生兵变,"北军主将王旻、李伯渊焚城郭仓库,相继降北(元)。时城中官民兵四万七千有奇,其财粟三十万,军器二十四库皆亡,金银盐钞不与焉"②。毫无疑问,襄阳之变,南宋在政治、军事及经济上损失惨重。三年之后,南宋名将孟珙于嘉熙三年(1239)三月率兵苦战,方收复襄阳。孟珙奏称:"襄、樊为朝廷根本,今百战得之,当加护理,非甲兵十万不足守。"③襄阳易手,同样对蒙元方面打击沉重。元蒙大臣"刘整言于蒙古主曰:'襄阳吾故物,由弃弗成,使宋得窃,筑为疆藩。若复襄阳,浮汉入江,则宋可平也。'"④比较而言,宋金攻守一直在长江下游与淮河地区来回"拉锯",而蒙元攻宋则从长江中上游发动,故扼守江汉的重镇襄阳成为宋元拼死争夺的军事焦点。因而孟珙复襄阳对南北朝野的震动远比岳飞复襄阳要重大得多,故【复襄阳】一调由此所出的可能性最大。据此推断,《张》剧的编写当在宋末元初,南宋中期说可以排除。退一步说,即使【复襄阳】一调出自岳飞复襄阳,也可排除北宋与南宋初两说。

(三)第14与20两出都同时用【赚】及【尾声】,其余51出则皆无【尾声】。可见早期戏文不用【尾声】,【尾声】及【赚】同出自唱赚,而唱赚则是南宋的特有产物。灌圃耐得翁《都城纪胜·瓦舍众伎》:"唱赚在京师日,有缠令、缠达。有引子、尾声为缠令。引子后只以两腔递且,循环间用者为缠达。中兴后张五牛大夫因听动鼓板中,又有四片太平令,或赚鼓板,即今拍板大筛扬处是也,遂撰为赚。赚者,误赚

① 张习孔、田珏主编《中国历史大事编年》第三卷,北京出版社1997年版,第441、443页。
② 脱脱等《宋史·理宗本纪》,中华书局1977年版,第810页。
③ 张习孔、田珏主编《中国历史大事编年》第三卷,第640页。
④ 玄烨《御批历代通鉴辑览》,《文渊阁四库全书》第338册,台湾商务印书馆1973年影印版,第447页。

之义也,令人正堪美听,不觉已至尾声,是不宜为片序也。"①吴自牧《梦粱录》卷二十《伎乐》所记略同,仅"中兴后"作"绍兴间"。张五牛兼综北宋的缠令与缠达两种曲体而创造出唱赚,"赚"的名称当然也是他造的,北宋并无此称。他"遂撰为赚"的时间在宋高宗绍兴年间(1131—1163)。"中兴"是当时人的常用语,特指高宗逃亡政府定都杭州(绍兴八年,1138)之后,组织岳飞、韩世忠等抗金名将反攻中原,并步步取得胜利的一段历史时期。《梦粱录》卷二十《小说讲经史》载有"《复华篇》及《中兴名将传》"的节目,显然就是以上述历史人物与故事为内容的。南宋"中兴"的下限应以岳飞被害、韩世忠同时被夺兵权(绍兴十一年,1141)之后,南北议和,高宗对金称臣,甘愿偏安为止。所谓"中兴后"与"绍兴间"大体一致,并无矛盾。这就可以排除《张》剧编写于北宋与南宋初两说。

元初陈元靓《事林广记》续集卷七载有杭州唱赚行会组织遏云社的《要诀》与《致语》,并有一套赚词,应当也是该社的节目。《张》剧除去【赚】与【尾声】之外,尚有【缕缕金】、【紫苏丸】、【越恁好】三牌见于《事林广记》,如果其中有宋末元初新生的曲牌,那就连南宋中期说也可排除。

(四)第10、25两出各用【出队子】、【神仗儿】二牌。此二牌见于董解元《西厢记诸宫调》,直接流入元曲,应是诸宫调在北地发展过程中所吸附的新生俗曲。后世南曲谱均不列入,说明不是南曲。《张》剧开首所唱南诸宫调一套,自成体系,与北诸宫调全然不同,自然无此牌调。《张》剧中【出队子】、【神仗儿】二牌即非出自元曲,也与元曲共祖于北诸宫调。关于董解元在北曲中的地位及其生活时代,元曲作家及文献学家钟嗣成列之为元曲第一人:"大金章宗时人,以其创始,故列诸首。"②金章宗朝(1190—1209)相当于宋宁宗时,已属南宋

---

① 孟元老《东京梦华录》(外四种),第85页。

② 钟嗣成《录鬼薄》,《中国古典戏曲论著集成》二,中国戏剧出版社1959年版,第103页。

后期。由此推断《张》剧早于南宋中期的可能性较小。

（五）第42出有【马鞍儿】3支。关汉卿《望江亭》第3折【越调】套后由李梢等次要人物附唱【马鞍儿】一支，并由剧中人物之口说明"这厮们扮南戏那"①。关氏晚年在蒙元灭宋，统一全国之后，曾有南方杭州之游，有其所作散套【南吕一枝花】《杭州景》"大元朝新附国，亡宋家旧华夷"可证。《望江亭》杂剧中【马鞍儿】一调应当是关氏这次南游从杭州南戏中取回。比较两剧【马鞍儿】曲文：

> （关作）想着想着跌脚儿跳，想着想着我难熬，酪子里愁肠酪子里焦。又不敢着旁人知道，则把他这好香烧，好香烧。咒的他热肉儿跳。
>
> （《张》剧之一）唱彻阳关斟别酒，这一景最清佳。夹岸见这山叠翠，尽间簇山花野花。听得叮咛祝咐，小心伏侍恩家。都乘轿儿先去，俺待跨马，匆匆去也。

两曲词格同出南戏而俗雅判然，后世曲谱家乃至误认为"绝不相同"、"迥不相侔"的两调，强划前者为【马鞍子】，后者为【马鞍儿】。②其实关作所用更接近南曲"里巷歌谣"的原始词格，而《张》剧所用则为诗词化了的变格。明代曲选《词林摘艳》卷一录有"雁儿雁儿只在天边厢叫"等4首【马鞍儿】，与关剧所用词格正同，保留的应当是民间曲原始词格的化石。其中2首"见他见他在床前跪"、"桂英桂英说来的誓"，拟写王魁负桂英事，或者就是南戏创始之作《王魁》的遗曲。从曲牌体词格由俗趋雅的"变体"规律看，作为南戏样本的《张》剧与北曲关剧同用南戏之曲格，前者反而不如后者素朴原始，最自然的解释应当是前者晚于后者，而不是什么"戏文初期的产品"。

---

① 王骥德《古杂剧》第一册，《古本戏曲丛刊》四集之二，商务印书馆1958年影印版，第15页。

② 吴梅《南北词简谱》，《吴梅全集》本，河北教育出版社2002年版，第727页。

三 《张》剧中的元代北曲

南戏专家钱南扬先生说:"一般戏文也运用北曲,而《张协》是个例外,大概时代较早,其时北曲还未流传到南方,故通本没有一支北曲。"①因此他把《张》剧中的【山坡羊】与南方土产的【鹅鸭满渡船】等同,划入"都应是村坊小曲"一类。当代学者多从其说,认定"剧中全部用的是南曲,尚未受到宋亡后北剧流入南方的影响"②。以上所说如果指南戏中常见的模唱北曲则是对的,但连《张》剧中的南化北曲也加以否定则不合乎事实。

(一)北曲正宫有【叨叨令】一调,使用频率极高,定格全在结句之前要用"……也么哥……也么哥"两个重叠句,几无例外。所以称其名者,正如王力先生所论:"此曲名符其实,真有叨叨的意味。"③《张》剧第 3 出也用 2 支【叨叨令】,而全然失落这一原始性的标志句型,当然不再有"叨叨的意味",这只能解释为元曲南化所致。如果强说南曲【叨叨令】原不"叨叨",传入元曲后才当真"叨叨"起来,恐于命名理据大悖。另外,此种【叨叨令】仅《张》剧中一用,后来南戏剧本不见,明代南曲曲谱著作也无著录,可见南戏作家与研究家均不承认此调为南曲。

(二)《张》剧第 43 出有一"带过曲"——【锦缠道过绿襕踢】,因为曲牌前后分题,故此前学者未能认出。遍查宋元南戏存世剧本,再未见有此用例。而带过曲在北曲中却是普遍现象,散曲与杂剧皆有。将二支或三支小令用"带"、"过"或"兼"联结为一篇,任二北先生据此称之为"带过曲",指出:"带过曲本来仅北曲小令中有之,后来南曲内与南北合套内亦偶而仿用。"④冀南出土的磁窑瓷枕有一方上书两首

---

① 钱南扬《戏文概论》,上海古籍出版社 1981 年版,第 209 页。

② 程千帆、吴新雷《两宋文学史》,第 675 页。

③ 王力《汉语诗律学》,上海教育出版社 2005 年版,第 781 页。

④ 任二北《散曲概论》一,《散曲丛刊》第十四种,中华书局 1930 年版,第 18 页。

【快活三朝天子】的带过曲,一在正面,一在侧面。其中一首也是曲牌前后分题。① 由此以断,带过曲这一独特曲体,在北方都普及到民间去了。与其强说《张》剧的一个孤例生出北曲大面积的"带过曲",勿宁认为《张》剧模仿北曲的可能性更大,也更为可信。

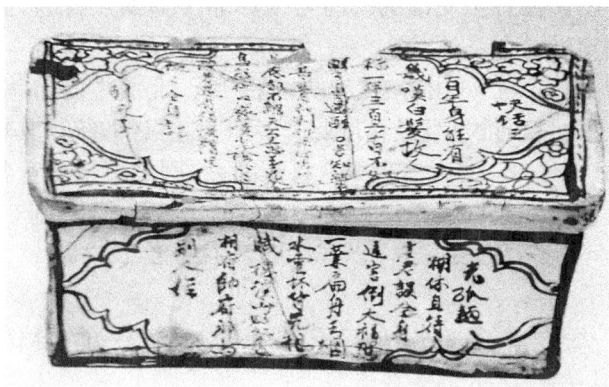

图一　元白地黑花长方形枕

年代:元至正十一年七月廿三日　　　　产地:河北磁县观台窑

（三）第 21 出有【斗黑麻】一牌,27 出又作【斗圪麻】,其实就是北曲的【斗虾蟆】,亦作【斗蛤蟆】。北方凡蛙类统称蛤蟆,是一个十分流行的俗语词,自唐以来如此。《旧唐书·黄巢传》:唐末农民起义时河南、山东"先有谣言云:'金色虾蟆争努眼,翻却曹州天下反。'"广东南越王博物馆藏有一方金元时代磁州窑系的瓷枕,上书一联:"虾蟆水上真书'出',蛐蟮尼(泥)中草写'之'。"闽浙等南方方言一般叫"蛤子"、"青蛙"、"田鸡"、"水鸡"、"土鸭"等,不说或少说"蛤蟆"这个词。清厉荃《事物异名录》引宋人寇宗奭《本草衍义》:"青蛙,南人呼为蛤子。"②宋苏颂《图经本草》云:"黑色者南人呼为蛤子,食之至美,即今

---

① 王兴《磁州窑诗词》,天津古籍出版社 2004 年版,第 99 页。以下图片均出自该书,不再一一注明。

② 厉荃《事物异名录》,岳麓书社 1991 年版,第 571 页。

所谓之蛤,亦名水鸡是也。闽、蜀、浙东人以为珍馔。"①而《张》剧作者正是少说或不说"蛤蟆"的浙东人,把《张》剧中的【斗黑麻】、【斗虼麻】看作北曲【斗蛤蟆】的南人拟音,要比相反的解释不仅合乎事理,且也合乎音理。②宋周密《武林旧事》卷六《酒楼》有"虼麻眼"之记。可见《张》剧以南音拟北语的书写习惯亦非个体偶然行为,而有一定的社会约定性。

(四)第16与53出各有【红绣鞋】一牌。北曲中同名牌又名【朱履曲】,入中吕宫,最早且最喜用此牌者似为关汉卿,统计其现存杂剧18本共用8次,其中《玉镜台》与《鲁斋郎》二剧之中吕套竟各间用二次。后世曲谱学家订其句字为"6,6,7,3,3,5"格。《张》剧53出曲文为"净作李大婆上唱":

> 状元与婆婆施礼,(合)不易。(生)婆婆忘了你容仪,(合)谁氏。(净)李大公那婆婆随娘子去。弃了儿女,施粉珠,来到此处如何不认得。

试拿掉南曲合唱的评论性二字句"不易"、"谁氏",再剔除各句衬字"与"、"了"、"李"、"那"、"子"、"了"、"来到此处"等,则与北曲之格相同,显然存在模仿关系。但究系南为北之增,还是北为南之简?似难遽断。冀南出土有一金元时期的磁窑瓷枕,藏于邯郸市博物馆,

---

①　苏颂著,胡乃长、王致谱辑注《图经本草》,福建科学技术出版社1988年版,第447—448页。

②　"黑"字吴语为入声,读如"he"之促音,《中原音韵》则派入齐微部上声,读如"hei";虾,《中原音韵》入家麻部阴平声。二者仅同声母,而韵母与字调均异,不合通假原理。但在河北、山东等更广大的北方方言中"蛤蟆"读如"he ma",至今而然。是知《张》剧"黑麻"依南音读如"he ma",为山东、河北某地方音之拟写。此有《张》剧内证,第21出王德用"名号黑王",又多写做"赫王",表明作者读"黑"正作"赫 he"音。"虼"字原也是入声,金元时北方派入去声,读如"ge"。无名氏《盆儿鬼》三折有"虼蚤"(即跳蚤)语,关汉卿《救风尘》一折有"虼蜋皮"(屎克螂皮)语。"虼麻"与"黑麻"为一声之转,也是北语"蛤蟆"的音近相假。

上题：

> 韩信功劳十大，朱阁（应为诸葛）亮位治三台，百年都向土中埋。邵平瓜盈亩种，渊明菊夹篱开，闻安乐归去来。　　红绣鞋

书写者既然能写出"朱阁亮"的白字，恰与磁窑器的民间日用性质相合，而且表明所据应是听觉文本而非视觉文本，更进一步可见这是一支流行性很强的市井民间曲。以此推断《张》剧【红绣鞋】出自北曲的概率应高于相反的揣测。

图二　元白地黑花长方形枕
产地：河北峰峰彭城窑　　　收藏：河北邯郸市博物馆

（五）第30出用2支【山坡里羊】，50出又用一支【山坡羊】，元代南北曲共有此牌。南北究竟有无亲缘关系，如果说有关联那么源出南曲还是北曲，是一调还是二调？后世曲谱学家众说纷纭，莫衷一是。南北【山坡羊】同牌同源是能够证明的。①

现在借助近年我们所搜集的磁州窑器物上的金元词曲进行讨论。目前出土的【山坡羊】曲作计有三首，分别书写在两枕一瓶之上，可以断定为金元之物。其中"晨鸡初报"与"风波实怕"两首同见于元

---

① 杨栋《【山坡羊】曲调源流述考》，《文学遗产》2010年第2期。

人选元曲的《乐府新声》,是元曲前期作家陈草庵的作品。① 另一【山坡羊】"有金有玉"瓷枕为私人所藏②,书写和曲作风格与前二首类同,应为同时期之物,或者就是陈草庵的佚作。与典籍中的传世曲作比较,这三个瓷器文本未经众手传抄编刻,较多地保持了元曲的原始面貌,故可作为考证的根据。

用上述文物与曲学文献相参,首先可以澄清历来有关曲名的纷乱之说。元末周德清《中原音韵》列北曲牌335调,于中吕宫下【苏武持节】一牌,自注"即【山坡里羊】"。而同书《作词十法》"末句"和"定格"两处则作【山坡羊】。从出土的陈草庵与无名氏的作品样本看,均题【山坡里羊】,与元人选元曲的《乐府新声》本一致,可证此名最为原始。【山坡羊】和【苏武持节】后出,应是文人作家接手民间文学之后,追求文字精炼或文雅所致。"里"字在这里只是口语化的衬字,有无都不改变意义,故可省简。如陈草庵"晨鸡初报"一首中第三句,出土文本作"那一个不在红尘里闹",《乐府新声》本则改作"那个不去红尘闹","里"字删去。至于改名【苏武持节】,应是更后之事。汉代苏武牧羊故事自然与【山坡里羊】没有直接关系,但此事发生于北地,体味元人易此雅名的心理,似乎无意间透漏出【山坡里羊】原为一支北方牧歌的信息。这里特别指出,《张》剧所用3支,两支题【山坡里羊】,一支题【山坡羊】,两个名字都有,表明它的年代不太可能早于陈草庵。地下文物显示,陈草庵时代所作都题作【山坡里羊】,尚未出现【山坡羊】的简名。

【山坡羊】源出北曲,还有其他方面的参证。北曲中除【山坡羊】之外,还有【牧羊关】的牌子,并有不少与羊相关的写实名作。如关汉卿《窦娥冤》的"戏眼"羊肚汤,曾瑞的名套《羊诉冤》等,而宋元南曲中却罕有这类内容。明代南曲中有一个【羊头靴】的牌子,实为北曲【红

① 杨栋《冀南出土磁窑器物上的金元词曲》,《文艺研究》2004年第1期。
② 图片与校读文字详见邯郸市博物馆、磁县博物馆合编《磁州窑古瓷》,陕西人民美术出版社2004年版,第90页。

绣鞋】传入南曲后的一个别名。[①] 文学内容最终还是生活之反映，北方重游牧，多羊，北人喜吃羊肉，而南方主要为水田农耕，少羊，基本不吃或少吃羊肉，这一生活习俗差异至今犹存。羊肉味膻，常食者体味极重，故南北分裂特别是宋金对峙时，南人经常以"腥膻"、"腥骚"蔑称金元北人。如张孝祥【六州歌头】"洙泗上，弦歌地，亦膻腥"与陈亮【水调歌头】《送章德茂大卿使虏》"万里腥膻如许，千古英灵安在"等，皆为抗金名作。与南人饮食口味相反，北人则以羊肉为美味。由此推断，【山坡羊】原本应是一首北地牧歌，始名为【山坡里羊】。在关汉卿时代进入文人创作的视野，于是有【山坡羊】之简名，【苏武持节】则为雅名。最早采用此调入杂剧的是关氏同时人杨显之，见其《潇湘夜雨》三折，较早用于散曲的应是陈草庵，亦与关同时。《张》剧所用此调，应由北曲传入，是北曲南化的一个变体，表明编剧时代不早于关、杨、陈等前期元曲家。

图三、图四　元白地黑花四系大瓶
产地:河北峰峰彭城窑　　收藏:河北峰峰矿区文保所

① 明蒋孝《旧编南九宫谱》附《十三调南曲音节谱》之【双调羊头靴】注："即【红绣鞋】。"王秋桂主编《戏曲善本丛刊》本，学生书局1984年影印版，第61页。

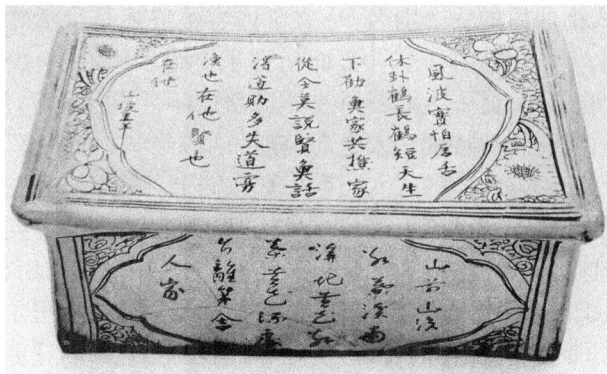

图五　元白地黑花长方形枕

产地：河北磁县观台窑　　收藏：河北磁县文保所

图六　元白地黑花长方形枕

产地：河北峰峰彭城窑　　　收藏：私人

四　结　论

第一，《张》剧的编写年代不早于元初，应在关汉卿等早期元杂剧家之后。【大影戏】等南宋以降所产生的若干曲牌表明，《张》剧不可能如一些专家所想象的编写于南宋初期之前。而【叨叨令】、【斗蛤蟆】、【山坡羊】、【红绣鞋】以及"带过曲"等元曲本生曲的南化现象，则进一步证明剧本必是编写于"元初北方杂剧流入南徼,一时靡然向风"之后。①元初北曲专家论"歌之所忌"曰:"南人不曲,北人不歌。"②这条禁令反映的是宋金与宋元南北对峙时代,南北曲互相隔绝,各自为统的乐坛现实。及至蒙元灭宋统一,南北曲的隔绝状态自然打破,呈现为互相交流之势。元代中期之后沈和创"南北和腔",南曲家克隆复制北曲已成风气,这就是我们在《小孙屠》《错立身》等南戏剧本中所常见的北曲南唱的情形。从"南人不曲,北人不歌"到北曲南唱,其间还应有一个"北曲南化"的阶段,即在保留北曲某些特征元素的同时,而同化其音乐及格律,使之南曲化。《张》剧中的北曲正是这类南化北曲。据此推断,《张》剧的编写时间可确定在元代初期,即王国维《宋元戏曲史》划定元剧为三期的"一统时代"。

确定中国戏曲的成熟标志仍然应当回归王国维先生的结论,即元杂剧方是"真正之戏剧"。任何企图提前的主观冲动,目前仍无剧本实证,只能算是一种大胆猜测,而达不到科学真理的水平。

第二,《张》剧的编写地点应是杭州而不是南戏故乡温州。南戏创始之初,仅限于温州,是个地方小剧种,故有"温州杂剧"或"永嘉杂剧"之名。当时所用曲调已知为"宋人词而益以里巷歌谣"③,而《张》剧所用曲调却远远超越了地方小戏的界限。仅上述认定的所用曲调已扩展到唱赚、影戏、诸宫调乃至元曲等各类曲种,而这些都是南宋以降杭州勾栏中流行的曲艺品类。据此推断,《张》剧极可能编演于杭州而非南戏故乡温州。这个推论尚须补证。《张》剧语言不但有大量梁会锡先生所指出的宋元通用语及中原音韵的"入派三声"现象,而且还有不少北方方言。仅举三例:其一,第2出净白"明朝请过李巡来"。李巡即李巡官。陆游说"今北人谓卜相之士为巡官"④。其

---

① ③　徐渭《南词叙录》,《中国古典戏曲论著集成》三,中国戏剧出版社 1959 年版,第 239 页。

②　燕南芝庵《唱论》,《中国古典戏曲论著集成》一,第 161 页。

④　陆游《老学庵笔记》,《宋元笔记小说大观》第四册,上海古籍出版社 2001 年版,第 3468 页。

二，第 50 出"苦不肯秋采"，秋采就是理睬，秋的本字即"瞅"。王骥德注《西厢记》谓："北人谓怒目相视为瞅。"①大错。钱南扬解为"理会"，也不确切。今天北方仍有"瞅一眼"、"理睬"、"不理睬"等常用语。其三，第 48 出"关西老将"谭节使自称"洒"、"洒家"。章太炎《新方言》谓："明时北方人自称洒家。洒即余也。"②《水浒传》中鲁智深、杨志也是如此自称。《水浒传》产于杭州勾栏中，鲁、杨二人虽为艺术人物，但都是陕西人，可见宋元时杭州艺人以自称"洒家"为关西人的身份标志。《张》剧此点认识与《水浒传》正同。章太炎先生认定为北语是对的，但作为杭州人的他并未真正理解这个词的实际含义。其实"洒"即"咱"的南人拟音字，北方方言至今犹称"咱"，只是今读"zan"音，宋元时则读"za"（《中原音韵》入"家麻"部可证）。"咱"即是"自"，"洒家"即"自家"，就是"自己"的同音词。"家"、"己"古读"ge"，明代才变为今音。北京、河北方言今日仍有"自各"或"自己各"之读，前者保留的就是古音，后者保留的则是音变时期新旧两读的杂合。《张》剧用北方方言，与《水浒传》说话艺人动机相同，是因为南渡北人大批集居杭州，杭州吴语北化，为迎合首都观众口味而然。如果是给温州人写戏，则根本无用北方方语的必要。

第三，《张》剧及后来南戏与元曲共有的本生曲牌，从发生学意义上说源于北曲，晚于北曲，而不是相反。但这个问题不可一概而论，必须具体曲牌具体分析。如《张》剧与元曲同有【四换头】一牌，据曲律家研究，元曲之【四换头】"句法与平仄与【四边静】全同"③，实为【四边静】之别名或误称。顾名思义，"换头"特指多段制重复格歌词起句的格律变化。既名"四换头"，起码得有四片，北曲【四边静】却是单片，名实不符。而《张》剧之【四换头】却是四片制，表明此牌南曲较为原始。但这并不妨碍以上南北共有本生曲调源于北曲的基本判

①　钱南扬《永乐大典戏文三种校注》，第 206 页。
②　章太炎《新方言·附领外三洲语》，文学会社辛亥(1911)五月版，第 22 页。
③　郑骞《北曲新谱》，台湾艺文印书馆 1973 年版，第 151 页。

断。根据我们调查,最早用【四换头】称【四边静】的是元末曲家张可久,这些都是发生于南北曲合流之后的交叉现象,与初始源头的讨论不可混为一谈。

(本文原发表于《文艺研究》2010 年第 8 期,现插入图片)

作者简介:杨栋,男,1954 年生,河北省南宫市人。河北师范大学文学院教授,博士生导师,中国散曲研究会副会长、河北师大元曲研究所所长。主要从事曲学研究,在《文学遗产》、《文艺研究》等刊物上发表论文数十篇,出版专著《中国散曲学史》、《中国散曲学史(续篇)》、《元曲起源考古研究》、《中国古代戏曲专题》等。

带过曲成因新探

杨　栋　　时俊静

带过曲一般是由两支或三支不同曲调所构成的一种小型组曲，是小令的一种特殊体式。它与重头小令相较，更强调整一性，首尾一韵到底，文意一脉贯通；但与套数相比，曲牌之间的联系则较为松散，在传世曲选和出土文献中都可看到一首带过曲的两支曲牌拆分开来或只取一半的传播现象。这种特殊的地位决定了带过曲研究的学术价值。而目前，带过曲在散曲体式研究中最为薄弱。本文试图通过新材料的发现，从传播的角度对带过曲成因做出新的解释。

一　带过曲成因诸说辨析

关于带过曲的成因，目前学界主要有以下三种观点：

（一）"临笔续拈"说。此种观点由任二北先生在《散曲之研究》中提出，认为带过曲初生于曲家写作之中，"即作者填一调毕，意有未尽，再续拈一他调，而此两调之间，音律又适能衔接也。倘两调尤嫌不足，则可以三之；但到三调为止，不能再增，再欲有增，则进而改作套曲可也"[1]。这一观点影响甚大，为人辗转相引。如罗锦堂《论带过曲与集曲》[2]、刘大杰《中国文学发展史》、邓绍基主编《元代文学史》及众多辞书都采纳了任说。

（二）"摘调"说。孙玄龄《元散曲的音乐》针对任说提出了许多

---

① 任二北《散曲之研究》，连载于《东方杂志》第二十三卷第七号、第二十四卷第五号、第二十四卷第六号。后略事补订，更名为《散曲概论》，收入任氏编著的《散曲丛刊》中。
② 罗锦堂《论带过曲与集曲》，《文学》（下），大陆杂志社1963年版。

质疑，认为带过曲是将套数中具有固定衔接关系的曲组摘取出来而成，我们称其为"摘调说"。汪志勇《元散曲中的带过曲研究》[1]对这一观点有进一步的阐发。赵义山《元散曲概论》、李希凡主编《中华艺术通史》（元代卷）等均赞成此说。

（三）"套数过渡"说。李昌集《中国古代散曲史》不同意"摘调说"，认为带过曲是"较缠达、缠令更为'原始'的'异调衔接'方式在北曲中的遗留"[2]。带过曲产生在套数成立之前，"从'一曲带尾'到异曲'带过'，由异曲带过生发、扩大为缠令、缠达之'赚'，再进一步完善为北套——这一过程便构成了一部从孕育、发生到形成的完整历史"[3]。我们将其概括为"套数过渡"说。

"临笔续拈"说虽然曾经为曲学界普遍接受，但漏洞也是很明显的：一是作家创作时往往先有通盘考虑，成竹在胸，才会下笔。填一调毕，又续增一曲的临时拼凑几率不大。二是从现存元曲乐谱来看，带过曲在音乐上仍是单只曲牌的连接，并不像文字内容那样组合成一个整体。在出土文献和俗曲选本中甚至可以看到某些带过曲又被拆分成两首传播的情况。近年在冀南发现的磁州窑古器物上的曲子就给我们提供了这样的证据。

河北磁县观台窑出土的一只白地黑花长方形枕上有"元至正十一年"题款，因提供了确切年代信息，弥足珍贵。此枕三面书写曲文，一面书【快活三朝天子】"肉肥甘酒韵美"一支，为曾瑞所作带过曲，元人曲选《乐府群珠》收，题名《自误》。值得注意的是，瓷枕原文中两曲牌之间并无"带"、"过"、"兼"等字样。一面也为一首【快活三过朝天子】，瓷枕原文将"快活三"、"朝天子"分书于曲文首尾。此曲《全元散曲》未收，应为佚曲。牌调的分书可见出曲牌间关系的松散。更具典型意义的是此枕第三面所书"老孤，面糊"一曲，原文无牌调，实为

---

① 　汪志勇《元散曲中的带过曲研究》，《河北师范学院学报》1991 年 4 期。

② 　李昌集《中国古代散曲史》，华东师范大学出版社 1991 年版，第 58 页。

③ 　李昌集《中国古代散曲史》，第 61 页。

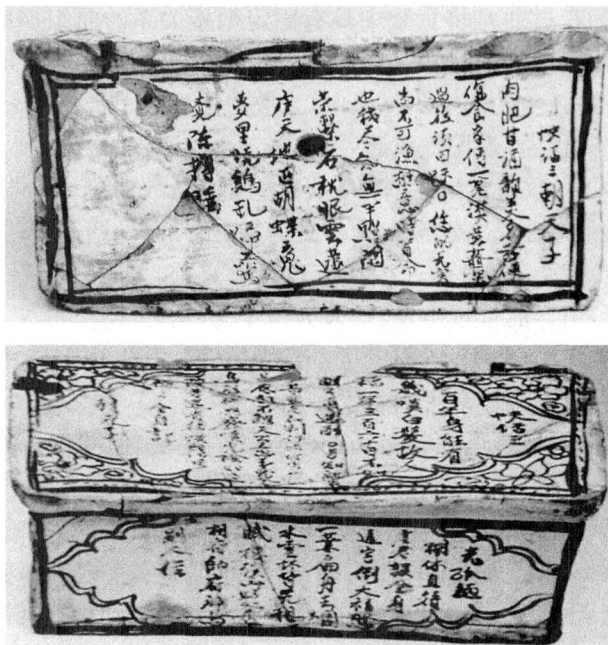

图一、图二　元白地黑花长方形枕

年代:元至正十一年七月廿三日　　　　产地:河北磁县观台窑
收藏:私人　　　　　　　　　　　　　装饰造型:白底黑花长方形枕①

曾瑞带过曲【快活三过朝天子】《警世》之一的【朝天子】部分。一首完整的带过曲可以截取一半传播,可见"意犹未尽"、"续添"的问题并不存在。

　　"套数过渡"说也遭到了一些批评,反驳论据主要有两点:一是止于逻辑推理,而缺乏文献佐证;二是既然"套数过渡"只是在套数成立之前的试验,那么为何"在金诸宫调中已有较成熟的套数了,却不见

---

① 　图片及以上信息来源于王兴《磁州窑诗词》,天津古籍出版社 2004 年版,第 99 页。

一首带过曲"①,"带过曲的大量出现,是在元贞、大德之后"②,而不在前期。这两点的确抓住了此说的软肋。

"摘调说"目前受到的质疑似乎最少,所以是我们辨驳的重点。为以下论述方便,我们先对元人带过曲曲牌与套数曲组作一比较,列表如下:

元代带过曲曲牌组成情况表③

第一类 曲牌及顺序与套数固定组合全同的带过曲曲牌	第二类 为套数曲牌但从不连用的带过曲曲牌	第三类 含有套数未用曲牌的带过曲曲牌
A类(套数中的常见组合) 1.【雁儿落过得胜令】 2.【快活三过朝天子】 3.【快活三过朝天子四边静】 4.【十二月过尧民歌】 5.【沽美酒过太平令】 6.【骂玉郎过感皇恩采茶歌】 7.【脱布衫过小梁州】 8.【哪吒令过鹊踏枝寄生草】 B类(套数中的不常见组合) 1.【喜春来过普天乐】 2.【醉高歌过红绣鞋】 3.【醉高歌过喜春来】 4.【齐天乐过红衫儿】 5.【水仙子过折桂令】 6.【黄蔷薇过庆元贞】	1.【叨叨令过折桂令】 2.【山坡羊过青哥儿】 3.【雁儿落过清江引】 4.【雁儿落过清江引碧玉箫】 5.【玉交枝过四块玉】	1.【楚天遥过清江引】 2.【醉高歌过<u>摊破喜春来</u>】 3.【快活三过朝天子<u>四换头</u>】 4.【沽美酒过<u>快活年</u>】 5.【一锭银过<u>大德乐</u>】 6.【殿前喜过播海令<u>大喜人心</u>】 7.【对玉环带清江引】 (画横线者为现存元曲未见套数用例的曲牌)

---

① 赵义山《元散曲通论(修订本)》,上海古籍出版社2004年版,第96页。

② 赵义山《元散曲通论(修订本)》,第97页。

③ 本表中纳入统计的元代带过曲曲牌共计26种。孙玄龄《元散曲的音乐》归入元代带过曲的【伴读书过笑和尚】,仅见于【正宫·端正好北】《忆别》南北合套,《盛世新声》、《词林摘艳》、《雍熙乐府》著录,但只有原刊本徽藩本《词林摘艳》题元人方伯成作。著录晚出,且诸书有歧异,是否元人作殊可疑。李昌集先生《中国古代散曲史》在统计元代带过曲种类时未计入数,本文也持此说。

本表第一大类 A 小类(8 种)无疑是"摘调说"的核心证据。但此类只占元代带过曲种类(共 26 种)的三分之一,即使加上"摘调说"勉强能解释的第一大类中的 B 小类(6 种),也只占带过曲种类的一半。并且单就第一类而言,也只能证明带过曲曲牌与套数曲组具有同构性,对此我们可以有两种解释:带过曲摘自套数中的固定组合;带过曲入套成固定组合。双方的概率各为百分之五十,径自解释为摘调证据不足。

与证据不足相对,"摘调说"需要面对的难题却很多:

第一,上表中的第二类(5 种),尤其是第三类(7 种)该如何解释?即那些不见于套数组合的带过曲曲牌从何而来?它们进行组合的试验场又在哪里?

第二,既然成为带过曲的关键是具有稳定的衔接关系,那么为何具有超稳定衔接关系的套数首曲与第二支曲,如正宫【端正好】【滚绣球】、南吕【一枝花】【梁州第七】、双调【新水令】【驻马听】等却未进入带过曲的行列? 在套数中,某一曲牌既然有许多不同的连接可能,为什么只选择了一种作为带过曲使用呢? 我们可以【快活三带过朝天子】为例做一个统计。在现存使用【快活三】的 53 种元杂剧中,【快活三】后连【鲍老儿】共 23 例,与【朝天子】相连的共 24 例,其他 6 例。【快活三】与【鲍老儿】,【快活三】与【朝天子】相衔接的概率不相上下,但为何偏偏选择【快活三过朝天子】作带过曲,而不是取【快活三过鲍老儿】或两者都进入带过曲? 带过曲对套数曲组进行遴选的试验场又在哪里?

第三,现存最早的一首带过曲是杜仁杰的【雁儿落带得胜令】《美色》。此曲见于元人曲选《太平乐府》,应该十分可靠。杜仁杰为元曲的第一代作家,关汉卿、白朴的父师辈。在杜仁杰之前【雁儿落】有商道【双调·新水令】"彩云声断紫鸾箫"散套用例,但其后连接的曲牌是【挂玉钩】而非【得胜令】。剧套和散套中【雁儿落】—【得胜令】的连接方式首见于第二代曲家关汉卿杂剧和姚燧散套,远晚于杜仁杰带过曲。对此,"摘调说"又该作何解呢?

以上这些疑问归结到一点就是:带过曲并非源自套数中的曲牌组合,而另有渊源。

二　带过曲的本质是小令联唱

那么,带过曲真正的成因何在呢? 我们的基本观点是:带过曲的本质为小令联唱,是小令之应用,而与套数无关。其性质与联章体相同,只是换同调为异调而已。元人曲选无一例外地把带过曲归为"小令"类,也可证明当时人对这一问题的看法。从发生学的意义上说,套是套,带过曲是带过曲,二者并不是一种线性相继的关系,而是各有其发生的进程。其次,这种"异调衔接"尝试,并不只是"遗留",也不只出现在套数成立之前。即便在套数诞生之后,新牌调的组合尝试和旧牌调的重新组合试验一直在进行中。在今日所见文人带过曲、套数曲牌组合背后有一个民间用曲唱曲的广大试验场,这才是带过曲诞生的源头所在。带过曲不是在文人创作中而是在曲子的传播过程中形成的。只曲在民间传播的过程中自由连接,逐渐有一些美听的衔接方式(甚至连带新生曲牌)进入文人散套、剧套,或直接作带过曲。

如此说来,套数曲组与带过曲之间便不存在"摘调说"所谓的渊源关系,而是以民间曲唱试验为共源。二者的外延是一种相交关系:即成为套数曲组的异调衔接未必进入带过曲创作,同时带过曲中也有套数从未使用过的牌调,或从未有过的组合方式。如此,前表中的第二、三类,就可以得到解释了。

因为不存在渊源关系,所以就时间而言,也并非所有的带过曲都产生在套数组合之后,二者之间的关系是错综复杂的,不同牌调情况不同,或你先我后,或我先你后,或同时。那么前文提到的杜仁杰【雁儿落带得胜令】的问题就可以得到解答。单就【雁儿落】与【得胜令】的组合而言,就是带过曲在先,套数曲组在后了。当然也不排除,民间曲唱的成功组合先被拿到剧套中,为人熟识喜爱,又被摘出转为带过曲的可能。只有在这个意义上"摘调说"才是正确的。如【骂玉郎】—【感皇恩】—【采茶歌】在关汉卿的杂剧中就已是非常固定的组合，但现存最早的【骂玉郎过感皇恩采茶歌】带过曲却是曾瑞所作，远在关汉卿之后。就现有材料说，这支带过曲应是产生在剧套组合之后了。摘调或许曾是汇入带过曲的一支流脉，但绝非发生之根源。

也正因为在唱曲活动中有种种曲牌连接的尝试，所以才会出现同一曲牌有多种带过组合方式的现象。其中最活跃的是【清江引】，共有 4 种组合方式：【雁儿落过清江引】、【雁儿落过清江引碧玉箫】、【楚天遥过清江引】、【对玉环过清江引】。其他如【喜春来】、【醉高歌】、【雁儿落】各有 3 种带过曲组合，【折桂令】、【沽美酒】各 2 种。随着元曲曲牌的丰富和曲牌组合尝试的多元，带过曲曲牌的种类和创作数量呈逐渐上升的趋势就不难理解了。

在元代带过曲中，还有两种异宫带过曲牌值得关注，它们是【叨叨令过折桂令】（正宫过双调）、【山坡羊过青哥儿】（中吕宫过仙吕宫）。对此，孙玄龄先生认为："这两种带过曲打破了小令严守宫调的原则，运用套曲中借宫的方法将两个宫调的曲牌组合在一起了……有力地证明了这种带过曲与套曲之间的密切联系，同时也可看出它与套曲中曲牌固定组合有着相似的特点以及其来自套曲的痕迹。"[1]

我们对这一观点并不赞同。首先，笔者经详细查证，发现在现存元代套曲（包括剧套、散套）中，【叨叨令】—【折桂令】和【山坡羊】—【青哥儿】这两种曲牌组合方式竟连一处用例都没有。在套曲中高频率使用的是【甜水令】—【折桂令】，【后庭花】—【青哥儿】的组合方式，占到了现存用例的 95％ 以上。但这两种套曲中超稳定的曲牌组合方式恰恰并未成为带过曲曲牌。两相对照，何言"有力地证明了这种带过曲与套曲之间的密切联系"？而且，在套曲中"'通用'曲牌往往自构曲组，极少与非'通用'曲牌相连成组"[2]，即"借入"他宫的曲牌

---

① 孙玄龄《元散曲的音乐》，文化艺术出版社 1988 年版，第 58 页。

② 李昌集《中国古代散曲史》，第 197 页。这里李先生所言"通用"曲牌即指孙玄龄先生所谓"借宫"现象。

仍然遵循同宫组合的原则,所以异宫组合来自套曲的说法难以成立。

其次,孙先生"小令严守宫调"的提法也值得商榷。事实上,有宫调出入的元代小令曲牌并非鲜例。如周德清《中原音韵》"乐府三百三十五章"将【山坡羊】归入中吕,但其"定格四十首"选录的张可久《春睡》小令又被归入商调。同样,"乐府三百三十五章"归入中吕的【卖花声】,在"定格四十首"中又归入双调。而双调【骤雨打新荷】据《辍耕录》记载本入小石调。

陶宗仪《南村辍耕录》卷九"万柳堂"条:"【小圣乐】乃小石调曲,元遗山先生(好问)所制,而名姬多歌之,俗以为【骤雨打新荷】者是也。"[①]

不仅如此,在元代文献和出土文物中还有大量小令不标宫调的现象存在。如元人曲选《乐府新声》只有套数标宫调,小令都不标宫调。《乐府群玉》专收小令,以作家为单位编排,均不标宫调。近年来在冀南出土的瓷器上的词曲也有类似的现象,即词大多标宫调,而散曲一般不标宫调。徐渭《南词叙录》认为初起阶段的南戏是"本无宫调,亦罕节奏"的"随心令",依照事物由粗鄙到成熟的发展逻辑推论,北曲也应该有这样的一个阶段。而带过曲中的异宫带过,正是曲牌在民间曲唱中未纳入固定宫调、自由联接的遗存,再次印证了我们提出的带过曲来自民间小令联唱的论断。

三　民间曲唱中的异调衔接

那么新的疑问是:在民间曲唱中这种异调衔接的传统是否存在呢? 还是仅仅为我们的猜想和假设? 由于材料的匮乏,这是我们面临的最大难题。我们主要从以下三方面展开论证:一是前代的证据,唐曲子和《张协状元》中已有带过曲或类似体式的存在,二是对元代点滴材料的梳理;三是明代俗曲中带过曲体式的启示。

唐曲子中有材料可证的带过曲主要有两组:一是唐代河西僧人

---

① 　陶宗仪《南村辍耕录》,中华书局1959年版,第110页。

悟真所作《五更转》兼《十二时》。任半塘《敦煌歌词总编》之《百岁篇》注文〇九三九:"伯三五五四背面见'谨上河西道节度公德政及祥瑞、《五更转》兼《十二时》,共十七首,并序。敕授沙州释门义学都法师、兼摄京城临坛供奉大德赐紫悟真谨□。'"①今序存辞亡,但留下了《五更转》兼《十二时》的名目,极具启示意义。另一种《敦煌歌词总编》定名为《五更转兼十二时·维摩托疾》,载于斯6631、斯2454、伯3141等三种敦煌写本。全篇今存二十八首:《五更转》辞五首、《十二时》辞二十三首。两处记载互相参照,大体可见这一带过曲的名与实。所以任先生明确断言:"所谓'《五更转》兼《十二时》'之复合联章,究竟有无其事? 曰:有……不仅确有其名,且确有其事,初非虚构。"②任先生还进一步指出:"对后来金元散曲之有'带过曲'及明曲有相'兼'之曲言,此其远源所在也……宋代文人词乐中不屑有此体,而民间流传,则未尝断。"③我们还可以做进一步的猜想:这种异调衔接方式在民间的流转,可能正是缠令、缠达、诸宫调联套方式的源头活水。

这种带过曲体式在现存最早南戏——《张协状元》中也留下了只鳞片爪。《张协状元》第43出有一支【锦缠道过绿襕踢】,原文曲牌分书为【锦缠道】【过绿襕踢】。钱南扬先生《永乐大典戏文三种校注》在【过绿襕踢】下注曰:"在戏曲中有一种所谓带过曲,如【三字令过十二娇】,即两曲合成一曲。这里应是【锦缠道过绿襕踢】,然原文仍两曲分列,此'过'字便成衍文。"④正是这一"过"字,给我们提供了宝贵的信息——在《张协状元》的时代已有了带过曲! 关于《张协状元》的编

---

① 任二北《敦煌歌辞总编》,上海古籍出版社2007年版,第1344—1345页。

② 任二北《敦煌歌辞总编》,第1492页。

③ 任二北《敦煌歌辞总编》,第1486页。对任先生"宋代文人词乐中不屑有此体"句,笔者稍作补充。宋词中确实没有独立的带过曲体式,但有词牌异调衔接成套的例证,最早用例即南宋沈瀛的《醉乡曲》、《野庵曲》。参见胡忌先生《沈瀛〈竹斋词〉中的套曲》一文(原载《南师院学报》1981年第1期,后收入《菊花新曲破》一书)。

④ 钱南扬《永乐大典戏文三种校注》,中华书局2009年版,第186页。

剧时代,已有北宋、南宋初(宣和南渡之际)、南宋中后期、元代中期等说法。持论最晚的"元代中期说"由韩国学者梁会锡提出①,已遭到了胡雪冈先生的有力批驳②,似乎难以成立。我们主张元初说,详细论证可参见拙文③。那么,这则材料,正可作为杜仁杰带过曲的有力旁证。

在元代,有一些特殊的联套方式提示了民间曲唱中异调衔接尝试的存在。如李致远的【双调·新水令】《离别》套,其联套方式如下:【新水令】—【雁儿落】—【德胜令】—【雁儿落】—【水仙子】—【雁儿落】—【挂玉钩】—尾。这与其他的双调【新水令】套完全不同,可谓是【雁儿落】多种连接方式的汇集,或者说是以【雁儿落】为中心的带过曲联唱。同样的情况我们还可以在杨梓《承明殿霍光鬼谏》第四折(【雁儿落】—【得胜令】—【雁儿落】—【挂玉钩】)、朱凯《昊天塔孟良盗骨》第四折(【雁儿落】—【水仙子】—【雁儿落】—【得胜令】)中看到。

而王晔、朱凯《题双渐小卿问答》的体式则更典型。它用 17 支小令联唱,讲述双渐苏卿故事。其所用曲牌和题目如下:

双调【庆东原】《黄肇退状》—【折桂令】《问苏卿》《答》—【殿前欢】《再问》《答》—【水仙子】《驳》《招》—【折桂令】《问冯魁》—【水仙子】《答》—【折桂令】《问双渐》—【水仙子】《答》—【折桂令】《问黄肇》—【水仙子】《答》—【折桂令】《问苏妈妈》—【水仙子】《答》《议拟》

我们把这 17 首小令进行分组,约略可以看到小令的三种体式。开头的双调【庆东原】为单只小令,【折桂令】《问苏卿》《答》—【殿前欢】《再问》《答》—【水仙子】《驳》《招》则为重头小令,即同曲调的联唱。最可注意的是【折桂令】《问冯魁》—【水仙子】《答》—【折桂令】《问双渐》—【水仙子】《答》—【折桂令】《问黄肇》—【水仙子】《答》—

---

①　梁会锡《〈张协状元〉写定于元代中期以后》,《艺术百家》2000 年第 1 期。

②　胡雪冈《对〈张协状元写定于元代中期以后〉一文的商榷》,《艺术百家》2003 年第 2 期。

③　杨栋《〈张协状元〉编剧时代新证》,《文艺研究》2010 年第 8 期。

【折桂令】《问苏妈妈》—【水仙子】《答》，实质上就是【折桂令】【水仙子】两个曲牌的反复联唱，即"异调衔接"。在套曲中，【甜水令】与【折桂令】是非常稳定的组合，占到了【折桂令】用例的 95％以上，【水仙子】与【折桂令】相连的用例只有《东墙记》一处，带过曲【水仙子过折桂令】显然并非来自套数组曲，而极有可能来自这种小令联唱试验。

　　这种带过曲体式，我们在元代教坊艺人的宫廷演出中，也可以见到少许例证。《元史·礼乐志》中就提到【山荆子带祆神急】曲，用于天寿节的寿星队表演中。其中【山荆子】一曲，南北曲中均不见用例，也不见于历代曲谱记载。就笔者所见，只在今北京智化寺京音乐的中堂曲中还保存着这一牌调。

　　至明代，在俗曲选本如《风月锦囊》、《大明天下春》等以及一些民间教派宝卷插唱曲中，我们可以见到异调衔接更为自由的尝试。如【骂玉郎带上小楼】、【干荷叶侉调山坡羊】(见《风月锦囊》)，【金字经带过浪淘沙】(见《皇极金丹九莲还乡宝卷》)，【山坡羊捎带挂金索】(《销释开心结果宝卷》)，【山坡羊代(带)过清江引】(《销释悟性还源宝卷》)，【上小楼代(带)过走云鸡】(《普静如来钥匙通天宝卷》)。他如：【挂枝儿带过清江引】、【山坡羊带过四换头】、【皂罗袍带浪淘沙】、【金字经后带一轮月】、【金字经后带梧桐叶】、【五更禅后带梧桐叶】、【一封书后带青天歌】、【一封书后带寄生草】、【柳摇金后带金字经】、【绵搭絮带挂真儿】等等①，真是五花八门，让人不由感叹民间极大的创造力。在这里北曲与南曲、北曲与小曲、南曲与小曲，小曲与小曲之间打破疆界，自由连接，而【走云鸡】、【一轮月】等牌调更是闻所未闻，应是民间新兴的俚歌，后未进入南北曲系列。各曲种之间的界限或许只有文人才会去斤斤计较，在民间曲唱中，它们是你中有我，我中有你、时时交流的浑融体。曲牌间的连接方式岂是"摘调说"所言的套数组合所能拘囿？在曲牌名中，或云"带"，或云"后带"、"捎带"，在《风月锦囊》中还有《新增楚江秋后联唱清江引》、《新增对玉环后联

---

① 车锡伦《明清民间教派宝卷中的小曲》，《汉学研究》第 20 卷第 1 期。

清江引》的名目，每两曲相连谓之"一合"，也并不限于"兼"、"带"、"过"等字眼。可见，历史实态远比文人的理论总结更复杂多样。虽然这些材料年代较晚，与元代带过曲的形成期在时空上已跃百年，不可将二者简单等同，但这些资料极具启示性，在某种程度上可以说是元曲在民间阶段发展实况的"重演"。它提醒我们在文人创作背后，有一个远为丰富多元的民间传统不容忽视，文人创作只是定格在文献中的冰山一角。忽略民间一脉，只在文人作品序列中寻找解释，往往会南辕北辙。带过曲的成因问题也是如此。

（本文原发表于《求是学刊》2011 年第 6 期，略有改动）

作者简介：杨栋，见前。

时俊静，女，1976 年生，河北省定兴县人。河北师范大学文学院副教授，硕士生导师。主要从事曲学研究，承担国家社科基金项目"元曲曲牌传播研究"，在《中国音乐学》、《黄钟》、《戏曲研究》、《戏剧艺术》等刊物上发表论文多篇。

田能村孝宪《填词图谱》探析

——兼及明清词谱对日本填词之影响

江合友

"东亚汉文学"是近年来屡被提及的概念,将古代东亚汉文化圈各国的共同文学视为一个整体,考察其间的交错现象,描述互相影响交流的动态过程,从而更加深入地认识汉文学生态圈的结构及其演变。

日本汉文学作为"东亚汉文学"之一部分,其生成和演变的过程一方面呈现出与朝鲜半岛汉文学、越南汉文学、琉球汉文学等相同的面貌,即均以中国文学为中枢,另一方面又自成规模,拥有自身的特点。

中国诗学影响日本,源远流长,相关研究亦颇为丰富。而有关词学方面的交互影响的讨论,则甚为少见。江户时代后期,在中国词学的滋养之下,日本出现第一部汉语词谱,即田能村孝宪《填词图谱》。此书不惟对日本汉语填词产生了巨大的推动作用,亦典型地反映出古代东亚汉文化圈内中、日文学相互交错的情况,日本汉诗对于中国诗歌这一文化母体的选择和模仿最终造就了其今日所见之历史面相。

本文拟详论《填词图谱》的文献形制、编纂思想和体例,厘清其对于明清词谱的借鉴和改编的诸种细节,以管窥中国明清词谱之学对于日本填词的深刻影响。

一

田能村孝宪(1777—1835),字君彝,号竹田主人,又号红荳词人、

九迭仙史、花竹幽窗主人等(下文简称"竹田")。光格天皇享合二年
(1802)春,竹田在江户得见万树《词律》一书,以为精当,从此热衷填
词。《填词图谱发凡》:

> 壬戌春,过春书堂,得《词律》廿册,红友万氏所著也,字法句
> 格,精严详悉,暸如见日。按之填,则屬指煞尾,不惟不费我之齿
> 颊,妙自彼而合,余得之拱璧不啻也。①

也是从这一年开始,竹田开始编纂《填词图谱》,到光格天皇文化
二年(1805)编成,并于次年刊行面世。

日本文化三年(1806)宛委堂刻本《填词图谱》二卷,上海图书馆
有收藏,线装二册。题"南丰竹田主人编"、"山城龟阴老父参"。板框
高129毫米,宽206毫米。四周双边,白口,无鱼尾,版心刻书名卷及
"宛委堂"等字。半页八行行十八字,小字双行。页眉刻有小字,注释
字义,正字音,间有藏者朱笔、墨笔批语。扉页加框竖三行,中"花月
闲情笔",右为"填词图谱初集小令",左为"竹田主人编,宛委堂开
雕",下钤有"宛委堂记"朱印,页眉贴框有"竹田书屋游戏文字"八字。
首页印盆兰、瓶牡丹,题曰"月峰"。钤有"西湖堂藏书记"、"愚斋/图
书/馆藏"、"子文/藏书"等篆文朱印。卷首序文后钤"孝"、"宪"篆文
小印。书末题"文化三年岁次丙寅春正月谷且平安堺屋伊兵卫河野
信成新刊","剞厥氏荻田桂藏"。卷首有栲亭之熙撰《小引》、丘思纯
(即冈本逊斋)《填词图谱序》、竹田自序及凡例。卷末附日文《填词
国字总论》,论述填词之法。此书还有荷兰高罗佩藏本,国家图书馆藏
有缩微胶片。《填词图谱》不仅影响日本汉语词史,而且还受到一些
中国文士的青睐。1934年,上海扫叶山房发行石印本,也是线装二
册。上海图书馆藏。板框高162毫米,宽232毫米。左右双边,白

---

① 田能村孝宪《填词图谱》卷首,日本文化三年宛委堂刻本。下引《序》、《自序》、
《发凡》,版本皆同此。

口,单黑鱼尾,半页十行行二十二字。书名题签为陆湘,并题年月曰:"民国六年孟夏"。有圆形牌记,篆书"扫叶山房"四字,上有"民国廿三年石印"字样。又此书有民国六年国学书局石印本①。被反复印行说明有一定需求,也就是说,《填词图谱》受万树《词律》启发编成,反过来也影响到了中国词坛。

《填词图谱》分上下两卷,共编订了116种词调的图谱,上卷收从[十六字令]到[清平乐]共五十七种词调,下卷收从[金蕉叶]到[小重山]共五十九种词调,均为小令。主要依据万树《词律》。《词律》是清代词谱的权威著作,奠定了词谱之学的基础。远在日本的竹田很早就注意并利用这一著作,可见其远见卓识。《词律》虽不免有谬误及脱漏之处,然直至今日,有关填词的体制,《词律》依旧是经典的权威著作。竹田反思了日本文学界汉语填词颇少的原因,并专门以日文起草了《填词国字总论》一文鼓吹填词,作为《填词图谱》的附录。其中说道:

> 今也国家升平,二百余年矣。经济文章,以至稗官小说,无不尽备。独于词谱一书,寥寥无几。尚未闻有绮丽惊绝之作。犹红袖青衫,尚缺翠黛点缀也。其原因有三:一、词句之作,有短长,有多少之别,非比诗也;二、作词用韵,须工平仄,稍有差讹,即为笑柄;三、文人学子,真能悉心研究者极少,因此竟付阙如。②

《填词图谱》的其余文字抄袭万树《词律》为多,甚且颇多批驳《啸余谱》之文字。竹田编纂词谱,乃是为熟悉汉诗创作的日本文坛提供

---

①　张宗茹、王恒柱《山东师范大学图书馆馆藏古籍书目》,齐鲁书社 2003 年版,第369 页。

②　田能村孝宪《填词国字总论》原附文化三年刻本卷末,为日文。今所据为民国二十三年上海扫叶山房石印本《填词图谱》卷首译文。下同。

了一个易于介入填词的技术系统。竹田为以指示初学,拈出汉语填词的三个关键:词句短长多少、词韵平仄工稳和名人杰作示范。只要具有排比平仄的能力,即可尝试创作这种文体。

竹田编定词谱之后,请冈本逊斋撰写序文。冈本逊斋肯定竹田此编指导填词的意义,《填词图谱序》:

> 国家建纛,奎运丕阐,凡华人所为无所不为。独诗余一途,寥寥无所闻焉。……何也? 岂由谱之难辨,调之难协耶? 今兹编也,并图与谱,纤悉无遗,田子之功伟矣。初学之士,照图按谱,何词不可填哉?

竹田又略叙其编纂《图谱》之经过:

> 余读书于西京佛寺,暇日料理斯书,拟卒前志。起草后,至第三夜,灯下困睡,偶梦一庞眉,幅巾大带,自称龟阴老父……从此每夜相会,订正校雠,又经三日,业方竣。

可见,该书虽主要采择《词律》而成,亦有订正校雠之处。竹田自撰《填词图谱自序》:

> 往日养病竹田书屋,汤药余暇,辑诸图谱,参订斟酌,综为六卷,摘句撰声,娱乐遗日。……欲明文治之象,弘汇万类,毫末无遗也。勿谓靡音丽语,以为间效逸豫,燕宾夸客之资矣。①

细绎文意,其编谱之意,虽或自娱,亦不免有鼓吹升平,装点文治之意。而于词体之认识,尚囿于娱乐遣兴,无甚深意,而所好尚者,绮

---

① 据"参订斟酌,综为六卷",可知竹田可能已完成规模为六卷的图谱编纂,但现在传世的仅有小令二卷,推测后面四卷应是中调和长调。

语丽辞而已。然论词体之卑，不过用来"燕宾夸客"而已，与同时代中国之倡论尊体大不相同。但是竹田编为词谱，已证明此时日人填词之风气渐开，故有查检词谱之需。竹田参订斟酌之时，也期望借词谱推动汉语填词创作。村濑栲亭为竹田《图谱》撰写了《小引》，赞许此编授人以填词的方法，有功于文学："此编出世，其有染指于兹乎？君彝已授之刀，蠚金脍玉，乃在其人。"

二

竹田主人于谱前撰《发凡》若干条，于其订谱之依据及方法详为解说，从中可见其编纂背景、词学思想，以及其对词谱的认识。

（一）编纂背景

竹田有感于日本汉语填词不振的情形，编为《填词图谱》一书，以求"按之填，则鬲指煞尾，不惟不费我之齿颊，妙自彼而合"的效果，从而指导并推动词的创作。《发凡》："诗余废也久矣。尧章鬲指之声，君特煞尾之字，明人即不能辨，而况挟喉扭嗓，东西异音耶？"竹田提及宋词入乐的问题，但因为明人即不能分辨，故不再纠缠于此，而直接申明其词谱学渊源。竹田视野所及，尚有明清其他词谱，《发凡》："比来清舶所赍，虽有《草堂》诸集，图谱数种，多置不顾，加之挂漏，讹谬相袭，笥中徒逞蠹鱼之欲耳，余有恨焉。"言外之意，他已经了解《啸余谱》等词谱之失误，说明清代以来流入日本的汉语书籍中包括若干种词谱著作。考虑到万树在《词律发凡》以及各调后注中纠驳其他词谱颇详，所以竹田对所寓目词谱的批评不免有因袭万树之处。竹田提到编辑此书的因由在于"得《词律》廿册"，发现"字法句格，精严详悉，暸如见日"，所以"遂编斯书"。则《词律》之齐备严谨使其看到填词标准可以依此树立，故有模仿编书之举。

（二）以实用为主的编纂意图

虽然竹田认同万树编谱的审慎，但是却没有认同其繁琐论证和力求全备的编纂思路。在标示字声方面，《词律》仅在可以通融之处写明"可平"、"可仄"，其余则依词中字本身的平仄，取不言自明之意。

这种做法，"一方面是为了便于阅读和校勘；另一方面也出于以古词为根本的主张，标示平仄容易使符号化的图谱脱离本词，特别是仄声有三，难以遍注；全部注出四声又过分死板，缺乏灵活性"①。而竹田却回到张綖《诗余图谱》所开创的体例，以黑白圈的方式图解字声。《发凡》："斯书参考诸家所著图谱及词撰，而专从万氏之格。盖万氏以图谱有害无益，其说确当，似不可易。然图之为物，一黑一白，照之往哲所制，目下晰晰。故姑充筌蹄，俟彼忘者。"竹田所欣赏的"目下晰晰"的效果，乃在于取便初学。要推广汉语填词，吸引更多的日本文人进行创作，这种简单明了的处理方式是十分必要的。至于符号，则同于张綖《诗余图谱》"各图其平仄于前，而缀词于后，有当平当仄，可平可仄二例"②，竹田《发凡》：

> 词中字当平者用白圈，当仄者用黑圈，平而可仄者白圈半黑其下，仄而可平者黑圈半白其下。其仄声又有上去入三声，必可分填者，音响所系，最为重矣。今一一注明之，庶几作者不至临时差误，可以被诸管弦矣。

万树《词律》收调甚多，辨体甚严，《词律序》："为调六百六十，为体千一百八十有奇。"万树是以力求完备的态度订谱的，杜文澜《词律续说》仍批评之："以幕游囊笔，载籍无多，考订偶疏，见闻未广，脱漏错误诚所不免。"③竹田编谱目的在于实用，故以简明为主，《发凡》："《词律》所收调甚夥，多凡六百六十调，千一百八十余体，可谓富矣。今就其中取古今相通，切于用者，而亦不至于此。"不仅词调数目减少，而且一调一词，不再详细辨体；对于字声押韵特殊之处也是点到为止，不再展开辩论。《发凡》：

① 江合友《明清词谱史》，上海古籍出版社 2008 年版，第 127 页。
② 永瑢等《四库全书总目》，中华书局 1965 年版，第 1835 页。
③ 万树《词律》，上海古籍出版社 1984 年版，第 19 页。

盖有调一而分至数十种者，或有丰于一二字，若五六字者；或有歉之者；或有字之多寡均，而句之长短次第不同者；或有本韵平声，而通用仄声；或有反之者，支分派别，不可枚举。故拾掇兹编所遗及别体，更纂后集，其调僻远，古来作者仅仅者，一省不录。

由此可见其绕开词调异体问题，而直接列出一调一体的用心所在。

（三）对张綖《诗余图谱》体例的借鉴

除上所述以黑白圈标示平仄之外，《填词图谱》还有诸多方面和与《诗余图谱》相同。比如先图后词，有意将词调声音排列组合规则独立出来，脱离词作本身而存在。《发凡》："斯书每调先列图，次列谱。"又如对于双调的处理，为简省不必要的篇幅，采取双调上下片相同仅列一片的方法。《发凡》："词格多是双调，后段谓之换头，前后相同者，唯列前段，可以类推。前后有异者，乃具列之。"如卷下［金蕉叶］注："前后同段。后起六字作●●○○●●而叶韵，余同。"张綖《诗余图谱》同调注："后段同前，第三句与前平仄有异。"[①]所不同的是，张綖所列的是以柳永"厌厌夜饮平阳第"六十二字体，竹田则以蒋捷"云窗翠幕"四十二字体，取万树《词律》相印证，则竹田所选正体为万树首列的一体，张綖则为万树次列的"又一体"。考虑到万树排序的规则是"调之字少者居前，后亦以字数列，书'又一体'"[②]，可见竹田所取的是万树所列的第一体，其余各体皆予以简省。说明竹田在虽格律方面以《词律》为依凭，而体例方面却与《诗余图谱》接近，可以说是取舍介于二者之间。张綖处于词的格律谱的草创期，编谱目的考虑实用为多；而竹田虽已有《词律》作为编谱的依据，却并不精益求精，而倾向于采用张綖的体例，也在于给日本填词爱好者提供简明实

---

①　张綖《诗余图谱》卷二，明崇祯八年汲古阁刻《词苑英华》本。

②　万树《词律》，第10页。

用的格律指导。

（四）因袭万树的格律理论

《填词图谱》在列调顺序上完全按照字数多少为先后，与《词律》一致，其所选词调基本限于《词律》卷一至卷八，均可见竹田对于万树的尊崇和模仿。而竹田论词之格律，则多有照搬原话之处，如《发凡》："词有一名而数调者，原谱分为排次，曰第一体、第二体。万氏驳之曰最无义理，其说甚详，故斯编先后以字数为序，少者居前，多者居后，无有参差。"基本上根据万树《词律发凡》第三条缩写，将例证删去。又如论词中衬字，《发凡》："原谱又云：'词中有衬字，因此句限于字数，不能达意，偶增一字，熟习纵横为之。'万氏驳曰：'但闻曲有衬字，未闻词有衬字，盖前词有一二异同者，别是一体耳。'其说颇长，不赘于此。"也是完全照录万树之论。

关于押韵和换韵的标示方式，竹田《发凡》：

> 韵脚初入韵谓之平韵起、仄韵起，承上韵者谓之平叶、仄叶；有更韵者，谓之平韵换、仄韵换；第三更，则谓平韵三换，或仄韵三换，四五皆然。若有通篇平仄两韵交错者，则注"叶首平"，或"叶首仄"，"叶二平"，或"叶二仄"，三四五亦然。若平韵起，而更韵亦平者，下注"叶首平、二平"；正韵与更韵皆仄者，下注"叶首仄、二仄"；其平仄通用，若［西江月］等，则注"换仄叶"；［哨遍］等，则注"换平叶"，庶一览可悉，无模糊之病矣。

这些与万树《词律发凡》中所论，几乎如出一辙。

又如论词的句法，也是择要摘录，仅有个别字句的不同，《发凡》：

> 词中七言句，有上三下四者，若［唐多令］"燕辞归、客尚淹留"，［瓜茉莉］"金风动、冷清清地"之类，易于误填，故皆注"豆"字于第三圈下。其外有六字八字，语气折下者，亦用"豆"字注之。五言有一字领句，而下则四字者，如［桂华明］"遇广寒宫

女"、[燕归梁]"记一笑千金"之类,尤易误填,而圈下又不便注"豆",此则多辨于注中。又四字句中有二字相连者,与上下各二字不同,此亦表于注中。

将这一段与万树之论比对,可以发现其明显的因袭痕迹,《词律发凡》:

> 七言……有上三下四,若《唐多令》"燕辞归、客尚淹留",《爪茉莉》"金风动、冷清清地"之类,易于误认,故……其上三下四者皆注"豆"字于第三字旁,使人易晓。……五言……有一字领句,而下则四字者,如《桂华明》"遇广寒宫女"、《燕归梁》"记一笑千金"之类,尤易误填,而字旁又不便注"豆",此则多辨于注中。①

要之,竹田心折于万树《词律》,词学见解则步趋万氏,《填词图谱发凡》摘抄万氏《词律发凡》甚多,而其一己之发明甚少。

《填词图谱》与《词律》不同之处在于,万氏弃图谱而直书之,且于平仄固定之字概不标注,竹田则取便初学之意,仍以图谱排列词句格律。至于图谱之符号,略仿张綖《诗余图谱》。竹田此谱,可谓图谱化的简明《词律》。卷中正文间杂日本文字,亦在解释,以实现其引导日本初学填词者的编纂意图。

三

竹田对《填词图谱》的体例颇为自信,《填词国字总论》:"本书图注,极为完美。自押韵以至更韵,起句以至结句,无不详细备载,洵可为完美详备之书。"竹田虽在理论上赞同万树责斥用图谱标示格律的作法,但在实践中还是编制图谱,并申明是为了便览易学,即所谓"姑充筌蹄",其目的仍在熟能生巧之后,"俟彼忘者"。

---

① 万树《词律》,第13页。

从谱式符号以及标明各句次序来看,近于张綖《诗余图谱》,即所谓"斯书参考诸家所著图谱";而详注韵法则从万树《词律》而来,又词末补充说明字声规则,亦为学《词律》体例,而内容多袭取《词律》附注。如[南乡子]图谱:

●●○○首句平韵起◑○●◑●○○二句平叶●◑●○○●●三句仄韵换○○●四句仄叶●◑●○○○●五句仄叶

《词律》[南乡子]一调共四体,二十七字、二十八字、三十字三体为单调,五十六字一体为双调,《填词图谱》所选为二十八字体,在《词律》中排序第二。例词选择五代时期欧阳炯《南中》:"路入南中。桄榔叶暗蓼花红。两岸人家微雨后。收红豆,叶底纤纤抬素手。"与《词律》各例词比较,此词明显更加香艳,有对女子体态的直接描绘,又暗示相思之情,可以看出例词素材和风格对于竹田选择词调定体有着直接的影响。而有意思的是竹田在二十七字和二十八字体间取了骑墙的态度,后注:"收红豆或作二字句。"而《词律》的后注为"前词'临水'是两字句,后词'收红豆'是三字句,余俱同"①。万树谨慎辨体,不予合并,而竹田则试图在一谱之中容纳二体。又如[忆秦娥]图谱:

○◑●首句仄韵起◑○●◑○○●二句仄叶○○●三句迭上三字○◑●四句●◑○○●五句仄叶　　◑○●◑○○●起句仄叶◑○●◑○○●二句仄叶○○●三句迭三字◑○○●四句●◑○○●五句仄叶

《词律》[忆秦娥]一调共六体,为四十六字三体、三十七字一体、三十八字一体、四十一字一体,《填词图谱》选取的为四十六字体,在《词律》中排序第一。例词选择明末陈子龙《杨花》:

_____

① 万树《词律》,第72页。

　　　　春漠漠。香云吹断红文幕。红文幕。一帘残梦，任他漂
泊。　　　轻狂无奈东风恶。蜂黄蝶粉同零落。同零落。满地萍
水，夕阳楼阁。

　　因所选例词的不同，故图谱有所变化，《词律》以李白词为例，"箫
声咽"的"声"注"可仄"，而《填词图谱》则因陈子龙字为"漠"，注为
"●"，即仄而可平。其余以此类推。竹田后注："任、夕二字，必用仄
字，得去尤妙。"《词律》后注："灞、汉二字，必用仄字，得去声尤妙。"①
可见竹田袭用万树对格律规范的归纳，将文字说明换成以图谱加以
描写，并调换了例词。以陈子龙词与李白比照，李词苍凉健劲，陈词
虽哀感悲凉，下笔却略显香软，着色艳丽，如"红"、"黄"，写的仍是伤
春的意象。可见竹田在例词选择方面有自己的考虑，其意在推扬一
种创作风尚。所以竹田《填词图谱》的例词不从《词律》中来，而是另
有所本。上引［忆秦娥］选明陈子龙词，显然不符合《词律》不收元以
后词的宗旨。
　　竹田尤为喜爱香艳游戏之作，《填词国字总论》特别提出"绮丽惊
绝之作"的缺乏，"犹红袖青衫，尚缺翠黛点缀"，视词为"点缀"的态度
非常明显。从《填词图谱》文化三年刻本的版式也能看出竹田对词体
的态度。此书扉页中书"花月闲情笔"，页眉贴框有"竹田书屋游戏文
字"八字。可见竹田主要是把填词当作"闲情游戏"。正因如此，当购
得夏秉衡的《清绮轩历朝词选》之后竹田非常兴奋，写信给好友伊藤
镜河，以为书中所选"完全可以与宋人所编相颉颃"。
　　夏秉衡的《历朝词选》仍然延续《花间》、《草堂》的作风，在清代颇
受排斥，陈廷焯《白雨斋词话》卷七：

　　　　古人词大率无题者多。唐五代人，多以调为词。自增入《闺
情》、《闺思》等题，全失古人托兴之旨。作俑于《花庵》、《草堂》，

────────────
① 万树《词律》，第136页。

后世遂相沿袭,最为可厌。至《清绮轩词选》,乃于古人无题者,妄增入一题。诬己诬人,匪独无识,直是无耻。①

这是就编纂体例而言,其编选的内容同样不堪入目,陈廷焯谓"《清绮轩词选》荒谬":

> 大半淫词秽语,而其中亦有宋人最高之作。泾渭不分,雅郑并奏,良由胸中毫无识见。选词之荒谬,至是已极。②

竹田以"游戏"、"绮艳"之作为尚,故他对《清绮轩词选》的激赏也就不足为奇了。

竹田编谱与万树《词律》重视词例的规范性、典型性不同。他不再以唐宋词为尚,而更加重视词的内容和风格。故《填词图谱》中的词例多有明清词,对于明词竹田赏爱杨慎、王世贞、陈继儒、文征明等,清词则推举吴梅村、毛奇龄、王士禛、朱彝尊、宋征舆等,因此选录颇多。入选清词如吴伟业［生查子］(《闺情》)、陈见钺［调笑令］(《春闺》)、吴绮［归国谣］(《闺情》)、丁澎［三字令］(《闺怨》)、丁澎［踏莎行］(《村女》)等,从词题就可看出其内容与绮艳、相思有关,风格自然就偏于软媚。

竹田纂谱的方法大致是将《清绮轩历朝词选》中的词例与《词律》的格律规范进行拼接。这样的制谱方法比较简陋,缺乏原创性,但是当时日本对汉语填词不甚重视,竹田首先起来订定一个填词的格律指南,已属难能可贵。

四

词谱专书的出现,对脱离音乐环境之后词的发展意义重大。词

---

① 陈廷焯《白雨斋词话》,唐圭璋《词话丛编》,中华书局 1986 年版,第 3937 页。
② 陈廷焯《白雨斋词话》,唐圭璋《词话丛编》,第 3888 页。

作为独立的文体,经历两宋的高度繁荣之后,曲的兴起和词乐的衰亡使词的发展渐渐进入低谷,谢章铤认为:"自明以来,词学道微,不独倚声无专家,即能分句读者亦少。"①

至明代中后期词有复苏迹象,这在很大程度上是由于以张綖《诗余图谱》为代表的系列词谱的出现,使得填词有规章可循。施议对认为:

> 无论在词乐盛行之时,或者是词乐失传之后,讲究声律,注重词的形式美与音乐美,才能确保词在文学史上独立存在的地位。②

研究词的声音规则的各种词谱,推动中国词史至清代顺、康时期出现又一个高峰。明清词谱专书明显影响到了日本汉语填词。

汉语填词在日本的发展一直较为迟缓,长期以来,日本缺少汉语填词专家。据神田喜一郎《日本填词史话》考证,嵯峨天皇(809—823年在位)御制五首[渔歌子],以及三品有智子亲王、滋野贞主奉和所作之[渔歌子]七首,为日本汉语填词的滥觞。平安朝醍醐天皇(897—930年在位)之皇子兼明亲王亦有填词,田能村孝宪视为词作初祖,《填词图谱序》:"独诗余一途,寥寥无所闻焉。惟前中书王[忆龟山],仅存于《文粹》中耳。"兼明亲王的[忆龟山]载《本朝文粹》卷一,为效仿白居易[忆江南]而作,仅两首。

直到江户时代末期,田能村孝宪模仿张綖《诗余图谱》编纂《填词图谱》作为填词示范,倡导填词,局面始有改观,汉语填词规模明显扩大。如同时的词人日下部梦香,有词集《梦香词》一卷,存词44首③;

---

①　谢章铤《赌棋山庄词话》,唐圭璋《词话丛编》,中华书局1986年版,第3403页。

②　施议对《词与音乐关系研究》,中国社会科学出版社1985年版,第293页。

③　彭黎明、罗珊《日本词选》,岳麓书社1985年版,第49页。

野村篁园(1774—1843)有词集《秋篷笛谱》二卷,存词 150 首①。这
与竹田《填词图谱》的推动不无关系,也说明普及性的词谱对创作的
指导是有效的。明清词谱不仅为中国的词学发展提供格律和文体学
支持,而且由于其提供易于操作的规范,引起了日本文学界的关注。

明清词谱对日本填词的影响在明治时期(1868—1912)达到顶
峰,这一时期甚至出现了大型的词谱《词律大成》。《词律大成》的编
者森川竹磎(1869—1917)所撰《词法小论序》谈及日本填词的情况
时,以为从前词作多"破格狂律",至"竹田才脱此弊"。明治三十一年
(1898)岁末,森川竹磎撰[满江红]六阕,其二感叹"至而今,旧谱总飘
零、宫商伏",认可"只万家红友,所论真独",但认为万树《词律》校勘
所据典籍较少,"时际乱离书惜少,可叹校勘无由足",因此想要订定
其中舛误,并增广之:"不我抛心费商量,知谁属?"②不久以后,其《词
律大成》开始在《诗苑》上连载。《词律大成发凡》:

> 万氏《词律》所收者六百五十九调,一千一百七十三体,今所
> 删者十二调,一百十二体;所补者一百九十六调,六百三十五体。
> 凡所录八百四十三调,一千六百九十六体。其注则全改之,间录
> 旧注者,皆以"万氏曰"冠之,名曰《词律大成》,依旧分为二十
> 卷。……几阅二十年而成,然独力所致,见闻不广,遗漏讹错,知
> 亦居多。③

森川竹磎编谱主要以明清词谱为文献依据,参考王奕清《钦定词
谱》、杜文澜《词律校勘记》、徐本立《词律拾遗》等书,他将这些书籍与
《词律》对照,酌录其所宜者,并据以补订了一些词调。原稿二十卷,

---

① 彭黎明、罗珊《日本词选》,第 62 页。

② (日本)神田喜一郎,程郁缀、高野雪译《日本填词史话》,北京大学出版社 2000
年版,第 663 页。

③ (日本)神田喜一郎,程郁缀、高野雪译《日本填词史话》,第 731 页。

补遗一卷,依《发凡》所叙,似已全部编完。《词律大成》的编纂表明在清代词谱之学不断进步的同时,日本汉语词学的探索也随之更趋深入。同时填词创作也呈现繁荣景象,出现了明治时期汉语"词坛三雄",即森槐南(1863—1911)、高野竹隐(1862—1921)和森川竹磎①,这都与明清词谱的指导和影响大有关系。

（本文原发表于《西南交通大学学报》2014 年第 6 期）

作者简介:江合友,男,1978 年生,江西景德镇人。2004 年至 2007 年就读于南京大学,获文学博士学位。现为河北师范大学文学院教授,硕士生导师。主要研究方向为词学、畿辅学。

---

① 彭黎明、罗珊《日本词选》,第 149 页。

刘师培"失路人"辨析

李瑞豪

刘师培叛变革命是近代历史上一件被炒得沸沸扬扬的事情,刘师培为何叛变革命? 当今学界研究得很深入。但刘师培叛变后有无愧疚? 他的心理状态如何? 学界却无人提及。只有陈奇先生在《刘师培年谱长编》中很笼统地谈及:"秋。有《秋怀诗》,承认自己是'失路人',感叹'渊邃孰测端',但又表示'羲御无回车'。"①这里引用的句子来自刘师培1909年在端方直隶总督幕府所作《秋怀》一诗,诗中有"况我失路人"一句。按照陈奇先生的理解,应该是刘师培叛变革命后有所反省、愧疚,但又表示无法回到过去。然而,问题出现了,"失路人"在此处具体是何意? 考察刘师培此一时期的诗歌与生活、思想状况,关于"失路人"的内涵,陈奇先生的理解并不正确,有望文生义之嫌。《汉语大词典》对"失路"有详细解释:迷失道路;放弃正道;喻不得志。"失路人"字面的意思就是迷路人。对"失路人"的理解关涉到刘师培此一时期的心理状态,"失路人"具体的内涵关涉到刘师培对革命的态度。刘师培以学问为诗,诗歌有以其艰深文其简陋之嫌,学者的研究多绕过他的诗歌,但此一时期的诗歌是他情感世界的最好表达。

一

刘师培投靠满族大臣端方是在1907年底还是1908年,学术界存在一定的争议,但其公开叛变是从追随端方赴直隶总督幕府开始

---

① 陈奇《刘师培年谱长编》,贵州人民出版社2007年版,第278页。

的,这一点却是无疑的。蔡元培说:"及后见《民呼日报》,两载端方携其亲信之书记陶宝镰主政、刘师培孝廉赴北洋云云。则彼又公然入端方之幕矣。现又得阅先生所示各证据,此人之变节殆已无疑。"[①]刘师培的名字赫然印刷在上海报纸所刊端方随员名单中,革命界一片哗然,章炳麟尽弃前嫌,本着挽救的心态,写信劝导其"先迷后复,无减令名"[②]。却未得其回复。1904 年,革命战士刘师培劝降端方时说,"光汉幼治《春秋》,即严夷夏之辨"[③]。"夫尔既伺身虏族,奚屑与尔交言? 其所以致书与尔者,将欲尔之舍逆从顺耳。"[④]刘师培既严夷夏之辨,不屑与端方对话,并写有《辨满人非中国之臣民》一文,1909 年却公开投靠满族大臣端方,任"直隶督辕文案、学部谘议官"一职。面对昔日革命人士的劝导,没有丝毫悔悟之表现,前后变化之大令人诧异。投靠端方之后,是不是有所愧疚呢? 透过他的诗歌或许能了解他此时的心情。在直隶总督幕府内,刘师培写有 6 篇 9 首诗,即《从匋斋尚书北行初发焦山》、《答梁公约赠诗》、《秋怀》、《得陈仲甫书》、《咏史四首》、《励志诗》。

刘师培追随端方从两江总督的任上南京赴直隶。路上,途径焦山,刘师培作《从匋斋尚书北行初发焦山》[⑤],匋斋即端方。古朴幽雅并带有文化意蕴的焦山并没有让刘师培发思古之幽情,更没有想及东汉隐居于此的焦光。他的诗中充溢着喧闹与荣华,赞扬端方行进路上的气势:"连玺征扬牧,楼舻指皇州。绚旌藻行川,韸鼓振岭陬。明擂句貂蝉,宾从抒琳璆。"所谓连玺,指佩两颗官印,端方此行不仅

---

① 高平叔《蔡元培年谱长编》,人民教育出版社 1996 年版,第 350 页。

② 章炳麟《与光汉书七》,《刘申叔先生遗书》第 1 册卷首,民国二十三年(1934)宁武南氏校印本,第 10a 页。

③ 刘师培《上端方书一》,《刘师培辛亥前文选》,生活·读书·新知三联书店,第 95 页。

④ 刘师培《上端方书一》,《刘师培辛亥前文选》,第 96 页。

⑤ 刘师培《刘申叔先生遗书》第 61 册卷 2,民国二十三年(1934)宁武南氏校印本,第 7b 页。

被任命为直隶总督,而且兼任北洋大臣。皇州即京都,直督在天津,离北京很近。经行的山河因端方那绚丽的旗帜而变得灿烂,层层山岭在端方经过时的乐鼓声中幡然震动。端方何许人呢?刘师培把他比作貂蝉与琳琅,貂蝉指显贵的大臣,琳琅比喻优秀的人物,在刘师培眼里,端方优秀而显贵,富有吸引力,所以身边聚集了众多人才。接着刘师培表达的便是感激与惭愧之情,"跂予飞蓬姿,觑公英荡搜"。自己何德何能,却得到了端方如此人物如此的器重。因为焦山在江苏境内,刘师培乃江苏仪征人,所以又有"丹橘伤逾淮,狐貉歧首丘"留恋家乡的句子,此时的刘师培应是踌躇满志,对家乡的留恋只是由于途径焦山而已。从他对端方的赞扬阿谀中,能感受到他对知遇之恩的满腔感激,也能想象到那种追随权贵的优越之感。章炳麟劝其退隐的"干禄得鼎烹之悔"、"况以时当遁尾经籍"①的话恐怕此时根本不记得。

　　到达直督幕府后的秋天,刘师培作《秋怀》②感叹人生无常,忧患无边,"人生若蕣华,殷忧乃糜涯。闺妇感刀尺,征夫惕鼙笳"。人生若木槿之花,朝开暮谢,秋天来到,闺妇征夫都有了急迫感。"渊邃孰测端,触怆中怀嗟。况我失路人,静值商氛加。仄聆飔风擎,起视长庚斜。"深潭望不到底端,自己是悲从中来。商音配秋季,商氛指的是秋季的雾气。人生短暂,秋雾渐浓,而自己还是一个失路之人,听秋风渐起,看星月沉落。若按照陈奇先生的理解,刘师培所谓的"失路人"是对叛变革命的反省与愧疚,那么和紧接下来的诗句语意、情感都是不连贯的。他接下来表达的是时不我待的急切,"茅秀弗崇朝,菊精岂再华。阳波激逝湍,羲御无回车。默阅候序移,渐若渊陵差。所以偓佺子,长跂登朝霞"。茅花不终朝,菊花正灿烂,难道能再一次枝头盛开吗?一切皆如激流远逝,日光消散,一去不回。季节更迭,仿若深渊与高川之差别,连神仙偓佺子都要抓紧朝霞的时刻。全诗

---

① 章炳麟《与光汉书七》,《刘申叔先生遗书》,第 10a 页。
② 刘师培《刘申叔先生遗书》第 61 册卷 2,第 8a—8b 页。

有传统的悲秋因子,人生不得意,又值秋悲之际,让人情何以堪,但更多的却是时不我待的急迫感,岁月飞逝,自己蹉跎已多,人生的辉煌会有几次?所以要抓住时间,成就功业。如正为失路人,应是踌躇不前,而不是觉得时间短促。从整首诗的时间紧迫感来看,"失路人"有不得志的抑郁,有歧路彷徨的迷茫,他当时的心理状态本就是复杂的,具体所指是对之前革命行为的悔悟,还是依附端方的失误,也是不得而知的。但其时正在端方幕府里面,刘师培怎能公然将当下的行为视作"失路"?联系前一首诗把端方比作貂蝉与琳璆,自己对端方感恩戴德,依附端方又怎能是失路人呢?再联系《得陈仲甫书》①一诗来看刘师培所谓"失路人"到底是何意。刘师培 1903 年结识陈独秀,共同从事革命事业。现在无从得知陈独秀写信给刘师培的具体内容,但从刘师培的诗可以知道,陈独秀在信中多是劝导和批评,"天南尺素书,中有瑶华辞。旧好见肝鬲,崇情凛箴规"。拜读了书信,确实是故人发自肺腑的金玉良言,所以很感念陈独秀的高情厚谊。"伊昔志标举,奇侅违尘羁。霍昱云雨乖,儵互阴阳仳。"从前我和你们一样有有着高远的志向,有着世俗之人不能理解的崇高理想,可是很快地我就和你们观点上出了分歧,就像阴阳睽隔越去越远。两人以往有着高远志行,但如今形势严峻,事与愿违。"趄趄蓬藜闲,蚩蚩干丘饴。翕羽企擇罦,键足奚绝缰。"卑劣的小人们喜欢谗言惑众,一个个疯狂聚敛不知羞耻。我合上翅膀的目的就是远离他们陷害人的罗网以求自保,裹足不前摆脱了他们的羁绊我才能心情愉快。"偝偯蒋皋根,掩息揭石坻。河檀余穹条,场苗无丰积。"蒋皋指南京一带,端方两江总督的幕府就在南京,揭石即河北碣石山一带,刘师培追随端方正是从南京到直隶。刘师培说自己在蒋皋揭石一带隐居休停。现在竞进贪婪的贪官太多了,君子贤人实在是太少了。"尘冥雰不阗,曦逝晖何追。人情隆藻棻,君子伤金痿。所希珠奁昭,为浣练帛缁。"这六句是在说时局昏暗,太阳已落下,日光无从追随。现在

---

①　刘师培《刘申叔先生遗书》第 61 册卷 2,第 8a—8b 页。

人心不古,人们都追逐着浮华夸饰,而真正的君子想要阻止这种潮流都无能为力。我所希望的就是我珠袞一样微薄的光芒,来浣洗白帛上面浓黑的污点。显然刘师培是对革命者腹有微词,认为他们的目的不外乎为自己谋私利,而且喜欢阴谋诡计暗算人,自己退出革命不过是为了独善其身以求自保。全诗多处引用扬雄《太玄经》和《周易》中的典故,委婉地回应了陈独秀对他的规劝。很清楚,刘师培此时怨恨革命者,对革命前途很是失望,依附端方又怎能被他认为是"失路人"?

大凡有才华之人都有不安分的一面,刘师培少年得志,更是有着伟大抱负,两栖于革命与学术之间,而作于《得陈仲甫书》后的《励志诗》①则表明态度:放弃革命,专注学术。《励志诗》为自己的学术研究定下新的目标,励志绍继先世经业。先述说祖上的治学传统,"麟经殿六艺,素臣属左丘"。刘氏三代治《左传》,乃为儒家经典作传疏的经学家。"洸洸贾服书,祖考劬纂修。踬实绣鬘进,捃佚湛珠钩。"祖辈劳苦著述,功绩显著,使绚丽华美的文章更加昭著,并且钩取住那些沉没的珠宝,将不为人知的、将要湮没无闻的文字钩取上来。而自己呢,"贱子悾恫姿,竦标先业休。迨时失播获,曷云酬芸莸"。自己体弱多病,祖上的业绩恐怕就此停止了。错过了播种收获的季节,怎么对得起先人的辛劳耕种呢?在这首诗里,刘师培回首先辈,有惭愧,有反省,有立志。下定决心追随先人,行文驱散蒙昧不明的东西,"踵武跂似续,腾词祛矇雾"。"楛句在理梦,诠诂崇缠幽"。告诫自己"锲金古有训,勉哉屏息游"。决心锲而不舍,继承先人之志,专心于经史著述。这里有对人生路程的规划与转变,还有一种对家族的责任感,而革命事业已经退出他的视野,代之以学术研究。

柳亚子回忆关于刘师培的叛变过程痛惜不堪,1907年还赞扬刘师培夫妇为"慷慨苏菲亚,艰难布鲁东"。1908年又说他们是法国大革命时代的罗兰先生和玛利侬夫人,而1909年写诗曰:"聂姊庞娥旧

---

① 刘师培《刘申叔先生遗书》第61册卷2,第8b—9a页。

等伦,如何竟作息夫人? 琵琶青冢方辞汉,歌舞邯郸已入秦。"①在柳亚子和其他革命志士看来,刘师培是息夫人,但刘师培认为自己是叛变吗? 在他的诗里读不出对革命事业的内疚,反而是对疏忽学术事业的不安和立志于经史之学的信念。而此时革命的形势一片混乱,同盟会分裂,革命看不到希望,刘师培与同盟会成员矛盾重重,又与好友章炳麟闹翻。这一方面学界已经得研究很多、很深入,无须赘言。而脱离同盟会、宣扬无政府主义之后,刘师培也不再排满。相较于在他看来涣散混乱的革命团体,清政府及开明的总督大臣则更能给他希望与安全感。

二

从刘师培在端方幕府的学术研究来看,他完全回归到传统方法上,抛弃革命时期对西学的运用,服膺乾嘉汉学的路子。与传统士大夫交游,服膺端方。

好友钱玄同将刘师培的学术分为前后两期,"刘君著述之时间,凡十七年,始民元前九年癸卯,迄民国八年己未(1903—1919),因前后见解之不同,可别为二期:癸卯至戊申(1903—1908)凡六年为前期,己酉至己未(1909—1919)凡十一年为后期。姑较言之,前期以实事求是为鹄,近于戴学,后期以笃信古义为鹄,近于惠学;又前期趋于革新,后期趋于循旧"②。前后两期的断裂处正是在端方幕府的时期,此时前期的革新精神已经消退,治学方法完全沿袭乾嘉学者的路子,即所谓的"循旧"。李帆认为刘师培前期多沿用西学,后期不再涉及西学:"实则1903至1908年间刘氏的学术精力更多用在上述体现时代关怀的'预流'学问上,而于国学研究用力较少,1908年后才是

---

① 柳无忌《柳亚子文集·南社纪略·我和南社的关系》,上海人民出版社1983年版,第4页。

② 钱玄同《序》,《刘申叔先生遗书》第1册卷首,民国二十三年(1934)宁武南氏校印本,第2a页。

他专意于国学研究的时期。"①1908 年后的精确时间即进入端方幕府
的 1909 年,正是在端方幕府内,刘师培的学术研究从批判传统经学
转变为完全回归到传统方法上。在端方幕府,刘师培主要的工作是
考证金石,撰著经史著作。此时刘师培的精力专注于经籍注疏、版本
校勘。失去了革命时期的创新精神,退回汉学家考据的老路,走进了
个人的研究圈子,钱玄同认为:"刘君论惠定宇之言曰:'确宗汉诂,所
学以掇拾为主,扶植微学,笃信而不疑。'(《近儒学术系统论》)余谓取
此数语以论上列诸书,最为恰当。"②再也没有之前《中国民约精义》、
《攘书》等一类藉经史来阐发自己思想的文章。端方看重的正是刘师
培的经史学术能力,所以聘任其为文案一职。《艺风堂友朋书札》载
端方致缪荃孙的信记录了刘师培的校勘活动,"《吉金录》如此装订,
自是当行。但沪贾一味射利,遂试规制狭小,纯乎寒俭气矣。装本领
到,敬谢。更检一部奉还。释文正在属申叔属稿也"③。端方嗜好金
石、书画,"公性豪迈,笃嗜金石、书画,海内孤本、精拓,宋元明以来名
迹,闻风萃渉,悉归储藏。丰碑断碣,辇致京邸。庋廊庑几满"④。在
端方直督幕府内编定的《左庵文集》,刘师培删去了辛亥前激烈论政
的文字。进入端方幕府后,刘师培一直用的名字就是刘师培,郑裕孚
说:"用光汉之时期,约有五年,为前九年癸卯夏至前四年戊申秋也。
但自前五年丁未秋至前四年戊申秋,思想变迁,喜言无治,在此一年
中,常以申叔为名,光汉二字渐已希用,自前四年戊申冬至八年己未
冬逝世之时,均复用师培旧名,师培与申叔,本是名字相应……"⑤名
字曾经是刘师培思想的明确所指,而激烈的刘师培慢慢回归,抛弃

---

① 李帆《刘师培与中西学术》,北京师范大学出版社 2003 版,第 52 页。

② 钱玄同《刘申叔先生遗书序》,《刘申叔先生遗书》第 1 册卷首,第 6a 页。

③ 缪荃孙《艺风堂友朋书札(下册)》,上海古籍出版社 1980 年版,第 615 页。

④ 吴庆坻《端总督传》,《端忠敏公奏稿》卷首,沈云龙主编《近代中国史料丛刊》正
编第十辑,台湾文海出版社 1982 年版,第 10 页。

⑤ 郑裕孚《校勘记》,《刘申叔先生遗书》第 1 册卷首,民国二十三年(1934)宁武南
氏校印本,第 8a 页。

"光汉",回到"师培",这正是他思想变化的外在表现。

在端方幕府,刘师培的交游圈子发生变化,不再是之前的革命志士,多为传统士大夫,有缪荃孙、樊增祥、陈庆年、龚锡龄、景朴孙等等。缪荃孙(1844—1919)是著名的金石学者,刘师培多次拜访他。陈庆年(1863—1929)早年以经史诸子学著称,王先谦拟之乾嘉时期的汪中。樊增祥(1846—1931)是著名的诗人。他们在端方幕府习文史,考订字画,俱为文案人员。和这些幕僚在一起,无非就是饮酒唱和,交流学术。幕僚劳乃宣记载端方幕府的活动:"公事既毕,乃麇集朋侪,摩梭金石,评骘书画,考订碑版、典籍,把酒咏歌,诙调谈笑,有时商略古今,纵论时事,俯仰百世,往往通夕忘倦。……熙熙然几疑乾嘉盛世,置身于尹文端、毕镇洋所矣。"[1]很像乾嘉盛世的幕府。缪荃孙1909年的日记多次提到他们聚会的情境:

> 6月8日(四月二十一日):"晚,匋帅招陪伯希和,王孝禹、章式之、况夔生、景朴孙、刘笙(申)叔、陈善馀同席。"[2]
>
> 6月20日(宣统元年五月初三日):"匋斋送六件拓本来,约在公园午饭。樊山、乐庵、子岱、笙(申)叔、伯藏、式之、朴孙、伯严同席。"[3]
>
> 7月4日(五月十七日):"午帅又约傅菀生、沈湘泉、王以繁入席。清谈竟日,绝不易得。许、庄二生来,程乐庵、景朴孙、刘笙(申)叔、章式之、沈冕士随行。"[4]
>
> 11月8日(十月初七日):"诣匋斋招饮,宝瑞丞、刘仲鲁、于晦若、陈仕可、罗叔蕴、李文石、于东屏、刘笙(申)叔、管士修同席。"[5]

---

① 劳乃宣《端忠敏公奏稿序》,沈云龙主编《近代中国史料丛刊》正编第十辑,《端忠敏公奏稿》,台湾文海出版社1982年版,第11页。

② 缪荃孙《艺风老人日记》第6册,北京大学出版社1986年版,第2176页。

③ 缪荃孙《艺风老人日记》第6册,第2179—2180页。

④ 缪荃孙《艺风老人日记》第6册,第2183页。

⑤ 缪荃孙《艺风老人日记》第6册,第2325页。

从缪荃孙的日记能看出,端方招饮,刘师培往往在列。通过这样的场合,刘师培结识了不少知名人物。1909 年 6 月,刘师培在端方两江总督幕府结识王闿运、陈三立等人。并称"王先生真是海涵地负之才,国内不能多见"①。后又结识了严复,严复在日记中记载:"谒匋帅。其夕,在节署饭,遇晦若侍郎,坐有沈冕士、于渊若、丁春农、刘申叔。"②刘师培早年作有《读〈天演论〉二首》,从草木凋零上体会到"感此微物姿,亦具争存意"③。深受严复影响,革命时期又引用进化论来研究中国古代学术。李泽厚说晚年的严复"背弃了他早年曾热情相信过、宣传介绍过的'新学''西学',而完全回到传统怀抱中去了"④。这也可以用来说刘师培,经历过藉经学宣传西学之后,重新回归到经史中。让刘师培敬仰的王闿运、缪荃孙、严复等人都在端方幕府内,刘师培又怎会觉得自己在端方幕府是"失路人"呢？如果自己是失路人,那么缪荃孙、严复岂不也是失路人？

严复赞扬端方曰:"方今公卿号为下士,率皆文胜实寡,求如执事,周渥真挚,盖天下一人而已,则无怪士集其门,如众星朝斗,群流归墟也。"⑤被严复誉为"盖天下一人而已"的端方何许人呢？端方(1862—1911),满洲正白旗人,在戊戌变法中暂露头角,变法失败,被革职。1901 年新政肇始,端方先后担任湖北巡抚、署湖广总督、江苏巡抚、署两江总督、湖南巡抚、两江总督及出使考察宪政大臣等职。具有较开明的思想,兴建图书馆,创办学校,推进新式教育,推广近代工业,资助青年留学。同时相较于革命派,端方对国内民情有更深的理解,希图用改良的手段来救世,"终其一生,不论是作为出洋考察宪政大臣,还是作为地方督抚,他都把筹办新政建立宪政当作主要工作

① 梅鹤孙著,梅英超整理《清溪旧屋仪征刘氏五世小记》,第 50 页,转引自陈奇《刘师培年谱长编》,贵州人民出版社 2007 年版,第 276 页。
② 《严复日记》,《严复集》第 5 册,中华书局 1986 年版,第 1495 页。
③ 刘师培《刘申叔先生遗书》第 61 册卷一,第 2b 页。
④ 李泽厚《中国近代思想史论》,天津社会科学院出版社 2003 年版,第 260 页。
⑤ 《严复书信》,《严复集》第 3 册,第 582 页。

任务和目标。但是,端方同时又是一个带有中庸精神的稳健主义者。"①既学习西方,又保留传统文化,既从事政事,又不废文事。劳乃宣记述端方的行事风格说:"其治事也,幕僚数人,执案牍以次进,旋阅旋判,有疑义随考核加咨诹焉,谋虑既得,当机立断,未尝见其有所濡滞,亦未闻其事之有遗误也。"②做事果断,不出差错。幕府宾从极盛,"匋斋开府江南,广致文士,评校金石,宾从之盛,一时无两"③。吴庆坻说端方:"尤好宾客,建节江鄂,开阁延宾,文酒之会无虚日。遭时承平,亦阮太傅、毕尚书之流风也。"④正如王逸塘概括的:"收藏之富,为海内冠;风流文采,照映一时。"⑤端方以收藏与学识吸引了一大批士大夫。章炳麟劝诫刘师培离开端方时所谓的"彼帅外示宽弘,内怀猜贼","猜防积中,菹醢在后"⑥并没有应验。端方重视刘师培,给予礼遇。后端方因在慈禧丧事中照相被革职,刘师培没有离弃他,依然跟附在后。《轸春思词》抒发的便是其时抑郁仿徨的痛苦心情,无所依靠的无助感。"辛亥之春,予旅天津,忧思郁湮,词心泄志,因名《轸春思词》""太息兮何为?邈长途兮逶迤。虼鸟兮南飞,余怊怅兮何归?老冉冉兮将迈,羌茕独兮靡依。"⑦少年光阴一去不返、老年将至,时光飞逝。刘师培的祖父刘毓崧、伯父刘寿曾都曾游幕于曾国藩幕府,借助幕府中的学术优势取得了一定的学术成就。对于刘师培来说,在端方幕府致力于学术研究也算是继承了先人的传统。在刘师培看来,不应该是"失路人"。

---

①　张海林《端方与清末新政》,南京大学出版社 2007 年版,第 549 页。

②　劳乃宣《端忠敏公奏稿序》,第 11 页。

③　王逸塘《今传是楼诗话》,《民国诗话丛编》第 3 册,上海书店出版社 2002 年版,第 485 页。

④　吴庆坻《端总督传》,第 10 页。

⑤　王逸塘《今传是楼诗话》,第 434 页。

⑥　章炳麟《与光汉书七》,第 10a 页。

⑦　刘师培《左庵外集》,《刘申叔先生遗书》第 60 册卷 20,第 19a 页。

三

1911年刘师培又追随端方到四川镇压保路运动,端方被杀,刘师培在章太炎、蔡元培帮助下,回到上海,见到昔日故友。《上海赠谢无量》:"倦游良寡欢,揽辔轸千虑。""凄凄聆谷风,恻恻怀阴雨。"①有倦游,有悲伤,却没有悔意。之后的诗歌充满沧桑感,多旧游如梦的感觉。重游张园,"犹有楼台供入画,那堪金粉易成尘。独从陈迹低徊处,阅尽繁华梦里人"②。经历风波,回首往昔,楼台犹在,金粉却已成尘,阅尽繁华,一切皆梦。《书怀》:"旧游如梦江淮海,物我相忘形影神。四海风尘艰涕泪,中年哀乐损天真。"③旧游如梦,然而刘师培最终仍为一梦里人。《咏怀五首》曰:"我生如飘蓬,天地安可托。""时事如浮云,倏忽易哀乐。"④在翻云覆雨的时局变幻中,偌大天地,却找不到安身立命之处。端方幕府的经历却是他致力于学术研究的一段安静时光,回想起来,恍然若梦,"失路人"怎能指的是这一时期呢?

如果真的对自己的叛变有悔意,认为不应该跟从端方,那么后来为什么又到了袁世凯的幕府充任公府谘议并参与筹安会呢?除了功名之念,还有他思想的变化。在端方幕府的时期正是他从青春步入中年的转折点,抛弃了青年时期的急躁、热情和救国理想,转而投入自己的学术圈子。在端方幕府内对传统的回归奠定了他后来的思想基础,或许他学术研究路子的转变已经预言了之后的人生方向。所谓的"失路人"不是对叛变革命的反省、愧疚,更可能是对之前革命行为的悔悟。

(本文原发表于《古典文学知识》2012年第3期)

作者简介:李瑞豪,女,1978年生,河南许昌人。河北师范大学文学院副教授,硕士生导师。主要从事清代诗文研究。

---

①　刘师培《刘申叔遗书》第61册《诗录》卷三,第15a页。
②　刘师培《刘申叔遗书》第61册《诗录》卷四,第12b页。
③　刘师培《刘申叔遗书》第61册《诗录》卷四,第10a页。
④　刘师培《刘申叔遗书》第61册《诗录》卷四,第7b页。

余嘉锡《〈汉书艺文志索隐〉选刊稿》及其特色

杜志勇

余嘉锡《〈汉书艺文志索隐〉选刊稿》为新近刊布之资料,以《〈汉书艺文志索隐〉选刊稿(序、六艺)》(以下简称为《选刊稿》)之名载于彭林主编之《中国经学》,由余嘉锡先生的孙女余嗣音女士誊录①。《选刊稿》以随文批注形式附于王先谦《汉书补注》之上,蝇头小楷一丝不苟,密密麻麻布满天头、地脚、版心等处,著者用力之勤不言自见。久佚的《汉书艺文志索隐》终于重见天日②,得以嘉惠学林,我们不禁为之激动③。

余嘉锡从事目录学研究,对《汉志》用力颇勤。他于1930年精心抄录完成顾观光辑《刘向别录》、《刘歆七略》④;在其第一篇专论《汉

---

① 余嘉锡先生遗著,余嗣音誊录《〈汉书艺文志索隐〉选刊稿(序、六艺)上》,《中国经学》第2辑,广西师范大学出版社2007年版。余嘉锡先生遗著,余嗣音誊录:《〈汉书艺文志索隐〉选刊稿(序、六艺)下》,《中国经学》第3辑,广西师范大学出版社2008年版。

② 周祖谟、余淑仪《余嘉锡先生传略》:"未刊行的有《汉书艺文志索隐》和《元和姓纂校补》八卷手稿本,存否至今不明。"

③ 兴奋之余,我们尚有两点不明:一、《选刊稿》肯定是余嘉锡先生所作批注,但这些批注是否就是《汉书艺文志索隐》(周祖谟、余淑仪没有找到《索隐》,见《余嘉锡先生传略》),是余嘉锡先生明确标识的,还是整理者根据先生的批注习惯推测的,整理者应该展示相关图片或予以说明。二、既为《选刊稿》,应非全貌,但此后出版的《中国经学》及其他各类出版物,并未续刊此著,不知何故。当然,随着相关文献的不断公布,这些问题自然会水落石出。在此之前,我们在行文中暂把《选刊稿》视为《索隐》的一部分处理。

④ 收入余嘉锡《小勤有堂杂钞》,国家图书馆出版社2009年版。余先生在《刘歆七略》结尾附跋语曰:"庚午夏历五月廿三日,武陵余嘉锡季豫甫假北海图书馆所藏旧钞本,手录于北京宣武门内怀抱椿树庵寓庐。"

志》的《小说家出于稗官说》①中指出"自后汉以来,注《汉书》者无虑数十百家,而艺文一志,因考证不易,独少发明,刘、班指意,郁而不彰",遂发愿"窃欲提要钩玄,理而董之"。并在辅仁大学文学院为研究生开设"《汉书·艺文志》理董"课程,这一切似乎都在为其全面展开《汉志》研究做准备。后来,余嘉锡在为沈兼士藏书所作《内阁大库本碎金跋》中,透露出这一工作的转折。"余尝欲草《汉书艺文志索隐》,未成,其论小学之意,亦怀而未发。"②观余氏《选刊稿》,于"小学家"仅详言《八体六技》一种,可证其"怀而未发"之意。另,《中国经学》第3辑上所刊发之"余嘉锡先生手批《汉书艺文志补注》书影"和"余嘉锡先生《汉书艺文志索隐稿》原本手迹",显示余氏所批内容始于《汉志》开端之"艺文志第十",终于对"张敞从受之,传至外孙之子杜林"之辨正,其讨论范围仅限于《序》及《六艺略》。结合余氏"未成,其论小学之意,亦怀而未发"之论,难免会认为其《汉书艺文志索隐》仅作至《六艺略》,事实是否如此,尚待确论。其实,《六艺略》收录了中国古代文化中居于最高品级的儒家经典,是《汉志》中最为重要、占据比重最大的部分。仅对《六艺略》进行笺注、考释,达到窥一斑而知全豹的目的,在民国《汉志》研究中十分常见,如李笠《汉书艺文志汇注笺评》、许本裕《汉书艺文志笺》等都是仅及《六艺略》,甚至连《六艺略》也没有注完。

此外,《选刊稿》誊录者余嗣音女士在"说明"中提及:"先严曾谓先大父'所著尚有《汉书艺文志索隐》、《目录学发微》、《古书通例》,将裒辑之'(《〈四库提要辨证后记〉未刊稿》)。"《四库提要辨证》于1958年由科学出版社出版,《后记》亦当写于此前不久,而《目录学发微》在

---

① 余嘉锡《小说家出于稗官说》,最初刊于《辅仁学志》第6卷1、2期(1937年),后收入《余嘉锡论学杂著》和《余嘉锡文史论集》。

② 余嘉锡《内阁大库本碎金跋》,收入《余嘉锡论学杂著》,第606页。

民国时期已出现不同版本的排印本①，主要用于学生讲义，但不易搜寻②；《古书通例》为余氏讲授古籍校读法之讲义，至迟到 1940 年出现排印本，1985 年由上海古籍出版社正式出版③。这当中只有《汉书艺文志索隐》是需要裒辑的未刊稿，故余嗣音所引《〈四库提要辨证后记〉未刊稿》中语，当理解为由出版社正式出版。

《选刊稿》全文移录王先谦《汉书补注》艺文志相关部分，余嘉锡先生的五十四条批语（索隐）④附于相应的"补注"之后，征引文献，并加案语，数量虽然不大，但精辟之论层出，令人不禁佩服其学养之深厚。

综观《选刊稿》，余嘉锡的《汉志索隐》在王先谦《汉书补注》基础上展开深入探讨，充分体现了作者注重考据、无征不信的学术品格。大致体现出了以下四个方面的特色。

一　辨正前注⑤，深入探讨

《索隐》是以王先谦《汉书补注》为底本进行批注的，而《补注》又

---

①　笔者曾见到《目录学发微》民国铅印本，封面题"目录学发微一卷"，内页署名武陵余嘉锡季豫，国立北平师范大学刊行。单面排印，印刷时间不详，当为余嘉锡在国立北平师范大学讲授目录学的讲义。国家图书馆还藏有此书另一版本的铅印本，在版心下题有"民国大学讲义"字样，印刷时间不详，是余嘉锡在民国大学授课的讲义。

②　顾颉刚《缓斋藏书题记·目录学发微》，《历史文献》第三辑，上海科学技术出版社 2000 年版，第 39 页："季豫先生在辅仁大学讲授目录学，著有《发微》一书，予闻之久矣，而其书尚未见。今年春节，闻先生逝世讯。不久得此于中国书店，遂尝夙愿，而恨此次到京不克作最后之一面也。一九五五年二月二十日，顾颉刚记。华（王煦华）按：此书不注出版处，似为辅仁大学排印，发给学生的讲义。"

③　"本书以往只有讲课临时印本，始终未曾正式出版，所以流传极少。现在根据一九四〇年排印本整理。"周祖谟《古书通例·前言》，上海古籍出版社 1985 年版。

④　余嘉锡先生 54 条批语（索隐）中，总序 10 条，《易》类 5 条，《书》类 6 条，《诗》类 7 条，《礼》类 9 条，《乐》类 2 条，《春秋》类 8 条，《孝经》类 2 条，小学类 3 条，《六艺略》序 2 条。

⑤　"前注"是指《选刊稿》中排列于"索隐"之前的王先谦《汉书补注》和《汉书》颜师古注。

是附着在《汉书》颜师古注本之下，所以余氏在大量钩沉文献的基础上，形成的不少批语都是对这两种注解的辨正或深入讨论，成为《补注》的"补注"。这种类型的辩证讨论构成了余氏《选刊稿》的主体，细化开来，又可分为两种情况：

（一）前注无误，《索隐》以此为基础深入探讨

"迄孝武世，书缺简脱，礼坏乐崩，圣上喟然而称曰'朕甚闵焉'"条下：

【补注】先谦曰："《刘歆传》云：'故诏书称曰："礼坏乐崩，书缺简脱，朕甚闵焉。"'《武纪》元朔五年诏书删'书缺简脱'一句。"

【索隐】案：此诏不专为"建藏书之策，置写书之官"言也。《武纪》元朔五年："夏六月，诏曰：'盖闻导民以礼，风之以乐，今礼坏乐崩，朕甚闵焉。故详延天下方闻之士，咸荐诸朝。其令礼官劝学，讲议洽闻，举遗兴礼，以为天下先。太常其议予博士弟子，崇乡党之化，以厉贤材焉。'丞相弘请为博士置弟子员，学者益广。"《儒林传序》曰："弘为学官，悼道之郁滞，乃请曰：'丞相、御史言：制曰："盖闻导民以礼，风之以乐。婚姻者，居室之大伦也。今礼废乐崩，朕甚闵焉。（下同）"谨与太常臧、博士平等议，为博士官置弟子五十人。'"①本《志》所谓"朕甚闵焉"者，即元朔五年诏书也。惟《武纪》及《儒林传》皆无"书缺简脱"一句，惟《刘歆传》所载《太常博士书》有之；而"婚姻者，居室之大伦也"二语，又仅见于《儒林传》。同一诏书，分见三处，合而观之，其文乃全。（《通鉴》卷三十九、《全汉文》卷三载此诏皆不全。）本《志》"诗赋略"云："自孝武立乐府而采歌谣，于是有代赵之讴，秦楚之风。"《礼乐志》云："至武帝定郊祀之礼，祠太一于甘泉，祭后土于汾阴，乃立乐府，以李延年为协律都尉。"其事亦与此诏有关。盖闵礼之坏，故令礼官劝学，置博士弟子员，并定郊祀之礼；闵乐之

————
① 《史记·儒林列传》对此亦有记载。

崩,故立乐府,采歌谣;闵书缺简脱,故建藏书之策,置写书之官。……班固《两都赋序》曰:"大汉初定,日不暇给。至于武、宣之世,乃崇礼官,考文章,内设金马、石渠之署,外兴乐府、协律之事,以兴废继绝,润色鸿业。"正谓此也。

王先谦对此条的出处进行了说明,并与《汉书·武帝纪》诏书互校,发现后者删去"书缺简脱"一语。余嘉锡在此基础上充分挖掘文献,利用《刘歆传》、《武纪》、《儒林传序》三种文献的相关记载进行对勘,发现元朔五年诏书在不同文献中被断章取义,三者都是拿诏书为自己立论:《武纪》和《儒林传序》推崇礼乐的重要性,故只言"礼崩乐坏,朕甚闵焉";《刘歆传》实际上引的是刘歆《移书让太常博士》,此文着力突出经历暴秦所残存古书的重要性,刘歆当然要加入"书缺简脱"一语,为其正名。余嘉锡先生正是看到了这一点,指出当"合而观之,其文乃全",并结合《汉书·礼乐志》和班固《两都赋序》给予了佐证。

"《王史氏》二十一篇"条下:

> 【补注】沈钦韩曰:"《广韵》:王史复姓,'汉有新丰令王史音'。"先谦曰案《隋志》作"《王氏史氏记》",盖误。
> 【索隐】《姓氏书辨证》卷十四云:"《风俗通》曰:'周先王太史,其后号王史氏。'《英贤传》曰:'周共王生圉,圉曾孙蒲生简,简生业,业生宰,世传史职,因以官为氏。'汉清河太守王史篆生新丰令普。《汉艺文志》有《王史氏》二十一篇。案:此人即宰之后,篆之先也。"

《补注》指出"王史"为复姓,并对《隋志》望文生义,将其拆为"王氏史氏"的做法表示了怀疑,与颜师古注相比,确实有了一定进步,但仍仅限于"知其然"。《索隐》引用《姓氏书辨证》①从"王史"这一复姓来源上下功夫,解决了"知其所以然"的问题。

（二）前注有误,《索隐》辨正讨论

前注在引述前人观点时,有时会失于考辨、以讹传讹,甚至得出错误结论。《索隐》则予以辨证,说明其错误的根由。

"汉兴,改秦之败,大收篇籍,广开献书之路"条下,《补注》引齐召南曰:"此二句既叙在孝武之前,则指高祖时萧何收秦图籍……"把"萧何收秦图籍"看作"改秦之败"的一项措施。王先谦对此直接引用,却未加辨析。余嘉锡《索隐》直接进行了驳斥:"案:萧何所收之图籍,乃地图版籍之类,非《诗》《书》传记。且此图籍即秦物,不得谓'改秦之败'。齐氏此语失之。"并在此基础上结合《移书让太常博士》得出结论,"余谓'大收篇籍'乃指孝文言之也"。对"大收篇籍"的所属时代进行了充分论证。问题到这里已得到圆满解决,作者却又下案语:"本《志》此节（《汉志》总序）,即约《移太常博士书》为之,必以彼书对照,方能了其文义。"②从宏观角度指出《移书让太常博士》对于理解《汉志》总序的重要性,读之不禁令人眼前一亮,为研究者进入《汉志》开启了一道法门③。

---

① 此《姓氏书辨证》,即宋代邓名世《古今姓氏书辨证》,有商务印书馆1936年版（排印本）,江西人民出版社2006年版（王力平点校本）。

② 《目录学发微》（巴蜀书社1991年版）亦已透露此意:"《〈汉志〉大序》与刘歆《让太常博士书》口吻毕合,知其同出一手。"（第61页）另,同书第62页对此比较论述甚详。

③ 余嘉锡先生于半个多世纪之前提出此说,殊为难得,即便当今之著作亦未明晰此道。刘节《中国史学史稿》据《艺文类聚》卷十二"帝王部"汉武帝条所引刘歆《七略》"孝武皇帝敕丞相公孙弘,广开献书之路。百年之间,书积如丘山,故外则有太常、太史、博士之藏,内则有延阁、广内、秘室之府"来证班固本《七略》之原意另著新篇,并言"补充了武帝'喟然而称曰'一段史实"（中州书画社1982年版,第63页）。周少川《古籍目录学》（中州古籍出版社1996年版,第117页）原封未动,承袭此说。岂不知"喟然而称曰"乃《移书让太常博士》之本文,援引《艺文类聚》并无不妥,但二位先生拾片玉而弃珪璧,入歧途矣。另,就《艺文类聚》所引《七略》来看,此段文字当出于《辑略》,其所表述内容已基本被成于其后的《移书让太常博士》所涵盖,并解说更为清楚。班固依《七略》成《汉志》之时,自然会较多援引《移书让太常博士》。

"《中庸说》二篇"条下：

> 师古曰：今《礼记》有《中庸》一篇，亦非本《礼经》，盖此之流。
> 【索隐】颜氏之说非也。今《礼记》中之《中庸》，本在"百三十
> 一篇"之内，无缘复著于录。况其书名《中庸》，不名《中庸说》。
> 王鸣盛《蛾术篇》卷一曰："今之《中庸》乃'百三十一篇'之一，而
> 《中庸说》其解诂也，不知何人所作。"嘉锡案：汉人经说，与解诂
> 不同。此盖如《鲁诗》、《韩诗》之《说》。与上下文既有《明堂阴
> 阳》，又有《明堂阴阳说》，正是一例。

颜师古否认《中庸》出于《礼经》，与《中庸说》混为一谈，余氏对此予以辩驳，指出《中庸》不仅在"《记》百三十一篇"之内，而且与作为其解诂的《中庸说》有本质区别。

二 学理推论，考证旧说

余嘉锡先生的"索隐"，注重将征引文献材料作为考证的依据，并以此立论。当直接文献记载不足时，先生便依托其深厚学养，做出合乎情理的推论，对旧说进行精当考证，从无率尔立论之词。

"《夹氏传》十一卷。有录无书"条下：

> 【补注】先谦曰：有录者，见于二刘著录。
> 【索隐】嘉锡案：王说非也。"有录无书"，乃刘歆语，非班固
> 语。有录者，刘向校书之时，曾见其书，为之著录。无书者，刘歆
> 作《七略》之时，中秘所藏《夹氏传》已亡失也。

《补注》把"有录"解为"见于二刘著录"，就产生了两个问题：一为"有录无书"到底是谁所加，即所有权问题；二为如何解释"无书"？王

先谦认为"有录无书"为班固所加①，但他不能合理解释"无书"。余嘉锡否定王氏之说，提出为刘歆所加，断定"有录"为"刘向校书之时，曾见其书，为之著录"，推论"无书"是"刘歆作《七略》之时，中秘所藏《夹氏传》已亡失也"。并在"夹氏未有书"条下对此继续进行讨论：

【补注】先谦曰：口说流传，未著竹帛也。……
【索隐】王说亦非。未著竹帛，则安得有录，且安知其为十一卷而虚存其目乎？秦汉之际，以口说传经，不著书多矣。如费、高二家之《易》，《志》固不著也，安得于夹氏独异。所谓"未有书"者，中秘无其书，刘歆未见之耳。

余先生以《汉志》不著录"费、高二家之《易》"的例子进行反证，说明《汉志》既然著录"《夹氏传》十一卷"，刘向肯定就见到此书，而"无书"只意味着刘歆未见。余先生以学理推论结合《汉志》内证成功佐证己说。王先谦之说或受《隋志》影响，《隋志》春秋类小序言："王莽之乱，邹氏无师，夹氏亡。"②此乃《隋志》率改《汉志》"邹氏无师，夹氏未有书"的结果。试问"邹氏无师"，而其书尚存，与王莽之乱何干？我们从《汉志》本文来看，整个《汉志》共出现两次"有录无书"的情况：一为此处，一为《太史公》百三十篇。十篇有录无书"。也就是说对这两种著作进行"有录无书"记载时，《七略》所著录典籍是基本完整的。而这对于东汉的班固来说，是几乎不可能见到的情况③。所以，

①　来新夏先生亦认同此说，既无佐证，亦无讨论，当袭取王先谦之说。参见来新夏《古典目录学》，中华书局1991年版，第100页。
②　周少川先生赞同《隋志》之说，"《隋书·经籍志》在春秋类小序中提到：'王莽之乱，夹氏亡。'可以说明《七略》本有此书，亡佚后再由班固注明的"（周少川《古籍目录学》）。周氏未看到《隋志》对《汉志》的袭改，并略去"邹氏无书"一语，其说不确。
③　"王莽之末，（中秘藏书）又被焚烧"（《隋志》）。"及王莽之末，长安兵起，宫中图书，并纵焚烬"（《隋书·牛弘传》）。经历兵燹，西汉皇家典籍只损失一种多一点，是根本不可能的事情。

《隋志》认为夹氏亡于王莽之乱，于理不通。另外，班固虽然对《七略》进行了调整补入，但未见其依《七略》检核东汉皇家典藏的记载①。余嘉锡先生的推论断语，的是确论无疑。

三 关注当下，征引新知

余嘉锡自名书斋曰"读已见书斋"②，以示自己不会为搜罗奇书秘本而穷心竭力，与所谓藏书家相区别。

> 用新材料容易有新发现，人人皆知，但岂能人人有此幸运？何况如果平日不治文字声韵训诂之学，不读经、传、注、疏，不谙先秦两汉之史，即使给他钟鼎甲骨铭文与秦刻汉简，他如何去考释？……季豫先生既不想利用新材料，猎取名誉，更深切明白为学之道必须精读古代典籍，以求明理致用。……读已见书为他书斋之名，矫正当时偏宕的流弊。虽然他有时也引用敦煌卷子或罕见的孤本书，那只是用为佐证，并非沾沾炫耀研究新材料。③

从牟润孙的回忆中，我们可以看到，余嘉锡虽不以研究新出文献为工作重心，但面对层出不穷的新文献，也是十分关注的，并根据研究需要将其作为佐证，纳入到自己的研究体系当中。在《选刊稿》中也体现出了这一点，"《大》、《小夏侯章句》各二十九卷"条下：

---

① 《汉志》中有一则材料记录了班固有可能核检过东汉皇家典藏，"《史籀》十五篇"班固自注云"建武时亡六篇矣"，此条材料明确指出了《史籀》亡佚六篇的时间在建武时，建武是光武帝刘秀年号，班固当另有所据，并非检核旧籍所得。检核旧籍只能显现完残状况，断不可现旧籍亡佚时间。故此则材料亦无反证之意义。

② "先生'读已见书斋'的匾，是罗振玉早年以篆书所写，起这个名称的意思是区别于那些以读'未见书'为高雅的藏书家们。"（周祖谟、余淑仪《余嘉锡先生学行忆往》）

③ 牟润孙《学兼汉宋的余嘉锡先生》，收入《余嘉锡先生纪念文集》，第30页。

【索隐】《尚书正义》序云:"汉氏广求遗逸,得今书于齐鲁,其文则欧阳、夏侯二家之所说,蔡邕碑石刻之。"案:孔氏但知石经所刻为今文,而不知是今文何家。据新出《石经》后记云"《尚书》小夏侯",此前人所未知也。

并在"《召诰》脱简二,率简二十五字者,脱亦二十五字,简二十二字者,脱亦二十二字"条下,再次征引《石经》文献以为佐证:

【索隐】嘉锡案:欧阳、大、小夏侯……《汉石经》后记云:"杂考合异同,各随家法是正。"

汉熹平石经,又言"一字石经"。孔颖达之时,限于材料,只能笼统的认为熹平石经《尚书》是"欧阳、夏侯二家之所说",民国时期,熹平石经残石不断出土,才可知是以小夏侯本为底本,而以欧阳、大夏侯本校之,并附校记于经后[①]。余嘉锡以可弥补史料之缺的新出文献为佐证,来研究《汉志》,在当时应当是开风气之先的。

四　重视通例,强调规范

余嘉锡著有《古书通例》一书,早已成为学术经典,为学界所称道。此书原名《古籍校读法》,是其在民国时期讲授"古书校读法"课程的讲义。十分可惜的是,并未全部完成。"余先生这本书作为讲

---

① 关于熹平石经《尚书》为小夏侯家之说,颇多反复。1924 年洛阳出土石经残石刻"尚书小夏侯"字样,余嘉锡先生据此立说。"一九六二年冬,河南偃师县太学村出土《汉熹平石经》残石一块,正反共刻百十四字,正面本经,背面《校记》,《校记》有'大、小夏侯'云云,足以影响《汉石经》底本属某家之认定,非常重要,石今存北京中国社科院考古所,余考是《石》为后人伪造,撰《六二七八号汉熹平石经尚书残石字甄伪》一文。"(程元敏《尚书学史》,五南图书出版公司 2008 年版,第 1585 页)程元敏先生所考甚详,当从是说。又可参看屈万里《汉石经尚书残字集证》,《屈万里先生全集》,台湾联经出版事业公司 1983—1985 年出版发行。

章,可惜没有全部写完,卷四《辨附益》一篇仅有'古书不皆手著'一节,说明古书中属于弟子门人附益的文字并非伪作。至于后世羼乱增益的情况,当别有说,而文章缺如。然在作者所撰《论学杂著》中有《太史公书亡篇考》一文······考辨极详,可资参考。"①正如周氏所举《太史公书亡篇考》可补"后世羼乱增益(古书)"之例一样,余嘉锡所提出的一些古书通例散布于他的论述中,细读《选刊稿》,我们发现他在批注过程中,注意总结古书通例,并以通例解决问题,主要有以下几个方面:

(一)凡《七略》著录者,皆向、歆校定后,杀青缮写奏进之书。未尝别写者,不著录

"《易经》十二篇,施、孟、梁丘三家"条下:

> 【索隐】按:或曰:本《志》明言"刘向以中《古文易经》校施、孟、梁丘经",何以古文经不著录耶?曰:凡《七略》著录者,皆向、歆校定后,杀青缮写奏进之书。此《古文易》藏于中秘者,犹是先秦人手写古文旧书,向、歆未尝别写,故不著录。

《汉志》总序言:"每一书已,向辄条其篇目,撮其旨意,录而奏之。"刘歆又在此基础上"总群书而奏其《七略》",很显然,经过缮写奏进之书当然入录《七略》。可问题就是《汉志》中清楚记录的中《古文易经》却未被著录。我们仔细分析一下,应为两方面因素所决定:首先,从刘氏父子的工作职责来看,《汉志》在记录刘向写叙录和刘歆著《七略》的终极指向都用了一个"奏"字,即《别录》、《七略》都是给当时的皇帝看的,是刘向、刘歆的工作成绩汇报。他们的工作是"校"书②,而不是给

---

① 周祖谟《古书通例·前言》。
② 《汉志》:"诏光禄大夫刘向校经传诸子诗赋······会向卒,哀帝复使向子侍中奉车都尉歆卒父业。"刘向的主要工作是校书,刘歆子承父业,其主要工作当然也是校书。

国家藏书编目①。中《古文易经》只是作为校订别本的参照，没有经过校订别写，当然不录。其次，从未录作品本身来看，刘氏父子在校书之时，应该有"择善而录，其不善者自然淘汰"②的过程。实际上，向、歆所校《六艺略》，首先要审视经文本身，《易经》未遭秦禁，前后相传，连绵不绝，故不同版本之经文并无大异，"或脱去'无咎'、'悔'、'亡'"③，实无别写之必要。若不同版本间文字相异过甚，则必须别写、著录。"刘向以中古文校欧阳、大小夏侯三家经文，《酒诰》脱简一，《召诰》脱简二。率简二十五字者，脱亦二十五字；简二十二字者，脱亦二十二字。文字异者七百有余，脱字数十。"④此中所言"中古文"即《尚书古文经》与三家经文存在多处不同，而列于《汉志》中《书》类之首。

（二）校经不得乱家法

师弟传经，谨守家法，为汉朝官方所提倡⑤。《四库提要》于《经稗六卷》提要言："汉代传经，专门授受，自师承以外，罕肯旁征。故治此经者，不通诸别经。即一经之中，此师之训诂，专而不杂，故得精

---

①　刘向之职纯是校书，每一书已，辄写一叙录，即为《别录》。此时众书纷乱，尚待整理，无编写目录之可能。到刘歆接替父职，其主要职能还是校书，但他此时有条件在其父成果的基础上编写书目——《七略》，或当时官方命刘歆兼顾此事，也未可知。《刘歆与扬雄书从取方言》："谨使密人奉手书，愿颇与其最目，得使入录。"此则材料明言有"最目"（目录）即可入录，此"录"可能是否为《七略》不可知，刘歆写此信时，《七略》早已上奏。当是刘歆继续校书而成的书目著作，其入录体例当与《别录》、《七略》同。

②　王长华师讲授《汉志》语。

③　《汉书》，中华书局 1962 年版，第 1704 页。

④　《汉书》，第 1706 页。

⑤　汉代家法之兴，当为官方所倡，上行下效之结果：《汉书·宣帝纪》："诏诸儒讲五经同异，太子太傅萧望之等平奏其议，上亲称制临决焉。"《后汉书·杨终传》："宣帝博征群儒，论定《五经》于石渠阁。方今天下少事，学者得成其业，而章句之徒，破坏大体。宜如石渠故事，永为后世则。"西汉石渠阁会议、东汉白虎观会议皆因章句之儒破碎家法、肆意说经而开，目的就是为了正家法、定经说，而"永为后世则"。"于是有宣帝石渠会诸儒论五经异同之举……其意实欲永为定制，使此后说经者限于此诸家，勿再生歧也。"（钱穆《两汉博士家法考》，收入《两汉经学今古文平议》，商务印书馆 2001 年版，第 218 页）《后汉书·张玄传》："张玄字君夏，河内河阳人也。少习《颜氏（转下页）

通。"《提要》此言过于理想化,但与汉朝尤其是东汉官方所倡相合①。余嘉锡先生通过考证文献,发现不仅传经不能乱家法,校经亦不得乱家法。

"《召诰》脱简二,率简二十五字者,脱亦二十五字,简二十二字者,脱亦二十二字"条下:

【索隐】管礼耕《操觚斋遗书》卷一《酒诰召诰别简考》云:"《汉书艺文志》:'刘向'云云,至'亦二十二字'。王应麟《困学纪闻》云:'《法言》谓"《酒诰》之篇俄空焉"。《酒诰》,古今文皆有之,岂杨子未之见与。《艺文志》云"《酒诰》脱简一",而《大传》引《酒诰》曰"王曰封,唯曰若圭璧"。今无此句,岂即脱简欤。'近王氏《尚书后案》云:'应麟此说非也。刘向校书,见有脱简即应补入,必不任其脱落。圭璧之说,想是伏生于他处别得逸文,古文所无,故今《酒诰》亦无此句。(此下解"俄空"句,近于穿凿,已为管氏所驳,今亦不取。)'今考:《后案》之说非也。古文、今文字体迥别,岂容漫为补入。惟因未便遽补,故谨记其所脱数及每简字数,此古人之慎也。……

嘉锡案:欧阳、大、小夏侯,皆今文立博士者也。古文,未立博士者也。如刘向校书之时,不独博士必力争,且亦非令甲之所许也。王氏《后案》之说误甚。即管氏字体之说,亦尚未知校书

_____

(接上页)春秋)。兼通数家法。……诸儒皆伏其多通,著录千余人。……会《颜氏》博士缺,玄试策第一,拜为博士。居数月,诸生上言玄兼说《严氏》《宣氏》,不宜专为《颜氏》博士。光武且令还署。未及迁而卒。"此例亦可证东汉官方提倡博士宜守家法、不宜兼说。另,《后汉书·胡广传》载尚书令左雄议举孝廉,要求"诸生试章句"。严守家法便成干禄之前提。

① 观《汉书·儒林传》《后汉书·儒林传》,未守家法而通贯成家者甚夥,如:西汉韩婴为博士,传《诗》亦以《易》授人,申公为博士,为瑕丘江公授《诗》及《谷梁春秋》;东汉李育为《公羊》博士,亦通《左氏》,张玄为《颜氏》博士,兼通《严氏》《宣氏》等等,不胜枚举。上举诸人虽通别家家法,但能做到条缕清晰,互不相混,故各家家法能流传有序,至郑康成方全面融汇诸家,遍注群经。综有汉一代之经学。

之体。欧阳、夏侯皆出自伏生，伏生所见之《酒诰》，安得一再传便有脱简。且每简皆二十余字，而伏生所引仅八字。知此实《尚书》逸文，伏生从他处采得者也。《汉石经》后记云："杂考合异同，各随家法是正。"可见校经不得乱家法。

余嘉锡先生引用管礼耕《操觚斋遗书》之说列出诸家对《尚书》脱简问题的看法，从而引出对向、歆校经的讨论。王鸣盛《尚书后案》认为"刘向校书，见有脱简即应补入"。管礼耕则下案语非王氏之说，认为"古文、今文字体迥别，岂容漫为补入"。余嘉锡先生深谙古书之体，断言"以古文补今文脱简，是夺博士之业，破坏其家法也"，二家之说，不攻自破。实际上，即使是同属今文的诸家之间，亦不可互补经文，"《一字石经尚书》，以今文《小夏侯本》为底本，而校以今文《欧阳》、《大夏侯》本，作《校记》贴刻《尚书》全经之后，完全排斥古文本"①。诸家经文异同标于《校记》之中，不可盲目补入。经文涉及相关解说体系之大局，不可轻易。校经不可乱家法，实际上是传经不乱家法的重要组成部分，校经与石渠会议、白虎会议一样都是平议诸经、倡导严守家法的官方行为，前述向、歆父子校经，同一经之诸家若经文大异，则分别著录，而不得以某本统一。嘉锡先生所言《汉石经》即熹平石经，刊于石上之经文，与向、歆所校之经本一样，为世之楷模，当然要"各随家法是正"了。

（三）古籍所引，常有以"今言"替换"古语"之例

古籍在征引前代文献时，常常由于语言不通，而将其中奥涩之"古语"以当时通行的语言即"今言"来替代，达到简明易懂的效果。

"故解古今语而可知也"条下：

【索隐】王国瑞《学荫轩集》卷二《尚书读应尔雅说》云："《毛诗正义》云：'诂者，古也。古今异言，通之使人知也。'此语最为

---

① 程元敏《尚书学史》，第 1585 页。

精确。如《尔雅·释诂》云，'钦，敬也；允，信也'，《释言》云'克，能也'，故读《尧典》'钦明文思'而知为敬明文思，读'允恭克让'而知为信恭能让。司马迁受《尚书》于孔安国，其撰《史记》，征引《尚书》者，辄以训诂之字代之。如'协和万邦'作'和合万国'，《释诂》云：'协，和也。''钦若昊天'作'敬顺昊天'，《释言》云：'若，顺也。''历象日月星辰'作'数法日月星辰'，《释诂》云：'历，数也。'其他谟誓诸篇，莫不悉宗《雅》训。"

余嘉锡先生深明古书征引文献以"今言"替换"古语"之例，以王国瑞《学荫轩集》之语来申明已意。此例尤适用于后世对《尚书》的征引，如《史记》将"钦若昊天"引作"敬顺昊天"，其后班固《汉志》、荀悦《前汉纪》等皆承其绪，不明此例，则难知所用文献之源矣。

余嘉锡细心总结古书之通例，并依通例提出已见、讨论旧说。"《八体六技》"条下：

> 【补注】王应麟曰："所谓六技者，疑即亡新六书。"……李赓芸曰："'六技'当是'八篇'之讹。下总云'小学四十五篇'，并此八篇，正合四十五篇之数。"先谦曰：六技，王说是，李说非也。莽改六书，有古文、奇字、篆书、隶书、缪篆、虫书六种，下文亦云六体是也。八体是否八篇，书无明证。又删去"六技"，下文不可通矣。

> 【索隐】嘉锡案：刘、班著录群书，未有不言几篇、几卷者，不应此条独异。且他书止言六体，不闻有六技，疑李说为得之。

孰为"八体六技"？是《汉志》中聚讼颇多的一个问题，至今尚未厘清。余嘉锡根据《汉志》通例（著录群书，必言篇卷。）支持李赓芸之说，推断"六技"乃"八篇"之误，这样即合于《汉志》通例，又合《汉志》所言"小学四十五篇"之数，但苦于只限推论，无文献佐证，故标以"疑"字，亦可见其治学之严谨。

余嘉锡除不断在批注中提出古书通例之外，还重视通过实际例证，强调学术研究规范性之必要。在《索隐》中，余氏提出引用文献的规范，强调引文取存世较早可信的文献，原著存在就不要转引二手文献；征引文献要周全，其范围要以能够说明问题、为论点提供佐证为宜，征引文献过少，缺乏说服力，容易断章取义，太多则画蛇添足，徒占篇幅。

"故古有采诗之官"条下：

> 【补注】沈钦韩曰："《王制》'命大师陈诗，以观民风'，注云：'陈诗，谓采其诗而视之。'……《古文苑》刘歆《与扬雄书》云：'诏问三代、周、秦轩车使者、遒人使者，以岁八月巡路，求代语、僮谣、歌戏。欲得其最目。'"
>
> 【索隐】此书在《方言》卷首，不必引《古文苑》。"欲得其最目"，欲得《方言》之篇目，与上文遒人之事无涉。

与扬雄《方言》相比，最早为宋人著录的《古文苑》①出现甚晚、来历不明，其可靠性是有待考察的。沈钦韩从《古文苑》中转引刘歆《与扬雄书》，引起了余氏不满，明确指出"此书在《方言》卷首，不必引《古文苑》"。另外，沈钦韩在引文中还有"欲得其最目"一语，讲刘歆想要得到扬雄《方言》的篇目，与所要注解的"故古有采诗之官"无涉，受到余氏批评，指出其引文太滥、画蛇添足之过。但"《尔雅》三卷二十篇"条下：

> 【补注】王应麟曰："《释文序录》云：'《释诂》一篇，盖周公所作。《释言》以下，或言仲尼所增，子夏所定，叔孙通所益，梁文所补。'"……
>
> 【索隐】黄以周《儆季杂著·读艺文志》曰："后世目录家，六艺类依经分门，总经属后，此古法也。然古人多不立总经类，总经即附于六艺之末。……《西京杂记》卷三云："郭威字文伟，茂

---

① 《古文苑》最早被南宋赵希弁《读书附志》所著录。

陵人也。好读巷书，以谓《尔雅》周公所制。而《尔雅》'张仲孝友'，张仲，宣王时人，非周公之制明矣。余（《杂记》所称"余"，皆托言刘歆自称。）尝以问扬子云，子云曰：'孔子门徒游、夏之俦所记，以解释六艺者也。'家君以为：《外戚传》称史佚教其子以《尔雅》，《尔雅》，小学也；又《记》言孔子教鲁哀公学《尔雅》，《尔雅》之出远矣。旧传学者皆云周公所制也，'张仲孝友'之类，后人所足耳。"此节王氏《考证》引用不全，且误以刘向之语为扬雄。

　　余嘉锡先生此段"索隐"针对"补注"所引王应麟《考证》而发，提出两个问题：一为王应麟《汉志考证》在引用《经典释文》时有缺漏。《汉志考证》所引为："《释诂》一篇，盖周公所作，《释言》以下或言仲尼所增、子夏所定、叔孙通所益、梁文所补。"实际上，《经典释文·序录》中尚有"张揖论之详矣"一句，为王应麟所漏，缺去此句则不知前述观点之由来。二为王应麟误把刘向之语归于扬雄名下。语出《西京杂记》卷三，王应麟引为"雄曰：'《记》有孔子教鲁哀公学《尔雅》，《尔雅》之出远矣。'"而《西京杂记》原文却为"子云曰：'孔子门徒游、夏之俦所记，以解释六艺者也。'家君以为：《外戚传》称史佚教其子以《尔雅》，《尔雅》，小学也；又《记》[1]言'孔子教鲁哀公学《尔雅》'，《尔雅》之出远矣"[2]。《西京杂记》是葛洪托名刘歆所作，故书中所言"家君"当指刘向，"《尔雅》之出远矣"正是"家君以为"的结果。实际上，引用文献断章取义是造成文献被曲解的罪魁祸首[3]。以上两点问题都是由于王应麟未细读原本、引文断章取义是造成的。不独王应麟如此，古籍中的这类问题应该说是比较多的。

---

　　①　《史记·五帝本纪》索隐引刘向语："刘向《别录》云：'孔子见鲁哀公问政，比三朝，退而为此记，故曰《三朝》。凡七篇，并入《大戴礼》。'"（《史记》，中华书局1982年版，第4页。）

　　②　葛洪撰，罗根泽断句《西京杂记》，中华书局1985年版，第18页。

　　③　引文断章大致分无意和故意两种情况，上述第一点当为无意为之，而第二点当为故意断章。（原文明言"家君以为"，王应麟应该能看到。）

除以上所言引用文献正文方面的规范之外,余嘉锡曾批评惠栋《后汉书补注》"不独不引卷数,且凡引佚书皆不注出处,则尤非矣"①。特别强调引书要标明书名卷数、注明出处,这样做既便于读者复核原文,又体现对于原作者首创之功的尊重。余嘉锡通过自己的校书式的研究,不断发现古籍引文中存在的问题,并及时指出,为我们深入阅读古籍提供了便利。

余氏这种重视规范的严谨作风存在于学术生活的方方面面,正如陈垣所言:"他引用史料一定要穷源竟委,找到可靠的根据,才写在论文里。引书一定注明卷数,核对文字,凡是他所引用的材料,总是比较精确的。他平生不做草书,无论是著作手稿,友朋函札,一律楷书。……他这种丝毫不苟的认真精神,还是值得学习的。"②从另一个角度来讲,余嘉锡在其著作中不断提出各种学术规范,应该说代表了民国学术发展进程中规范意识的自觉。

另外,《选刊稿》还存在两方面的问题。

从技术层面来看,《选刊稿》在移录过程中出现了一些问题。如标点符号的使用、"索隐"的归属位置等,若加细心,有的可以避免,但更多的还是需整理者多加辨识。

"《明堂阴阳》三十三篇""索隐"结尾,言"此说未是,当从桂馥。见后",而桂馥之说被放到了后面《明堂阴阳说》之下:

> 【索隐】桂馥《晚学集》卷一《明堂月令考》曰:"《大戴礼》:'凡人民疾,六畜疫,五谷灾者,生于天。天道不顺,生于明堂不饰。故有天灾,则饰明堂。'卢注引《淮南子》:'明堂之庙,行明堂之令,以调阴阳之气,而知四时之节,以辟疾之灾。'馥谓此即'明堂阴阳'之义。"

---

① 余嘉锡《读已见书斋随笔·引书记书名卷数之始》,收入《余嘉锡文史论集》,第604页。

② 陈垣《〈余嘉锡论学杂著〉序》。

　　若桂馥之说就是为讨论《明堂阴阳说》而设,本无可厚非。但此条"索隐"从始至终都在讨论《明堂阴阳》,也就是说把《明堂阴阳》"索隐"的结论放到了与之关系不大的《明堂阴阳说》之下,是讲不通的。那么,对于"见后"的理解只有一种可能性,就是余嘉锡在《明堂阴阳》所在页面上书写"索隐"时,由于空间所限,无法写完①,只能将未尽部分附于下页,而标以"见后"。整理者在整理时应当将其移回原处,并加以说明,否则,只能产生误会。

　　从内容层面来看,余氏"索隐"中的某些推论略显不足。比如"书缺简脱,礼坏乐崩,圣上喟然而称曰'朕甚闵焉'","索隐"中最后结论"凡武帝时礼、乐、文章、教化之事,皆自此一诏发之",就有些不合实际②。

　　《选刊稿》是余嘉锡原初的读书笔记,没有经过作者本人的进一步修改和整理,整理者历尽辛苦剥茧抽丝,但终因"半路学文"③,出现些许问题亦在情理之中。当然,瑕不掩瑜,《选刊稿》中胜意迭出,足以启迪后学,其在《汉志》研究中的重要价值是不言自明的。

　　(本文是河北师范大学 2012 年度博士基金项目〔S2012B04〕的阶段性成果)

　　作者简介:杜志勇,男,1978 年生,河北衡水人。河北师范大学文学院讲师,文学博士。主要从事先秦两汉文学与文献、目录学与学术史研究。出版《孔融陈琳合集校注》(河北教育出版社 2013 年),发表论文多篇。

---

　　①　《明堂阴阳》所在的虚受堂本《汉书补注》页面上,共有"明堂阴阳三十三篇"、"王史氏二十一篇"、"曲台后仓九篇"三个条目,据《选刊稿》来看,每个条目都有相当长度的"索隐",若全部书写在同一页面上,空间肯定受限。

　　②　对于"书缺简脱,礼坏乐崩,朕甚闵焉"的类似记载,《史记·书第四》有"书缺乐驰,朕甚闵焉",《汉书·律历志》则为"书缺乐驰,朕甚难之"。而此二者皆为元封七年诏书中语。"武帝时礼、乐、文章、教化之事"仅武帝元朔五年的一道诏书是包含不了的。

　　③　余嘉锡先生遗著,余嗣音誊录《〈汉书艺文志索隐〉选刊稿·说明》。

"嵇康之死"考辨

李廷涛

关于嵇康的生平以及嵇康之死,《三国志》只是一笔带过,《晋书》虽然有了一篇二千余字的《嵇康传》,细考却也很空洞,涉及嵇康生平行事大略的并不很多,另外在裴松之《三国志注》、刘孝标《世说新语注》及李善《文选注》等典籍中还散落着不少关于嵇康生平的信息。本文试通过对唐及唐前史传关于嵇康的记载加以梳理、辨析,并结合对嵇康文章的细致解读,以此来做一个连贯的论述,呈现出一个较为完整的"嵇康之死"。

一

《三国志》卷二一《魏书·王粲传》注引《康别传》云:

> 孙登谓康曰:"君性烈而才俊,其能免乎?"①

孙登的这句话预示了嵇康的人生结局,最后嵇康"及遭吕安事,在狱为诗自责云'昔惭下惠,今愧孙登'"②,二语见于《幽愤诗》,似乎证实了孙登所言,不仅确曾存在,而且令嵇康记忆犹新。孙登是魏晋之际著名隐士,《晋书》载阮籍也曾与之在苏门山相遇,可佐证嵇康前

① 陈寿撰,裴松之注《三国志》卷二十一《魏书·王粲传》注引《康别传》,中华书局1882年版,第607页。

② 《世说新语·栖逸》注引《文士传》。余嘉锡《世说新语笺疏》,中华书局1983年版,第764页。

往拜会不无可能。然而孙登到底对嵇康说了什么,史传记载却是异词的。如《世说新语·栖逸》记载又说:

> 嵇康游于汲郡山中,遇道士孙登,遂与之游。康临去,登曰:
> "君才则高矣,保身之道不足。"①

一则曰"才俊",一则曰"才则高矣",似异而实同;一则曰"性烈"、"其能免乎",一则曰"保身之道不足","性烈"、"保身之道不足"与"其能免乎"互为因果,二者之间也有逻辑上的关联,从正反两方面道出了嵇康之死的内因。

对于两处关于孙登"言对"的记载异词,《晋书·嵇康传》采择的并非《世说新语》,而是《康别传》,并在其基础上进行了一定的扩充和补述:"康尝采药游山泽,会其得意,忽焉忘反。时有樵苏者遇之,咸谓为神。至汲郡山中见孙登,康遂从之游。登沈默自守,无所言说。康临去,登曰:'君性烈而才隽,其能免乎?'"②显然,尽管《晋书》主要承袭了《康别传》中的核心"言对",关于这一事件的背景则仍对《世说新语》有所承袭。此外,关于孙登之叹还有两个版本,一个是最详的版本,即刘孝标注引张骘《文士传》,一个是最简的版本,即裴松之注引孙盛《晋阳秋》。前者曰:"嘉平中,汲县民共入山中,见一人,所居悬岩百仞,丛林郁茂,而神明甚察。自云孙姓,登名,字公和。康闻,乃从游三年。问其所图,终不答。然神谋所存良妙,康每苶然叹息。将别,谓曰:'先生竟无言乎?'登乃曰:'子识火乎?生而有光,而不用其光,果然在于用光。人生有才,而不用其才,果然在于用才。故用光在乎得薪,所以保其曜;用才在乎识物,所以全其年。今子才多识

---

① 《世说新语·栖逸》。余嘉锡《世说新语笺疏》,第764页。
② 《晋书》卷四十九《嵇康传》。房玄龄等《晋书》,中华书局1974年版,第1370页。以下所引《晋书》均为该版本,不一一出注。

寡,难乎免于今之世矣!子无多求!'康不能用。"①以"用光"比喻"用才",对嵇康进行了微言大义的劝诫。后者则称:"康见孙登,登对之长啸,逾时不言。康辞还,曰:'先生竟无言乎?'登曰:'惜哉!'"②似乎对嵇康的身世命运已无需劝导和指引,一切尽在叹息中了。这一繁一简两个版本形成了鲜明的对照,对嵇康才性的惋叹实际上仍是出于同一机杼。

　　然而问题在于,历史上确有其人的孙登,肯定与嵇康有过交集,而且确曾对嵇康进行了劝导,以其深刻的洞察力对嵇康因才性带来的命运进行了揭示,但为何史传记载异词,而且详略差异如此巨大?事实上,无论是《康别传》,还是《晋阳秋》,又亦或是《世说新语》、《晋书》,无不是在嵇康身后所记,其所记录传主之人生事件,是以"嵇康之死"当做陈述的背景来观照的。孙登对嵇康所言,或由孙登追忆,或由嵇康宣示,第三者在场的可能性很小。但在后世为嵇康作传的学者看来,固然一方面是生动的史料,其实也未尝不是可进一步创作和演绎的前提。"嵇康之死"在魏晋之际是文化史上的一大事件,而孙登之叹居然能一语道破天机,除了孙登本人超卓的识人能力之外,也很可能掺入了许多后人在"嵇康之死"已然发生之后的重新追忆和再创造。在这一陈述模式中,对嵇康发出叹息的除了孙登,还有王烈。《晋书·嵇康传》又载:"康又遇王烈,共入山,烈尝得石髓如饴,即自服半,余半与康,皆凝而为石。又于石室中见一卷素书,遽呼康往取,辄不复见。烈乃叹曰:'叔夜志趣非常而辄不遇,命也!'"③虽然王烈叹的是叔夜不能长生,与孙登惜嵇康难以全生,不如后者更为沉痛。然而在叙述模式上是一致的,这是出自同样的观照视角,仍是以"嵇康之死"为背景展开。而且同孙登与嵇康为同时代人不同,王烈是汉魏之际的人物,与嵇康很可能没有交集,他对嵇康"不遇"、"命

---

① 《世说新语·栖逸》注引《文士传》。余嘉锡《世说新语笺疏》,第764页。
② 《三国志》卷二十一《魏书·王粲传》注引《晋阳秋》。《三国志》,第607页。
③ 《晋书》卷四十九《嵇康传》。《晋书》,第1370页。

也"的感叹很可能完全是出于后人的创作了,似尚不如孙登之叹的真实性为强。

二

导致嵇康之死的远因有三:一为慢待钟会事,二为绝交山涛书,三为欲应毌丘俭造反事。

关于嵇康欲起兵响应毌丘俭造反的记载最为简略:"毌丘俭反,康有力,且欲起兵应之,以问山涛,涛曰:'不可。'俭亦已败。"[①]但因钟会在陈述嵇康的罪行时称"康欲助毌丘俭,赖山涛不听",所以在此将其列为嵇康之死的远因。欲加之罪何患无辞,连嵇康"起兵应之"的欲念也被罗织为罪名之一。

嵇康绝交山涛书最为著名,关于此事的记载有《三国志·魏书·王粲传》注引《魏氏春秋》:"及山涛为选曹郎,举康自代,康答书拒绝,因自说不堪流俗,而非薄汤、武。大将军闻而怒焉。"[②]另外《世说新语·栖逸》注引《康别传》云:"山巨源为吏部郎,迁散骑常侍,举康,康辞之,并与山绝。岂不识山之不以一官遇己情邪?亦欲标不屈之节,以杜举者之口耳!乃答涛书,自说不堪流俗,而非薄汤、武。大将军闻而恶之。"[③]"岂不识山之不以一官遇己情邪?亦欲标不屈之节,以杜举者之口耳!"这一说法实为中肯,道出了嵇康作《与山巨源绝交书》的情由。其之所以成为导致嵇康之死的远因之一,就在于"大将军闻而怒焉","大将军闻而恶之"。而大将军所怒、所恶的部分原因是因为如《竹林七贤论》所说的"嵇康非汤武、薄周孔,所以迕世"[④],

① 《三国志》卷二十一《魏书·王粲传》注引《世语》。《三国志》,第607页。
② 《三国志》卷二十一《魏书·王粲传》注引《魏氏春秋》。《三国志》,第606页。
③ 《世说新语·栖逸》注引《康别传》。《世说新语笺疏》,第767页。
④ 《文选》卷二十一颜延之《五君咏》注引《竹林七贤论》。萧统编,李善注《文选》,中华书局1977年版,第303页。

更多的是因为嵇康真正要绝交的并不是山涛,而是司马集团。①

关于慢待钟会事最为有趣,而记载最生动的又当属《世说新语·简傲》:"钟士季精有才理,先不识嵇康。钟要于时贤俊之士,俱往寻康。康方大树下锻,向子期为佐鼓排。康扬槌不辍,傍若无人,移时不交一言。② 钟起去,康曰:'何所闻而来? 何所见而去?'钟曰:'闻所闻而来,见所见而去。'"③《三国志·魏书·王粲传》注引《魏氏春秋》所记与此略同,不过少了"为佐鼓排"的向秀:"钟会为大将军所昵,闻康名而造之。会,名公子,以才能贵幸,乘肥衣轻,宾从如云。康方箕踞而锻,会至,不为之礼。康问会曰:'何所闻而来? 何所见而去?'会曰:'有所闻而来,有所见而去。'会深衔之。"④《魏氏春秋》最后所附的一句"会深衔之",并不是可有可无的虚笔,显示此次出访事件已为嵇康之死埋下祸端。《晋书·嵇康传》承《魏氏春秋》所记而略作修改,并在最后加了一段详细的注解:"及是,言于文帝曰:'嵇康,卧龙也,不可起。公无忧天下,顾以康为虑耳。'"⑤无疑的,那个胆怯而不敢面见嵇康、偷偷把《四本论》从窗外塞入的钟会已经隐退了,代之而起的则是一个处心积虑、必欲除嵇康而后快的钟会。当然那是同一个钟会、人没有变,只不过时移世易、人心变了。

与以上三点远因不同,"吕安事件"是直接导致嵇康之死的近因,

---

① 对这一问题的论述,可参见林家骊《嵇康与山涛"绝交"说质疑》,《文史》2000年第 3 辑(总第 52 辑);吴晶《从文献角度看嵇康与山涛绝交问题》,《南京师范大学文学院学报》2007 年第 1 期;张波等《嵇康与山涛绝交新探》,《宝鸡文理学院学报》2008 年第2 期;王京州师《嵇康与山涛绝交了吗》,《燕赵学术》2012 年春之卷。

② 嵇康不以礼待会,也并非只是因为钟会为司马氏权要,而是当时名士的一种常态。如上文所载孙登事,"登沈默自守,无所言说","康见孙登,登对之长啸,逾时不言"。与此相类。另如阮籍终日不与王昶言,王羲之祖卧东床,王猛扪虱对桓温等等,都是一种名士做派。好像有一种只有你不把别人放在眼里,别人才会把你放在眼里的名士心理逻辑。

③ 《世说新语·简傲》。《世说新语笺疏》,第 901 页。

④ 《三国志》卷二十一《魏书·王粲传》注引《魏氏春秋》。《三国志》,第 606 页。

⑤ 《晋书》卷四十九《嵇康传》。《晋书》,第 1370 页。

关于此事，《三国志·魏书·王粲传》仅称："至景元中，坐事诛。"①
《晋书》也语焉不详："后安为兄所枉诉，以事系狱，辞相证引，遂复收
康。"②为什么吕安要"辞相证引"嵇康，《文选》卷十六江淹《恨赋》注
引臧荣绪《晋书》透露出一些细节："嵇康拜中散大夫，东平吕安家事
系狱。覃阅之始，安尝以语康，辞相证引，遂复收康。"③《世说新语·
雅量》注引《晋阳秋》中说得更为曲折："安嫡兄逊淫安妻徐氏，安欲告
逊遣妻，以咨于康，康喻而抑之。"④"喻而抑之"一句显示出嵇康"性
烈"之外的另一面，让我们看到了他的世故和性格的丰富性。其中详
情可引嵇康《与吕悌绝交书》为证：

> 　　而阿都去年，向吾有言，诚忿足下，意欲发举，吾深抑之。亦
> 自恃足下不足迫之，故从吾言。闲令足下因其顺亲，盖惜足下门
> 户，欲令彼此无恙也。又足下许吾终不系都，以子父六人为誓，
> 吾乃慨然感足下。重言慰都，都遂释然，不复兴意。⑤

然而事情并没有就此结束，《文选》卷十六向秀《思旧赋》注引干
宝《晋书》曰："丑恶发露，巽病之，告安谤己。"⑥所以嵇康"诣狱以明
之"⑦。嵇康所要"明之"的，当是指并非吕安诽谤吕巽，而应是吕巽
"淫安妻徐氏"实有其事。另外按臧荣绪《晋书》记载，吕巽所诉吕安

　　①　《三国志》卷二十一《魏书·王粲传》。《三国志》，第 606 页。

　　②　《晋书》卷四十九《嵇康传》。《晋书》，第 1370 页。

　　③　《文选》卷十六江淹《恨赋》注引臧荣绪《晋书》。萧统编，李善注《文选》，第 236
页。

　　④　《世说新语·雅量》注引《晋阳秋》。《世说新语笺疏》，第 407 页。

　　⑤　戴明扬《嵇康集校注》，人民文学出版社 1962 年版，第 131—133 页。案："阿
都"为吕安小字。同时参看嵇康《家诫》，更见其洞明世事，练达人情，不惟只是一"非汤
武，薄周孔"而纵情竹林的名士。

　　⑥　《文选》卷十六向子期《思旧赋》注引干宝《晋书》。萧统编，李善注《文选》，第
229 页。

　　⑦　《世说新语·雅量》注引《文士传》。《世说新语笺疏》，第 407 页。

罪行并非诽谤,而是不孝:"巽内惭,诬安不孝。"①《魏氏春秋》亦称
"诬安不孝",《晋阳秋》更将"不孝"具体化:"阴告安挝母"。那么,嵇
康"义不负心,保明其事",所要证明的更应是吕安"挝母"、"不孝"之
事为捕风捉影子虚乌有。无论是证有,还是证无,都没有告倒吕巽,
结果反而将证人收监。之所以会这样,是因为"巽于钟会有宠"②,
"有宠於司马文王"③,而"钟会劝大将军因此除之"。由此可以看出,
"嵇康等见诛,皆会谋也"④,钟会认为嵇康当死的理由在《世说新
语·雅量》注引《文士传》中有详细的记载:

> 钟会庭论康,曰:"今皇道开明,四海风靡,边鄙无诡随之民,
> 街巷无异口之议。而康上不臣天子,下不事王侯,轻时傲世,不
> 为物用,无益于今,有败于俗。昔太公诛华士,孔子戮少正卯,以
> 其负才乱群惑众也。今不诛康,无以清洁王道。"⑤

于是在朝廷舆论上,嵇康不死,便"无以清洁王道",再加上"太祖
恶之",于是"遂杀安及康"。

综上可知,嵇康之死自然是源于其本人的"性烈"、"保身之道不
足",对于恶人吕巽早应绝交,不必理会吕安家事,对于宵小钟会理该
以礼相待,不必以言语相激,然而吕巽、钟会无非都是借刀杀人,最后
杀嵇康者为司马昭,也正是嵇康在《与山巨源绝交书》中所一意决绝
的司马氏集团,嵇康的出身、思想和性格都决定了他不可能与当时炙
手可热的司马集团合作,由此又可以说,嵇康之死的悲剧是难以避

---

① 《文选》卷十六向子期《思旧赋》注引臧荣绪《晋书》。萧统编,李善注《文选》,第
229 页。
② 《文选》卷十六向子期《思旧赋》注引干宝《晋书》。萧统编,李善注《文选》,第
229 页。
③ 《三国志》卷十六《魏书·杜恕传》。《三国志》,第 375 页。
④ 《三国志》卷二十八《魏书·钟会传》。《三国志》,第 983 页。
⑤ 《世说新语·雅量》注引《文士传》。《世说新语笺疏》,第 407 页。

免的。

三

《晋书·嵇康传》中记载了嵇康临刑时的细节：

> 康将刑东市，太学生三千人请以为师，弗许。康顾视日影，索琴弹之，曰："昔袁孝尼尝从吾学《广陵散》，吾每靳固之，《广陵散》于今绝矣！"[1]

此段文字主要叙述了可资玩味的两个事件，一个是太学生请以为师，一个是《广陵散》绝，对于这两个事件，历来学者多持疑义。关于《广陵散》的源流，以及嵇康和《广陵散》之关系，戴明扬先生有《〈广陵散〉考》，考论甚详，笔者想补充说明一点，《世说新语·雅量》注引《文士传》称：

> 临死，而兄弟亲族咸与共别。康颜色不变，问其兄曰："向以琴来不邪？"兄曰："以来。"康取调之，为《太平引》，曲成，叹曰："《太平引》于今绝也！"[2]

从曲的流传情况看，《太平引》后来谈者甚少，似更接近"绝"的事实。另外《魏氏春秋》云："康临刑自若，援琴而鼓，既而叹曰：'雅音于是绝矣！'"[3]此处既不称是《广陵散》，也不称是《太平引》，而泛称"雅

---

① 《晋书》卷四十九《嵇康传》。《晋书》，第 1370 页。

② 《世说新语·雅量》注引《文士传》。《世说新语笺疏》，第 407 页。案：嵇康能"临刑自若"、"颜色不变"，应该与他多年的修养有关，有其性格基础，并非一时作态。《魏氏春秋》曰："康寓居河内之山阳县，与之游者，未尝见其喜愠之色。"《世说新语·德行》亦称"王戎云：'与嵇康居二十年，未尝见其喜愠之色。'"而嵇康之所以要这样做，与他的养生理论有关，详见嵇康《养生论》，兹不复赘。

③ 《三国志》卷二十一《魏书·王粲传》注引《魏氏春秋》。《三国志》，第 606 页。

音"。然而无论是何种称谓,我们都可以看出嵇康(或者是传述者)所要表达是人亡曲绝,不过真实的情况却是人亡曲并未绝,并且《广陵散》却因"人亡"而得到更为广泛的关注,表现出历史的吊诡之处。

关于太学生请以为师,吴骐在《读书偶见》中辨析道:

> 嵇、阮脱略礼法,纵酒跌荡,当时明教之士,疾之如仇,此其与太学风气相去远矣。嵇康临刑,何得太学生三千人上疏请以为师乎? 太学求师,必不求第一等放达人,此易知也。时钟会谮康于司马公曰:"嵇康,卧龙也,公勿忧天下,当忧嵇康。"此疏必会所伪作,使司马忌康得人心,而必杀之耳。夏侯太初以一坐皆起,遂至不免,情事亦颇相同。钟尝截邓艾表文,改其词句,以构成其罪。又尝伪为荀氏书,以窃其宝剑,生平惯作此等狡狯,太学一疏,必出其手,可以理测也。①

认为"太学生三千人上疏请以为师"是出自钟会之手,乃其伪作。戴明扬先生稍持异议:

> 意者叔夜尝于太学写经,且动赵至之耸异,则太学生求以为师,或由平日之仰止耶。②

认为"太学生求以为师"似有其事,并且太学生也似有其意。笔者赞同戴先生的看法,并于"赵至"之外试补一证。从历史记载来看,某人必须对五经之一学有专长,方可入太学为师。《隋志》经部春秋类载嵇康《春秋左氏传音》三卷,由此可以推断太学生求以为师,则并

---

① 戴明扬《嵇康集校注》,第 356 页。
② 戴明扬《嵇康集校注》,第 357 页。案:《世说新语》注引嵇绍《〈赵至〉叙》:"(赵至)年十四,入太学观,时先君在学写石经古文,事讫去。遂随车问先君姓名。先君曰:'年少何以问我?'至曰:'观君风器非常,故问耳。'先君具告之。"

非只仰止其"风器非常",而嵇康也并非"与太学风气相去远矣"。

嵇康被诛,受影响至深的应是他的儿子嵇绍,《世说新语·政事》注引王隐《晋书》曰:"时以绍父康被法,选官不敢举。"[①]并且当他"年二十八,山涛启用之"时,还心存忧虑,《竹林七贤论》称:"绍惧不自容,将解褐,故咨之于涛。"[②]《世说新语·政事》中记载了山涛的答复:"为君思之久矣!天地四时,犹有消息,而况人乎?"[③]事实证明,山涛对时局的把握是正确的,《世说新语·政事》注引《山公启事》云:"诏选秘书丞。涛荐曰:'绍平简温敏,有文思,又晓音,当成济也。犹宜先作秘书郎。'诏曰:'绍如此,便可为丞,不足复为郎也。'"[④]嵇绍为官到底心态如何?史书并未记载。在此,我们不妨联系嵇康《诫子书》的内容,将嵇绍的步入仕途看成是嵇康谆谆劝导的结果。

不过嵇康被杀的时候,嵇绍方十岁,当时直接受到影响的是向秀。嵇康死后,与之交谊甚厚的向秀在空前的政治高压下出任散骑侍郎一职。当他经过嵇康的旧居,侧耳听到令人凄恻的笛声时,不仅悲从中来,写下了著名的《思旧赋》。序称:

> 余与嵇康、吕安居止接近,其人并有不羁之才。然嵇志远而疏,吕心旷而放,其后各以事见法。嵇博综技艺,于丝竹特妙。临当就命,顾视日影,索琴而弹之。余逝将西迈,经其旧庐。于时日薄虞渊,寒冰凄然。邻人有吹笛者,发音寥亮。追思曩昔游宴之好,感音而叹。[⑤]

---

① 《世说新语·政事》注引王隐《晋书》。《世说新语笺疏》,第 203 页。

② 《世说新语·政事》注引《竹林七贤论》。《世说新语笺疏》,第 203 页。

③ 《世说新语·政事》。《世说新语笺疏》,第 203 页。

④ 《世说新语·政事》注引《山公启事》。《世说新语笺疏》,第 203 页。

⑤ 《文选》卷十六向秀《思旧赋》。萧统编,李善注《文选》卷十六向秀《思旧赋》,第 229 页。

在此向秀谈及嵇康之死,然而仅隐晦地称为"以事见法","临当就命,顾视日影,索琴而弹之"。鲁迅在《为了忘却的纪念》中说:"年青时读向子期《思旧赋》,很怪他为什么只有寥寥的几行,刚开头却又煞了尾。然而,现在我懂得了。"《思旧赋》共二十四句一百五十六字,有句称:"昔李斯之受罪兮,叹黄犬而长吟。悼嵇生之永辞兮,顾日影而弹琴。"用李斯蒙冤而死的"古典",喻指嵇康蒙冤而死的"今典"。然而李斯与嵇康二人价值观并不相同,甚至可以说有着悬壤之隔,但两人之间却有唯一的、至关重要的一个相同点,即蒙冤而死。以李斯比嵇康,虽是险笔,却精确地揭示出嵇康是被诬谋反蒙冤而死这一历史真相。这样的隐喻和微言,当然不可能写得长。《向秀别传》记载:"后康被诛,秀遂失图。乃应岁举,到京师,诣大将军司马文王,文王问曰:'闻君有箕山之志,何能自屈?'秀曰:'常谓彼人不达尧意,本非所慕也。'一坐皆说。"①在这样的语境中,"彼人"与其说是指许由,倒不如说是指嵇康。作为嵇康的生前好友,向秀在朝廷上否定了嵇康,也就是肯定了司马文王诛嵇康的正当性,并且其行为本身也证明司马文王诛嵇康收到了效果,于是"一坐皆说"。"皆说"的人里面唯独不包括向秀,不然,他就不会去写那样的《思旧赋》了。不过正如山涛所言,"天地四时,犹有消息,而况人乎?"向秀所怀念的竹林之游已成旧事,在西晋王朝活跃的将是中朝名士。这些名士集正始名士的仕与竹林名士的隐于一身,不过都不再有嵇康那样"非汤武、薄周孔"的勇气和魅力了。

嵇康之死是魏晋文化史上的一大事件,其意义远远超越了事件本身,无论是太学生请愿还是广陵散绝,在当时固然轰动一时,时过境迁便烟消云散,但却无不内蕴成有意味的文化符号,成为嵇康之死极具张力空间的鲜活细节。嵇绍之出仕,既是山涛未遭嵇康绝交的有力证明,同时也彰显了嵇康《诫子书》的绵长意蕴;向秀之出仕,则更多是出自于空前的政治高压,其《思旧赋》不仅能为向秀趋同权势

---

① 《世说新语·言语》注引《向秀别传》。《世说新语笺疏》,第93页。

所正名,也更为充分地拓展了嵇康之死的文学空间。

作者简介:李廷涛,男,1981年生,河北省邯郸县人。2009年至2012年就读于河北师范大学文学院,获文学硕士学位。现就职于河北省艺术研究所。主要从事中古文学与思想研究。

论何逊诗歌中的水意象

胡　元

在最早的诗歌总集《诗经》中,"水"就作为描写和吟咏的对象频频出现。经过漫长的民族文化心理积淀,不同的诗歌题材和不同的意象组合中,水意象呈现出丰富多样的形态,情韵各异。"水"已经成为具有丰富文化传统内涵的意象。它暗示时间的流逝、丝丝愁情,引发出对人生种种不如意的喟叹,充溢着伤感悲美的情调。水意象所代表的这些深邃幽长的哲思和诗意,常常被感情丰富的诗人运用到笔下来表达自己的情感。

王玫在《六朝山水诗史》中说:"齐梁山水诗中的'水'意象普遍多于'山'意象,游子思妇的情怀与水月春江的景色成为南朝山水诗情景构成的范式。'水'意象为齐梁山水平添了几多飘逸隽永的神韵,与晋宋山水诗清虚高蹈的气质各异其趣。"[①]"值得注意的是,与抒发相思绵长的情感模式相一致,'水'意象成为何逊诗中主要的表情符号。"[②]何逊对人生、身世、情感、宇宙之中一种扑朔迷离、不可言传之美非常敏感,那么本身就具有迷离朦胧特征的水,受到诗人青睐,并经常用在笔下也是必然的了。水意象到了何逊笔下,渗入了他的个性和情感体验,成为一道独特的风景,并成为他重要的情感载体,不仅有自己独特的情感内涵,又能统一于整体的时代风貌中。何逊善于将自然风光和对生活的独特感受融入"水"意象中,所以笔下的水恬淡优美、清丽明秀,表现出一种"清水出芙蓉"的自然美,并体现了

---

①　王玫《六朝山水诗史》,天津人民出版社 1996 年版,第 272 页。
②　王玫《六朝山水诗史》,第 294 页。

诗人对自然、人生、宇宙的静观体悟,也表达了他对一种恬淡无为、与世无争生活的向往。我们感受到的不只是客观世界的水,而是诗人的情感和水之韵味、情态相融交感的"水之意象"。

一 情感与思想意蕴

(一)临水送别

古代,人们习惯于临水送别,因此水往往是旅途的缩影和临别的象征,当然水意象也最易触动诗人的离别之痛。看着友人的船渐行渐远、逐渐模糊,回想起昔日的情景,离情别绪油然而生。此时的水作为彼此分别的背景与见证,融入了诗人深厚的情感,诗人们把无形的情倾入有形的水,借以抒发自己的情怀。何逊的别诗中很少有催人奋发的豪言壮语,大都是顾影自怜的悲哀和会合无期的无奈,而"水"意象恰恰象征了这种"阻隔"。

何逊送别诗中的"水",大部分都是江水,江天一色,苍茫无限,如同他心中的千愁万绪无法用言语道尽,惟有寄托给"江水",任丝丝情愁无尽地延展。何逊又特别善于捕捉不同时间景物之间微妙的韵味,所以就算同是江边送别却每每能给读者不同的感受。风声飒飒、寒冷寂寥的江面,如《夕望江桥示萧谘议杨建康江主薄》"风声动密竹,水影漾长桥。旅人多忧思,寒江复寂寥";早春江边的独特风光,如《南还道中送赠刘谘议别》"天末静波浪,日际敛烟霞。岸荠生寒叶,村梅落早花";月色笼罩中的江水,如《入西塞示南府同僚》"露清晓风冷,天曙江晃爽。薄云岩际出,初月波中上"和《赠韦记室黯别》"水夜看初月,江晚溯归风";清爽袭人的江水,如《寄江州褚谘议》"分手清江上,念别犹如昨。追忆边城游,奚寻平生乐";风雨飘摇的江水,如《送司马口入五城》"随风飘岸叶,行雨暗江流。居人会应返,空欲送行舟"和《相送》"江暗雨欲来,浪白风初起"。但总的来说给人的感觉都是感伤落寞的。同是临水送别,我们可以和与何逊并称的阴铿的诗做一下对比,如阴铿的《和傅郎岁暮还湘州》"大江静犹浪,扁舟独且征",《江津送刘光禄不及》"依然临送渚,长望倚河津"和《晚出新亭》"大江一浩荡,离悲足几重"①,虽然也有感伤情调,但与何诗相比,境界较为开阔,而何诗偏重的是水的韵致和其营造的情感氛围。

再如《南还道中送赠刘谘议别》中的一个片段:

> 岸荠生寒叶,村梅落早花。游鱼上急水,独鸟赴行楂。

这就是天监十三年(514)春,何逊、刘孝绰"握手岐路"、赋诗赠答的动人一幕。何逊自天监九年得罪梁武帝,外放江州任建安王萧伟记室,已近五年。现在却是快浪轻帆、"南还"京都。故此诗虽为别友之作,开笔却无哀慨伤怀之语:"一官从府役,五稔去京华"——在兴奋之中,就是忆及坎坷的往事,也是愉快的。这五年的府役生涯,曾带给他多少"笼禽恨局促"的苦闷,但是此刻美好的江景给归途中的诗人带来了轻松的快意。遍岸的野荠,毫不畏怯早春的寒意,纷纷绽生出嫩绿的新叶;村头的梅花,终于迎来了春天怒放又凋谢,但却一点儿都不让人伤感,那落英缤纷的样子仿佛是春天的前奏;水中有欢乐的鱼儿要逆流而进,忽然有一只鸟停息在木筏上,仿佛让我们窥见诗人独伫船头、衣衫飘飘的身影。无论游鱼也好,独鸟也好,在梅、鱼、鸟是无意的,而诗人却赋予他们一种若有若无的融洽关系。这主观化的表现形态,不仅使归途变得充满生机,还使自然世界在与人的相互交流中产生活泼的趣味。

何逊除了正面描写江水外,也特别善于用相关的景色来烘托自己的心情。如上揭《南还道中送赠刘谘议别》"游鱼上急水,独鸟赴行楂",表现出诗人心灵的轻松愉快;再如《赠诸游旧》"岸花临水发,江燕绕樯飞",是诗人想象中的归乡之景,充满了愉悦之情;还有《赠江长史别》"长飙落江树,秋月照沙溆。远送子应归,棹开帆欲举",描写离别时狂风吹动江边的树林,凄凉的秋月映照着江边沙岸。这些描

---

① 阴铿著,刘国珺注《阴铿集注》(与《何逊集注》合订本),天津古籍出版社 1988 年版,第 214、213、229 页。

写虽然没有直接描绘出江水的姿态,而我们却能通过水上的游鱼和木筏上的鸟儿、还有岸边绽放的花和江边的树木以及盘旋在江面上的燕子和将要远行的帆船,感受到江边不同的景色与意境,从而体会到诗人不同的心境。在江水的背景下,诗人的离愁别绪或痛楚或黯然,或缠绵幽怨,都通过这些相关物象得到了细腻的展示。

何逊诗的内容大都是朋友之间的离合及羁旅思归之感,写得婉转切情,并且写景清丽自然,尤其是对于景物变化之间微妙差别的捕捉与描摹,更是超过同时代的众多诗人,使得诗歌境界静中又别有一种动态之势。胡应麟在《诗薮外编》中也谈到:"阴、何并称旧矣,何摅写情愫,冲淡处往往颜、谢遗韵。"①这大概就是指何逊在表达情感时善于营造氛围,通过对物象的侧面烘托来加强艺术感染力,语浅情深。

(二) 心如止水

老子守静、致虚、尚柔,他说:"致虚极,守静笃……归根曰静,静曰复命,复命曰常,知常曰明。"②大意是说"静"才是事物的本性和根源,懂得这一点才是高明。老子提出"虚静"、"涤除玄鉴","涤除"就是洗除尘垢,意即清除人头脑中的私心杂念,使心胸变得沉静清明,"鉴"是观照,"玄"是道。也就是要求人们能够排除主观欲望,获得内心虚静,以保证对"道"的观照。但是真正把虚静说作为一种审美理论提出来并影响后世的是庄子。《庄子·知北游》中说:"天地有大美而不言,四时有明法而不议,万物有成理而不说。圣人者,原天地之美而达万物之理,是故圣人无为,大圣不作,观于天地之谓也。"③这里所说的"大美"就是"道",怎样才能得"道",庄子提出了"无己"、"去欲",只有做到这种无功利的境界,那么一切美也就随之发现了。《庄子·天道》又写道:"圣人之静也,非曰静也善,故静也;万物无足以铙

---

① 胡应麟《诗薮》,中华书局上海编辑所 1958 年版,第 148 页。
② 陈鼓应译注《老子今注今译》(上册),商务印书馆 2006 年版,第 142 页。
③ 陈鼓应译注《庄子今注今译》(下册),第 650 页。

心者,故静也。水静则明烛须眉,平中准,大匠取法焉。水静犹明,而
况精神!圣人之心静乎!天地之鉴也,万物之镜也。"①庄子在这里
把人寂静的心灵比作能照物的镜子,人的心灵如果能够像止水那样
静寂,那么客观事物的清晰影像就能映在心里,人的认识就会最客
观、最真实。正因为如此,人的心灵就应该虚静澄明,保持心灵的虚
静,但绝不是一潭死水,而是排除外物干扰所到达的一种澄明清澈的
境界。如果诗人用一种澄明的心境去看自然万物时,物象便超越了
本身的意义成为自然和心灵契合的载体,即心象。在这样的心灵观
照下,水意象的深层精神内涵是其表现出来的和诗人心境契合的宁
静淡泊的自然之美。

　　何逊笔下的水意象,几乎没有惊涛骇浪,甚至"流水"都很少,大
部分都是宁静澄明的止水。"止水"意象最早出自《庄子·德充符》:
"人莫鉴于流水,而鉴于止水,为止能止众止。"②澄清的止水犹如明
镜,能够忠实反映物体的形貌,庄子借止水表达有德者虚静无为的形
象。"止水"与"流水"不仅是客观物象的不同形态,更重要的是跟诗
人性格情趣中特有的观物方式有关,也是诗人内心的折射,是精神的
形态。诗人从静水中感悟到一种"至清无隐"、"湛然内明,外物莫扰"
的品性,这与诗人自我的心性是完全契合的。如:

　　　　飞蝶弄晚花,清池映疏竹。(《答高博士诗》)
　　　　澄江照远火,夕霞隐连樯。(《敬酬王明府诗》)
　　　　山烟涵树色,江水映霞晖。(《日夕出富阳浦口和朗公诗》)
　　　　寒潭见底清,风色极天净。(《暮秋答朱记室》)
　　　　萧萧丛竹映,淡淡平湖静。(《望廨前水竹答崔录事》)

　　这些诗句中以清省明净的语言描绘出一个个清丽的意象,闲适

---

① 　陈鼓应译注《庄子今注今译》(上册),第393页。
② 　陈鼓应译注《庄子今注今译》(上册),第172页。

之心情与含蓄蕴藉之意象融为一体,构筑成一片清幽旷远的诗境,传达出诗人内心的宁静心绪。诗人通过描写这些清丽淡雅的景色,寄托了自己淡泊无欲的情怀,也衬托出其不合流俗的超凡脱俗的精神气质和人格。诗中所写的司空见惯的景物,但极具生活情趣,"映"、"照"静态词的运用,使得整个画面安详而平静,给人一种超然物外、神清气爽的感觉,也反映了诗人心灵的状态——心如止水。严云受认为意境的"静"是"意中之静",也就是种种意象相互联系、相互作用而体现的氛围之静,审美心态之静。① 审美主体的心态已完全沉浸在自然中,细致地观赏身边的一切,即使对水的每一个细小变化也细腻地观照,如"寒流聚细纹"、"月映清淮流",都体现出心态的闲静。这个"静"是诗的整体效应,是意境中的氛围、心态,一个心静神安、凝情观照自然的身影呼之欲出。这种心灵状态的形成,前提是做到庄子所说的"无己"、"去欲",即一种不为外物所束缚的精神上的绝对自由,而何逊在历经人生挫折和困顿之后,享受到了这种自由的人生境界,其精神也在与自然的感应与交流中得到了释放和安顿。这些水意象时时流露出诗人游心于内、不滞于外物的清静心境,并有一种天机清妙的意韵。再如《晓发》:

> 早霞丽初日,清风消薄雾。水底见行云,天边看远树。
> 且望沿溯剧,暂有江山趣。疾兔聊复起,爽地岂能赋。

这首诗描述了一幅清晨江上明丽的风光,同时也通过这种澄明清澈的水意象表达了诗人自己内心的宁静恬淡。这些常见的物象早霞、清风、水底的行云、天边朦胧的树色,在晨曦的阳光下显得清丽而淡远。景物中融入了诗人的情感,给人以真醇丰厚的美感意蕴。此时的水与其说是江水,不如说是诗人心境的投射物,心态的真实写照。全诗像一幅清淡的水墨画,诗人的超远、宁静、脱俗的情意,浸润

---

① 严云受《诗词意象的魅力》,安徽教育出版社 2003 年版,第 452 页。

着每一句诗,每一个意象。

　　孔子"智者乐水,仁者乐山"是一种理念,也是一种情怀。作为一种理念,它在后代诗人那里成为重要的精神源泉,发展为系统的文艺理论;作为一种情怀,它渗入后代诗人的生活和作品中,成为一种高远的人生追求和艺术境界。诗人青睐的物象"水"——澄明、空灵、宁静,同时也是他对这种生活的向往和内心情怀的真实流露。何逊的出身虽然不低,曾祖何承天是刘宋显官,但到何逊家道早已中落,所以他始终没有真正进入贵族生活圈子。虽然也曾一度入居中枢,不过不久就被萧衍认为"何逊不逊"①,并被逐出宫廷然后在藩邸间奔波。阎采平先生说:"何逊被贬的原因不得而知,根据萧衍的呵责来看,其性格与士族文人道德规范有些不合恐怕是一个重要原因。"②长期的藩府幕僚生活,使何逊未能进入宫廷文学集团。在齐梁两代,何逊的生活和创作道路都比较特殊。也许正是这种特殊的生活遭遇,使他逐渐认识到人世的现实和人生的无常,因此与世疏离的意识越来越强烈了,常常在与友人的赠答中流露出厌世、归隐的思想。如:

　　　　游宦疲年事,往来厌江滨。十载犹先职,一官乃任真。(《赠族人秣陵兄弟》)
　　　　凄怆户凉入,徘徊榈影斜。无为淹戚里,见就还田家。(《秋夕仰赠从兄寅南诗》)
　　　　年事以蹉跎,生平任浩荡。方还让夷路,谁知羡鱼网。(《入西塞示南府同僚诗》)

　　贫寒的家世、仕途上的失意、小人的讥谗、辛苦的劳役、世态炎凉,这一切使诗人心灰意冷,不愿在世变纷争中角逐,他有意识地跟

　①　《南史》,中华书局1975年版,第871页。
　②　阎采平《齐梁诗歌研究》,北京大学出版社1994年版,第33页。

现实政治保持距离,因此从他的诗中我们总能感到诗人对自然、人生、世事有一种冷眼旁观的态度,这是由诗人孤傲和清高的人格决定的。在宁静淡泊的生活中,诗人在山水中建立了自己的精神家园,也只有通过自然界的美景,他才能求得精神上的解脱、心灵上的慰藉和人格上的保全,可以暂时忘却尘世的烦扰与纷争,做到心如止水。

二　语言及美学特征

何逊诗中的水意象,很少有唐代诗人那种博大壮阔和豪情气势,更多的是凄婉迷离,有缠绵不尽之美,这其实是诗人细腻、感伤、孤独的情感世界的映射。人的情绪、情思、情感是无形的,把复杂的、难以言传的情感寄托于水意象增加了情感表达的具体性、可感性。诗人常以孤独的心境观照周围的景物,所以常常触景生情,在平常的景物中捕捉特有的细微感触,将自己的愁思融入其中,透出细腻敏锐的感伤情绪。在这些略带寒意的色调中,给人一种淡淡的凄清之感,不同的色调营造了不同的气氛,我们可以从中体会到诗人独特的个性和情绪,也可以看出诗人内在的精神气度。这种表达方式与大谢笔下富丽的色彩和重视颜色的对比度截然不同,倒是与小谢淡彩轻施的清丽风格相似,清新柔和。如小谢“紫葵窗外舒,青荷池上出”(《闲坐》)和“苍翠望远山,峥嵘瞰平陆”(《冬日晚郡事隙》)[①]。但与小谢只满足于形似之工并不完全相同,而是在此基础上更加追求诗歌内在的韵致。

(一) 词汇的运用

词语与意象的研究对于了解何逊诗歌的意象特征是有必要的。因为何逊诗歌的一个突出特点是极少用典,同时也很少直抒胸臆,所以就注定他要将意象的表情功能发挥到最大限度。何逊非常善于挑选和锤炼词语对意象进行修饰雕刻,尤其是在挑选和锤炼那些形容

---

① 谢朓著,曹融南校注《谢宣城集校注》,上海古籍出版社 2001 年版,第 413、228 页。

词和动词时,常常根据意象的特征和表达情感的需要力求做到形象感、动态感、色彩感俱备。

1. 形容词的修饰

何逊诗在艺术上的最大特色就是以"清词丽句"来抒写感伤、沉郁之情,描写水意象也不例外。修饰水的字眼也多是清冷孤寂,用清丽蕴藉之笔抒写幽眇的情思。水意象的背景多是一些孤独清幽之景,幽、空、静、孤、冷、清这些何诗中最常见的形容词,应该说都是诗人内心的感受,而同时,诗人专注于这些引起上述种种感受的景物,则又是一种心理的投射,是消极隐逸的生活态度、悠闲淡泊的审美趣味促使他做这样的选择。何逊现存的一百三十多首诗中,写景诗有五十多首,写水的有"江水"、"清池"、"水影"、"寒潭"等,而形容景时也选择让人有凄清之感的词,如"秋"字,不仅写季节之秋,而且其他很多景物都以"秋"来点明特点,如"凄清江汉秋",把辽阔的江水放在秋的背景下,就更显孤寂落寞。再如何逊喜用"寒"字形容水意象,如"寒流"、"寒潭"、"寒江"等。如此用词,将景物抹上了一层清冷、凄冽的感觉,何逊诗中的"孤寂"也就在于他的选景中呈现出清淡的特色以及隐含着孤独与哀伤。再如"水影",使本来就迷离的景色中加上一层朦胧的色彩和忧伤的情绪。

诗人还善于用富含情感的叠字修饰水意象,这更加强了情感的表现力度,还使诗的表达富含语言和声情的美,达到情韵兼备的境界。如"的的帆向浦,团团月映洲"(《日夕望江山赠鱼司马诗》),"沙汀暮寂寂,芦岸晚修修"(《还渡五洲诗》),"的的与沙静,滟滟逐波轻"(《望新月示同羁诗》),"闵闵风烟动,萧萧江雨声"(《至大雷联句》),"沈沈夜看流,渊渊朝听鼓"(《宿南洲浦》),"苍苍极浦潮,杳杳长洲夕"(《和刘谘议守风》)。再如《下方山诗》"鳞鳞逆去水,弥弥急还舟",如果没有叠字的运用,那就只是停留在客观对象的描述上,"鳞鳞"、"弥弥"两组叠字,一方面表现了诗人心急船慢,归家心切的心境;另一方面又做到了"诗中有画",创造了一幅水面江波图,并且有一种情思贯注其中。再看《至大雷联句》"闵闵风烟动,萧萧江雨声",

"闵闵"两字写出了江上晦暗的风雨,为诗歌描述出一个极其空阔的背景;"萧萧"突出了凄凉之意,有力地渲染了诗人身世飘零的感慨。这种连绵重叠、袅袅不绝的音韵美,正是与诗人缠绵悱恻、绵绵不尽的深情相适应。诗人的情感在叠字的衬托下,表达得丝丝入扣。魏耕原先生说:"由连绵词、同旁词到叠音词的转化,不仅仅是词型的简变,也是风格与形式的巨变。"①这种写景方式已经不是"巧言切状,如印之印泥"的形似了,而是借物写心,达到了"目既往还,心亦吐纳"的心物交融的境界,山水草木云雾都被寄予了诗人的感情,别有一种韵味和情致,正所谓"两字穷形,并以少总多,情貌无遗矣"②。

2. 动词的运用

祝菊贤认为五言诗语式的平熟与生新主要体现在诗句中动态词与静态词的选择与搭配上,也就是说,意象的平面与立体效果主要取决于意象中动态表象与静态表象之间的联系是否具有新颖独特、耐人寻味的审美张力。③ 谢朓笔下就常用一些灵动的动词,描绘清幽微妙的景物,如"日华川上动,风光草际浮"(《和徐都曹出新亭渚》),还有"池北树如浮,竹外山犹影"(《新治北窗和何从事》)④。何逊诗歌亦受小谢的影响,如"草光天际合,霞影水中浮"(《春夕早泊和谘议落日望水》)中景致与谢诗相近而更具情韵,"浮"一下就捕捉到了物象在光与影变化下幽微的变换。意象虽然充满了光与色的变化,但却并未用一个耀眼和炫目的色彩词来修饰物象,动词的表达非常生动、传神,使本来静态的物象变得流光溢彩、光华四射。物象完全是一种本色呈现,这与诗人对"清美"诗风的追求是统一的,同时也展示了诗人细腻的感受和丰富的情感,像这样如此敏感和细致地观察大自然无限生机的诗人,齐梁之际并不多见。何逊除了善于用动词

---

① 魏耕原《谢朓诗论》,中国社会科学出版社 2004 年版,第 54 页。

② 刘勰撰,范文澜注《文心雕龙注》,人民文学出版社 1962 年版,第 694、695 页。

③ 祝菊贤《魏晋南朝诗歌意象论》,陕西师范大学出版社 2000 年版,第 181 页。

④ 谢朓著,曹融南校注《谢宣城集校注》,上海古籍出版社 2001 年版,第 323、359 页。

描绘物象外,还常常把名词、形容词活用为动词。名词用作动词的,如"萧散烟雾晚,凄清江汉秋"(《还渡五洲》),似乎是受到小谢"漠漠轻云晚,飒飒高树秋"(《侍筵西堂落日望乡》)①的启发,"秋"字的运用形象地传达出意境之凄凉,绝非一般动词可比;形容词用作动词的,"江水独自清"(《春暮喜晴酬袁户曹苦雨诗》),末尾不仅活用为动词而且也可见何诗清新明丽的本色,再如光与影变化下幽微的变换;"夜雨滴空阶,晓灯暗离室"(《临行与故游夜别》)中"暗"字不仅写出别离的环境更突出了诗人与老友告别是悲凉、凄苦的心境。明代陆时雍在《诗镜总论》中这样评价何逊:"语语实际,了无滞色。其探景每入幽微,语气悠柔,读之殊不尽缠绵之致。"②也许就是针对他这些诗句而言的。

3. 色彩词的运用

刘勰在《文心雕龙》中表达了对色彩运用的重视和看法,"凡摘表五色,贵在时见;若青黄屡出,则繁而不珍"③,可见唯有色彩与作品间的调和搭配融合无间时,才能发挥色彩语言的作用和给人赏心悦目的艺术美感。与齐梁诗人常用浓艳的色彩不同,何逊笔下的色彩偏于清淡雅致,往往给人以暗淡、萧瑟之感,这是他与齐梁诗人们的显著区别,显然与他对"清"的诗风追求有关。何诗中修饰意象的色彩,如"繁霜白晓岸,苦雾黑晨流"(《下方山诗》),陈祚明评其:"'白'"、'黑'二字作虚字用,有作意。归途渐近,未到之顷,情更脉脉,能写之。"④再如"江暗雨欲来,浪白风初起"(《相送》),"暗"字不仅将送别时的天色写得逼真,还将人生失意的内心凄苦同极富压迫性的风景结合到一起,有一种"篇终接混茫"的苍凉之感。这些意象之所以生动鲜明,就在于色彩是物象自身的呈现,且这些色彩融进了

---

① 谢朓著,曹融南校注《谢宣城集校注》,第 414 页。
② 丁福保辑《历代诗话续编》,中华书局 1983 年版,第 1409 页。
③ 刘勰撰,范文澜注《文心雕龙注》,第 694 页。
④ 陈祚明《采菽堂古诗选》,上海古籍出版社 2008 年版,第 839 页。

意象的气脉之中,成为了表现情感的符号。它们在诗的整体意境中,贴切地传达出诗人心物交融、浑然一体的双重情感,耐人寻味、留下很大的想象空间。何诗在色彩的浓淡程度上,偏向于淡,如"清池"、"寒潭见底清"、"月映清淮流"等;把水意象以远的视角使之虚化、淡化,如"水影漾长桥";不重在色彩本身的展示而倾向于色彩所表现出来的光与影的变换,如"草光天际合,霞影水中浮"(《春夕早泊和谐议落日望水》)。这种对光影的敏感,与《文镜秘府论》中一段话暗合:"旦,日出初,河山林嶂涯壁间,宿雾及气霭,皆随日色照著处便开。触物皆发光色者,因雾气湿著处,被日照水光发。至日午,气霭虽尽,阳气正甚,万物蒙蔽,却不堪用。至晓间,气霭未起,阳气稍歇,万物澄净,遥目此乃堪用。至于一物,皆成光色,此时乃堪用思。"①这段话指出了光色启发了诗人的灵感,使诗歌的色彩感更加细腻微妙。

(二)空间描写艺术

何逊诗歌中的意象绘画性尤为突出,往往不重在动态把握而偏向静态展示和营造如画的境界。何逊诗歌里的意象,抒情主体的情感几乎都隐藏在客观物象中,有的篇幅甚至没有一句涉及表达情感的词语,只有一幅幅画面,一个个意象的呈现,含蓄而幽远。除此之外,他还常常以某一意象为中心,捕捉最富美感的瞬间,借助光线的明暗变幻、色彩的浓淡和视听感受的交互作用,形成一种和谐的张力。

1. 静态空间

何逊探索的是景物间的灵趣,情之所钟在于以细致静默的观察来把握物象的一种韵致,偏向静态的展示。诗人所乐于使用的都是静态的动词,或形容词作使动用法,这些词使对象呈现着一定的状态,从而保持相对的静止。写水常用"映"字,如:"飞蝶弄晚花,清池映疏竹"(《答高博士诗》)、"山烟涵树色,江水映霞晖"(《日夕出富阳

---

① (日)遍照金刚撰,王利器注《文镜秘府论校注》,中国社会科学出版社1983年版,第305页。

浦口和朗公诗》)、"溪北映初星,桥南望行炬"(《下直出溪边望答虞丹徒教》),在这些语境中,无论是作为名词的修饰还是作为限定性的谓语动词或形容词,都只是表示一种感觉的存在。我们可以和杜甫诗中写水的诗句对比,从而发现杜甫笔下的水意象大都以"江河"的形态展现出来,并常常放在"天"、"地"、"星"的大背景下,给人以无限苍茫辽阔的感受,动词的选取也极富阔大感,如"星垂平野阔,月涌大江流"(《旅夜抒怀》)①,他用"四个动词以状述四个名词,形成一对一之势,即以'垂'形容'星',以'阔'形容'野',以'涌'形容'月',以'流'形容'江'。相对来说,杜甫所用的意象更丰富多彩,也更多动态联想"②,因此带给读者强烈的艺术感染力,诗人不仅把自己投入风景之中,尽量地摄取感发的力量,而且还要把读者也拖入其中。再如:"浦口望斜月,洲外闻长风"(《夜梦故人诗》)、"薄云岩际出,初月波中上"(《入西塞示南府同僚诗》),这里我们还可以和杜甫的"薄云岩际宿,孤月浪中翻"(《宿江边阁》)③做一下对比,杜诗虽是化用何逊的诗句,但是一个"翻"字就显示出了意象动力强度之间的差异,传达出了搏动于月亮与大江之中的宇宙之力,"孤"字透露出杜诗一贯的沉郁悲凉的意味。这些都体现出与何诗完全不同的美学追求,也可以看出创作者本身生命力量的强弱与心灵深度的不同是影响诗歌意象营造的重要因素,往深层次看,那正是盛唐之音与齐梁诗风的时代差异。

诗人在营造画境的同时,并不只是单纯的宁静,而是刻画动态,以动衬静,如"游鱼乱水叶,轻燕逐风花"(《赠王右丞诗》),"川平看鸟远,水浅见鱼惊"(《与崔录事别兼叙携手诗》),"叶倒涟漪文,水漾檀栾影"(《望廨前水竹答崔录事》),"早秋正凄怆,余晖晚销铄。林叶下

---

① 杜甫著,仇兆鳌注《杜诗详注》,中华书局1979年版,第1228页。
② 刘若愚著,韩铁椿、蒋小雯译《中国诗学》,长江文艺出版社1991年版,第158页。
③ 杜甫著,仇兆鳌注《杜诗详注》,第1469页。

仍飞,水花披未落"(《寄江州褚谘议诗》),不仅追求自然属性与感性形象的鲜明性和生动性,表现出诗人对大自然的细腻观察和把握,而且使整幅画面静中有动。

2. 立体空间

与谢灵运笔下的山水都是从"游览"的角度观察出的不同,何逊善于观察日常生活中的山光水色、一草一木,而且特别钟情远观的山水,所以他的诗多是"望"出来的。何逊善写远景,常常以天际孤舟、夕鸟、浮云来凸显画面的层次感,如"江上望归舟"(《慈姥矶诗》)、"暮潮还入浦,夕鸟飞向家"(《渡连圻诗》)、"归飞天际没,云雾江边起"(《入东经诸暨县下浙江作》)。大谢"寓目辄书",而何逊更重画面的悠远与空旷,景物由繁而简,从近而至远,由细部描摹到水墨渲染,如"寒潭见底清,风色极天净"(《暮秋答朱记室诗》),"天暮远山青,潮去遥沙出"(《登石头城诗》),"远江飘素沫,高山郁翠微"(《仰赠从兄兴宁寘南诗》)。视点固定,近景细致,远景朦胧,凸显出平远空间的距离,是何逊常见的构图手法,如"天末静波浪,日际敛烟霞"(《南还道中送赠刘谘议别诗》),诗人在舟中先远望水面的景色,然后仰看天边烟霞,由视角的转换造成景物高低的对比,经营出较立体的画面感;"水底见行云,天边看远树"(《晓发》),"行云"本来是远景,但以倒影的姿态在水中出现就拉近了空间距离,再与天边的远树形成对比,空间层次感很强。

3. 通感空间

何逊有意识地追求视觉意象和听觉感受相结合,以动衬静,声色并茂,营造出"有声画"一般的境界,如"浦口望斜月,洲外闻长风"(《夜梦故人诗》),"铙吹响清江,悬旗出长屿"(《初发新林》),"寒鸟树间响,落星川际浮"(《下方山诗》),一个"浮"字,不仅将光在水面跳跃变幻之态描绘地淋漓尽致,构建成异常空灵飞动的审美意象,而且用"寒"和"落"来形容"鸟"和"星"也写出了诗人内心的一种独特感受。再如"露清晓风冷,天曙江晃爽"(《入西塞示南府同僚》),用"晃爽"来形容波光,把初日阳光下水面波光粼粼的状态描写地非常形象。

"风声动密竹,水影漾长桥"(《夕望江桥示萧谘议健康江主簿》),上句中的"动",不仅让人感受到了风之力,也传达出了风吹密竹簌簌作响之声;下句的"漾",生动地描述出了长桥仿佛在水中荡漾的幻影。再如《春夕早泊和刘谘议落日望水诗》"草光天际合,霞影水中浮","草光"是个非常抽象的感念,说它"天际合",不过是把在草与天相接的地方色调变化显现出来,意思非常微妙,几乎难以言传,诗人用通感却十分简练而精确地表现出来了。"草光"和"霞影",这种光与色的变幻、交错,造成一种迷离、恍惚、模糊不清、难以把握的境界,很好地表现烘托了诗人内心情感。还有《日夕出富阳浦口和朗公诗》"山烟涵树色,江水映霞晖"两句中,"烟"本来是无色无形的,视觉上的直觉效果就是模糊感,本来清晰的树木、江水、霞晖笼上一层"烟",顿时产生一种隐约的朦胧之美,心理上也给人如梦似幻、迷离惆怅的感觉,有意无意对情境起了恰当的渲染润色作用;"树"本来是有形的,而诗人偏不说"树"而说"树色",显然是要淡化实体,显出虚的韵味,诗人又用了一个"涵"字就把它们转化成为视觉形象而赋予了一种朦胧的色彩;后一句"霞晖"也是一个虚化的意象,而"霞晖"映在江水里,就更进一层虚化了。这样构成的意象无具体的形色,在感觉的交错中会产生一种飘渺不定的效果,给人以空灵的美感,诗人的情感也像迷蒙的暝色一样弥漫在诗里。

以上诗句在欣赏角度的变换下,给人一种虽幽静但不死寂的感受,静态的物象加上动态的声响流动与光影变幻,视听的交织加上空间的层次感,共同营造出整体的自然世界,给人以身临其境的审美感受。

(三) 虚实结合

1. 化虚为实

何逊在用水意象形容情感时,或用水作比喻,形容某种情意的浓烈、持久,如《野夕答孙郎擢诗》"思君意不穷,长如流水注",以及《临行与故游夜别》"历稔共追随,一旦辞群匹。复如东注水,未有西归日";或用水为背景来烘托自己的情感,这类诗中"水"意象往往结合一定的背景环境出现,形成一幅幅富有感伤意味的画面,以深沉的意境来点染烘托寂寞的境遇与心情,有时以至全篇都是景语,不言情而情愈深。这类作品中水似乎只是自然景物的构成因素之一,需要读者自己体会才能明白水意象在其中的作用。如《还渡五洲诗》:

> 萧散烟雾晚,凄清江汉秋。沙汀暮寂寂,芦岸晚修修。

　　吴晓在《意象符号和情感空间》中说:"客观对象的情调、气氛给人以某种笼罩、制约和感染。这种笼罩和制约,最能直接打动诗人的敏感心灵。具有直觉敏感的诗人,十分重视采集这种置于特定情调、气氛中的意象,以传达这种感受,以此来感染读者。"[①]何逊就是这样一位敏感的诗人,善于营造一种感伤的抒情氛围。诗人给我们勾勒出一幅江边暮景:暮霭笼罩,江清洲静,岸边芦苇在秋风中萧瑟作响。诗中自然之"江水"、"沙汀"、"芦苇"等所有物象都具有了人之"无限"的情感色彩。在这优美的画面和境界中,总是透露出凄清、孤寂和几分沉重、几许伤感。这种景中情也正是诗人宦海沉浮、天涯沦落中体认出的人生悲慨。以"晚"、"秋"和"暮"表示景色所在的时间,使之呈现为特定时刻下的空间形象,同时具有静态和具体的特点。把视觉意象和听觉感受结合起来,渲染出秋天暮色中江边萧瑟的气氛和诗人落寞的心境,使人读后如临其境,如闻其声。诗人那欲言不言、幽微含蓄的情感全在这声色交融的江边夜景中微微波动着,敏锐得令人心颤。诗人的愁既非由凄凉之景而起,也没净化在外物中,而是在外物的观照和刺激下愈来愈加深了内省的深度。再如《春暮喜晴酬袁户曹苦雨诗》:

> 春芳空悦目,游客反伤情。乡园不可见,江水独自清。

---

① 吴晓《意象符号和情感空间》,中国社会科学出版社 1990 年版,第 108 页。

　　诗的前半首本来描写了一幅美好的春日雨后初霁的江边晚景，落花满地，鸟儿仍在树间婉转鸣叫，这些都勾起了诗人的思乡之情，情感到底有多浓烈，诗人没有说，只是用江水的寂寥来反衬这种情绪，将无休无止的人生如寄的意识，永无尽头的天涯沦落之凄凉，绵绵不绝的离愁和别苦，融进满目的春色，融进了望不到边的江水中。诚如沈义父《乐府指迷》所言："结句须要放开，含有余不尽之语，以景结情最好。"①

　　2. 化实为虚

　　严云受在《诗词意象的魅力》中提到："相同色调、情趣的意象，重叠组合，可以获得一种同向强化的效果。它不仅不会使人感到重复，而且会增加感受的力度。"②我们发现何诗中与水意象结合的，也往往是影、霞、烟雾等柔弱的自然意象，不仅如此，这些与水意象结合的其他景色还在不同程度上虚化了，但这正与诗人内心要表达的似水一样的柔情是协调的。正如耿建华在《诗歌的意象艺术与批评》中说的："强烈的情感需要强力意象，反之，轻柔的情感需要轻柔的意象。情感力度和意象力度是统一的。"③如《夕望江桥示萧谘议杨建康主簿诗》"夕鸟已西度，残霞亦半消。风声动密竹，水影漾长桥"，就是个非常典型的例子，风和水本来就是非常空灵的景物，而"风声"、"水影"又把它们进一步虚化了，化实为虚，化呆板为生动，把清晰的变模糊，有形的变无形。这里诗人还用了倒装的句式，本来正常的语序应为"风动密竹声，水漾长桥影"，把需要突出的意象放在前面，不仅起到了强调的作用而且使境界更为空灵优美。高友工在《唐诗的魅力》中说："名词的性质和倾向被'色'、'声'之类的抽象名词所强化，这种抽象名词不仅确定了感觉器官，而且给读者指明了感受的性质。"④

---

① 沈义父撰，蔡嵩云笺释《乐府指迷笺释》，人民文学出版社 1981 年版，第 57 页。

② 严云受《诗词意象的魅力》，第 308 页。

③ 耿建华《诗歌的意象艺术与批评》，山东大学出版社 2010 年版，第 79—80 页。

④ （美）高友工、梅祖麟《唐诗的魅力》，上海古籍出版社 1989 年版，第 84 页。

在这样的诗句中,意象的质实具体得到了化解,变得清虚空灵。意境纤细、空灵、飘忽如梦,最能牵动感伤情绪的残霞、风声、水影便寄托了诗人无可摆脱的孤独忧伤、幽眇缠绵的情感和寂寥的心情,并以低回轻柔的笔调流露出来。

历来阴何并称,但阴铿诗里的水意象美学趣味却与何诗截然不同,如《渡青草湖》"洞庭春溜满,平湖锦帆张。沅水桃花色,湘流杜若香"①,"满"和"张"给诗歌注入了活力和生机,下联描写花色花香,尽显春之盎然,比何诗少了几许怅惘、迷茫之感;再如《晚泊五洲》中的"水随云度黑,山带日归红"②,色彩丰富而且有立体感,与何逊水天空一片的朦胧之致大相径庭;还有《广陵岸送北使》"海上春云杂,天际晚帆孤"③,境界极为阔大,情思豪迈壮朗,不同于何诗中的泪光点点、丝丝柔情。

何诗中这种孤独寂寥之情是怎么表达的呢? 是因为诗人找到了心理世界和物理世界的对应物。童庆炳先生认为诗人天赋才能之一就是他能寻找并发现情感的同构物,对应物。他发现的同构物、对应物越多、越独特、越微妙,他就越是一个诗人,他的诗也就越能给读者提供美的享受。④ 色调的灰暗冷漠、气质的寂寥萧瑟、性态的轻淡虚静,这就是何逊笔下"水"意象的总体风貌。何诗中展现的水意象的美,是清幽之静美、秀丽之柔美,他所着力表现的不是水的气势、力量,而是水的意趣、韵味。洪亮吉《北江诗话》卷二云:"写景易,写情难;写情尤易,写性最难。"⑤何逊笔下的水意象,不仅能够刻画出物象的特点,而且诗人借助这些物象表达了内心的思想和情感,凸显出诗人的自我形象、个性,因此富有浓郁的生命情味。多情善感、内心向回缩是何逊的心理特征,也是他的性格,他的精神已不再是向外扩

---

① 阴铿著,刘国珺注《阴铿集注》(与《何逊集注》合订本),第216页。

② 阴铿著,刘国珺注《阴铿集注》(与《何逊集注》合订本),第230页。

③ 阴铿著,刘国珺注《阴铿集注》(与《何逊集注》合订本),第212页。

④ 童庆炳《中国古代心理诗学与美学》,中华书局1997年版,第157—159页。

⑤ 洪亮吉著,陈迩冬校点《北江诗话》,人民文学出版社1983年版,第32页。

张而是内敛逃遁,从而也决定了他的抒情方式和诗歌意象特点,关注的是更为细腻深幽的景致。他爱这样的美,着力描绘这样的美,完全是和他的生活态度、审美趣味和心理状态相吻合的,或者说由之决定的。

（本文原发表于《青年文学家》2012 年第 11 期,有改动）

　　作者简介:胡元,女,1980 年生,陕西省西安市人。2013 年毕业于河北师范大学文学院,考入北京语言大学攻读博士学位。主要从事中国古代文学与美学研究。

韦应物任苏州刺史期间的交游与相关创作

杜光熙

唐代诗人韦应物（735—790）在其生命最后两年，即德宗贞元五年（789）、六年（790）任苏州刺史。[①] 在任期间，他款待过往宾朋、结交地方名流，并与邻州同僚唱和往还。以韦应物为核心，包括令狐峘、顾况、房孺复、刘太真、皎然、孟郊、邹儒立、秦系、崔叔清、丘丹、陆傪、雷咸等在内的一批文人、名士，通过一系列诗歌酬赠，共同掀起了唱和、宴游的小高潮。这些诗作为了解韦应物晚年心态、创作及其关涉的社会政治、文化背景，提供了众多资料与线索。

一 韦应物任苏州刺史期间交游、创作的基本情况

出土于西安市长安区韦曲镇东北原的《唐故尚书左司郎中苏州刺史京兆韦君墓志铭并序》清晰地描述了韦应物的仕历：

> 以荫补右千牛，改□羽林仓曹，授高陵尉、廷评、洛阳丞、河南兵曹、京兆功曹。……除鄠县、栎阳二县令，迁比部郎。诏……领滁州刺史。……加朝散大夫。寻迁江州刺史。……优诏赐封扶风县开国男，食邑三百户。征拜左司郎中。……寻领

---

① 本文关于韦应物生平、仕历的论述，主要参考傅璇琮《韦应物系年考证》，载《唐代诗人丛考》，中华书局 2003 年版，第 282—340 页；陶敏《韦应物生平新考》、《韦应物生平再考》，载《唐代文学与文献论集》，中华书局 2010 年版，第 113—130 页；陶敏、王友胜《韦应物简谱》，载《韦应物集校注》，上海古籍出版社 1998 年版，第 657—668 页。

苏州刺史。……历官一十三政，三领大藩。①

所谓"历官一十三政"即：□羽林仓曹②、高陵尉、廷评、洛阳丞、河南府兵曹、京兆府功曹、鄠县令、栎阳令、比部员外郎、滁州刺史、江州刺史、左司郎中、苏州刺史。前八任官职，基本是两京地区的低级官员。而从德宗建中二年（781）到贞元六年（790）的十年间，韦应物两入台阁，三领大藩，晚年出刺当时富庶的苏州，官阶为从三品，也算步入高官行列，可谓晚年得志。

由上述仕历看，韦应物虽不算仕途显达，但也是逐步升迁。这确与传统印象中"韦应物立性高洁，鲜食寡欲，所居焚香扫地而坐"③的超脱形象出入较大。一个从未摆脱仕宦牵绊的人，何以能将官场嘈杂与淡泊心志相统一？这一问题还要从"吏隐"观念谈起。建功立业、求取功名固然是文人重要的价值追求，但仕途嘈杂、利禄牵绊却极大地阻碍了自由人格、高洁心志的实现。面对仕与隐的这种矛盾，中国传统文人创造了一种居官如隐的"吏隐"生活方式加以调和。被大历诗坛广泛推崇的谢朓，便以吏隐来平衡留恋禄位与向往闲适的冲突，实现了"既欢怀禄情，复协沧州趣"（谢朓《之宣城郡出新林浦向板桥》）④的理想。白居易的《中隐》诗更为形象地描述了"吏隐"心态："大隐住朝市，小隐入丘樊。丘樊太冷落，朝市太嚣喧。不如作中隐，隐在留司官。"⑤这里的"中隐"可视为"吏隐"的变相表述。白居易在遭遇江州之贬后，由兼济走向独善，满足于"中隐"生活。同样，身处士风消沉的肃、代、德时期，韦应物也经历了由高昂向低沉的心

①　转引自陶敏《韦应物生平再考》，第 128 页。

②　据《新唐书·百官志》，左右羽林军有仓曹参军事各一人，正八品下，由于墓志碑文残缺，所阙之字为"左"或"右"，已不可考。

③　李肇《唐国史补》，上海古籍出版社 1979 年版，第 55 页。

④　谢朓著，曹融南校注《谢宣城集校注》，上海古籍出版社 1991 年版，第 219 页。

⑤　白居易著，朱金城笺校《白居易集笺校》，上海古籍出版社 1988 年版，第 1493 页。

路历程。陶敏、王友胜二先生对此有精辟概括:

> 韦应物年轻时颇为负气任性……但是后来由于家道中落,仕途蹭蹬,沉迹下僚,加之疾病缠身、中年丧偶等等不幸,他那种锋芒毕露的棱角逐渐磨平。这在他任洛阳丞因扑挟军骑被讼后即已初露端倪。此后,因病罢河南兵曹参军,因受黎干牵连自鄠县令调栎阳令,一连串的打击使他越来越厌倦充满机心与倾轧的官场,向往自由舒适的田园生活,并向佛门寻找精神上的安慰和寄托。①

如果说初入仕途的韦应物多少还保留了盛唐时代的昂扬进取之气,但时代的衰飒、个人经历的坎坷,最终促使他选择了隐于郡斋的道路。一方面,由于残存的些许兼济天下之心火和更多迫于生计的原因,他不得不出仕。另一方面,在诗酒风流所构成的文人生活天地里,他大力践行现实中难以实现的宁静致远的淡泊志趣,高歌渴望归隐的心怀。韦应物的"吏隐"就是以文人特有的风流雅趣为自己构建理想中的归隐世界,以调节现实中被繁琐事务扰乱的心志,"以一种超然的态度对待仕宦,最终消解了仕与隐的矛盾"②。韦诗中多次表达这种游走于仕隐之间的悠然心态:"出处似殊致,喧静两皆禅"(《赠琼公》)③、"佇君列丹陛,出处两为得"(《谢栎阳令归西郊赠别诸友生》)④、"道妙苟为得,出处理无偏"(《春月观省属城始憩东西林精舍》)⑤。诗酒风流正是文人雅趣的重要表现,自然也成为郡斋"吏隐"生活的组成部分。随着仕宦生涯的延

---

① 陶敏、王友胜《韦应物诗歌的思想和艺术》,《唐代文学与文献论集》,中华书局2010年版,第763页。

② 蒋寅《大历诗人研究》,北京大学出版社2007年版,第6页。

③ 韦应物著,陶敏、王友胜校注《韦应物集校注》,第170页。

④ 韦应物著,陶敏、王友胜校注《韦应物集校注》,第251页。

⑤ 韦应物著,陶敏、王友胜校注《韦应物集校注》,第389页。

长,韦应物的"吏隐"生活也过得愈加得心应手。因此,当面对苏州
的明山秀水时,他便从容地享受起这种生活来。《九日》一诗极能
代表其当时心态:

　　一为吴郡守,不觉菊花开。始有故园思,且喜众宾来。①

　　公务烦扰,时光流逝,乡愁缭乱,唯有与宾朋欢饮酬唱方能获
得快乐。正是这种心态,促使这位晚年得志的吏隐高官结交名士,
宴请宾朋,游访名胜,郡斋燕集,诗文唱和。下面,就通过表格,以
人物为单元,对韦应物任苏州刺史期间的交游、创作进行还原(见
后)。

　　由表格可知,韦应物刺苏期间的交游人物身份各异,既有从朝中
被贬南来的中高级官员,也有辗转于幕府州县的地方官员,还有诗
僧、隐士及初出茅庐的新进士子。他们皆非长期居于苏州,而只是过
客。苏州是唐代运河线的重要枢纽之一,为江南富庶大藩②,南北往
来之人多经此地。对于当地郡守,迎来送往各地官员、名士,便成为
其为官生活的组成部分。而诗文酬赠这种沟通心志的文学活动,也
就伴随这些文人交往而进行。韦应物刺苏期间的交游唱酬,就是这
类文学活动的典型代表。表格中的作品,正是这位富有诗人灵性的
刺史,与众多过往苏州及附近地区的文士们共同碰撞出的火花。下
面,便借助这些诗作,探察创作背后的意义。

---

　　① 韦应物著,陶敏、王友胜校注《韦应物集校注》,第 607 页。
　　② 参见潘镛《隋唐时期的运河和漕运》,三秦出版社 1987 年版,第 112—113 页。

韦应物任苏州刺史期间交游、创作情况表

人物	身份	与韦应物的交往，诗歌酬赠情况	具体作品及创作形式
令狐峋	官员（由中央贬地方中级僚佐）	贞元五年初，令狐峋自右庶子贬吉州别驾，于陕州旅舍见韦应物书信引发思念之情，遂寄诗表达心迹，韦应物有诗回赠。	令狐峋《峡州旅舍奉怀苏州韦郎中（公频）有尺书，颇积离乡之思）》（寄赠） 韦应物《答令狐侍郎》（酬答前诗）
顾况	官员（由中央贬地方中级僚佐）	贞元五年夏，顾况自著作郎贬饶州司士参军，经苏州。韦应物宴请之，顾况记之，顾况有诗与之唱和。	韦应物《郡斋雨中与诸文士燕集》（燕集） 顾况《奉同郎中使君郡斋雨中宴集之什》（奉和前诗）
刘太真	官员（由中央贬地方刺史）	贞元五年夏，顾况后，又经苏州、睦州，受到杭州刺史房孺复、睦州刺史韦应物接待。刘太真感慨于韦应物、房孺复，撰三位刺史的敬士宾儒雅之风，作诗寄示三位刺史，韦应物又作诗回赠刘太真。	刘太真《顾十二况左迁过韦苏州房杭州睦州自郡有燕集诗韦高丽鄙夫之所仰慕顾生既至笑语因以成篇以继三君子之风焉》（寄赠） 韦应物《酬刘侍郎使君》（酬答前诗）
		贞元五年秋，顾况又经信州，时刘太真自礼部侍郎被贬信州刺史，宴请顾况。刘太真另作书信寄示韦应物。	刘太真《与韦应物书》（寄赠）
房孺复	官员（由地方刺史贬地方中级僚佐）	贞元五年冬，房孺复自杭州刺史贬连州司马，经苏州，韦应物作诗送之。	韦应物《送房杭州》（送别）

续表

人物	身份	与韦应物的交往、诗歌酬赠情况	具体作品及创作形式
皎然	僧人	贞元五年冬,皎然居湖州龙兴寺,距苏州未远,与韦应物互有唱和寄赠。	韦应物《寄皎然上人》(寄赠)皎然《答苏州韦应物郎中》(酬答前诗)
孟郊	书生(时尚未得功名)	贞元五年、六年,孟郊居苏州,与韦应物相交,有诗赠之。	孟郊《赠苏州韦郎中使君》(寄赠)
邹儒立	官员(时刚刚获取功名,赴任京兆府属县县尉)	贞元六年春,于贞元四年登贤良方正能极言直谏科,后授云阳尉的邹儒立,返苏州迎来之后赴云阳任所。韦应物作诗为邹儒立送行,孟郊亦有和诗同送之。	韦应物《送云阳邹儒立少府待奉还京师》(送别)孟郊《春日同韦郎中使君送邹儒立少府扶侍赴云阳》(奉和前诗)
秦系	隐士/官员(以隐士身份受地方府征辟,出仕为官)	贞元六年春,隐居于越州的秦系被徐泗濠节度使张建封辟为从事,授校书郎,自越州赴润州任所,途径苏州。 韦应物有诗送秦系。	韦应物《送秦系赴润州》(送别)
		秦系有诗答谢韦应物,韦应物又有诗回赠秦系。	秦系《即事呈李中丞使君》《酬答》韦应物《答秦十四校书》(酬答前诗)
崔叔清	隐士	贞元六年秋,崔叔清游越地,经苏州,韦应物作诗送之。	韦应物《送崔叔清游越》(送别)

续表

人物	身份	与韦应物的交往、诗歌酬赠情况	具体作品及创作形式
丘丹	隐士	贞元五年、六年，隐居于杭州临平山的丘丹来苏州游历，后又重归临平山。期间与韦应物多有交往。	
		丘丹在苏州游历期间，韦应物与之多有唱和酬赠之作。	韦应物《秋夜寄丘二十二员外》(寄赠) 丘丹《奉酬前诗》(酬答前诗) 韦应物《赠丘员外二首》(寄赠) 丘丹《奉酬》(奉酬前二诗之第二首)
		丘丹归临平山，韦应物送之有诗，丘丹亦有诗回赠。	韦应物《送丘员外还山》(送别) 丘丹《奉酬使君送君归山之作》(酬答前诗) 韦应物《重送丘二十一还临平山居》(送别) 丘丹《奉酬重送归山》(酬答前诗) 韦应物《送丘员外归山居》(送别)
		丘丹还临平山后，韦应物又曾作诗寄示。	韦应物《复理西斋寄丘员外》(寄赠)
陆修	官员(时供职于南方幕府)	贞元六年秋，此前曾出佐黔中幕的陆修，又以殿中侍御史在越州任所供奉浙东观察使幕府；在赴越州途中，先经过苏州。韦应物与陆修、丘丹同送陆侍御二诗，丘丹和第二首。	韦应物《送陆侍御还越》(送别) 韦应物《听江笛送陆侍御(同丘员外题)》(送别) 丘丹《和韦君听江笛送陆侍御》(奉和前诗)
雷咸	官员(时由地方刺史调任中央)	韦应物刺苏期间，雷咸自福建某州刺史入朝为秘书少监，经苏州，韦应物作诗送之。	韦应物《送雷监赴阙庭》(送别)

二　郡斋吏隐:韦应物苏州交游诗的生活底色

前文所述韦应物吏隐心态,是其刺苏交游、创作的重要思想背景,也是贯穿其郡斋诗创作的一条主线。沿循谢朓"既欢怀禄情,复协沧州趣"的道路,他将郡斋诗的表现空间加以拓展和深化。对仕隐矛盾的思考,渴望归隐的意愿,潇洒旷达的心怀,在交游活动中获得的摆脱官场嘈杂的愉悦,都借助清新的笔法,在诗中反复表达,成为其晚年创作的重要主题。

尽管韦应物刺苏时期的交游人物身份各异,但也无外乎官场中人与方外人士两大类。在面对两类人物时,他所展现的郡斋情怀又各有侧重。在写给官员的酬赠诗作中,他更强调对仕隐矛盾平衡关系的把握,展现自己游走其间的悠然心态。以其郡斋诗名作《郡斋雨中与诸文士燕集》为例:

> 兵卫森画戟,宴寝凝清香。海上风雨至,逍遥池阁凉。烦疴近消散,嘉宾复满堂。自惭居处崇,未睹斯民康。理会是非遣,性达形迹忘。鲜肥属时禁,蔬果幸见尝。俯饮一杯酒,仰聆金玉章。神欢体自轻,意欲凌风翔。吴中盛文史,群彦今汪洋。方知大藩地,岂曰财赋疆。①

诗作于宴请顾况的酒席上,创作环境是典型的郡斋文人聚会。韦应物身处郡斋,与众宾朋欢声笑语,暂忘了行政事务的烦扰,沉浸于诗酒燕集的欢乐气氛中,以文人特有的高雅闲淡,营造了一个完全属于自己的世界。诗的前两句,历来被视为警策之语。警策之感,首先源于创作技巧。首句郡斋门前森然罗列的画戟造成紧张感,而次句室内凝定的清香又立刻使人舒缓。读者在经历了急速紧张又极速舒缓的心理落差后,便会获得一种豁然舒张的愉悦感。而如果从吏

---

① 韦应物著,陶敏、王友胜校注《韦应物集校注》,第 55 页。

隐思想的角度思考，则会发现在技巧背后，支撑警策感的，恰恰是韦
应物穿梭于仕隐之间的洒脱心态。如果说"兵卫森画戟"代表了官府
的气派、威严，那么"燕寝凝清香"则蕴含了身在官场、心向田园的郡
守恬淡、清雅的情怀。紧张的情绪能被瞬间融入的轻松感化解，正在
于韦应物能以吏隐方式超然于仕隐矛盾之外，悠然自得于郡斋生活
中。纵观全篇，诗中不时浮现出对吏隐矛盾的思考。嘉宾满堂的喜
悦使官场喧嚣的烦疴尽数消散；而身享俸禄、心系黎民的廉吏本色，
又再次勾起诗人的深沉忧思。但最终，一切矛盾的思想感情，都借着
诗酒雅兴，进入一种无挂碍的飘逸境界中，呈现出庄子逍遥游式的
情怀。

在与方外人士的交往中，韦应物则完全脱下那身沉重的官服，充
分表达出向往自由清静生活的心怀。刺苏期间，韦应物与来吴游历
的隐士丘丹交往甚密。在《赠丘员外二首》其一中，他写道："大藩本
多事，日与文章疏。每一睹之子，高咏遂起予。宵昼方连燕，烦疴亦
顿祛。"①公务繁杂的困扰与郡斋宴饮的惬意形成鲜明对比。同样，
在与丘丹一同送别陆修时所写的《送陆侍御还越》中，韦应物开口便
说："居藩久不乐，遇子聊一欣。"②唯一能让这位大藩刺史欣悦之事
就是与友人优游卒岁。怀着这种心情，他一面与丘丹"虎丘惬登眺，
吴门怅踌躇"(《送丘员外二首》其一)③，徜徉于名山秀水之间，一面
又在彼此的心心相映间想象着对方隐于山中的洒脱出尘："山空松子
落，幽人应未眠"(《秋夜寄丘二十二员外》)④、"结茅隐苍岭，伐薪响
深谷。同是山中人，不知往来躅"(《送丘员外还山》)⑤、"幽涧人夜
汲，深林鸟长啼"(《重送丘二十二还临平山居》)⑥。同样的情景，在
写给诗僧皎然的《寄皎然上人》中再次出现："想兹栖禅夜，见月东峰

---

①③　韦应物著，陶敏、王友胜校注《韦应物集校注》，第195页。
②　韦应物著，陶敏、王友胜校注《韦应物集校注》，第274页。
④　韦应物著，陶敏、王友胜校注《韦应物集校注》，第194页。
⑤　韦应物著，陶敏、王友胜校注《韦应物集校注》，第269页。
⑥　韦应物著，陶敏、王友胜校注《韦应物集校注》，第271页。

初。鸣钟惊岩壑,焚香满空虚。……茂苑文华地,流水古僧居。何当一游咏,倚阁吟踌躇。"①身仕心隐的诗人,仿佛是坐于郡斋之内,以类似禅定冥想的方式,营造出如此空灵悠远的意境。

在送别丘丹的《送丘员外归山居》中,韦应物这样写道:"郡阁始嘉宴,青山忆旧居。为君量革履,且愿住篮舆。"②此处用《晋书·陶潜传》之典③,将丘丹比为陶渊明,韦应物自比为其量履置舆的刺史王弘,在对先贤的追忆中表达了对隐逸生活的向往。在秦系与韦应物的酬赠诗中,同样有对先贤的追慕:

秦系《即事奉呈郎中韦使君》

久卧云间已息机,青袍忽著狎鸥飞。诗兴到来无一事,郡中今有谢玄晖。④

韦应物《答秦十四校书》

知掩山扉三十秋,鱼须翠碧弃床头。莫道谢公方在郡,五言今日为君休。⑤

其时,隐于越州的秦系被徐泗濠节度使张建封辟为从事,开始其一生中唯一一次出仕。他在赴任所途中经苏州,与韦应物相见。尽管已出仕,但秦系还是以隐士的敏锐洞察力,将韦应物比为谢朓,抓住了两位既富诗才、有充满吏隐情怀的江南郡守的契合点;而韦应物

---

① 韦应物著,陶敏、王友胜校注《韦应物集校注》,第199页。
② 韦应物著,陶敏、王友胜校注《韦应物集校注》,第276页。
③ 《晋书》卷九十四《隐逸列传·陶潜传》载:"刺史王弘以元熙中临州,甚钦迟之,后自造焉。潜称疾不见……弘每令人候之,密知当往庐山,乃遣其故人庞通之等赍酒,先于半道要之。潜既遇酒,便引酌野亭,欣然忘进。弘乃出与相见,遂欢宴穷日。潜无履,弘顾左右为之造履。左右请履度,潜便于坐申脚令度焉。弘要之还州,问其所乘,答云:'素有脚疾,向乘篮舆,亦足自反。'乃令一门生二儿共舁之至州,而言笑赏适,不觉其有羡于华轩也。"
④ 韦应物著,陶敏、王友胜校注《韦应物集校注》,第342页。
⑤ 韦应物著,陶敏、王友胜校注《韦应物集校注》,第341页。

则通过表示自愧不如谢朓,赞扬了秦系的隐士风范和文学才华。此处,谢朓已成为郡斋吏隐生活的代名词。

在韦应物心中,郡斋就是逃避喧嚣、回归宁静的一方净土。这片心灵的栖息地甚至令路过的隐士流连忘返,在《送崔叔清游越》中,他不无得意地写道:"忘兹适越意,爱我郡斋幽。"①一个"幽"字,准确道出了韦应物郡斋吏隐的心境。

三　江南望阙:两极地域背景下的写作模式

韦应物等人交游诗的另一个突出特点,是身在江南、遥望帝京的"望阙"写作模式的反复出现。

据前文表格可知,韦应物与令狐峘、顾况、刘太真、房孺复、邹儒立、秦系、陆傪、雷咸皆因仕宦迁转而有苏州交游机缘。在他们的交游诗中可发现一些共性。以下面一组诗句为例:

懿交守东吴,梦想闻颂声。云水方浩浩,离忧何平时。(令狐峘《硖州旅舍奉怀苏州韦郎中〔公频有尺书,颇积离乡之思〕》)②

况昔别离久,俱欣藩守归。朝宴方陪厕,山川又乖违。吴门冒海雾,峡路凌连矶。同会在京国,相望涕沾衣。明时重英才,当复列彤闱。白玉虽尘垢,拂拭还光辉。(韦应物《答令狐侍郎》)③

我公未归朝,游子不待晴。……安得凌风翰,肃肃宾天京。(顾况《奉同郎中使君郡斋雨中宴集之什》)④

前日怀友生,独登城上楼。迢迢西北望,远思不可收。今日

①　韦应物著,陶敏、王友胜校注《韦应物集校注》,第277页。
②　韦应物著,陶敏、王友胜校注《韦应物集校注》,第339页。
③　韦应物著,陶敏、王友胜校注《韦应物集校注》,第338页。
④　韦应物著,陶敏、王友胜校注《韦应物集校注》,第59页。

车骑来,旷然销人忧。(刘太真《顾十二况左迁过韦苏州房杭州韦睦州……以继三君子之风焉》)①

英贤虽出守,本自玉阶人。宿昔陪郎署,出入仰清尘。孰云俱列郡,比德岂为邻。(韦应物《酬刘侍郎使君》)②

雄藩精理行,秘府擢文儒。诏书忽已至,焉得久踟蹰。方舟趁朝谒,观者盈路衢。……长陪柏梁宴,日向丹墀趋。时方重右职,蹉跎独海隅。(韦应物《送雷监赴阙庭》)③

这些诗句中所包含的地域,一极为诗人任官地区,另一极则全部指向京城长安,离情别绪徘徊于两极之间,便形成了一种空间张力。这种张力背后,实则隐藏着丰富内涵。现将上述诸人因官职迁转引起的地理变化列示如下:

姓　名	迁转前任官地区	迁转后任官地区
韦应物	长安(唐王朝首都,政治中心)	苏州(在今江苏省苏州市,唐时属江南东道)
令狐峘	长安(唐王朝首都,政治中心)	吉州(在今江西省吉安市,唐时属江南西道)
顾况	长安(唐王朝首都,政治中心)	饶州(在今江西省鄱阳县,唐时属江南西道)
刘太真	长安(唐王朝首都,政治中心)	信州(在今江西省上饶市,唐时属江南东道)
房孺复	杭州(在今浙江省杭州市,唐时属江南东道)	连州(在今广东省连州市,唐时属江南西道)
邹儒立	未任官	长安(唐王朝首都,政治中心)

①　韦应物著,陶敏、王友胜校注《韦应物集校注》,第 337 页。
②　韦应物著,陶敏、王友胜校注《韦应物集校注》,第 335 页。
③　韦应物著,陶敏、王友胜校注《韦应物集校注》,第 283 页。

姓　名	迁转前任官地区	迁转后任官地区
秦系	未任官	润州(在今江苏省镇江市,唐时属江南东道)
陆修	黔州(在今重庆市彭水县,唐时属黔中道)	越州(在今浙江省绍兴市,唐时属江南东道)
雷咸	福建某州(在今福建省,唐时属江南东道)	长安(唐王朝首都,政治中心)

表中出现地区,除黔中道,其余都位于两个地域:长安与江南东西二道。① 这种地域迁转的相似性,实与安史之乱后的政治格局密切相关。蒋寅先生即指出:

> 大历诗人的仕宦在当时只有京城和江南两个地方可选择。因为长江以北的地域,除了安史旧部盘踞之地就是唐朝防御部署的重镇。安史旧部的割据势力均自署长吏,而唐朝的防御重镇又必任用武职或能掌兵戎的人,于是文人出身的官吏就只能去长江以南的地方任职了。②

韦应物等人的仕宦生涯多集中在肃、代、德三朝,在这个由盛唐走向中唐的过渡时代,中央与地方经过一系列博弈,形成了上述政治格局。尚永亮先生的《唐五代逐臣与贬谪文学研究》一书,通过对贬谪官员分布区域的量化统计发现,肃、代、德三朝,411 名由中央外放地方的贬官中,去往南方的 346 人,占绝大多数,而贬至江南西、东两道的官员更是以 171 人居各道之首。该书进一步指出:"盛、中唐交界的肃、代两朝,因安史之乱及其影响……贬赴江南西、东道者稍多,

---

① 唐王朝于开元二十七年扩十道为十五道,将江南道分为江南东道、江南西道、黔中道。黔中道亦可视为大地理概念中的江南地区。

② 蒋寅《大历诗人研究》,第 3 页。

而德、宪、穆、敬诸朝……贬赴江南西道者亦居高不下。"①韦应物等人的迁转原因看似互不相关,但却全部指向同样的政治背景。由此,我们也可从政治史角度对韦应物刺苏的交游活动进行一番描述:安史乱后,面对地方藩镇、中央朝局等多种政治因素的制衡,大批处于夹缝中的中下层文士,以长安、江南为两大聚集地展开仕宦生涯,这样的政治生态环境,引发了一些文人的仕途迁转,他们在一个相近的时间段内,相会于苏州及周边地区,演绎出一系列诗酒风雅活动。

上文中所引交游诗句中出现的两极地域,也正是这些江南地方官政治生涯的两极。身在江南,思念京城,体现了中国古代文人的所谓"望阙"心态。上述诸人中,房孺复、陆傪、秦系主要在江南任职,"望阙"主题在韦应物写给他们的交游诗中还不明显,但在韦应物与令狐峘、刘太真、顾况、雷咸的交游诗中就表现的非常突出。韦诗中频繁出现彤闱、玉阶、郎署、丹墀、柏梁宴等代表宫廷的符号,就是"望阙"心态的流露。

当我们透过政治层面进入诗歌作品的分析后,便会发现这背后还包含着一些更独特的情感。如果说顾况在写给韦应物的《奉同郎中使君郡斋雨中宴集之什》中,还多少流露出希求引荐、重返朝廷、再图仕进的功名意识,那么在韦应物、令狐峘、刘太真的诗中,则全然不见功名抱负,取而代之的是思亲念友的儿女私情。三人曾同朝为官并结下深厚友谊。根据当时的政治格局,能让他们齐聚一地之处,只有京城,一旦外放,几乎是不可能被分派到同一地方的。因此,当他们因各自出守而分离时,便会在书写思念的作品中,将代表昔日聚会的京城与代表今日分离的江南对立起来。上引刘太真《顾十二况左迁过韦苏州房杭州韦睦州三使君皆有郡中燕集诗辞章高丽鄙夫之所仰慕顾生既至流连笑语因以成篇以继三君子之风焉》就表现得很明显:诗人因思念而登高远眺,遥望的地方不是别处,正是长安,第二天当昔日长安的友人到来时,一切烦恼顿消。韦应物诗歌的地域情感

---

① 　尚永亮《唐五代逐臣与贬谪文学研究》,武汉大学出版社 2007 年版,第 55 页。

指向更为鲜明，不仅上引苏州时期的作品，其他时期亦如此。仍以他写给令狐峘、刘太真的诗为例：

> 西掖方掌诰，南宫复司春。夕燕华池月，朝奉玉阶尘。……一旦迁南郡，江湖渺无垠。宠辱良未定，君子岂缁磷。寒暑已推斥，别离生苦辛。(韦应物《寄令狐侍郎》)①
>
> 云霄路竟别，中年迹暂同。比翼趋丹陛，连骑下南宫。……迫予一出守，与子限西东。晨露方怆怆，离抱更忡忡。(韦应物《寄中书刘舍人》)②

前诗作于建中元年因病闲居长安西郊，时令狐峘由礼部侍郎被贬衡州别驾；后诗作于建中三年滁州刺史任，时刘太真迁驾部郎中知制诰。与苏州交游诗一样，这些诗的背景是要么一人在长安一人在江南，要么几人分散江南各地，诗中也全都反复表达同一理念：昔日友人们在长安相聚是那样美好，而今日出守南方却只能天各一方，但总有一天我们还会重返长安再相聚。思念之情在两极地域反复拉锯，便产生了极其动人的情感力量。

再来看韦应物的《送云阳邹儒立少府侍奉还京师》：

> 建中即藩守，天宝为侍臣。历观两都士，多阅诸侯人。邹生乃后来，英俊亦罕伦。为文颇瑰丽，禀度自贞醇。甲科推令名，延阁播芳尘。再命趋王畿，请告奉慈亲。一钟信荣禄，可以展欢欣。昆弟俱时秀，长衢当自伸。聊从郡阁眺，美此时景新。方将极娱宴，已复及离辰。省署惭再入，江海绵十春。今日阊门路，握手子归秦。③

---

① 韦应物著，陶敏、王友胜校注《韦应物集校注》，第 140 页。
② 韦应物著，陶敏、王友胜校注《韦应物集校注》，第 148 页。
③ 韦应物著，陶敏、王友胜校注《韦应物集校注》，第 278 页。

　　邹儒立所要赴任的京兆属县云阳也是韦应物当年任京兆府功曹时出巡过的地方,当新进士子启程赴京之际,诗人仿佛看到了年轻时的自己。然而年华已逝,昔日意气风发的青年,今已成为偏安江南的刺史,"省署惭再入,江海绵十春"概括了韦应物建中二年(781)到贞元六年(790)两入台阁、三领大藩的仕历,但官职的升迁带给他的却是人生漂泊的沧桑感。"今日阊门路,握手子归秦。"诗歌末尾两极空间张力的再次呈现,将情感消融在离别的惆怅之中。

　　江南望阙,是韦应物刺苏交游诗创作的又一显著特色。透过这种写作模式,可以看到当时士人们的生存状态及其对文学创作的影响。

四　结　论

　　"望阙"主题背后勾连的"长安—江南"两极政治格局,不仅在一定程度上改变了诗人的创作心态与倾向,也成为促进安史乱后诗坛格局新变的重要因素之一。傅璇琮先生在《唐代诗人丛考·李嘉祐考》中指出"肃、代时期……(诗人)大致可以分为两大群,一是以长安和洛阳为中心,那就是钱起、卢纶、韩翃等大历十才子诗人,他们的作品较多地呈献当时的达官贵人。一是以江东吴越为中心,那就是……刘长卿、李嘉祐等人,他们的作品大多描写风景山水"①。这两个群体刚好对应"长安—江南"两极政治格局,从中可清晰见出政治对文学的影响。傅先生所言的诗坛格局,至韦应物刺苏的德宗朝初期仍在延续。韦应物也历来被视为这一格局中,江南地方官诗人的代表。他刺苏期间的交游、创作,正可视为大格局中的小缩影。

　　从韦应物个人的生活轨迹看,他虽曾长期任职于两京地区,但真正在台阁的时间很短。因此并未如大历十才子等人那样,穿梭于权门,沾染过多台阁诗风。相反,随着为官时间的延长,其心态愈加呈现居官如隐的淡泊倾向。而晚年出任滁、江、苏三州刺史,恰恰给了

①　傅璇琮《唐代诗人丛考》,中华书局2003年版,第244页。

他与这种淡泊心态相符合的为官环境。一方面,江南地区远离政治中心,最大限度地摆脱了官场倾轧、政治机心。于是,对仕宦已感厌倦的韦应物,便自觉地超然于仕隐矛盾之外,投身于名山秀水、诗酒燕集之间,实践着回归田园、追求自由的人生理想。另一方面,在将官场喧嚣抛置身后的同时,辞别帝乡也让他失去了与亲友欢聚一堂的可能。对昔日友情的还念,从此成为反复表达的情感进入江南诗歌的创作中。正如一枚硬币的两面,韦应物在收获了任职江南的自由闲适时光的同时,也必须忍受远离故乡与亲友的孤独漂泊感。正是在这样的处境下,郡斋吏隐与江南望阙,成为韦应物江南地方官生活的两个贯穿主题,此起彼伏地在其诗中唱响。

从文学发展看,安史乱后,伴随新的政治格局,大批文人流向江南,使这里成为与两京相对应的另一文化重镇。特别是像苏州这样交通便利、经济发达的地区,文人往来频繁。在贞元五年、六年的韦应物苏州交游、创作中,韦应物、刘太真、顾况、秦系、皎然、孟郊等人皆为当时颇具影响的诗人,他们的创作活动,极大地促进了江南诗坛的发展。中唐时期,江南地区诗酒文会频繁。代宗、德宗朝,有以鲍防、颜真卿为核心的大历两浙联唱诗会,刘太真、袁傪宣州诗会,皎然湖州诗会,皇甫曾、皎然常州诗会,韩滉浙西诗会等。宪、穆、敬、文诸朝,元稹、白居易、窦巩、崔玄亮、权德舆、李谅等人供职南方期间,在杭州、越州、苏州等地再掀诗歌唱和热潮。韦应物刺苏的交游及相关创作,也是众多中唐江南诗酒文会活动中的一个代表。①

从时代风气看,郡斋吏隐的厌倦官场、向往田园,江南望阙的珍重友情、轻视功名,都是士风萧条、进取心谈退的表现,而这正是那个时代显著的风貌。距安史之乱打击未远,大历、贞元诗坛既无法与开元天宝的盛唐气象相比拟,也没有元和时代力图中兴的奋起意识,这是一个低吟浅唱的过渡期。作为这一时代的代表诗人,韦应物任苏

---

① 关于中唐江南诗酒文会的情况,可参见景遐东《论中唐时期江南地区的诗酒文会》,《湖北师范学院学报》2005 年第 4 期。

州刺史期间的交游诗创作,也成为时代风气的传声筒,带给我们别样的感悟。

(本文原发表于《燕赵学术》2012 年第 2 期,此次刊印略作改动)

作者简介:杜光熙,男,1981 年生,天津人。2013 年毕业于河北师范大学文学院,考入首都师范大学文学院攻读博士学位。主要研究方向为唐宋文学。

永嘉学派散文创作的功利策略

苏　菲

南宋中期，理学兴盛，理学家们就构成了这一时期重要的散文创作群体。作为中国古代儒学化的士大夫代表，他们怀有儒家内圣外王的理想，对当时政治有所要求，同时也面临着因学派众多直接带来的学派建设等问题，而这些理想或现实需要都会在其文学创作中有所反映。比如此期理学家们的文章侧重言理论事，往往就是对其政治主张或学术思想的阐述。以朱熹为例，其文章充满了道德哲学的意味，而大量的书信文章更是其与其他学派思想交锋的成果。

当然，这种现实的动机也见于永嘉学者。与朱熹不同的是，从薛季宣、陈傅良到叶适的永嘉学者，其始终所秉持的图强务实的政治思想及其事功的学术思想实际上都是在强调有益当世的致用性和实用性，所以其文章不是朱熹的道德文章，他们鲜明的功用要求使文章创作与政治、学术的互动关系更加直接、紧密，在散文内容倾向、体式选择、风格取舍上的现实意图也更加明显，而永嘉学派自南宋高宗绍兴年间至宁宗嘉定年间能够迅速兴起、壮大的原因就在于此。

一　永嘉学者的时文策略与功利意图

南宋中期的科举考试已经建立起了程式化的考试制度，国家在科举时文体式方面制定了大量的考核标准，尤其是看重策、论两种文体，所以，策、论等论体文形式技巧就成为了应试举子们关注的焦点之一。同时，此期科举考试内容则偏重经义，高宗曾规定"诗赋不得侵取经义；若经义文理优长合格人有余，许将诗赋人才不足之数听通融优取"①。诗赋、经义均为南宋科举考试的科目,经义科对于国家选拔实才有重要意义,因此受到统治者的重视,而这种重视实际上也使得应试举子们更加关注时文的经义阐发。所以可以看到,在南宋中期这种科场环境下,应试举子们需要在时文体式、内容两方面用力,这也是永嘉学者所要关注的地方。

在永嘉学者真正涉足政治、学术之前,其对科举时文的用力实际上都是出自自身应举的现实需要。永嘉学者早年曾用力钻研时文,尤其文章的形式技巧,以陈傅良为代表,其讲求时文立意妥当、造语工巧,更是将科举时文归结为了破题、原题、讲题、使证、结尾的程式结构。另外,永嘉学者在参加科举考试之际也有对时文的改造,主要是陈傅良将《春秋》经义的阐发与工巧规范的文体特征相结合使其时文更加符合科举考试的规范,朱熹对此称"《春秋》为仙乡陈蔡诸公穿凿得尽,诸经时文愈巧愈凿。独《春秋》为尤甚,天下大抵皆为公乡里一变矣!"②可以看到,永嘉学者是以工巧的雕琢来使其经义内容得到最大程度的阐发,其在注重时文体式以适应考试的同时更是注意到了对时文内容如何发挥和改造的问题。所以,从应试的实际目的来看,永嘉学者这种对科举时文在体式、内容上的改造倾向与科举时文规范化的趋势相契合,这也使得永嘉时文迅速获得了一定的社会影响力,叶适晚年仍称"有士人来,多言场屋利害破题工拙而已"③,可以看到,永嘉学者早期的时文创作为其在南宋科场中首先就争取到了长期潜在的发展空间和影响效应。

永嘉学者进入政治领域后就透露出了强烈的富国强民的政治革新要求,并且以恢复国土为其政治目标,重视国家经济、军事问题,强调改善民生,整体上表现了一种改变国家现实弊端的功利倾向。而其学术上以关涉事物实用为基准,强调"步步著实,言之必使可行,足

---

① 徐松《宋会要辑稿·选举》,中华书局 1986 年版,第 4306 页。
② 黎靖德编,王星贤点校《朱子语类》,中华书局 1986 年版,第 2176 页。
③ 叶适《叶适集》,中华书局 1961 年版,第 603 页。

以开物成务"①,并且悉心建设其制度新学,也表现出了鲜明的功利倾向,要求致用、实用。很显然,其时文的工巧性根本不可能符合其功利的政治、学术要求,因此二者之间就不可避免地存在着矛盾。

从文化层面来考量这种矛盾,实质上是学术纯粹化和科举社会化之间的矛盾。程颐对此曾自我表露,称"人多说某不教人习举业,某何尝不教人习举业也,人若不习举业而望及第,却是责天理而不修人事。但举业既可以及第即已。若更去上面尽力求必得之道,是惑也"②。从以及第为目的的举业(主要指科举时文的创作)上去寻求道的实现,在程颐看来不是正确的求学路径,然而不习举业却又是"责天理而不修人事",因为儒家"外王"的理想要想在普通士人身上得到继承和发挥,科举考试就会是士人获取政治机会最有利的途径。这就使得有识之士不可能完全放弃科举考试而专心治学。永嘉学者也有这种科考经历,其对此也有深刻认识,叶适就称"犹未至如今之世,既养而不取,虽取而不养,而其养之也常于其所不取,其取之也常于其所不养;事具而其法不举,两异而莫适为用,此亦执事大臣因循之过也"③,指出这种矛盾就是养士与取士之间的偏差。基于此种认识,永嘉学者也在试图主动调节这种矛盾,其在开始经营政治、学术后也关注科举时文,主要是时文内容,其不断地将功利的政治、学术思想援入科场时文中。如陈傅良"官太学,倅闽府,诋劾却扫,勤十寒暑,绅绎文献,宏纲具举,则备于淳熙之丁未"④,搜集整理有关科举时文的经义内容;叶适则撰成《贤良进卷》,内容就是其关乎国计民生的政治主张和功利实学,成为了淳熙年间典范的科举参考书。

永嘉学者改造科举时文最明显的如绍熙元年,陈傅良应答皇帝

---

① 黄宗羲撰,全祖望补修,陈金生、梁运华点校《宋元学案》,中华书局1986年版,第1696页。

② 朱熹编,张伯行集解《近思录》,《丛书集成初编》本,第218页。

③ 叶适《叶适集》,第676页。

④ 陈傅良撰、周梦江点校《陈傅良先生文集》附录三,浙江大学出版社1999年版,第704页。

对其《周礼》注疏的关注时称"臣无所长,只与士子课习举业……臣岂敢著书,不过讲说举子所习经义"①。表示了自己的学术研究确实含有科举成分。更重要的证据是,朱熹认定其《周礼说》的内容是不以理会自家身心之事为先的功利之学,而且最终流布到科场之中,成为了有司取士的标准;同时,永嘉学者早期重视时文形式技巧与科举考试规范高度契合所带来的社会影响使得广大士子更加能够关注到其对时文内容的改造,也使其更为广大士子所宗尚。这样,在不断援其实政、实学入时文的努力中,永嘉学者已经将其自身在科举时文文体形式的优势发挥了出来,并且化为了一种有利于其功利思想传播的重要途径。从其学派自身建设的角度来看,永嘉学者科举时文与其功利政治、学术之间的冲突已经彼此消解了,二者也相当契合。

所以,自孝宗到宁宗,当永嘉学派政治、学术进入活跃期时,其时文影响也最大。有庆元三年言官上奏为证:"三十年来,伪学显形,场屋之权,尽归三温人。预说试题,阴通私书。所谓状元、省元与两优释褐者,若非其亲故,即是其徒。"②其中,"三温人"据周梦江考证知为陈傅良、叶适和徐谊③。而其关于"三十年"的判断则表明了永嘉时文使得永嘉士人尽得科举考试之利,"若非其亲故,即是其徒"的现象也帮助永嘉学派获得了更多的政治、学术支持。这样,永嘉学者科举时文与其政治、学术的发展必然存在着深刻的内在关联。

首先,永嘉学者曾参与到南宋中期士大夫政治革新的活动之中,其自身具有高度的社会责任感和强烈的政治热情,其对南宋社会政治现实的认识同时也构成了时文写作的最初动机,如叶适为制举所撰的《贤良进卷》,切于实事,充满着对国计民生的深切关注。因此单纯从时文内容来看,可以说其文章创作的首要用意就是用来传达其功利的政治主张和学术立场。

---

① 陈傅良《陈傅良先生文集》,第 285 页。
② 李心传《道命录》卷七下,《丛书集成初编》本(据《知不足斋丛书》本)。
③ 周梦江《叶适年谱》,浙江古籍出版社 2006 年版,第 117 页。

　　然而,从现实意义的层面来考虑永嘉学者对科举时文的连续关注,这种时文的功用意图已经跳出了文章内容本身的传达功能,而转化为了永嘉学者利用时文创作来笼络士人群体、发展其政治、学术的实际目的。无论是政治革新活动,还是学派自身的建设,都需要士人群体性力量的保障才能够顺利进行,因此南宋理学家的意识当中,其都是以培养后学作为其立政立学的根基,如张载就称"今欲功及天下,故必多栽培学者,则道可传矣"①。讲学施教和掌控科举都是南宋理学家扩大学术影响、培养后进力量的重要途径,尤其是科举考试聚集了广大士子,把握科场动向必然能够最大程度地传播其思想。永嘉学者是深知科举考试这种便利性的,如叶适就曾意识到"后世取士矣,师视其取而后教之,士视其取而后学之。夫道不以取而后存也,故愈微"②的历史现象,因此,科举对于发展政治、传播学术的功利意义早已经被永嘉学者所掌握,其不可能放过这个有着"聚道之助"③意义的机会。

　　对此,永嘉学者非常重视科举考试中的经义市场,因为这也正是各学术流派想要占据的领域。为此,永嘉学者不断地表达了对当今科举经义的忧虑看法,认为朱熹等人的天人、性命类的经籍阐释已经给科举的经义考试造成了严重的浮夸混乱之风,而这种言论本身实际上就是永嘉学者为确立其学术思想的科举地位试图寻找机会的一种努力。当然,永嘉学者都一直在致力于其功利思想对科举的渗透,其《春秋》学、《周礼》学等经制之学都曾经成为科举考试所标尚的考试内容,并且"逮宋之季,愈变愈新,浙东之温、江西之吉与抚,其《书》义号为利"④,科举考试中仍然存在着永嘉学术的身影。

　　至此可以看到,对于科举时文经义内容的把握在永嘉学者那里

---

①　张载撰、章锡琛点校《张载集·经学理窟》,中华书局 1978 年版,第 271 页。
②　叶适《叶适集》,第 185 页。
③　叶适《叶适集》,第 193 页。
④　吴澄《吴文正集》卷二九,《文渊阁四库全书》本。

已经成为了一种有效地传播其现实思想的政治行为了,其早期出于应举目的所进行的时文创作在其发展政治、学术的功用意图下化为了永嘉学者招徕士人、传播思想的有效资本。最终,经过这样的努力,永嘉学者建立起了其学派自身依赖科举传播的发展方式,更加巩固了其所掌控的政治权利和学术资本,也笼络到了很多士人举子作为其学派的储备力量,从而在孝宗末期至宁宗初期的时间里出现了其在政治革新结盟中的出色表现及其能够与朱陆鼎足的功利学术。

二　永嘉学者日常散文的创作策略与功用

永嘉学者的散文整体上呈现出了文章功用意图主导下理艺兼馨的创作面貌。永嘉学者推崇并学习唐宋古文家的文学创新精神,其都有意识地开展了对文章体式选择、内容阐述及其风格形成上的不断创新,而这种创新意识及创新努力本身就带有着永嘉学者促进自我政治、学术乃至学派发展的社会功用意义。

首先,永嘉学者散文体式选择的整体倾向是备采众体,基本上可以归纳为政论文、应用性骈文及记序、题跋、碑志等个人化的创作。可以看到,永嘉学者薛季宣的散文创作集中在了政治奏议,存在大量的政论书信,也有序跋之文;陈傅良则以政论性的奏议、策论为其散文创作的主体部分,同时内外制诰、表启之文创作突出,序跋之文也有特色;而叶适则在以上二者努力的方向外,更是积极拓展出了记序、题跋、墓志等文体的创作领域。单纯从永嘉学者的这种文章体式分类来看,其创作的功用意图并不能明显;然而结合其政治、学术发展的现实背景及其文章内容倾向来看,永嘉学者的散文创作就是一种有意的文章体式选择行为,是一种其自身思想的表达形式。

永嘉学者对文章体式的选择各有侧重。薛季宣大部分时间都是待阙或者外任,处在政治边缘的学者就选择以政论性的书信往往向朝中重臣来阐述自身政治实践中的主张和经验,而其与其他理学士人的交往活动也并不丰富,自称"某匪曰能贤,每思益友良朋诚不多遇,辱许之以交好,觊共由斯道尔"①。因此,薛季宣的创作就集中在了政论文体。此后,陈傅良散文创作的功用价值也体现在政治领域中的现实需要上。与其他理学士人不同的是,陈傅良曾在理学派士人同盟下的政治革新运动中出任中枢舍人,"担负起了树立道学官僚清直的道德形象使命……还要成为钳制反道学势力的一道关口"②,其已经进入到了南宋政治权力的中枢区域,因此内外制创作突出,据统计约有 293 篇,远远超出其他文体的创作。而其表、启类文体约共百篇,内容涵盖了祝贺、谢除授、谢到任、回复友人等内容,广泛应用在其政治性的交往活动之中。另外,陈傅良对题跋文的创作也很用力,约计 55 篇,其也常在此类文体中表达其学术性的思想内容。

到叶适,其在政论文体的基础创作上更用力于记序、碑志,显示出了某些功利的策略和意图。叶适的记体类文章大体创作于绍熙至嘉定时期,其中以嘉定之作为多;其碑志文多创作于庆历至嘉定年间,也以嘉定之作为多。叶适在政治上的全面施展是在绍熙年间,随理学派士人政治革新运动的高潮而出现,而庆元以后到嘉定时期,叶适的学术思想也因《习学记言序目》的出现得到了全面发展。因此可以说,叶适此类文体的创作集中于嘉定时期,也就是建立在了其自身功利政治、学术全面发展了的基础之上,所以其对此两类文体的关注必然有着自身政治、学术方面的关联性和目的性。

以创作内容为标准,叶适的记体文主要涉及修学类 13 篇,人物类(包括祠堂、书斋、庙等)22 篇,政绩类 12 篇(包括社稷、修城等),涵盖其政治、学术内容,表明其此体创作存在着展示并传播其政治、学术立场的意图;而碑志文则多是对其政治、学术同道者的缅怀。碑志文的创作在南宋理学家士人群众中有着特殊的意义,余英时称:"道学中人不但互相劝诫,而且非常重视墓志铭的撰写及祭奠仪式的

---

① 曾枣庄、刘琳主编《全宋文》第 257 册,上海辞书出版社 2006 年版,第 253 页。

② 陈安金、王宇《永嘉学派与温州区域文化崛起研究》,人民出版社 2008 年版,第179 页。

进行,这些铭文可以用来研究道学群体内部的关系,道学人士如果拒绝为亡友撰写墓志铭,表示他认为亡友不是道学中人。道学人士的选集也说明哪些人属于道学的范围,而哪些人被排除在道学团体外。"①因此,某位墓主向他人请托,或向特定人士乞铭的背后,都有可能存在着一种文化取向的社会认知;而撰铭者作为一种社会文化的维持者和传达者,通过撰铭足以积累起对其所依存的社会群体的影响力。叶适碑志文创作的现实功利性意义即在于此,其碑志文创作在对理学士人的群体缅怀中,整体上形成了一种考辨政治得失和学术高下的批判力,形成了一股强烈的文化情感力,更能感染到后来学者。

所以,后辈学者陈耆卿就极力称赞叶适碑志文的创作成就,称:"仰惟阁下以五百年间生之材,而抱千古不传之学,发为文章,真如春阳之气,干乾转坤,而包宇越宙,无往不往,而无物不该。故今天下人子之欲显其亲者,不以得三公九卿为荣,而以不得阁下之一言为耻。"②这里,虽然陈耆卿对叶适碑志文创作的评价有所拔高,但是也指出了叶适碑志文确实存在着一种社会吸引力,是得到社会士人的认可和推崇的。更应看到的是,叶适本人在撰写这些墓志铭时对于政治、学术的同道之人存在着主动为之的心理,其往往在接受请铭要求时持一种"不辞而铭"③的态度,有一种义不容辞的意味。因此从叶适自身来讲,其撰铭本身就存在了一种总结南宋士人文化面貌的自主意图,这所带来的就是永嘉学者在其理学士人群体中的文化导向效益使得永嘉学者能够最大程度地获得群体的认同及学派"合法"的学术地位,形成其学派发展的一种社会传播效应。

从以上结合体式、内容对永嘉散文的分析中可以看到,薛季宣、陈傅良、叶适确实存在着对文章体式选择的现实需要和意图,其也在

---

① (美)田浩《朱熹的思维世界》,江苏人民出版社 2009 年版,第 6 页。
② 曾枣庄、刘琳主编《全宋文》第 319 册,第 30 页。
③ 叶适《叶适集》,第 310 页。

尽心完善着这种文章体式功能,最明显的就是不断增强其所创作文体的议论性。如陈傅良对表、启类文章的创作存在着完成一个议论性过程的倾向,叶适的记类文章更是事理交融,政论文章则层次清晰紧密,结构严整宏阔,辩论纵横捭阖,形成了一种立体式的议论模式。永嘉学者非常推崇古今议论之文,叶适称:"叙诸论,舜禹皋陶辨析名理,伊傅周召继之,《典诰》所载论事之始也,至孔孟折衷大义,无遗憾矣。春秋时,管仲晏子子产叔向左氏善为论,汉人贾谊司马迁刘向杨雄班固善为论,后千余年,无有及者。"①其关注的是议论具有辨析名理、阐发事理的功能,所以永嘉学者这种在不同文体中的议论取向深刻地表现了其出于传播其政治、学术的动机,使其文章创作更加适用其实际需要。

另外,永嘉学者对散文风格的创新也具有功利的策略要素。永嘉功利之学总是被朱熹指责为不究义理之学,而永嘉学者功利的政治主张也与朱熹等人以德为本的政治取向存在差异。所以,在嘉定年间叶适全面系统阐述其功利之学的发展时期里,要想在以朱熹为首的修身内圣之学的社会氛围下脱颖而出,永嘉学派不仅要做好功利学术的理论性阐释,而且如何保持与外界良好的沟通、如何使人容易理解并接受其思想的问题显得格外重要。为此,永嘉学者使其散文风格偏向了恳切实用、平易明畅、宏博纵横的三个方向。

永嘉学者的功利思想与其政治、学术主张同位一体,其恳切实用的风格既符合南宋社会现实的需要,又符合理学家政治革新理想的要求,而平易明畅的文章风格能够导向对永嘉学者思想表达的顺畅,宏博纵横则更以一种波澜雄壮的气势增强其言论的说服力度,最终实现对其功利思想的成功推销。这主要集中在了永嘉学者的政论说理文之中。比如薛季宣的政论文章,其往往以亲身经历的描述口吻来具体阐述其政治主张和解决方案,言辞颇为恳切,行文中总是流露出一种对国家朝廷的无限期望和对社会人民的热爱之情,而这种恳

---

① 叶适《习学记言序目》,中华书局 1977 年版,第 744 页。

切的口吻就使其文章亲切自然,感染力强,容易获得皇帝、宰执大臣
的认可。而陈傅良的政论文章往往在行文之中形成一股儒学师长谆
谆教诲般的论述态势,论证充沛翔实,在心理上就给人一种可证可信
之感,虽然与薛季宣说理论证的出发点不尽相同,但都是指向了一个
立文目的,即如何更恰当地传达其政治主张以便更好地实现与皇帝、
宰执大臣的沟通。

　　当然,对于文章风格上的这种实际考量最明显最成功的就是叶
适了。叶适曾称:"《诗》曰:'自堂徂基,自羊徂牛,鼐鼎及鼒。'此言行
之有本末而施之有次第。然而当世之士,于凡远者则或侈大其说以
为奇,于凡近者则亦苛碎其辞以为切;至于所当先后,众所共知,则反
以为古今常谈,文墨之旧事。因循掩覆,受患已深,诚恐垣墙颓圮,障
蔽有缺,空言曼衍,至计莫施,则天下之事所损多矣。"①其针对南宋
士人忽视国家内外现状的空头言论所发,指出当世的言论或过于奇,
或过于切,实际上也关涉到了政治言论的文风问题。在叶适看来,正
确朴实而行之有效的政治言论往往就是那些"古今常谈,文墨之旧
事"的东西,也因此,如何恰当地来表现这些内容而同时避免"众所共
知"的空论倾向就显得很重要了,因为这会引起"空言曼衍,至计莫
施"的无奈后果。所以,叶适的政论文章首先就是做到依托事实说
话,而后其更是花费了很大气力来塑造其宏博纵横的结构和行为风
格。可以看到,叶适以波澜壮阔的行文使其政治言论具有了常谈不
旧的面貌,其始终如一的富强国民——恢复国土的政治主张在其纵
横捭阖的笔下总是激荡着一种奋进昂扬的情怀,使读者在受文章情
感感染的氛围下更愿意接受其政治观念和学术思想。

　　因此可以看到,永嘉学者散文风格的整体追求就是以增强其文
章感染力的功利目的为导向来最终树立其文章的社会号召力,也使
其政治主张、学术思想等内容鲜明突出而得以广泛传播,促使其自身
形成一种以文学创新带动其功利政治、学术思想发展的实际效果,就

_____

　　①　叶适《叶适集》,第551页。

像虞集所称,"乾淳之间,东南之文相望而起者,何啻十数。……永嘉诸贤,若季宣之奇博而有得于经;正则之明丽,而不失其正。彼功利之说,驰骋纵横其间者,其锋亦未易缨也"①。当然,表现在永嘉学者文章中的这种感染力,还原到社会现实之中就是永嘉学者本身的政治号召力的形成以及其在学术地位和权利的获得。

综上所述,永嘉学者出于自身功利政治、学术实际发展的意图对其文章创作进行了较为深刻地改造和创新,实际上,永嘉学者功利散文的成功就是其永嘉文章功利策略运用的成功,是其政治、学术、散文互动发展的成功,更是永嘉学派的成功。

(本文原发表于《燕赵学术》2012 年第 2 期)

作者简介:苏菲,女,1986 年生,河北霸州人。2012 年毕业于河北师范大学文学院,考入南开大学文学院攻读博士学位。主要研究方向为唐宋文学与文论。

---

① 虞集《道园学古录》卷三三,《文渊阁四库全书》本。

周邦彦词"前后若不相蒙"发微

孙素彬

在陈廷焯的《白雨斋词话》中,有一句对周邦彦词的评价:"美成词有前后若不相蒙者,正是顿挫之妙。"①"蒙"在此处当是承接的意思,这句话的意思是说在美成词中存在前后语句似乎不相承接的状态,这正体现了其词顿挫跌宕的妙处。这句话作为陈廷焯阐述顿挫之妙的一个表现在《白雨斋词话》中出现过一次,而这仅出现一次的评价在后世学者品评清真词时常被引用,比如叶嘉莹先生的《周邦彦词新释辑评》中也指出"他(周邦彦)的词有时让人捉摸不透,至有人说'美成词有前后若不相蒙者'"②,钱鸿英先生的《周邦彦研究》中也曾两次提到"美成词有前后若不相蒙者,正是顿挫之妙"③,可见这句只在原作中出现过一次的话是对清真词特点很准确且具有代表性的评价,得到后世广泛认可。而对于"前后若不相蒙"的具体内涵陈廷焯并未做进一步分析,后代学者引用时也仅是作为一个结论对清真词特点进行概括,以至于这句常被引用的评价的具体内涵至今没有明确的指向,本篇文章尝试对此作具体阐述,分析陈廷焯提出此评价时的具体指向以及美成词其他若不相蒙的表现。

一 陈廷焯提出周邦彦词"前后若不相蒙"的初衷

关于不相蒙的评价,出现在陈廷焯《白雨斋词话》中对《满庭芳》

---

① 陈廷焯《白雨斋词话》,上海古籍出版社 2009 年版,第 19 页。
② 叶嘉莹《周邦彦词新释辑评》,中国书店 2006 年版,第 14 页。
③ 钱鸿英《周邦彦研究》,广东人民出版社 1990 年版,第 183、280 页。

的评价，原文是："美成词有前后若不相蒙者，正是顿挫之妙。如《满庭芳·夏日溧水无想山作》上半阕云：'人静乌鸢自乐。小桥外，新绿溅溅。凭栏久，黄芦苦竹，疑泛九江船。'正拟纵乐矣，下忽接云：'年年。如社燕，漂流瀚海，来寄修椽。且莫思身外，长近樽前。憔悴江南倦客，不堪听、急管繁弦。歌筵畔，先安枕簟，容我醉时眠。'是乌鸢自乐，社燕自苦，九江之船，卒未尝泛。"①

从原文看，陈廷焯提出"不相蒙"评价的指向应有两个，下面就以《满庭芳》为例对这两方面做分析。

> 风老莺雏，雨肥梅子，午阴嘉树清圆。地卑山近，衣润费炉烟。人静乌鸢自乐，小桥外、新渌溅溅。凭阑久。黄芦苦竹，疑泛九江船。　　年年。如社燕，飘流瀚海，来寄修椽。且莫思身外，长近尊前。憔悴江南倦客，不堪听、急管繁弦。歌筵畔，先安簟枕，容我醉时眠。②

其一是情、景、事的陡接。词的内容不外乎三部分，叙事、写景、抒情。在周邦彦以前的词作中，这三部分多是分开的，一阕写景或叙事，一阕抒情，周邦彦的词打破了这种传统，打破了事、景、情三者的界限，将三者融于一炉，他的词中，叙事、写景、抒情不是完整的三部分，而是将它们裁减、拼接。在周邦彦的词中，叙事、写景、抒情互相穿插的现象是很常见的，甚至单是在叙事，写景，抒情各个部分的内部，也存在穿插，比如本是说此事，之后笔锋一转提及彼事，让词跳跃跌宕，前后好似不相承接。情景事的陡接之所以会造成跌宕顿挫之感，这其中的法门便是不说尽，事不道尽，景不绘尽，情不诉尽。如若一方面说尽之后再调转入其他，比如把事说尽后转入抒情那么就是自然承接，如流水账，不会产生跌宕之感，纵再笔调回转重写回故事，

---

①　陈廷焯《白雨斋词话》，第 19 页。

②　孙虹《清真集校注》，中华书局 2012 年版，第 99 页。

也只显拖沓,不是跌宕起伏。《满庭芳》是融情入景入事之作,上阕全部是景物描写,但景物描写的内部也存在跳跃跌宕,首"风老莺雏"三句是对放眼处所见景物的描写,莺雏长大,梅子圆润,树冠青葱似玉,三句明显仅是对树丛一处的描写,并未写尽作者触目所见景致,而之后笔锋一转,"地卑山近"二句转写潮湿的山地气候,下句"人静乌鸢自乐"直至"疑泛九江船"继续写回所见景色,小桥流水,黄栌苦竹。下阕"年年。如社燕,漂流瀚海,来寄修椽"是全词感情意味比较浓厚的一句,可以看做叙事,也可看做是作者羁旅漂泊的感慨,但无论是叙事还是抒情,作者都未说尽,我们不知道作者这些年的漂泊往事,也不知他漂泊的情绪如何,仅是寥寥几字带过,便由下句"且莫思身外,长尽尊前"转至如今,下接"憔悴江南倦客"三句情绪浓重,后"歌筵畔"三句回到自己而今江南倦客状态的叙事描写。通关全篇可见,词中虽是写景、抒情、叙事的结构,但并不流于平庸,下阕叙事抒情交错出现,哪怕是上阕整段的景色描写,在其内部也存在着跳跃结构,它们的共同特点是皆在未说尽时陡然转入下一方面的描写,使词呈现出跌宕的顿挫之感,饶有趣味。以致陈廷焯对此发出感慨"后人为词,好为尽头语,有何趣味"①。

所谓一切景语皆情语,词人作品中每个文字,每个意象都是一枚载体,是寄予了作者心绪感情而出现在作品中的,细细品味周邦彦的词,我们从作品的每一句话中都可以感受到作者的情绪,而这里,也就出现了陈廷焯所言"不相蒙"的另一种指向:情绪的陡转。若把清真词中每一句话所承载的情绪翻转出来,我们就得到一首通篇言情的词作,由此我们会发现周邦彦在一首词中的情绪并非是一成不变的,不是自始至终的喜悦也并非一成不变的愁苦,而是存在情绪的变化及落差,下面继续以《满庭芳》为例,分析周邦彦词作中情绪的陡转。

词的上半阕,首"风老莺雏"三句,风雨过后莺雏成长,青梅肥美,

---

① 陈廷焯《白雨斋词话》,第19页。

树木青翠,树冠圆润,俨然一副夏日雨后的清丽美景,其反映的也应是比较欢快的情绪。而下句"地卑山近,衣润费炉烟",一个"费"字反映出作者并未像其上所写景物那般欢乐,愁闷情绪略显端倪。下"人静乌鸢自乐"三句,小桥流水,乌鸢自乐,溪水溅溅,一派祥和景象,所反映的应是舒适安逸心镜,此句的出现将上句初见端倪的苦闷愁绪反转回来,之后"凭阑久"三句出现,此三句本出自白居易当年在九江所作《琵琶行》中的"黄芦苦竹绕宅生",词人由自身处境想到了当年同被贬谪的白居易,仿佛自己也听到了那"同是天涯沦落人"的琵琶声,若通过之前的几句读者还不能把握词人的情绪,琢磨不定,那么此句的出现则让作者的情绪基调基本确立,即被贬后的苦楚愁闷。之后下阕透过"年年。如社燕"三句,作者仕途沦落之悲一览无余,至此,劳瘁之情,迁流之感上升到极致,但接下来的一句"且莫思身外,长尽尊前",出自杜甫"莫思身外无穷事,且近身前有限杯",却似是看破人生起伏,一切皆是身外之事,不如酒中忘忧。下句"憔悴江南倦客,不堪听、急管繁弦",情绪再度转折,原来前句看似解脱语,实则无可奈何。终句"歌筵畔,先安簟枕,容我醉时眠"气力用尽,归于平静,愁思未已,惟有借醉眠了之。

以上是将《满庭芳》每句情绪翻转,通篇化作抒情之作来分析,由此我们可以看到,美成词有着自己的情感主调,但这种情绪并非一成不变,从头拖沓到尾,而是有所变化,看《满庭芳》全篇,情绪每三句一转折,但这种转折并不会影响作者情感的抒发,在跌宕起伏中,我们可以清楚的看到词人情绪变化的主线:词人宦海漂泊的愁苦情绪一点点加重,直至高潮的抱怨,后这种抱怨转至无奈,情绪慢慢被压抑,被收回。虽是传统的表达宦海沉浮的作品,但在词句所承载的情绪的陡转下作者感情呈曲线上升,曲线归于平静,让词通篇摇曳跌宕,参差错落,不至枯燥乏味。也因陡转情绪的调和,词人情感哀怨却不激烈,温柔敦厚,怨而不怒。

由此可见,从形式上,周邦彦词通过叙事、写景、抒情之间及其内部的互相穿插造成错落有致的文风,同时,在作品内在承载的情感上,其词也并非平铺直述,而是通过前后情绪的陡转造成不相承接的状态,这两种对词的处理方式让周邦彦词形成吞吐,给人欲说还休之感,《白雨斋词话》对《满庭芳》结语为"虽说的哀怨,但不激烈。沉郁顿挫中饶有慰藉"①。陈廷焯当时对周邦彦词做出"不相蒙"的评价,当是指的这两方面。

二　章法结构的巧妙布局

上文中是将周邦彦的词划分为片段,分析句中前后承接的不相蒙状态,但周邦彦被周济评为集大成者,陈廷焯也说"词法莫密于清真"②,其对词的精心结撰断然不会仅仅体现在片段词句之间。其词的"不相蒙",在章法布局之中也体现的淋漓尽致。

北宋时以柳永、周邦彦为代表,慢词长调得到空前发展,至周邦彦时,更是将慢、引、近等增至词中,词的篇幅加长,容量增大,这使得词的表现能力增强,直至可以叙述完整事件,但相对而来的如何处理和组织词中内容也就成为现实问题。柳永周邦彦都好为慢词,他们的慢词都有情节化的倾向,词在他们手中可以成为叙事抒情的载体,但对于词内容的结构布局,二人的做法是不一样的。柳词更多的是线性结构,平铺直述,可将事件叙述清楚,但也造成铺叙过多,章法松散,缺乏波澜的毛病。周邦彦则不同,他的词章法回环往复,正如夏敬观云"耆卿多平铺直叙,清真特变其法,一篇中之,回环往复,一唱三叹,故慢词始盛于耆卿,大成于清真"③。

周邦彦词的情结化倾向表现在他能集事件的起因、经过、结果于一首词中,但词毕竟有别于文,其内容的局限性使得词不可能将事件表现得面面俱到,趣味横生,词的特点使得其仍是以艺术性和抒情性

---

① 　陈廷焯《白雨斋词话》,第 19 页。
② 　陈廷焯《白雨斋词话》,第 49 页。
③ 　夏敬观《手评乐章集》,转引自姚学贤、龙建国《柳永词详注及集评》,中州古籍出版社 1991 年版,第 254 页。

取胜的,那么如何将事件的起因、经过、结果统筹进词中而不显乏味拖沓,因为字数的限制,通过语言的细致描摹显然是乏力的,而此外的形式层面,即词的章法布局则成为词艺术性和美感的保证。在描写事件时周邦彦并不是从头至尾娓娓道来,他也在讲故事,但故事的内容需要读者认真体会才可以得到,只因在周邦彦的慢词长调里,事件的起因、经过、结果的顺序是打乱的,词的前后并不一定是事件的承接,词的顺序也并不一定就是事件发生的顺序,词中文字随着作者思绪游走,而作者的思绪又在时空中跳跃腾挪,以至于美成词不会将笔触停留在眼前人事,而是随着思绪的流动,跳跃于昔、今、未来,此地、彼地之间,常常由此及彼,由彼又回到此,回环往复,虚实结合,这种肆意的跳跃出现在词中,让见惯了平铺直述作品的读者起初接触时难以跟上作者的思路,心中情景还停留在上句时,下句词句中作者已将笔触游到其他位置,这种快节奏的转换让读者难以捕捉,造成前后若不想承接的感觉,是不相蒙的另一种表现形式。

周邦彦词在时空之间的跳跃转换,主要是通过逆笔的方式实现的。逆笔是一种写作方法的总称,具体体现在词中,包括逆叙,逆入和逆挽三种方式。

逆叙是指打破正常的叙述顺序,由昔转今,今景的出现讲前事推移,读者对上句时空的定位会因下句的出现而打破。逆入是追述往昔,其与逆叙的不同之处在于立足于如今,由今而追昔。逆挽是指逆笔回旋,与前面之词意遥相挽和。这三种逆笔方式可能单独出现,也可能统筹于一首词中,让词成为一个结构完整但又不失艺术感染力的故事。下面以《过秦楼》为例,看逆笔是怎样支配时空的转换,以致让词产生不相承接之感的。

> 水浴清蟾,叶喧凉吹,巷陌马声初断。闲依露井,笑扑流萤,惹破画罗轻扇。人静夜久凭阑,愁不归眠,立残更箭。叹年华一瞬,人今千里,梦沈书远。　空见说、鬓怯琼梳,容销金镜,渐懒趁时匀染。梅风地溽,虹雨苔滋,一架舞红都变。谁信无聊,为

伊才减江淹,情伤荀倩。但明河影下,还看稀星数点。①

　　读者初接触这首词,会觉得晦涩,不知每段描述的立足点在哪里,也分不清到底置于哪一空间,感觉不到前后文的联系,刘斯奋在《周邦彦词选》中说"此词结构奇幻,词意迷离,初读似殊难索解"。这主要是因为此词在时空中大幅度转换,人事也截然不同。叶嘉莹在《周邦彦词新释辑评》中说此词"现实、推测、回忆、憧憬各种印象交将叠加,迷离恍惚,顿生隔世之感"②。下面对这首词的时空转换做具体分析。

　　词前六句中,前三句夜景描写,后三句可以看出应是对一女子描写,但此景此人是现在还是过去,并未说明。下句"人静夜久凭阑,愁不归眠,立残更箭"出现,才可确定之前对女子的描写已是往昔之事,"人静"句是立足于如今,描写的是作者今时今地,这里通过逆序将前句时间推移,同时也用逆挽与首句挽合。下顺接"叹年华一瞬"三句,感慨物是人非。下阕"鬓怯琼梳"三句是对女子描写,"空见说"三字的出现证明这是作者对女子离别后憔悴状貌的想象,是虚写,"梅风地溽"三句在叙事中陡然插入景物描写,如前文所言更添顿挫,"谁信"三句是对作者自己离别后状态的描写,是实写,与前虚写相对,最后以"星稀数点"景色做结,并与首句遥相挽合。

　　此首词中,上阕是时空跳跃,在今、昔、今中回环,下阕是虚实相接,逆叙的使用让词在时空中跳跃腾挪,逆挽的使用让词的结构更加完整。整首词因为逆笔的使用增添了起伏波澜,使词纵横跌宕,比平铺直叙更具立体感,情感也更为深沉。钱鸿英在《柳周词传》中也发出感慨"清真词在章法结构方面的优点,可以说是前无古人的,且对后世发生深远影响"③。同时,在《周邦彦研究》中,钱鸿英也指出

---

① 孙虹《清真集校注》,第248—249页。
② 王强《周邦彦词新释辑评》,中国书店2006年版,第134页。
③ 钱鸿英《柳周词传》,吉林人民出版社1999年版,第296页。

"'人静'句表面看不出任何转折之意,只是潜气暗转,突转陡接,所以扑朔迷离,不易察觉"①。这也就指出美成章法布局造成的另一个不相承接因素:暗转的使用。

逆笔是周邦彦词进行时空跳跃的手段,而暗转则是跳跃时的具体形式。当用暗转的形式进行逆笔回旋时,周邦彦词便变得扑朔迷离,让人难以轻易窥觑其旨。暗转是相对明转而言的,明转即是一般意义上的转折,具体到词作中,上片言景,下片抒情,或者上片抒情、下片言景,或通过关键字词(如标明时间、地点转换的词)或领字(如想、念、记等)进行转折层次分明,一看便出。比如《花犯·梅花》"去年胜赏曾孤倚","今年对花最匆匆","相将见、脆丸荐酒"②通过去年、今年、相将这些标明时间的关键词进行时空转化,《兰陵王》"念月榭携手,露桥闻笛"③通过领字"念"的使用转换到过去,这些转换都是比较明显的,是明转。而去除这些文字提示,让人不能轻易窥探转化痕迹的便是暗转。况周颐在《蕙风词话》中曾指出"作词须知'暗'字诀。凡暗转、暗接、暗提、暗顿,必须有大气真力,斡运其间,非时流小惠之笔能胜任也"④。钱鸿英先生在《周邦彦研究》中指出"潜气暗转因是陡然转接,就能使词意在顿挫中显得奇警飞动"⑤。以《夜飞鹊》为例:

　　河桥送人处,良夜何其。斜月远堕余辉。铜盘烛泪已流尽,霏霏凉露沾衣。相将散离会,探风前津鼓,树杪参旗。花骢会意,纵扬鞭、亦自行迟。　　迢递路回清野,人语渐无闻,空带愁归。何意重经前地,遗钿不见,斜径都迷。兔葵燕麦,向残阳、影

①　钱鸿英《周邦彦研究》,广东人民出版社 1990 年版,第 277 页。
②　孙虹《清真集校注》,第 103 页。
③　孙虹《清真集校注》,第 31 页。
④　况周颐《蕙风词话》,上海古籍出版社 2009 年版,第 11 页。
⑤　钱鸿英《周邦彦研究》,第 275 页。

与人齐。但徘徊班草,欹歔酹酒,极望天西。①

　　词中上片写送人场景,仿若眼前,而词中换头"迢递"句一出,才知上片情景原是作者的追忆,直至"何意重经前地"一句的出现,才知上句也是追忆,仿佛多米诺骨牌一样将前面场景全部推翻,跌宕起伏,逆叙的写法化虚为实,将虚处追忆实写,让往日情景历历在目,而时间一点一点推进,才知前事皆早已化作过眼烟云,词中时空被两次推进,但转化时毫无语言痕迹,全用暗转,转折的功夫全靠文章的理脉气势,陈廷焯云"美成意余言外,而痕迹消融,人苦不能领略"②。

　　以逆笔为手段,暗转为形式,当这二者相遇时,便能至美成词于浑化,章法回环中完全不着转换痕迹,前后好似不相承接,而气势自运于词中。

三　对情景关系的雕琢

　　周济云:"美成思力,独绝千古。""读得清真词多,觉他人所作,都不十分经意。"③与苏轼以才学为词,浑然天成不同,美成为词善雕琢,下笔用意皆有法度,从词的整体看,在词意表述和感情抒发上,美成词也有自己独特的设计,这体现在周邦彦对词中情与景两部分关系所做的处理。周邦彦对表现于词中的景物处理方法很有其独特之处,他不会将自己的孤独飘零之感强加于事物从而让周围环境也化身为愁雾残云,如泪眼观残花般相互关照,进而致使全词都笼罩一种浓郁凄凉的氛围。他也不会刻意渲染一种欢乐明快的环境,然后笔锋急转写出自己的飘零不偶,通过巨大的反差衬托自己的愁闷。对于客观景物,清真只是做客观的描摹,把周围环境带给他的感受都如实表现出来,不矫揉不造作,在一片动人美景中将自己的无果爱情和

① 孙虹《清真集校注》,第95—96页。
② 陈廷焯《白雨斋词话》,第237页。
③ 周济著,顾学颉校点《介存斋论词杂著》,人民文学出版社1959年版,第6页。

羁旅漂泊故事娓娓道来。这也就产生了周邦彦词"不相蒙"的另一个表现:情语与景语的不相蒙。通过读者的期待视野受挫让词产生不相承接的状态。这种情语与景语的反差不仅能让词意曲折婉转,同时美好的环境能够冲淡悲伤的感情基调,二者中和让词呈现出雅正之美。以《六幺令》为例:

> 快风收雨,亭馆清残燠。池光静横秋影,岸柳如新沐。闻道宜城酒美,昨日新酷热。轻镳相逐。冲泥策马,来折东篱半开菊。　　华堂花艳对列,一一惊郎目。歌韵巧共泉声,间杂琮琤玉。惆怅周郎已老,莫唱当时曲。幽欢难卜。明年谁健,更把茱萸再三嘱。①

词的上阕"快风"四句写当下景,干脆利落,雨后干净清爽的画面跃然纸上,"闻道"五句,由静忽转入动,冲泥策马,把酒以就菊花,整个上阕,动静结合,是一幅生动的雨后策马图。而下阕"华堂花艳对列,一一惊郎目",一个"惊"让笔锋微转,直至最后"惆怅周郎"五句,全词情感基调展现,作者颠沛流离这么多年的无奈和身不由己渲染开来。整首词中,词的上阕景色描写与下阕的没落情绪形成反差,给词意造成起伏,在情感的抒发上,词的下阕情绪低沉,而叶嘉莹对此词的评价是"一切都归于平静与沉郁"②,那么整首词吐韵妍和的风格当是与词的上阕景色描写的中和是分不开的,上阕美好的景色描写冲淡了下阕无奈悲凉的情绪,显得温柔雅正。

而细思周邦彦对景物做如此处理的原因,当是与其思想中的道家思想也有关系。作品中所表现的景物描写是外界事物经过作者根据自己的审美取景、欣赏并通过的心灵折射才反映到作品中,这就表明作者自身的主观审美思想对客观风景在词中如何表现有很重要的

---

① 孙虹《清真集校注》,第 255 页。
② 王强《周邦彦词新释辑评》,第 219 页。

影响,正如王国维所说:"以我观物,则物皆着我之色彩。"①清真词中对自然环境的关照与美成自身的审美思想有很大的关系,这就不得不考虑到其思想中的老庄成分。

钱鸿英在《周邦彦研究》中写道,周邦彦"其审美观则扎根于庄子的'天地与我并生,万物与我为一'的'天人合一',齐物思想,让清真对大自然保持着非常亲切的感情"②。因为天人合一的齐物思想,周邦彦对自然界中人们认为卑微丑恶的东西都能作生动甚至美好的描摹,比如《醉桃源》(冬衣初染远山青)"情黯黯,闷腾腾。身如秋后蝇。若教随马逐郎行。不辞多少程"③。自古用文人用来比喻女子的都是美丽的物像,如"人比黄花瘦"里的黄花,"梦随风万里"的杨花,而美成却用秋后蝇比喻思妇恹恹的状态,而且刻画的如此生动。其他如"蜀丝趁日染干红。微暖面脂融。博山细篆霭房栊。静看打窗虫"(《月中行》)④,"帘底新霜一夜浓。短烛散飞虫。曾经洛浦见惊鸿。关山隔、梦魂通"(《燕归梁》)⑤,"菖蒲叶老水平沙。临流苏小家。画阑曲径宛秋蛇。金英垂露华"(《醉桃源》)⑥,"飞蝇"、"飞虫"、"秋蛇"都是自然界中比较卑微甚至是丑恶的东西,周邦彦都刻画的如此精细生动,那么大自然中的优美风景如实的出现在美成排遣羁旅之怨或别离之苦的作品中,就显得理所应当了,他是怀着对自然环境由衷的喜爱来描写这些景色的,而对这些美好景物的客观描摹就与其所要表达的羁旅漂泊之感形成对比落差,产生不相承接之感。比如《隔浦莲近拍》首四句"新篁摇动翠葆。曲径通深窈。夏果收新脆,金丸落、惊飞鸟"⑦,在一片充满生机的初夏美景中道出自己客居漂泊,怀

<hr>

① 徐调孚《人间词话校注》,中华书局2012年版,第2页。
② 钱鸿英《周邦彦研究》,第219页。
③ 孙虹《清真集校注》,第369页。
④ 孙虹《清真集校注》,第153页。
⑤ 孙虹《清真集校注》,第387页。
⑥ 孙虹《清真集校注》,第370页。
⑦ 孙虹《清真集校注》,第45页。

念故乡的伤感。

《木兰花令》中暮秋时节和友人饯别的凄凉场景从"郊原雨过金英秀"①一片秋高气爽的环境中出场。

《苏幕遮》"燎沉香，消溽暑。鸟雀呼晴，侵晓窥檐语。叶上初阳干宿雨、水面清圆，一一风荷举"②，在一片柔和清丽的环境中道出自己的思乡之情。

在"天人合一"、平淡自然的审美思想下，周邦彦能将自身融入自然，感受周围环境的美好，并把它们表现在作品中。

以上从陈廷焯《白雨斋词话》中对周邦彦词"不相蒙"的评价入手，对陈廷焯有此评价的初衷以及美成词中其他"不相蒙"的表现进行了分析。初读清真词，其前后好似不相承接的状态会让人觉其晦涩难懂，甚至不知所云，但这也正是清真词的一大特色，正是因为不相蒙，才让清真词跳跃跌宕，摇曳多姿，值得反复咀嚼。

作者简介：孙素彬，女，1990年生，河北唐山人。河北师范大学文学院2012级古代文学专业研究生。主要研究方向为词学。

---

① 孙虹《清真集校注》，第138页。
② 孙虹《清真集校注》，第50页。

《白兔记》编剧年代新证

都刘平

　　南戏《白兔记》，为明人称为"四大传奇"之一，系永嘉书会才人所作。其最早见诸文献记载的是明徐渭《南词叙录》"宋元旧篇"，题《刘知远白兔记》。后《寒山堂新定九宫十三摄南曲谱》（以下简称《寒山堂曲谱》）引，更名为《刘知远重会白兔记》。《古人传奇总目》亦著录，注云："无名氏作，刘知远事。"据俞为民先生考察，今全本流传下来的凡四种：一是明毛氏汲古阁刻本，题名《绣刻白兔记定本》；二是明成化年间北京永顺堂刻本，题名《新编刘知远还乡白兔记》；三是明万历金陵唐氏富春堂刻本，题名《新刻出像音注增补刘智远白兔记》；四是明嘉靖进贤堂刻本，题名《全家锦囊大全刘智远》。学界一般认为，汲古阁本为最古本。

　　关于它的成书年代，郑振铎、周贻白等前辈学者认为在元代。日人青木正儿则进一步指出，"或为元末人所作"[1]。而俞为民先生则据"刘知远是一个负心汉的形象，作者对这一人物的贬斥还是十分明显的"的内容，以及它的质朴自然的语言特色，认定它属早期南戏。至于早到何时，俞先生则没有直接说明。不过，在其专著《宋元南戏史》第五章《两宋时期的婚变戏》中则多次引《白兔记》为例证。大概俞先生认为它是"两宋时期"的南戏吧[2]。

　　其实《白兔记》作者并未将刘知远作为"负心汉"的形象来加以贬

---

① （日）青木正儿著，王古鲁译《中国近世戏曲史》，中华书局1954年版，第111页。

② 俞为民、刘水云《宋元南戏史》，凤凰出版社2009年版，第192页。

斥,如第二十四出,刘知远为岳司公招为女婿后,他有段心理自叙:
"朝朝寒食,夜夜元宵。竟不知恩妻李三娘信息如何? 一似和针吞却
线,刺人肠肚系人心。"这与《琵琶记》中蔡伯喈入牛府时的矛盾心理
是如出一辙的。"私会"一节,当三娘听到知远在军中因接岳小姐误
送的红袍,被招为女婿后,唱道:"听伊说转痛心,思之你是个薄幸人。
伊家恋新婚,交奴家守孤灯。我真心待你,你享荣华,奴遭薄幸。上
有苍天,鉴察我年少。"这里三娘固然有责备,但怪的是刘知远发迹后
没来接自己一道"享荣华"。故当刘知远取出安抚使金印,承诺三日
后以彩凤冠来接她时,三娘满心欢喜,所有的委屈与抱怨都作烟云消
散了。我们说,作者写三娘的艰难困苦,自然有同情成分,但更多的
是颂扬其从一而终,守贞如玉的品质。这是封建旧社会对"好女子"
的评价标准,即《白兔记》写三娘的苦难并非为谴责刘知远之负心,实
为歌颂三娘之"优秀"。另外,对于像刘知远这样由社会最底层而因
武略晋身上层的传奇人物,落魄潦倒的编剧者不仅不会贬斥,反而充
满钦佩之情。至于《白兔记》语言的质朴,古人确实论说过不少。吕
天成《曲品》卷下对其作如下评语:"词极古质,味亦恬然,古色可挹。"
祁彪佳《远山堂曲品》"具品"条列有《咬脐》,品曰:"别设科目,绝不类
《白兔记》。乃彼(《白兔记》))即口头俗语,自然雅致。"清梁廷枏《曲
话》卷二说:"《荆》、《刘》、《拜》、《杀》,曲文俚俗不堪。"我们认为,就现
存南戏的剧本来看,除高明《琵琶记》外,基本上属古朴浅近一路。一
方面,南戏系文化修养不太高的书会才人所作,不如北杂剧有名公学
士参与;另一方面,它的创作并非为寄托个人思想,而是为娱乐观众,
获得收入,故而不避俗,不避粗。《白兔记》只是南戏"自然""浅近"的
整体风格中一例而已,又何独非是"早期"的呢?

　　我们认为,南戏《白兔记》的成书年代不会早于元灭南宋时。

　　第一,刘知远故事在宋元两代流传甚广,现存作品有《五代史平
话》、《刘知远诸宫调》以及南戏《白兔记》。按,宋孟元老《东京梦华
录》载北宋末汴梁有专门说《五代史》的尹常卖,现存《平话》或即根据
尹常卖"说话"作的整理本。《诸宫调》的成书年代,郑振铎考证为金

章宗明昌元年(1190)①。现在我们通过三者情节内容的比勘,论证
《白兔记》是完全承袭《诸宫调》情节而来。(1)《平话》中,刘知远去
太原投军,并无入赘帅府之事;《诸宫调》中则岳司公招刘为女婿;《白
兔记》不仅有"岳赘"一目,且安排了浓情脉脉的"误送红袍"的情节。
(2)《平话》中,三娘在刘知远去后,所受艰苦为"日夕在河头担水",
无"挨磨"一事;《诸宫调》"三娘剪发生少主第三"部分虽缺失,但我们
从其他部分可以知道,这一节讲的是三娘"担水"、"推磨"事,如"第十
二":"因吾打得浑身破折,到得明头露脚,交担水负柴薪,终日捣碓推
磨。"《白兔记》则以"挨磨"为一出。(3)《平话》中刘子并未去狩猎,
也没有在井边与母亲相遇,只是"因出外走马",听军卒说"宣赞跨马
跃球快活,怎知恁的娘娘在那孟石村,日夕在河头担水,多少苦辛么"
后,欲前往寻母,但为父亲所阻,知远说道:"您不须去,您若去时,两
个舅舅必用计谋陷害您,待老爷明日结束行囊,带领百十人一同走
去,探您娘娘消息,两日便回。"刘子遂作罢。《诸宫调》中则是刘子去
狩猎,因口渴讨水喝,得与生母相见,如"第十一":"知远说罢,三娘寻
思道:是见来。昨日打水处,见个小秃厮儿,身上一领布衫似打鱼网,
那底管是。"《白兔记》则展衍为刘子狩猎追白兔而遇三娘,但因追白
兔而从山西并州来到江苏徐州,多少有荒诞不经之嫌,故编剧者安排
了净色的一段打诨。现移录如下:

> (小生)【窣地锦裆】连朝不惮路蹊岖,走尽千山并万水,擒鹰
> 捉鹤走如飞,远望山凹追兔儿。叫老郎军士,这里是那里所在?
> (净众应介)这里是沙陀村。(小生)怎么来得这等快?(左右应
> 介)就如腾云驾雾来了。

(4)《平话》中,三娘、知远的儿子名为刘承义;《诸宫调》中则改为承
祐;《白兔记》中亦为承祐。(5)《平话》中,刘知远最后官职为北京留

---

①　郑振铎《中国俗文学史》,作家出版社 1954 年版,第 112 页。

守;《诸宫调》中则为九州安抚使;《白兔记》中亦为九州安抚使。(6)《平话》中,有洪义洪信要水淹婴儿,三娘遣人送儿去太原的情节;《诸宫调》中也有"分娩"、"送子"的关目;《白兔记》则增添"咬脐"一目。

通过以上对《平话》、《诸宫调》以及《白兔记》情节的比较,我们可以说,南戏《白兔记》完全是承袭、增饰、加工《刘知远诸宫调》而来。再考虑金与南宋由于政治、军事的对峙,致使双方百姓难以互相往来的历史现实①,故我们认为,《白兔记》的创作不会早于元灭南宋,统一全国时,即公元一二七九年。

第二,抄本《寒山堂曲谱》卷首"谱选古今传奇散曲集总目"于《刘知远重会白兔记》注云:"刘唐卿改过。"俞为民先生据此指出,"由于北曲作家的南移",使"原来只创作北曲杂剧的北曲作家来到杭州后,在创作北曲的同时,也创作南曲"。并举同书所列《萧淑贞祭坟重会姻缘记》注"史敬德、马致远合著"及《苏武持节北海牧羊记》注"江浙省务提举大都马致远千里著,号东篱"来作例证。按,元北曲作家"在创作北曲的同时,也创作南曲"者确实有,《录鬼簿》所载范居中、萧德祥等即是。然他们均系元末剧作家,其时南戏已蔚为大观,他们兴趣之余,插足南戏亦在情理之中,今存南戏《小孙屠》即萧德祥作。然马致远、刘唐卿辈系元杂剧第一期作家,他们"改过"或"著"有南戏是不大可能的。即拿《牧羊记》言,吕天成《曲品》卷下"妙品"条著录,品曰:"元马致远有剧。此词亦古质可喜。"按其语,似马致远有《牧羊记》杂剧,而非此本南戏。然遍查《录鬼簿》与《太和正音谱》,马致远并无此杂剧,或已佚,或谣传,均未可知。另外,《录鬼簿》虽专为杂剧作家作传,但若传主兼作南戏,亦必提及,范居中、萧德祥等即是。然而,我们在马致远、刘唐卿、史敬德等人条下并未见提及他们亦曾作

---

① 元好问《内相文献杨公神道碑铭》载:金贞祐二年(1214)迁都后,有"河朔民何泾等十有一人为游骑所迫,泅河而南,有司论罪当死"。又,《通奉大夫礼部尚书赵公神道碑》云:"(贞祐)甲申(1214)以来,河禁严密,遂有彼疆此界之限。"狄宝心《元好问文编年校注》,中书书局 2012 年版,第 162、838 页。既然金与蒙古有严禁,推想金与南宋亦当如此。

有南戏。对于《寒山堂曲谱》《刘知远重会白兔记》"刘唐卿改过"以及《萧淑贞祭坟重会姻缘记》"史敬德、马致远合著"的注云云,我们的解释是,南戏编剧家多系书会才人,身份卑微,他们创作、演剧的目的是为谋求生计,故剧作的市场效应是他们的第一考虑。为更多的吸引观众,抬高身价,获得收入,他们署上先辈或同辈中名人的名字是完全可能的,一如今天借明星代言。清焦循《剧说》卷一引明刘辰《国初事迹》语:"洪武时,令乐人张良才说评话,良才因做场擅写'省委教坊司'招子,贴市门柱上。"这里的说话人张良才即借皇帝替自己招揽顾客。我们从《寒山堂曲谱》《白兔记》条"刘唐卿改过"的小注恰可以得知,南戏《白兔记》的编剧者在作此剧时是知道刘唐卿作有同题材杂剧的,且很可能即在刘氏杂剧的基础上修改、增饰而成。这一点有《白兔记》的题目作旁证,成化本《白兔记》的【副末开场】是这样的:"(末)计(既)然搬下,搬的那本传奇?何家故事?(内应)搬的是《李三娘麻地捧印,刘知远衣锦还乡白兔记》。"按,刘唐卿杂剧《李三娘麻地捧印》,《录鬼簿》仅有此题目,而无正名。按杂剧题目正名对仗的一般原则,"刘知远衣锦还乡"或正是其正名。

　　第三,"五代史"故事自北宋以来一直在北方流传不衰。宋孟元老《东京梦华录》所载"崇观以来在京瓦肆伎艺"的"说话"艺人中,即有专门讲说《五代史》的尹常卖。又,《三朝北盟会编》卷二四三苗耀《神麓记》载,完颜亮的弟弟完颜充,曾听说话人刘敏讲《五代史》,"有说使(史)人刘敏讲演书籍,至五代梁末帝,以诛友珪句,充拍案历声曰:'有如是乎!'"[1]现存《五代史平话》,据宁希元先生考证,系金人作[2]。程毅中先生则进一步考证它"大致产生在金亡前后的动乱年代"[3]。《刘知远诸宫调》,今存残卷本是1907—1908年由俄国科兹洛夫探险队于张掖黑水城(今甘肃黑水西岸)发现。据郑振铎先生考

---

① 转引自胡士莹《话本小说概论》,中华书局1980年版,第41页。
② 宁希元《〈五代史平话〉为金人所作考》,《文献》1989年第1期。
③ 程毅中《宋元小说研究》,江苏古籍出版社1998年版,第289页。

证,它约成于金章宗明昌元年,较《董西厢》稍早。至元代,"五代史诸宫调"仍盛行不衰,如石君宝《诸宫调风月紫云亭》中说:"我唱的是《三国志》先饶十大曲;俺娘便《五代史》续添《八阳经》。"又,杨立斋【般涉调·哨遍】套数【耍孩儿】【六】曲云:"《五代史》止是谈些更变,《三国志》无过说些战伐,也不希吒。终少些团香弄玉,惹草粘花。"①此外,北杂剧作家刘唐卿作有《李三娘麻地捧印》杂剧。可见,"刘知远"故事一直是北方各种民间艺术都偏好选择的题材,它们在互相传承、借鉴的过程中,使得这个故事不断增色、精彩。而当元统一全国后,随着北方文人、艺人南下,也将这一"刘知远热"带到南方,为南戏编剧家所注意,进而改编为长达三十二出的《白兔记》②。

第四,南戏《赵贞女》、《王魁》、《张协状元》、《荆钗记》、《拜月亭》、《白兔记》、《琵琶记》等,均系男女爱情故事。然情节设置并不相同,从这些不同的情节设置中,我们亦可以窥测它们产生的先后顺序。现以表格形式将各自的情节列于下:

《赵贞女》	结婚,入京应试	中状元	另娶	马踹原配	雷震
《王魁》	结婚,入京应试	中状元	另娶	原配自杀	鬼捉
《张协状元》	结婚,入京应试	中状元	拒绝再娶	原配寻至,杀之	妻得救,夫妻团圆

---

① 元杨朝英《太平乐府》卷九录杨立斋此套数及序,序云:"张五牛、商正叔编《双渐小卿》,赵真卿善歌。立斋见杨玉娥唱其曲,因作【鹧鸪天】及【哨遍】以咏之。"又,夏庭芝《青楼集》"赵真真、杨玉娥"条云:"善唱诸宫调。杨立斋见其讴张五牛、商正叔所编《双渐小卿》。"由此可知,杨氏所说的《五代史》、《三国志》系诸宫调。

② 《五代史平话》在杭州演出见诸文献者在元至正丙午年(1366),如杨维桢(1296—1370)《东维子文集》卷六《送朱女士桂英演史序》云:"至正丙午春二月,予荡舟娱春,过濯渡。一姝淡妆素服,貌娴雅,呼长年舣棹,敛衽而前,称朱氏名桂英,家在钱塘,世为衣冠旧族,善记稗官小说,演史于三国五季。"李修生主编《全元文》第41册,凤凰出版社2004年版,第236页。

续表

《荆钗记》	结婚，入京应试	中状元	拒绝再娶	原配在家被逼改嫁，不从，自杀	妻得救，夫妻团圆
《拜月亭》	结婚，入京应试	中状元	拒绝再娶	原配在家被逼改嫁，不从，受苦	误会得解，团圆
《白兔记》	结婚，太原投军	建功勋	另娶	原配在家被逼改嫁，不从，受苦	妻得救，一夫二妻团圆
《琵琶记》	结婚，入京应试	中状元	另娶	原配寻至	一夫二妻团圆

《赵贞女》、《王魁》二剧，据明人记载，系南戏最早的作品。都写书生负心，最后遭报应的故事。与北宋刘斧《青琐高议》后集卷四《陈叔文推兰英堕水》及"秦香莲"故事情节相同。男女主人公虽做了对鬼夫妻，负心郎也受到了应有的报应，然终不免悲情，让花钱找乐子的观众落了顿泪流满面，终非上策。《张协状元》则试图改变思路，或系尝试之作，故有明显漏洞。既要写张协富贵易妻，又要让贫女最终得幸福，故安排张协既想攀附权要而杀贫女，却又不愿接王枢密掌上明珠的丝鞭的关目。至元代，由于科举的被废除，文人失去了晋身之阶，成为"九儒""十丐"之流。这时，再写书生负心，富贵易妻的题材已不合时宜。于是贫寒书生、卑微女子通过个人努力，与恶势力相斗争，最终取得成功的内容为身处其中的市民阶层所喜闻乐道。《荆钗记》即是。然他们清楚，想要真正进入上层社会，仅靠自己的力量远不够，必须依附在朝势力。于是有了"一夫二妻"式的团圆。这样，既实现了变泰发迹，摆脱现状的梦想，而又不落薄情郎的骂名，更抱得双美人归。让看完后的观众在回味、憧憬和设想中心满意足的散场。倘若不计成本，戏班人手充裕的话，大可设置十个、二十个，甚至更多的妻子，让下层观众看后觉得过足了瘾。因为在古代社会里，妻妾的众寡，不仅是艳福有无的问题，更是身份高低、财富多少的象征，下层市民的思想更是如此。单就此点观之，《白兔记》不大可能是"两宋时期"的作品，倒极可能成于元末叶。

综上,我们认为,南戏《白兔记》的成书年代不可能早于元灭南宋、统一南北时,即公元一二七九年;它是在借鉴刘唐卿《李三娘麻地捧印》杂剧的同时,对其增饰、加工、改造而成。

(本文原发表于《河北经贸大学学报〔综合版〕》2014 年第 3 期,略有修改)

作者简介:都刘平,男,1988 年生,安徽桐城人。河北师范大学 2012 级硕士研究生,研究方向为元明清文学。

附录一　古代文学学术沙龙历次主讲情况一览（2009—2015）

2009—2010 学年　召集人：曾智安

1. 杨栋：《张协状元》编剧时代新证
2. 姜子龙："坏体说"论析
3. 李笑岩：原始方术对先秦诸子的影响
4. 李瑞豪：乾嘉学者与唐宋八大家
5. 陈斯怀：《庄子》与西汉前期士人的自由心态
6. 曾智安："精列"与汉魏相和歌《气出唱》、《精列》及相关问题
7. 江合友：明清词谱对日本填词之影响
8. 易卫华："乡先生"与宋代《诗经》学
9. 金岚（硕士）：宋代禁体诗产生原因论析
10. 王京州：六朝人著论的新形式——以《崇有论》与《神灭论》为中心

2010—2011 学年　召集人：陈斯怀

11. 杨栋：秦可卿新论
12. 曾智安：从"相和六引"到"相和五引"——梁代对元会仪的改革与"相和引"之变
13. 孟庆雷（文艺学教研室）：玄学圣人观念的新变与六朝艺术品评的审美理想
14. 李廷涛（硕士）：嵇康之死新探
15. 时俊静：带过曲成因新探
16. 刘万川：唐代知制诰辨析

17. 姜子龙:古代赋论中"唐体"观念的构建和发展
18. 李瑞豪:刘师培"失路人"辨析
19. 杜光熙(硕士):论韦应物苏州诗酒文会的文化意义

2011—2012 学年　召集人:王京州

20. 曾智安:潜潮暗涌:王维辋川诗歌中的心境与技法
21. 王京州:以陶证陶:陶渊明诗文与《形影神》的相互映发及相关问题
22. 刘万川:再解《菩萨蛮》(书江西造口壁)
23. 时俊静:论元代南戏北剧本生曲牌的互传——以《永乐大典戏文三种》为中心
24. 苏菲(硕士):功利:永嘉学派的政治、学术述求与散文风貌
25. 胡元(硕士):论何逊诗之水意象
26. 慕翔(硕士):陆参军新说
27. 陈斯怀:酒与《诗经》的游之精神
28. 刘万川:"香奁体"辨析
29. 杜志勇:从《汉志艺文略》到《汉书艺文志举例》

2012—2013 学年　召集人:江合友

30. 曾智安:以数立言:庾信《周五声调曲》以文法、赋法为歌及其礼乐背景
31. 莫崇毅(香港大学):词史意义的开拓与尊体实践
32. 王京州:帝王优劣论的背景与意义
33. 杜志勇:《汉书艺文志索隐选刊稿》及其特色
34. 姜姝(硕士):庄子哲学中的辩学思想探讨
35. 董晓(硕士):汉乐府诗题"歌"的音乐含义
36. 陈斯怀:汉魏六朝诗的"尘"念
37. 王俊杰(国际文化交流学院):论《史记》"以兵驭文"的文章风采

38. 李笑岩：商周官学中的先秦诸子思想萌芽
39. 刘万川：宋人对长安的文学记忆
40. 杜瑶瑶(硕士)：周德清首提"元曲四大家"辨

2013—2014 学年　召集人：刘万川

41. 屈永刚(香港浸会大学)：巫信仰与中国早期君主权力的起源
42. 曾智安：汉鼓吹曲《战城南》新释——以考古发现材料为证
43. 李瑞豪：曾燠与清中期诗坛
44. 王京州：赋与论的开疆与互动——以魏晋南北朝赋、论为中心
45. 李笑岩：论商周巫史文献及其下替
46. 于海博(博士)：唐代百戏考论
47. 孙丽婷(硕士)：由《宾之初筵》考察先秦时代燕射礼之饮酒问题及其文化内涵
48. 孙素彬(硕士)：周邦彦词"前后若不相蒙"发微
49. 都刘平(硕士)：《白兔记》创作年代新证
50. 陈斯怀：《列仙传》的游历主题及"游"之精神

2014—2015 学年　召集人：时俊静

51. 刘万川：唐太乐丞考述
52. 杜姗(硕士)：吴文英《八声甘州》两题
53. 王娜(博士)："黄鹄"形象杂考——兼论"黄鹄"曲名与琴名
54. 朱林立(硕士)：蚩尤的三张面孔——先秦到西汉蚩尤形象的流变
55. 田萌萌(硕士)：岐王与盛唐诗坛考论
56. 都刘平(硕士)：南戏《拜月亭》三考
57. 卢泽文(硕士)：明清时期的三曹优劣论及其形成背景
58. 刘尊举(首都师范大学文学院)：八股文文体生成考辨

附录二　河北师范大学中国古代文学学科简介

　　中国古代文学是河北省重点建设学科，具有博士学位授权点和博士后科研流动站。本学科历史悠久，其前身可以追溯至二十世纪三十年代初的河北省国立女子师范学院国文系。八十余年来，先后有李松筹、朱星、朱泽吉、萧望卿、常林炎、王学奇、夏传才等知名学者在本学科任教，形成了深厚的学术传统。

　　近年来，本学科大力培养和引进优秀人才，合理调整学术资源，师资队伍得到进一步优化，形成了一支年龄、职称、学历和学缘结构都非常合理的学术梯队。学科现有专职教师 19 人，其中教授 8 人，副教授 9 人、讲师 2 人；主持国家社科基金重大招标项目 1 项，国家社科基金项目 13 项，教育部基金项目 4 项、古委会项目 4 项、河北省社科基金项目 9 项；出版各类学术专著、教材 30 余部，在《文学评论》、《文学遗产》、《文献》、《文艺研究》等刊物发表论文 170 余篇，获省部级奖励 16 项。

　　学科现设有先秦两汉文学、魏晋南北朝隋唐五代文学、宋元明清文学三个主要研究方向。

　　先秦两汉文学研究。《诗经》研究是本方向的重点与特色，几代学者递相研治《诗经》，蔚为传统。中国诗经学会即设定在本学科。学术带头人王长华教授以《诗经》为切入点，将历史学、文化学的治学模式引入文学研究之中，形成了文史哲并重的研究特色，出版《毛诗与中国文化精神》、《诗论与子论》、《诗论与赋论》、《孔子答客问》、《春秋战国士人与政治》等多部专著，在学界产生重要影响。陈斯怀副教授的道家思想与文学研究、易卫华副教授的《诗经》学研究、李笑岩副教授的黄老思想研究、杜志勇博士的《汉书·艺文志》研究等也均取得了较好成果。

魏晋南北朝隋唐五代文学研究。本方向以中古诗歌、中古文学文献、中古文体学为研究重点。学术带头人阎福玲教授主要从事边塞诗研究,将边塞诗与地理、军事及乐府曲调相结合,致力于探讨边塞诗的创作模式,出版有《汉唐边塞诗研究》等论著,多篇论文被《新华文摘》等摘录或转载。张蕾教授的《玉台新咏》研究、曾智安教授的乐府诗研究在学界产生了一定影响。王京州副教授的中古文献及文体学研究、刘万川副教授的唐代职官与文学研究、姜子龙博士的唐赋研究也取得系列成果,并形成了一定的团队规模。

宋元明清文学研究。元曲及明清小说研究为本方向的重点与特色。几代学者专精致力元曲研究,成绩斐然。学术带头人杨栋教授继承传统,依托地域文化优势,形成了将田野调查与曲学研究相结合的鲜明特色,出版《中国散曲史研究》、《元曲起源考古研究》等专著,在元曲研究领域产生重要影响。霍现俊教授的《金瓶梅》研究系列引起了学界的充分重视。吴秀华教授的戏曲研究、江合友教授的明清词谱与词韵研究、王雪枝副教授的宋代家族文学研究、时俊静副教授的曲学研究以及李瑞豪副教授的明清诗文研究也取得了不俗成绩。

另外,近年来,王长华教授立足于区域文化与文学研究,先后组织编写了《河北文学通史》、《燕赵文化研究系列丛书》等著作,以国家社科基金重大项目"近千年来畿辅文化形态与文学研究"为依托,成立中国畿辅学研究中心,致力于建立区域文化与文学研究的新模式,为本学科凝炼了新的研究特色。